滄海叢刊

新聞與我

楚崧秋 著

東大圖書公司印行

國立中央圖書館出版品預行編目資料

新聞與我／楚崧秋著.--初版.--臺北
市：東大發行：三民總經銷，民84
面；　公分.--(滄海叢刊)
ISBN 957-19-1832-6（精裝）
ISBN 957-19-1833-4（平裝）

1.新聞學-論文，講詞等

890.7　　　84006356

著作人　楚崧秋
發行人　劉仲文
著作財產權人　東大圖書股份有限公司
臺北市復興北路三八六號
發行所　東大圖書股份有限公司
地　址／臺北市復興北路三八六號
郵　撥／〇一〇七一七五——〇號
印刷所　東大圖書股份有限公司
總經銷　三民書局股份有限公司
門市部　復北店／臺北市復興北路三八六號
重南店／臺北市重慶南路一段六十一號
初　版　中華民國八十四年八月
編　號　E 89078
基本定價　玖元貳角
行政院新聞局登記證局版臺業字第〇一九七號

ISBN 957-19-1833-4（平裝）

45(1956)年12月9日擔任先總統蔣先生新聞秘書時，聽取對某項文稿的提示。

55 年故考試院長孫科博士（左）以新聞評論獎頒贈，
時任中華日報社長兼總主筆的作者。

62年任中央日報社長，與嘉新獎學金基金會負責人秦孝儀（右）、張敏鈺（左）訪晤名出版家王雲五於其書房。

66 年 3 月 17 日陪同韓國民間大報中央日報洪璡基社長（左三）晉見嚴家淦總統。

67 年 2 月 15 日蔣經國主席與時任國民黨文工會主任的作者於會議場中研商新聞問題。

72年5月4日與文化大學新聞系第17屆畢業同學合影。

73年8月率同新聞文化訪問團專程前往金馬等地慰勞戰士。

75 年 10 月 2 日陪同當時李副總統登輝步入中視新大廈中庭參觀。

75 年 3 月 20 日與新聞界代表於贈送孫前行政院長運璿（左）榮譽狀後一同攝於孫府。

76年8月15日中視公司同仁列隊送別作者(中左)，中爲新任董事長馬樹禮，右爲監交人執政黨秘書長李煥。

76年11月16日與新聞學人王洪鈞(左七)、汪琪(左八)、徐佳士(右六)等一同歡送在華四十年的名文化人毛神父。

76年11月19日作者（背坐）邀約老一代新聞界聚會，正面左起依次爲王愓吾、胡健中、成舍我、陳立夫（首任中央日報董事長）、陶希聖、黃少谷、程滄波、阮毅成、余紀忠、林徵祁、姚朋、潘煥昆等。

77年10月6日與作家歡聚，左起第三人爲英年去世的三毛，第四人爲旅居加拿大的朱小燕。

77 年 2 月主持中央日報創刊六十周年紀念酒會中與來賓戴瑞明（左起）、陳立夫、曹聖芬、谷鳳翔、李煥及連戰（右三）等舉杯共祝。

79 年 8 月作者（右二）參加「天下」雜誌茶會，左起依序爲趙耀東、余紀忠、謝東閔、王作榮、王章清

80 年 10 月 24 日與 105 歲攝影名家，民初在上海任記者的郎靜山。

81 年 5 月 29 日作者於美中聯合學術年會主講後，與
與會學人鄭竹園（左一）等合影。

82 年 6 月與諾貝爾物理學獎得主吳健雄（左三）、袁
家騮伉儷歡聚。

83 年 2 月 15 日與新聞界名士，世新傳播學院董事長葉明勳歡談，其後爲該校校長成嘉玲。

84 年 2 月 10 日作者夫婦由記者出身的我駐澳門代表王允昌陪同，訪謁該地國父紀念館。

54年5月10日接受西德斯圖加特德國廣播公司亞倫汀格爾博士（左）等的訪問。

62年5月11日希臘埃斯塔報巴布理斯(Babouris)總編輯來訪，交談版面。

62 年 11 月 6 日與合衆國際社總裁比頓(W. Beaton)就資訊供應等問題交換意見。

63年6月作者（左一）等訪問哥倫比亞，與著名電視評論員維莉葛小姐合影，右為當時我國大使沈錡博士，右二為時任大華晚報社長耿修業，左二為英文中國日報故社長丁維棟。

64年1月22日作者（右一）陪同日本產經新聞會長鹿內信隆在記者會發表談話。左為時任中央通訊社社長魏景蒙。

73年4月6日秘魯聖馬丁大學贈予榮譽博士學位，由該國衆議院教委會主席Eugeniochang Cruz代表在臺北授予。同時授贈者有蔣彥士（左三）、王惕吾（右二）。

73 年 5 月世界報業鉅子莫達克(R. Morduck)來臺訪問，介晤臺北新聞界，並介紹時任執政黨文工會主任宋楚瑜（左）晤談。

75 年 7 月 9 日作者以中馬文經協會理事長身分，與馬來西亞國父東姑拉曼（中）會見於臺北。

78 年 12 月 12 日接見美亞洲協會總會長福勒(Willian Fuller)，中爲其駐臺代表。

79 年 4 月 23 日應邀在美哥倫比亞大學東亞研究所舉行座談，與專家黎安友（手勢者）等會談。

79 年 4 月 16 日訪晤美華盛頓郵報發行人葛納翰女士(Katherine Graham)攝於該報創始人其夫婿之塑像前。

79 年 4 月 16 日在美華府記者俱樂部應中美文協之邀，以中美在西太平洋共同利益爲題，發表演講並答問。

79 年 5 月 17 日接見美NPA(報紙發行協會)訪問團，
其右爲會長安得理斯特(John Andrist)。

80 年 3 月 12 日與英記協主席萊頓(Paul Leighton)
談話，右爲電視主播胡婉玲。

80 年 7 月 16 日作者參加美克萊蒙研究所主持之自由論壇，與美前總統雷根晤談。

80 年 12 月主持中國新聞學會邀大陸學人方勵之與新聞界座談。

82年11月26日作者夫婦（左三、四）與星島日報系督印人胡仙女士（右三）等合影。左爲香港新聞協會主席楊金權，右起爲世新校長成嘉玲，「新聞鏡」社長歐陽醇。

81年7月29日以新聞學會理事長身分主持歡迎柴玲座談會。

81年9月9日大陸第一批新聞界人士十八人訪問臺灣，於兩岸新聞人士聯誼會中致詞歡迎。

82 年 1 月 9 日在上海參加學術會議，會晤黃菊市長，介紹團員姚舜、張劍寒、趙金祁等。右爲陪同之大陸海協會會長汪道涵。

82 年 1 月 11 日與上海復旦大學新聞學院院長及上海「解放」、「文匯」、「新民晚報」三報主編晤談。

82 年 4 月 17 日在北京「中國作協」酒會及座談會中，與記者出身的名作家蕭乾（右）會晤，左爲文藝報主編吳泰昌。

82 年 4 月 26 日作者（前排右四）擔任兩岸文藝交流訪問團名譽團長合影於西安驪山之華清池前。

82 年 11 月 24 日在港與大陸「中國記協」及香港「新聞行政人員協會」，聯合主持第一屆兩岸及香港新聞研討會，與主講人查良鏞（金庸，右二）等合影。

83年9月27日以國立中央大學校友會會長(中立者)，接受重慶中央大學校友會與重慶大學聯合歡迎，左座爲重大校長吳雲鵬，右爲重慶校友會會長張仲明等。

83 年 9 月 19 日作者 (左五) 應邀赴長江三峽參加新聞研討會，與同行合攝於洞庭湖畔的岳陽樓。

83 年 9 月 20 日參加第二屆兩岸及香港新聞研討會，與臺北出席會議人員合攝於長江三峽巴山號遊輪上。

TO MY FRIEND
TSU -
WITH WARMEST
WISHES AND
FRIENDSHIP
LURIE
DEC. 15
1985

世界名漫畫家勞瑞送給本書著者的畫像。

作者之母　魏文芳女士世代書香，影響一生至大，此為烽火餘生中手邊僅存遺影；1996 為其百齡誕辰，謹以此小書誠伸永念。

王序

為《新聞與我》進一解

王洪鈞

本書的內涵，無論就其深度或廣度而言，遠超過坊間許多新聞學的教科書。然而，本書著者卻無意把它寫成一本教科書。因此，讀者似也無須引經據典對本書作數據或形式上的推敲。

雖然本書言皆有物；尤其著者長期從事新聞事業、新聞教育，且曾領導文化宣傳事業，參與決策，深知秘辛，卻不欲將此書寫成個人的回憶錄。

然則，本書性質究竟為何？就筆者接觸著者其人其文的心得，以為著者似在藉著將其個人多年文字及講述，作一種系統式的呈現，以傳達一種極為珍貴的經驗，即如何自實踐中探求原理，更將原理，付諸實踐。以著者在新聞傳播與文化宣傳領域內，接觸之廣，涉入之深，此種理論與實踐的互動經驗，堪稱獨特，也彌足珍貴。

本書著者基本上是一位篤信自由和服膺責任的新聞工作者。他對新聞事業在一個自由社會中應該享有的權利與應該盡到的義務，有著崇高的理念。另方面，他更充滿了中國傳統的士人情懷。尤其在國運剝復已極的時代裏，無論他在那一個工作崗位上，似乎皆在不停的努力，促使新聞記者生死不渝追求自由的意志，與中國讀書人以天下為己任的意識相結合。許多事例證明，他不但以此律己，更以這種風義，結識同儕。

著者擔任過《中華日報》、《中央日報》，和中國電視公司三個新聞傳播機構的負責人。《中華日報》是臺灣地方性最強的黨報。而後兩者則是執政黨在印刷傳播和電子傳播的強勢媒介。老實說，以執政黨長期刻板的宣傳觀念，本書著者主持這三大黨營媒介，原可輕易過關；但他認為一個現代政黨，必須憂民之憂，樂民之樂，與大眾同其呼吸。而作為一個黨辦報紙或電視，必須與受播大眾間保持有效的雙向傳播，絕非單向宣傳；如此，方能成為黨和大眾的耳目與喉舌，使中國國民黨成為一個有生命的現代政黨，眞正為民造福。

同樣的問題也可能存在於本書著者所領導的國民黨文化工作會裏。國民黨的底子是革命政黨，一向注重宣傳工作。國父有謂：革命成功，宣傳之努力為十之七八。文化工作會的前身便是中央宣傳部。長期以來文化工作會沒有離開過「喚起民眾」的傳統宣傳觀念。在全國媒體一黨化的狀況下，文工會多年以來也很難丢開「一呼百諾」的權威身段。可是本書著者雖出身「官邸」，但思想上和作風上卻是一介平民。他深知一個新聞記者所需要的不是黨的權威，而是新聞服務。因此，本書著者主持文工會期間，一直在努力使一個森嚴的宣傳司令部，轉化為替新聞界服務的機構。說來容易，箇中辛酸，有待讀者自本書中分嚐。

作一個眞正的革命報人，如早期的張繼、于右任、戴傳賢等先賢，果以革命為志，生死與之，應非絕對困難。托庇國民黨長期執政餘蔭，主持傳播媒介，享用不窮，更是容易。如本書著者，身為報人、黨人、志士，欲以對新聞自由之無上嚮往，與對國家社會之無限責任觀，相鑄合為一個中國的新聞記者，所作種種努力，正是一種重要新聞理論的實驗，也是一種崇高新聞理念的實踐。

儘管藉現代傳播科技之賜，「世界村」已經形成；「資訊公路」更賦予每一個人接近資訊的權利，但新聞傳播究竟是一種心智的活動，離不開深厚的文化基礎。在可見的將來，普天之下一視同仁的世界主義（Cosmopolitanism）究竟不能代替「吾土吾民」更人性的觀念。不然的話，CNN的經營人特納也不會特別強調新聞本土化的需要。

中國的新聞教育受西方影響太深，迄今且有愈陷愈深之趨勢。雖有「中國化」的努力，也只在開始階段。因此，筆者不認為一册册精裝的英文新聞學教科書可以完全解答中國新聞記者的問題。以中國文化的言責理念結合西方傳播的言權觀念，將是這一代中國新聞記者值得努力的方向。本書的重大意義，便在於一種崇高理念的實踐。

本書除綜論、報紙、廣播電視各篇之外，尚包括「業學相輔」及「兩岸交流」諸方面。事實上，至少在目前階段，無論新聞學界與業界的關係問題，或兩岸新聞傳播交流問題，仍然是兩條平行線，殊少交集之點。因業者、學者，與夫此岸彼岸皆有其不同的價值的取向，彌合亦難。惟本書著作近年以來卻矻矻不斷的在平行線之間，營造一個又一個的交叉之點。這種經營，這種經驗，非人人皆可有之，亦非人人皆願為之。

本書著者楚崧秋先生與筆者雖相識多年，毋寧只是君子之交。他擔任文工會主任期間曾屈駕舍間，堅邀擔任中央月刊社社長，相處有年，而他先後執教政大、文大，課間更有不少晤談機會。本文不敢稱序；忝為一個知友，敬以此文作為對楚著《新聞與我》之解讀。

陶序

「言之有物、言之有益」

陶百川

古人論文，說一篇好文章要「言之有物，言之有序」，這當然很有道理。因為如果言而無物，乃是無病呻吟，言而無序，則顛三倒四，乃是神智不清，問題就更嚴重了。

但是我以為尚可加上兩句：「言之有益，言之有趣」。有益是說話應求其有益於世道人心和國家社會，有趣是說話使人聽得進受得了，好比藥丸包上糖衣，覺其甜而易下嚥。

楚崧秋先生這本大作《新聞與我》就是「言之有物，言之有序」，「言之有益，言之有趣」的範例。

何以言之？主要是由於作者三四十年來，雖然一直從事並負責公營性的新聞文化事業，但在我的印象中，他始終能夠保持一份中國讀書人的氣質、識見和風格。

具體一點說，他不論辦報、主持別種媒體，或是負責執政黨的全般文宣工作，從來不曾視為是什麼權位，而總是專心致志、敬業樂羣地想把事情做好，期望有改革和創新，小則有利於黨，大則有益於國。

更屬難能的，他還能虛懷若谷地不斷求知，樸質無華地誠摯待人，因此他在新聞界中，常被視為是一個「和而不流」、「困知勉行」的實行者。

我與他相過從，先後歷三十餘年。於今他將以往許多實際的工作和教學經驗，藉是書出版，一一保持原貌地呈現於讀者面前，雖謙稱沒有什麼學術價值，然以我的看法，此類「言之有物、言之有益」的眞心實事之作，正可以有助於青年學子及有志於傳播事業者，獲得一條準尺與一面鏡子。

當其書成之日，請序於我，道義所在，固所樂為。況且過去三四十年間，乃是我國新聞發展史上重要的一段時光，亦更可借一位新聞工作者坎坷的心路歷程，與讀者一同追尋臺灣及整個國家逆流奮進中的軌跡。

葉序

貴乎理論與實務相結合

葉明勳

楚崧秋兄在我們新聞界老一輩的朋友中，是一位從新聞界到執政黨都曾擔任過要職，學養豐富，多方面都有成就的人。他不僅先後出掌《中華日報》、《中央日報》、中國電視公司董事長，也曾任執政黨文工會主任。如今主持中國新聞學會，與致力兩岸新聞交流，勞績卓著。最令人敬佩的是好學篤行精神，在他的周遭離不開書本，也離不開筆桿。所以，儼然見其書生本色，保持著謙沖自牧的執著風範，在各大學新聞系授課，也成為一位學生們所推崇的老師。

崧秋兄對新聞事業所秉持的理念，十分重視時代潮流，社會大眾的需求，無論知識的、資訊的、藝術的、養性的，都希望憑藉新聞傳播的管道能為廣大讀者擴展視野，提升生活層次。三十多年來，他一本初衷，只問耕耘，不問收穫默默地奉獻著、努力著。

最近崧秋兄將有《新聞與我》一書問世，這是他過去三十餘年從事新聞實務及教學所發表的部分文稿，彙編整理而成。我認為其可貴之處就是在此，因為有些專門性的書籍，往往因偏重理論，忽略現實，不切實際，常有偏差，有時未免流為空談幻想，自然不是理想的教材。

《新聞與我》能將理論與實務相互結合，環節相扣，渾然一體，讀者便可憑其正確不與現實脫節的理論，作為導向，不難領悟將來欲以獻身於新聞事業者，如何參與實務運作。古人所稱「知類通達，強而不反」的教育目的，我們所期望的就是這種境界。

歐陽序

「文如其人」

歐陽醇

在大學新聞系教學了三十餘年，課餘，經常有同學好奇的詢問報端雜誌上某一位記者，某一位作家寫的新聞和文章，他是誰？目的就是要瞭解：撰述的記者或作者，是否文如其人，或是人如其文。

讀者如果閱讀了一篇好文章，總盼望作者也是他心目中欣賞和尊重的人士。願望文如其人，人如其文。

知悉楚崧秋先生，是從閱讀他撰寫的文章開始。他出版的第一部書，大概是民國五十三年由文星書局刊印的《美國總統選舉與民主政治》（上下冊）論述分析美國政黨政治的著作。當時引起讀者注目，我也是其中之一。我就想瞭解作者是怎樣的一位文人。

認識楚先生，與他逐漸交往，進而熟悉，是他在主持文宣和負責《中央日報》社務。在他主持執政黨文宣時，發生震動一時的「美麗島事件」大審，使新聞界有機會報導這次大審的公開採訪。這在目前看來極為平常，但在當時戒嚴期間卻是異常。他主持《中央日報》首先聘請了新聞界才子、編輯高手、中英文均有造詣的新生報副社長姚朋（彭歌）為總主筆，為《中央日報》的言論部增加了活力。數十年來，我始終在報社編輯部服務，從旁觀察，深深的體味他當時決策及執行任務的苦心、膽識與作為，也為新聞界欽佩與讚揚。

六年前，《新聞鏡周刊》創刊，楚先生是鼓勵這本探討新聞傳播專業性雜誌最力的好友。若干次他來到《新聞鏡》辦公室，我深受感動。有這樣的朋友在精神上和撰文支持，我能不盡力而為嗎？

二十年前（民國六十三年四月十五日）我寫的《新聞採訪學》出版（華欣文化事業中心刊印），書前，當時任《中央日報》社長楚崧秋先生作序勉勵，尤感增光與感謝。二十年後，民國八十三年十二月七日楚先生來函告知，他的新著《新聞與我》，今（八十四）年夏間出版，囑寫序介，前後相距二十年，這不是巧合，而是說明了我們的友誼與日俱增。我更為楚先生彙集近年所撰文章出書而喜悅，關心近代新聞傳播史實的友好、同業、同學也因此多了本值得研究和閱覽的好書。

林序

是一册我國現代新聞史的縮寫

林東泰

作者楚先生在新聞事業或新聞教育界的貢獻，都是國人所熟稔而且敬佩的事，尤其是他曾經在師範大學社教系新聞組教過書，所以我更是一直以老師稱呼他。

記得民國七十四年，當我剛從美國返國在淡江大學大眾傳播系服務，第一次遇到楚老師的時候，他拉著我的手懇談他對國內新聞教育的期望，他那種關心國內新聞教育的心情，實在令我感動。所以我曾特別邀請他到淡江給大傳系講演了幾次，每次我都在場聆聽，每次都有很深刻的體會。有一次，在選舉前夕，請他到淡大演講，他不僅講述新聞媒體公正客觀報導選情的重要性，同時也對當時的新聞界做了相當刻骨的批判，令在座的師生大為動容，咸認是空谷足音。

楚老師這本著作，就是他三十多年來投注於新聞事業與新聞教育工作的寫照，可以說是我國現代新聞史的縮寫。這本書從報業到廣播電視，從新聞事業到新聞教育，從新聞實務到社會責任，從國內新聞界到國際新聞事業，以及最近楚先生大力推動的海峽兩岸新聞交流，也都涵括在內，相信這本鉅著對國內新聞傳播科系的學子瞭解現代新聞事業，以及體認做為一個新聞傳播分子的社會責任，都會有極大的啟示作用。

自序

錢震

首先，我應該坦白承認，並毫無掩飾地表達：這是一本稱不上為著作的書，因為它既不具多少學術性的鑽研，也非回憶錄式的記述。由於它是作者將過去三十餘年，從事新聞實務及教學所發表的部分文章及講稿，彙編整理而成，因此更近乎是一本文集。

然而，為甚麼要以《新聞與我》為本書命名呢？我覺得應該略作說明。

本來，在自我省察、友朋勸勉、同業鼓勵以及若干讀者和學生熱忱期盼之下，將前述篇章蒐集，有意成書的時候，曾經考慮以「新聞原理與實務」或「新聞實務論」一類名稱問世。嗣經衡酌：覺得書的內容，既然以個人的新聞工作經驗為主，就應該將此一特點凸顯出來，一則表現出自身負責的態度，同時亦可讓當前及後來讀者有一評鑒的著力點。

其次，新聞同業同道中，特別是幾位目前在新聞業學兩界已卓著聲華的朋友與往日學生，他們為此書出版，不僅催生，且曾力助。而他們之所以如此誠摯期許，乃由於今日國內新聞教育這般發達，課堂與圖書館中的中外新聞及大眾傳播學科著述，何處千百，只可惜常感缺之眞人實事復能從事客觀研究的素材，致每為師生及業者，引以為憾。碰巧我於從事新聞事業之餘，先後執教於此等院系所歷三十載，似有義務貢獻所得，作為青年學子及從業參考之資。由於書中所收各篇，多為個人長期工作心血汗淚凝聚而成，以此命名為《新聞與我》應屬信守崗位，以期名實相符。

再就是自己並非專學新聞的，從事實務亦並未由編輯記者做起，先天上彷彿有若干缺憾或不足的地方，甚至於背地裏會有人認為是外行人撈過界，或被指為一個不知稼穡之苦的莊主，而且是在公有的新聞園地上種植。對於這一類的批評，我自分從不曾介意過，相反的，正可以鞭策和督促自己去從新聞人物與書本各方面求教請益，以資補短。數十年下來，就這一點來說，我對於自己的評分是超過及格的。並且由此小書中，我頗能發現並認識自我，亦期閱及是書者，了解這個「我」，是如何曾為「新聞」這一「美好的仗」盡心竭力，而義無反顧。即使無任何戰功之可言，但至少是一員老兵的至情告白，可視為一個眞實案例作考量。

未盡之意，我在本書之末，類似於結論中，特增寫「願來生再結新聞緣」一節，綜述內心的感觸與素志。

全書因係整編舊作，除少數幾處略加按語外，全存原貌。雖大致都註明發表日期及處所，然閱讀起來，不免會有一些明日黃花，不切時宜的感覺。更由於三十年間，國內外潮流及時勢變動甚劇，許多論點、數據與題材，和今日實況比較起來，相距甚大，切望讀者體諒，能回溯到當時的情況去看問題，這樣方能減輕作者的歉咎。倘蒙以「古之視今，猶今之視昔」的目光與意念來披覽，自更能貫通時距，掌握變動的軌跡，透視演進的眞相。這當然是作者所掬誠禱盼的。

至於全書內容的系統不夠謹嚴，有時章節的安排難免有些零亂，原因仍是出於舊作整編，這是作者引為最大憾事，需要讀者特別見諒的。還有就是若干引據，一律未註出處，乃是為求全書體例一致，不得不作如此處理。

當此書勉力問世之日，首先要感謝以往為我刊載文章的二十餘家報紙和雜誌，允許我集編成書，而三民書局願為梓行，至情可感。老友王洪鈞教授慨作序言，並曾一再敦促早日公之於世，深紉知誼。新聞界陶百川、葉明勳、歐陽醇、林東泰諸先進友好分為序介，彌增光寵。內子陳少熙女士不僅頻加鼓勵，且多親為校勘；昔日同事陳明卿、何筱樵諸友好在協助文稿集成諸方面多所盡力，在此一併致謝。尤其出版之日，正吾母魏文芳女士百年誕辰之期，她在天之靈，冥冥中彷彿在催促，在等待，我即以此為獻禮，報答她生我育我、愛我教我的無盡恩德！

新聞與我

目次

第二章 國內的新聞言論界

第三章 我國報業相關問題

第六章　傳播事業面面觀

第七章　對我廣電事業的評價

第一章　新聞責任問題

第一節　新聞自由與新聞責任

自十七世紀以來，新聞言論自由的概念，大別之可歸分為四大範疇，即權力主義、自由主義、共產主義與社會責任論。權力主義，早呈衰竭之狀；共產主義本為時代的逆流，遲早終被淘汰；唯有自由主義，似正方興未艾，然在自由主義之下的新聞事業，卻產生了諸多弊端……於是社會責任論隨之興起，期望建立自由而負責的新聞界。

根據一般的瞭解，新聞自由是民主制度的基礎，爲思想自由的根源，表達此項自由的方式有二：一爲言論自由（包括言論及講學），一爲出版自由（包括著作及刊行）。新聞自由之作用，不僅限於少數學者、政治家有其表達思想之自由，而且要使大多數平民均能够表達其思想。唯思想並非憑空而來的玄想，尤其是對於大多數人，要使其有新的思想，新的意見，第一必須灌輸新的知識，才能養成其發表意見的能力。第二必須供給客觀的事實才能使其意見有所依據，能作公正的批評與善意的建議。而達成上述兩項任務者便是新聞自由。

什麼是新聞自由

但什麼是「新聞自由」？至今仍無一確切定義可循。根據一般學者的解釋，新聞自由之含義應包括四項：即採訪自由、傳遞自由、發表自由及閱讀與收聽的自由等。且此四者在理論上應爲整個的，缺一不可。例如世界人權宣言第十九條規定：「每個人都有發表和傳遞意見的自由，這種自由包括不干涉發表意見，和通過任何媒介品的尋求，接受和傳遞新聞與思想的自由，其範圍不受國家疆界所限制。」這是「新聞」應享有充份「自由」的有力主張。事實上新聞自由卻須受到各種限制，最顯著的如日內瓦新聞自由公約所列限制有十條之多，即1.國家機密，2.鼓勵人民以暴力推翻政府，3.煽動犯罪，4.妨害風化，5.阻礙司法之公正進行，6.侵犯他人之版權，7.妨害他人之名譽，8.在職業上應守之祕密，9.妨害國際間之感情，10.有欺詐性之言論記載。

至於一般如法律的限制、政治的限制、道德習俗的限制以至於戰爭的限制等，則是任何力主新聞自由者所不容否認的事實。所以新聞自由在理論上雖是充份的、完全的，實際上，卻有其界限。富爾德 (D. M. Ford) 說：「新聞自由之顯現，有如數學上一點的定義，它既沒有長度、寬度，也沒有厚度，它是一種不可能計算的抽象名詞。」由於新聞自由是一個「抽象的名詞」，在法理上屬於人權之一，而對於國家及社會大眾，則負有神聖的責任，所以新聞自由的本質應從法理的、政治的因素去理解，亦即須從社會的道德的因素去考量。

在今日世界中，由於文化背景、政治制度的不同，更由於各國環境所處的特殊情況，其各自所持的新聞自由的概念，也就各不相同了。而且隨著時代思潮的激盪，自十七世紀以來，新聞言論自由的概念，大別之可分為四大範疇，即權力主義、自由主義、共產主義與社會責任論等是。

一、權力主義

現代新聞事業的先驅者——報業，原是在權力主義的政治制度和社會中產生的，淵源於德國哲學家黑格爾（George Hegel 1770-1831）所倡導的國家權力主義，強調國家的地位、權力和利益高於國家的成員個人，在原則上自屬無可厚非；尤其是國家處於戰爭時期，整個國家的利益即是全國人民的共同利益，自然應高於任何個人或少數人的利益。

此處所稱的權力主義，係指平時而言。實施權力主義的國家，政府對於新聞事業，必然是採取控制政策，其方式為：1. 發給新聞事業的特許證或執照，以限制新聞事業的創辦。2. 實施新聞檢查制度，報紙所刊的一切報導與評論，均須經過事先檢查而後付印。3. 報紙如刊載禁止報導的新聞或攻擊政府當局，則發行人或編輯人將受處罰或勒令報紙停刊。4. 政府自辦報紙及其他新聞事業機構，作爲宣傳和辯護的工具。5.對私營新聞事業機構的人員給予津貼，藉以接受政府的控制和指示。此種現象在今日政治落後地區，仍然存在著，至於在戰時，即使民主歷史悠久如英美等國家，其限制新聞自由的概念，仍然爲情勢所需而擡頭。在過去兩次大戰中，英、美均實行新聞檢查及配紙等即其明證。

二、自由主義

在十七、十八世紀之交，歐洲有一派學者起而打破因襲的傳統思想，稱爲「啟蒙運動」（enlightenment）。他們主張：尚實利，重實際，輕視傳統觀念，注重人類理性與個人自由，排斥宗教與個人的權威，由於此項思想運動的滋長，而促使權力思想的衰落。

自由主義思想表現在新聞事業上，其理論與實際如下：1.確認人民的意志是國家權力的中心，每一「個人」都享有著天賦的權利，不容予以剝奪。2.確認言論、著作、出版等自由爲人民的基本權利，政府不能予以任何方式的干涉；新聞自由包括新聞採訪、報導、傳遞和刊載的自由。3.確認人民有「知之權利」（right to know）和「知之自由」（freedom to know），即人民具有自由獲得所須知道的消息（information）之權利。4.新聞事業從業人員爲適應人民享有此項權利的需要，因此亦應具有「報告自由」（freedom to tell）和「發現自由」（freedom to find out）。5.新聞事業應爲私人經營之企業，依據自由經濟的主要原則——公開市場與自由競爭，政府不應加以干涉。今日的美、英實爲此說的代表，其他民主國家的新聞從業者，幾乎無不以此爲其爭取之目標。

三、共產主義

它是爲本世紀民主時代思潮的逆流，馬克斯的思想基礎爲權力主義，強調「一致」的價值，否定人民有保持不同思想、不同意見及不同觀念的權利。自一九一七年俄國發生共產革命後，此種思想即開始在世界政治、經濟及社會各方面進行滲透，其表現在新聞事業上者，較諸舊權力主義更爲變本加厲，主要之點爲：1.所有新聞事業機構全部由共黨及其政府根據計畫設立，作爲宣傳工具，絕不容許人民創辦新聞事業。2.所有新聞事業人員唯共黨黨員始能擔任之，並予直接指揮。3.所有新聞和評論，均由共黨直接或透過其「通訊社」統一發佈，所謂「新聞」幾全部爲其有計畫的宣傳，所謂「言論」，更是共黨的傳聲筒，絕無反應人民公意的輿論。報紙多不刊登廣告，有時連新聞亦不刊載，如俄共的《眞理報》(*pravda*)，有時全部刊載赫魯雪夫或其他共黨頭目的演詞，而無一條國內外的新聞。4.共黨政權以報紙爲「政治教育」的工具，強迫人民閱讀、討論，及依其宣傳內容「發表」意見。總之，依照列寧的教條，新聞事業就是「組織羣眾」、「教育羣眾」和「培養羣眾」的工具。

但自一九九〇年東歐共產政權先後瓦解，接著蘇共亦形解體之後，目前依然保持共產主義新

聞體制的國家，只剩下中共、古巴及北韓，而中共近年亦漸有鬆動。（此段係一九九二年五月補充）

四、社會責任論

如前所述，權力主義早呈衰竭之狀；共產主義本爲時代的逆流，遲早終被淘汰；唯有自由主義，似正方興未艾，然在自由主義之下的新聞事業，卻產生了諸多病端，最顯明的就是報紙每每因濫用言論自由和新聞自由之權利而造成重大的錯誤，如洩漏與國家安全有關的機密，影響法庭的公正審判，誹謗個人，製造是非等；尤其是黃色新聞的誇張渲染，每以迎合讀者胃口，爭取銷路爲目的，終致遺害無窮。

爲了矯正自由主義的弊端，於是有社會責任之說產生。社會責任論的基本思想，如主張「思想、觀念，和意見的自由」與反對政府控制等，一如自由主義者然；唯強調每一種自由都有一項相當的責任。彼得森教授（Prof Theodore Peterson）在其所著《新聞自由的社會責任論》（*The Sociol Responsibility Theory of the Press*）一書中謂：「自由具有附帶的責任；新聞事業享有在憲法下的特權地位，不能對社會沒有責任，以履行大眾傳播事業在當代社會中的任務，新聞事業能認識其所具有的種種責任，並把這些責任爲其業務方針的基礎，則自由主義的制度將滿足社會的需要。新聞事業如不能履行其責任，則若干其他機構必須注視督促其履行。」

社會責任論反應在新聞事業上之特點爲：1.強調社會責任感和社會與宗教的道德感。2.強調爲最大多數的人謀最大的利益（greatest good for greatest number）。3.認爲在「思想、觀念和意見自由市場中」，明辨與選擇眞僞、優劣、是非、善惡的責任，應課之於生產者，新聞事業的主辦人及所有從業人員，而不應完全由顧客負擔。（自由主義者則完全課之於顧客——報紙、雜誌的讀者，廣播的聽眾，電影、電視的觀眾。）4.認爲政府雖不應干涉言論與新聞報導之自由，但新聞事業主辦人及其從業人員，對於言論及新聞報導所可能引起的影響及後果，必須預爲考慮，自我約束，審愼從事，以克盡對社會所負的責任。5.反對廣告戶操縱新聞報導、評論、廣告及電視節目等。

在世界歷史中，爭取言論與新聞自由已歷二、三百年，但講求新聞責任，還不過近數十年的事。一九二三年，美國報紙編輯人協會所通過的「新聞事業信條（Canons of Journalism），其第一條即強調責任與責任感的重要，一九五九年，美國密蘇里新聞學院，慶祝成立五十週年紀念而舉行的「世界新聞會議」（The Press Congress of the World），且以「新聞自由」與「新聞責任」爲兩大中心議題，可知美國及其他民主國家對「新聞責任」之日益重視了。更有進者，我們從一九四七年美國的新聞自由委員會（Commission On Freedom of the Press）到英國的皇家新聞委員會（Royal Commission On the Press）兩個組織對新聞界所課予的責任，尤其英國報界爲加強自律，於一九五三年成立「報業評議會」（The General Council of the Press），已將前一理論開始化爲行動了，故謂「新聞責任論」爲未來新聞事業發展的正確路線，殆不爲過。

「新聞自由」等級化

根據前述四種論理，衡諸今日世界各國新聞自由的實際情形，以一九六〇年十月十七日出版之《美國新聞與世界報導》的調查報告所列舉，不難獲得進一步的瞭解。

據該報告顯示，全世界一百四十個國家或地區，就其享有新聞自由的程度之不同，可分爲三大類：1.享有新聞自由者——自由主義——包括美國、阿根廷、巴西、奧大利、意大利、挪威、英國、日本及香港等四十四個國家與地區。2.限制新聞自由者——權力主義——爲芬蘭、法國、西班牙、以色列、土耳其、阿聯、中非、印度、印尼、越南、南韓、多明尼加、薩爾瓦多、巴拉圭，及中華民國等八十一國與地區。3.絕對控制新聞自由者——共產主義——計有蘇俄及中共政權等十五個國家或地區。

該報告之三分法除了共產國家無新聞自由一點無庸置疑外，其餘享有新聞自由與限制新聞自由兩點，在其程度的劃分上，頗有商榷之餘地：

第一，調查者似只重表面事實，而不問根由，且把戰爭狀態與和平時期混爲一談。例如法國爲一老牌的民主國家，僅因其企圖禁止報紙與電台煽動反對阿爾及利亞戰爭的言論，即被列爲限制新聞自由的國家，似欠公允。美英雖被視爲享有新聞自由的國家，但美國甘廼廸政府於古巴革命軍入侵失敗之際，立刻要求美國新聞界，在報導他所稱：「可能有害於國家的利益，而有助於共黨的陰謀的消息時，負起責任來。」且據稱一項與英國適用於報章的「公務保密法」相似的「公務保密法」已在考慮之中。按英國政府即係根據該法，監督機密消息之刊載，並課違反者以重刑。可見「新聞自由」理論上雖是無條件的，但事實上卻有其責任界限。

第二，印度尼西亞，國內並無戰爭。但是，報紙如批評政府較烈，將被處罰停刊數天或數週，且所有報紙必須經過登記，有些不准出版，有一編輯，被禁閉數年。前陸軍當局更宣佈，只有支持蘇卡諾和他的指導民主哲學的報紙，始准許在耶加達出版。該國沒有新聞自由之可言，乃昭然若揭，豈僅限制而已。

第三，南美的阿根廷被視爲有新聞自由的國家，但在其憲法第二十三條中規定：「凡遇有內亂或外犯危害本憲法及其規定之政府時，在未平靖前，於被難各省或區域內得停止人身保護狀之頒發及憲法規定之保障。」很顯然的，其憲法第十四條第五款：「出版物毋須經過檢查」之規定將被剝奪，而必締訂有如美國戰時專用的「通敵法案」、「間諜法案」及「顛覆法案」等類似的戰時專律，以適合戰爭的需要。

第四，香港是被認爲有新聞自由的，然而，它卻正執行著一套「煽亂條例」來監視著香港所有的報刊，「煽亂條例」的第三條爲：「1. 煽動意圖指有下列意圖之一者——(1)對英女王，王嗣或繼承人或本港政府或英國領土政府或依法律組設之英保護國政府引起妒恨、藐視或激動惡感者。⑵激動本港英國人民或居民，企圖非法手段改變本港依法律組設之其他事物者。⑶對本港司法引致嫉恨，藐視或激動惡感者。⑷對本港英國人民或居民激發不滿或惡感者。⑸促成本港人民不同階級間之惡感與敵對者。根據此一條例，曾經執行一次最重要的控訴案——一九五二年對中共《大公報》的控案。該年三月一日，中共黨員及親共份子，曾在九龍舉行反政府暴動，幸警方即行鎮壓平定，《大公報》錄刊「新華社」之特寫，斥責「英國帝國主義」，以「不法及暴虐行為迫害香港的華人」等。於是該報之督印人和編輯同時被捕，被控煽動叛亂罪，結果被判有罪，並處以罰款。至於報紙被判「藐視法庭」者，則時有所聞。論者是否能因此認爲香港沒有新聞自由或香港有絕對的新聞自由呢？

對自由中國的質疑

在檢討世界新聞自由之理論及現狀之後，吾人必須對自由中國究竟有無新聞自由提出若干說明：

先就法律方面言，與英、美海洋法系國家不同，我國屬於大陸法系國家之一，故對於言論自由等，係採取間接保障方式。我國憲法第十一條規定：「人民有言論、講學、著作及出版之自由。」但在必要時，有如阿根廷憲法之規定，得制定法律限制之，如憲法第二十三條規定：「以上各條列舉之自由權利，除爲防止妨礙他人自由，避免緊急危難，維持社會秩序，或增進公共利益所必需者外，不得以法律限制之。」同時爲了防止公務人員違法，致侵害人民在憲法上所規定的權利起見，故同法第二十四條規定：「凡公務員有違法侵害人民之自由或權利者，除依法律受懲戒外，應負刑事及民事責任，被害人民就其所受損害，並得依法律請求國家賠償。」顯然的，憲法上不但規定了人民所應享的自由，而且更防止了公務員之侵害此種自由權利，從法理立場說，我們是一個享有新聞自由的國家，應無疑義。

至於事實上又如何呢？攻擊自由中國沒有新聞自由的團體或個人，包括「國際新聞協會（IPI）」在內，他們以爲出版法的存在是中華民國沒有新聞自由的明證。按我們出版法事實上，不過彙編有關新聞出版條例之諸法而成，目的僅爲適應戰時的需要，其中關於誹謗罪一項，且付闕如，故其性質和基本精神，與美英戰時專用的「通敵法案」、「間諜法案」，及「顛覆法案」、「公務保密法」、「史密斯法案」等比較，似無二致。今日臺灣區的戒嚴令並未解除，我國實際上現仍處在戰爭狀態中，所以我國現行出版法殆可稱爲「戰時出版法」。

其次，認自由中國無創刊新報的自由，即爲「新聞自由」遭遇剝奪，依據我國家總動員法第二十二條規定，政府於必要時，對報館通訊社之設立，原可加以限制或停止。我們姑且不就法律條文來辯解，即按事實來說：政府遷臺十一年以來，因事實需要，先後准許設立之報紙，已有《徵信新聞報》、《英文中國郵報》、《青年戰士報》及《英文中國日報》等四家。或謂既然沒有限制辦報，而且「簡約用紙」的理由久不復存在，爲什麼不索性一律開放而篇幅亦不必加以限制呢？關於這個問題，最近行政院曾以書面意見答覆立院的質詢，其理由在此不必複述。但我們應客觀考慮到的一個事實問題，就是如按現在依然有效的舊出版法實施細則無限制開放登記，而任各報自由競爭，即令不致發生報業兼併現象，但新聞紙浮濫之流弊是否將隨之而至，誰也沒有把握。此種流弊，原爲新聞學者所詬病，如在平時安定環境之中，尚可容忍，而任其天演淘汰，但當此時此地，國家面臨如此強暴的敵人，而社會人心，又無容諱言的有些脆弱的地方，一個對人民和歷史負責任的政府，是應該就全盤和長遠的國家利益加以考量的。

我以爲這不是單純爲政府辯護，或顧慮過甚，而是眞正崇信言論自由，愛護新聞事業者不能不預爲考慮的一個問題。如一旦情勢許可，政府無疑應對辦報和擴展新聞自由儘量加以鼓勵，因爲我們反共是爲了民主政治，民主政治自然應有正常繁榮的新聞事業。

爲了多享新聞自由之福，力避濫用言論自由之弊，我們與論界應該自己來自我檢束，務期逐漸建立一個自由而負責的新聞界。我們不要以爲這是一件小事，它對反共復國前途的影響，實與軍事的加強、經濟的發展、政治的健全同等重要；更由於它對民眾發生直接的影響，因此其重要性，甚至超過前述各事。最近新聞界自身已不斷發出淨化新聞陣營的呼聲，主張仿照英美成例，成立「報業評議會」一類組織，並要求政府從速訂頒新聞記者法。

美國是崇尚法治的民主國家，也最重視言論與新聞自由，但其與論領導者從未放棄其應負的責任。不久以前，甘迺廸總統曾懇切要求美國新聞界要自我約束，發揚「自律的精神」。他於本年（一九六一）四月二十日在華盛頓美國報紙編輯人協會年會席上發表演說又稱：「我們對人民都負有一種披露實情的共同責任——坦白的、正確的披露實情的責任。」此處值得人們特別注意者，就是新聞從業者有權披露實情，但必須「坦白」而「正確」，而更爲重要的，就是要有一種「自律的精神」，所謂自律，就是處處要爲國家利益、社會安全及他人尊嚴著想。美新聞學教授布納索（Prof Boris Brasol）曾謂：「紊亂的新聞事業，爲導致或鼓勵世人傾向犯罪的重要原因，且有因此類不良新聞的報導，而發生明顯與立即的危險。」我以爲這一段話是語重而心長的！

言論自由與新聞自由有如美國《明尼亞波里論壇報》漫畫家史葛龍筆下的刺蝟，它可以保護自己，但也會傷人，我們一方面要求新聞自由，同時也要負起一個立言者的神聖責任——對個人、對社會、對國家都應負起這一隨自由報導以俱來的責任。（民國五十年九月刊《新時代》月刊一卷九期）

第二節 新聞事業的社會責任

大眾傳播事業的社會責任問題，是一個引起熱烈討論的問題。其中像「新聞自由」、「重商主義」、「煽情主義」、「集中」和「壟斷」，都是討論的重點所在。

> 報人最大的恐懼，不在政府的管理，而在於報業自身的不負責任。

十八世紀產業革命是世界經濟的一個轉捩點，企業家應時崛起，以機械的大量生產代替了原來家庭式的手工業，生產結構因此產生巨大的變化，人類物質生活也因此受到了不可避免的重大影響。二十世紀的人類也有一個對人類生活影響深遠的革命，此革命即爲傳播革命（The Communication Revolution）。

傳播革命的影響

「傳播革命」的發生與工業技術的發展是分不開關係的。印刷工業如高速輪轉機、彩色印刷、照相製版等的發明；視訊、聽訊以及視訊和聽訊結合爲一的電視的問世，乃至於人造衛星發射成功，用之於最新消息的傳遞及實況轉播，這些都是了不起的科技成就。從此，大眾傳播的範圍更廣，種類更多，速度更快，與人類的精神生活息息相關，這就是大眾傳播時代的來臨。

無疑的，工業技術造成的傳播革命，工業技術的應用是一大特色，但是工商界也都是有這種特色。所以我們必須指出，大眾傳播時代的來臨之所以值得注意，並不只在工業技術之應用，而在此工業應用後對人類精神生活影響的多面性及深入性。可以說，大眾傳播的內容已成爲我們日常生活不可或缺的一部分。

就時間言，大眾傳播事業一天二十四小時都在報導最新的消息。人類登上月球的一刻，大家坐在電視機前，與太空人共享人類智慧成就的興奮和驕傲。只要高興，隨時把開關一扭，電視機、收音機的節目即可看到、聽到，逼眞動人；而把信箱打開，早上有日報，下午有晚報，內容廣泛，多方適應讀者的胃口和興趣。在一天當中，如果沒有接觸到大眾傳播媒介，生活就會覺得好像缺少了什麼。

從空間言，大眾傳播媒介突破了空間的限制，無遠弗屆。從城市到鄉間，從山嶺到海角，凡是有人的地方就會有大眾傳播媒介的接觸和存在。尤其是人造衛星發射成功以後，用之於大眾傳播的用途，空間的距離較前更加縮短。古人說，天涯若比鄰，一點也不錯。在外國發生的新聞，我們這裏馬上可以知道——人人知道，形成一個開放的新聞社會。

大眾傳播大量傳播的結果，使人類的生活更豐富，更多彩多姿，而社會的關係也更開放，更密切，其重大貢獻是極爲顯然的。但是大眾傳播事業本身，卻也隨其急遽的發展而趨於複雜。

大眾傳播事業的社會責任問題，就是一個引起熱烈討論的問題。其中像新聞自由（freedom of the press）、重商主義（mercantilism）、煽情主義（sensationalism）、集中（concentration）和壟斷（monopolization），都是討論的重點所在。許多新聞學家、新聞工作者、政治家、法律家、教育家和宗教家，都從各個不同的角度，對這些問題發表了客觀的意見，以及學術討論。

一九四七年美國新聞自由委員會在其「自由而負責的新聞界」的報告中明白指出，新聞界現正處於危險之中，其原因有三：

㈠報紙對一般人的重要性，隨其發展爲大眾傳播工具而與日俱增，但報紙也因發展爲大眾傳播工具而大大地減少了一般人透過報紙，以表達他們意見和觀念的比例。

㈡少數掌握大眾傳播工具的人，不能對社會大眾的需要提供足夠的服務。

㈢掌握報紙的人時常所做的一些事，常爲社會所譴責，此種情況如果繼續下去，勢將不可避免的導致管理過嚴或控制。

掌握大眾傳播工具的人不能善用社會公器的力量，爲大眾提供適當的、足夠的服務，而以少數人的意見壟斷了大多數人的意見，遂致引起社會大眾的不平之鳴。所以大眾傳播事業的驚人發展，一方面固然是值得欣慰，一方面更是值得警惕。

自由與責任不可分割

大眾傳播事業的發達，反映了新聞自由的事實，而新聞自由又爲政治自由的前提。思想、意見不能自由表達，即無自由之可言。意見表現的自由存在，即爲自由社會之存在。新聞學人艾克斯(Harold L. Ickes)說：「當我批評報業，我批評的是其任務而不是其自由。我認爲，新聞界應更自由地、公平地使用新聞自由。報業的絕對自由對民主政府的過程而言，是極爲重要的事。我不希望此新聞自由受到損害。」新聞自由對民主政治的重要性，於此可見。

法學家布拉克斯東（William Blackstone）說：「對於自由國家的本質而言，新聞自由是十分重要的。每個自由人有無可懷疑的權利去刊登他所喜歡的意見。如果對此權利加以禁止，是即破壞新聞自由。」他對新聞自由的主張，以及闡述新聞自由對自由國家的重要性，極爲透徹、有力。

另一位學者莫洛（Marco Morrow）強調：「新聞自由對民主是極重要的。沒有新聞自由，民主即不可能。美國報界利用新聞自由爲全國人民作更大的服務。」新聞自由與民主政治的依存關係，這段話說得極爲清楚。

綜上各家說法，新聞自由的要義，可歸納爲二：一爲消極的「免於什麼的自由」（free from），一爲積極的「爲什麼的自由」（free for）。在前者，如免於任何外來的強迫的壓力威脅，如政治的、經濟的、社會的、宗教的壓力是。在後者，如發展其爲服務和成就的信念，對自由社會之維護和發展，作大公無私的貢獻是。

新聞自由的這二種要義，其實是不可分的。有消極的免於什麼的自由，才有積極的爲什麼的自由。而有了爲什麼的自由，也才能保障免於什麼的自由的存在。只是在新聞自由發展過程中，先有消極的新聞自由，然後才有積極的新聞自由，如是而已。

從新聞史可以得知，即使是消極的新聞自由也是報人以很高的代價，經過長期的奮鬥爭取才獲得的。英國新聞自由之獲得即是一例。所以如何珍惜新聞自由，維護新聞自由，乃是每個新聞工作者應有的體認。

不幸，新聞自由常被曲解、濫用，尤其是在美國為然。我願舉民國六十年（一九七一）六月發生的轟動一時的《紐約時報》、《華盛頓郵報》刊載基於國防部祕密的越戰報告所撰寫的文章為例。

當年，《紐約時報》和《華盛頓郵報》先後刊登越戰祕密文件，美國政府大為震驚。一名法官應政府的請求，下令此等報紙暫時停止刊登。官司很快的打到最高法院，九位大法官進行投票，結果是六票對三票，允許報紙繼續刊登越戰祕密文件，也就是聯邦政府敗訴，報紙勝訴。

學人雷德（Richard Reid）針對此一判例說：「憲法對新聞自由之保證，並非特許報界肆無忌憚，為所欲為……新聞自由主要是屬於全體人民，而非報業。當此自由權利與更高的權利發生衝突時，則人民有權去節制它。」這一段話似乎最足以表現自由而負責的報界對於新聞自由應有的認識。即新聞自由固然可貴，但是國家安全亦屬至為重要。

新聞自由應守的原則

新聞自由應基於國家安全的原則，除此以外，新聞自由也應基於法律的原則、教育的原則以及道德的原則。

法學家布拉克斯東曾強調：「如果報紙所刊登者爲不正當的、有害的或不合法的，則必須對其魯莽的後果負責。」這是說，新聞自由應基於法律的原則，而絕對不是無法無天的濫用自由。

派克（Frank Parker）則指出：「報業的社會責任是無可逃避的。凡是從事此項事業有關的一切人員都應對其責任有所衡量。我認爲，新聞事業對社會的重大責任，猶如醫師對病人肉體痛苦之解除，牧師對教區內居民之祈福，負有重大的責任。從事報業工作之人員，是有比律師、工程師、農夫和企業家、銀行家更偉大的社會影響。」我想，能够基於這種社會原則而獻身報業工作，一定可以爲社會提供積極建設的貢獻，克盡報人應盡的天職。

美新聞自由委員會的報告中明言：「報業必須是對社會負責的。此即必須能够滿足公眾的需要，維持公民的權利，以及那些沒有報紙的人講話者的權利。」於此可見對社會負責的範圍甚廣，而使命之重大，不言而喻。莫洛曾謂：「報紙的功能是與一般人合作，以建立並維持公平的、正當的社會秩序。」這更是報業的社會責任之正確詮釋。

新聞自由的另一原則爲教育的原則。「我們必須承認，大眾傳播事業是教育的工具，並具最大的教育力量。因此它必須承擔教育者的責任，敍說並闡明社會奮鬥的理想」，新聞自由是要用來從事社會心理建設、鼓舞社會努力向上，擔當積極的建設性的角色——也就是社會教育的建設性角色。

此外，新聞自由應根據的再一個原則就是倫理道德的原則。這點更是不容忽視的。莫洛指出：「自由的報業像其他自由一樣，有時竟淪爲金錢所操縱的娼妓。」他這句話最值得新聞工作者時刻反省警惕。實在的，道德責任（moral responsibility）是一種內在的約束力量，這種力量雖然看不見，但大家相信，這種約束力量比什麼都大，比什麼都有效。雷德曾說：「所有的人都應對自己負責，但有許多人同時還對別人負有道德的義務，其中尤以新聞工作者爲然。」他的意思已極明顯，無待多述。

「表達的自由是一種道德的權利，因在其中存有義務」。新聞自由委員會這句話強調了道德義務的重要。沒有經過道德義務考慮的新聞自由，不能算是眞正的新聞自由。所以如何嘗試建立更高的倫理道德標準，激發活生生的義務意識，乃是自由而負責的新聞界所亟需注意的問題。

重商主義與理想主義

新聞自由是一個問題，新聞事業的過度商業化也是一個問題。學術界及各方面的討論，足爲新聞界深切自我反省。

新聞事業的過度商業化也就是一般學者所稱的重商主義（Mercantilism）。學人懷特（

William Allen White）說：「美國報紙的發行人常在報紙以及其他職業上賺更多的錢。他是追求權力和名聲的富人。」大眾傳播機構成爲大的商業，而其擁有者即是大商業家，因此其流弊自是難以避免。他又說：「報紙已從傳統的大眾意見的領袖地位，轉變成傳播謠言和新聞的承辦商。報業已變成商業，被吞沒於重商主義的潮流中。」這段話確是當頭棒喝，發人猛省。

另一位學者兼評論人得布尼（Virginius Dabney）也同樣提出嚴肅的指責。他說：「今日的報業是大的商業。此風並在沿襲繼續之中。發行人常是當地的商業領袖之一，他對編輯處理懂得很少，但社論卻強烈地反映商業觀點。他偶爾放手讓編輯去做，但經常不是如此。他視報紙爲一『資產』遠超過視它爲『公共服務』的工具。」

但是對於這些嚴正的指責也有不同意的。《華爾街日報》（*Wall Street Journal*）就是一例。該報當時爲報紙的重商主義辯護說：「報業完全是一種企業。……擁有報業是正當的，因爲他是憑自己冒險在出賣工廠的出產品。」

寵德（Fraser Bond）名著《新聞學》開宗明義就指出，重商主義的報業所信奉的教條是：「給公眾所需要的東西（give the public what it wants）」。公眾需要些什麼呢？這就牽涉到新聞趣味的因素問題。大致說來，公眾感到趣味的是這些：1.自我的興趣；2.錢；3.性；4.衝突；5.不尋常；6.英雄和盛名崇拜；7.懸疑；8.人情味；9.重大影響的事件；10.競爭；11.發現和發明；12.犯罪。

在這十二項新聞趣味的因素中，其中尤其是第2.項、第3.項、第12.項最爲一般讀者感到興趣。所以華克（Stanley Walker）在爲新聞下定義時，乾脆說：新聞就是女人（women）、錢（wampum）以及犯罪（wrongdoing）。

信奉重商主義的一些報人以利之所在，便投讀者所好，煽情主義的色情、暴力內容被渲染、誇張，充斥版面，戕害讀者心身。尤其是一些血氣方剛、思想、感情尙未成熟的青少年受害更大，美國社會犯罪率的遽增，與大眾傳播機構大量傳播「煽色腥」的東西，未嘗沒有關係。

於是理想主義（Idealism）的報人起而和煽情主義對抗。理想主義者認爲新聞事業是一種責任和特權。霍金斯（Eric Hodgins）挺身而出說：「新聞事業是正確的、洞察的、迅速的傳遞消息，在這種態度上，事實是被服膺的。」換言之，理想主義強調的是事實，其哲學是：「給公眾必須有的事實」（give the public the truth it must have）。這裏值得注意的是，它不是煽情主義的故意誇大，而是根據事實，並且是必須有的事實，經過愼重考慮然後刊登者，所以它所刊登的東西，都是對社會人、對讀者負責任的，是從社會教育的重要觀點考慮的。

這兩種不同主義的優劣得失，事理甚明，無待多說。如何避免過度的重商主義、煽情主義，而以理想主義的目標懸爲報業努力奮進的標竿，當是每個良知的報業工作者應該再三深思的問題。

報系壟斷的危機

新聞事業重商主義的過分擡頭，優勝劣敗，以大吃小，造成了一個不能避免的後果，也就是報紙集中在少數大老板的手中，形成報系（Chains），報團或連鎖報紙，建立傳播帝國（The Communications Empires）。

說來是很耐人研究的，爲了防止政府的專制，凡是民主國家均需要強有力的報紙以監督政府，平衡政府的勢力，爲大眾作最大的服務。但是當報紙發展成壟斷公共意見的寡頭大報，或報紙老板財力雄厚，同時經營數家乃至數十家連鎖報紙時，它卻不期然的成爲一個無形的「專制政府」，對民主政治構成威脅。

在美國、英國，因爲自由主義報業理論的發達，寡頭大報操縱輿論，或是報系集團獨霸公共意見的情形已數見不鮮。專家學者及社會上有識之士，特別爲此發出警告，認爲這種情形如不設法改善而任其繼續發展，則其後果極爲嚴重。

報紙本來應該是一種社會的公器，爲社會大眾提供廣泛的服務，才是道理。而今報紙落入少數人手中，完全變成商業化，其經營方針及編輯政策，一味維護並增進報社擁有者之利益爲考慮要件。試問在這種情況下，新聞言論還能超然獨立，大公無私的爲大眾提供足够的服務嗎？

因此，對於美國新聞事業的主要批評，很多與報紙的集中壟斷有關。諸如：報紙所有權落入少數人手中，剝奪社會大衆表達的自由；報紙巧妙地處理新聞，以遂其不可告人的自身目的；報紙爲增加銷路，大量刊登犯罪新聞和煽色腥的誇大色情新聞。

又如彼得森教授（Theodore Peterson）指出：報紙發行人常爲本身目的，而運用巨大權力，宣傳自己的意見，特別是有關政治、經濟問題，常以自己的意見，壓倒反對意見；工商階級控制報業，觀念與意見的自由市場遭受威脅……。

諸如此類的批評很多，可見報業壟斷確實已形成一個不容忽視的問題。於是解決之道便由各方面提出來。

最容易被想到的是制訂新聞事業的反托辣斯法（Antitrust Laws），以阻止並打破寡頭大報及連鎖的壟斷，使大衆傳播工具不被少數人控制，而能够在有對手的報紙競爭中，維持輿論及新聞的注重公益問題。

這個立法的構想當然很好，但是尙有問題值得商榷。那就是新聞自由會不會在反托辣斯法的藉口下被犧牲？如果是，那麼對於新聞事業反托辣斯法的立法問題便需愼重的從長計議。

此外，被想到的一個解決之道是由政府辦公家報紙以資平衡獨佔的寡頭報紙，這個解決之道比反托辣斯立法要高明，不過在技術上仍有困難存在。辦一家規模宏大的報紙並非一朝一夕可以做到。

所以人們認爲：報業壟斷與集中的根本解決之道仍在於報業必須「自由」與「負責」兼顧，

而「負責」尤應是「自由」的前提。有社會的責任感的大報業，必然能夠贏得社會的強烈的支持，而其自由也必能維持不墜。反之，如果只顧私利而置大衆的利益於不顧的不負責任的大報，必然遭受社會的一致譴責抗拒，而新聞自由也必因此受到重大的損害。

前述美新聞自由委員會報告中有一句話，我認爲最足爲報人猛省：「報人最大的恐懼不在政府的管理，而在於報業自身之不負責任。」凡是從事新聞工作者，都應三復斯言。(民國五十九年十二月十七日對政大新聞系四年級同學專題講演（上），《報學》半年刊刊載）

第三節　新聞自由與社會責任的互動關係

> 新聞自由只有充分反映個人言論自由及克盡道德責任時，才應受到憲法的保障。
>
> 社會責任論是主張負責任的新聞，其基本精神在於希望新聞界自己能夠自律自重。
>
> 所有民主國家，都承認新聞道德與自律，應該有效加強，藉以遏阻新聞自由的偏差與濫用。

由於大衆傳播媒體在民主政治的成長過程中肩負著相當重要的責任，談民主、講自由，首先接觸到的就是新聞的自由尺度問題。我國政府既然決定開放報紙的限制，表示對於新聞自由的局限予以拆除，眼看著即將產生一段多彩多姿的新聞競爭，在新開放的自由領域中，各領風騷，這原是非常可喜的現象，也是民主政治成長的新里程。

但是，我們審視若干年來新聞報導的內涵，參差不齊，從事新聞事業的成員，良窳互見；加上少數比較偏激的人士，利用新聞自由這招牌，遂行挑撥、分化、攻訐、揭私的行爲，難免令人對於政府開放報紙限制的美意良法，抱持著憂慮喜悅參半的心情。事實上，揆諸世界民主先進國家，對於新聞自由的發展歷程，也莫不付出了相當可觀的代價，迄今依然沒有十全十美的模式，甚至眾說紛紜，莫衷一是。唯一可取的，也只有以「社會責任論」冠於新聞自由之上，藉以匡導漫無止境、亦漫無標準的自由，因此擬就這兩者互動的因果與今後我們所應採取的走向，提出個人的觀點。

新聞自由的含義及其功過

新聞自由，是一個很美麗的名詞，但是在美麗的後面，卻隱藏了多少問題！早年美國費城《獨立鏡報》（*Independent Reflector*）就這樣說過：「新聞自由就像其他自由權利一樣，談論的人很多，但瞭解的人太少。」誠然，高呼新聞自由的人，是否都眞正懂得什麼是新聞自由的含義？

根據國際新聞學會（International Press Institute 簡稱 IPI）的說法，認爲新聞自由的含義有四：採訪、通訊、出版、批評的自由是也。這四項要素，在目前世界各國，即便是民主自由的先進國家如英美等國，現在也只能做到出版與批評的自由，尚在爭取採訪與通訊的自由，而其他開發中國家或第三世界，則仍在爭取出版與批評的自由，可見新聞自由這個名詞，是很難周延、推之四海而皆準的，易言之，它是變動不居，因地因時而各有不同的含義與解釋。美國的新聞自由定義就不能用之於蘇俄，同樣地，英國的新聞自由定義也不能用之於中共，每一個國家，都有其政治運作的背景與歷程。新聞自由固屬民主政治之必要條件，但是絕不是世界標準的模式。

一般從事新聞自由研究的學者專家，認定新聞自由可以協助發現眞理，因爲眞理愈辯愈明；新聞自由可以提升文化水準，加強人民的自治能力；新聞自由可以建立意見自由市場，服務民主政治；新聞自由可以監督政府，保障人民自由的權利。所以甚至有人說：新聞自由乃民主政治之象徵；沒有新聞自由的地方，就沒有民主政治！基於這種理念，於是大家近乎瘋狂地追求新聞自由，嚮往民主政治。不錯，這些論調，沒有人能够推翻，但是，如果我們這樣提出一個問題：有了新聞自由，就眞正實現了民主政治的理想麼？這個答案又是怎麼樣的？

學者專家們只認定了新聞自由的功能性，而忽略了新聞自由的可塑性。當新聞媒體從當初被視爲文化事業、純粹服務性質的公益事業落入商人與財團手中的結果，其性質幾乎完全改變了。在商業化、集中化的情形之下，新聞自由顯著地降低了其正面的貢獻功能，而大量製造了負面的污染公害，逼使學者專家不得不承認新聞自由化已經罹患了兩大惡疾：一爲新聞自由之濫用，形成了「黃色新聞」、「毀謗武器」、「報紙審判」等公認的弊害；一為報業托辣斯化，變為「我即新聞自由」、「一城一報」、「營求私利」的工具，這樣的結果，所謂新聞自由，豈不成為扼殺新聞眞正自由的劊子手、阻撓民主政治運作的絆腳石？我們誠以標榜新聞自由最力的美國來看，據學者專家的統計，新聞自由起碼已經給美國製造五大公害，那就是：

㈠刊登黃色新聞，藉以刺激發行量，達到商業營利之目的；

㈡誨淫誨盜、敗風害俗、危害公共道德，影響社會安全；

㈢誇大、渲染犯罪新聞，誹謗個人名譽，侵犯隱私權，實行報紙審判；

㈣洩漏國防機密，曲解政府政策，危害國家安全；

㈤利用新聞自由之特權，以圖非法不當之暴利。

從這些現象看來，新聞自由競爭、弱肉強食的淘汰結果，英國有七十一個城市有日報，其中只有兩個城市才有兩家報紙；美國四、五百個中型以上都市也只有十一個城市才有兩家報紙。試想：當一個城市被唯一的一家報紙所獨佔，大量擴散上述的五大新聞公害時，人們對於追求新聞自由的代價又是什麼呢？而向來視新聞媒介至少要盡到「保護環境、傳播訊息、服務公益」等功能的主張者，究將何以面對閱聽大眾?!

社會責任論的興起與成敗

當力倡新聞自由論的學者專家對新聞自由所表現的成就感到困惑失望的時候，有一些傑出的報人開始覺醒了。一九〇四年，普立茲主持的《紐約世界報》強調商業主義的觀念僅限於報社的經理部門，經理部門的活動，絕對不得干涉侵犯到報社的編輯部門，否則，就是自由報業墮落的危機。一九〇八年，艾廸夫人創辦《基督教科學箴言報》，堅決反對刊登黃色新聞與犯罪、災禍的報導。這兩位可以說是報業負責人從新聞自由的洪流中首先掙扎上岸的代表，於是，一九一一年，美國密蘇里大學新聞學院創辦人威廉博士制訂了「報人道德守則」八條；一九二三年，美國報紙編輯人協會制訂了「報業道德信條」七項；一九三四年，美國記者工會制訂了「記者道德律」九項；以及陸續制訂的電影道德規範、電視道德規範，可以說都是匡正新聞自由、形成新聞道德的力作，但是這些守則規範，僅成爲學者討論的資料，新聞道德的花冠，沒有人也沒有機構去認眞執行。

一直到一九四三年，美國《時代》雜誌創辦人魯斯（Henrg R. Luce）捐款在芝加哥大學成立「新聞自由調查委員會」，在一九四七年出版《新聞自由》一書，指出：「新聞自由不是基本人權，而是一項道德權利，僅爲報紙發行人所享有；而言論自由才是一項基本權利，應受憲法保障。而且新聞自由只有充分反映個人言論自由及克盡道德責任時，才應受到憲法的保障。」這種論點，導出了一九五六年彼得森（Theodore B. Peterson）與史蘭姆（Wilbur Schramm）教授等合著報業理論叢書中，首次提倡「社會責任論」這個響亮的名詞，它雖然立論也基於自由主義的理論，但是卻超出了自由主義的範疇，所以也有人稱之為「新新聞自由主義」。

新聞自由委員會的十三位學者專家認為：外在法律與輿論的力量，僅可以防止新聞工作的不良發展；但是良好的工作表現，只能從那些運用新聞媒介的人們本身產生出來。所以社會責任論，是主張負責任的新聞，其基本精神在於希望新聞界自己能夠自律自重，為了避免重蹈以前那些道德規範毫無作用的覆轍，所以他們一致主張必須建立一個新聞自律的監督機構，來檢視新聞事業是否真正做到自己約束自己，以盡社會責任的天職。

他們這項主張，立即獲得英國的響應，一九四九年，英國下院皇家委員會也主張成立報業總評會，不過拖到一九五三年七月一日，才正式成立由二十五名委員組成的「報業總評會」。其他各國，如比利時、荷蘭、西德、義大利、土耳其、奧地利、韓國、日本、加拿大、丹麥、印度、菲律賓以及我國等三十多國，也都先後陸續成立新聞評議會，以要求新聞事業肩負對社會的責任，但是，這些如雨後春筍般的新聞評議會成立之後，莫不遭遇到不少難題，眞是始料未及，比較嚴重的難題有四：

(一)這個會是否應該邀請社會大眾代表參加？所佔人數之比例如何？

(二)這個會對於報社違反了新聞道德的案件，是否有主動審查之權？

(三)這個會對於報社違反了新聞道德的案件，是否有具體制裁之權？

(四)這個會的所有開支經費，究竟該由誰來負擔？

這幾個問題，困擾著各國的新聞評議會，專家學者也主張各殊，沒有定論，以致使評議會的功能，大大地打了折扣。就以倡始的美國來說罷，由於有很多報業大力反對這項新聞評議會的設立，吵吵鬧鬧，爭執了二十六年之久，到一九七三年，才成立全國性的新聞評議會，會是成立了，但是美國報業仍然相信自由主義自我矯正的理論，不願接受新聞評議會的監督與糾正，所以勉強維持到一九八四年三月二十日，美國的全國新聞評議會，竟因權力不能發揮，經費來源短絀，缺乏主要新聞單位的支持，不得不宣告解散結束。由此可見，一項理論提出來時覺得非常完善，可是一旦付諸實施時，就會發現其中竟有那麼多窒礙難行的問題。有些人士，憑著一己之見，大聲嚷嚷，眞正做起來，卻不是光靠理想就能實現的。

新聞自由與社會責任的關聯性

前面說過，新聞自由主要的內涵是在於爭取採訪、通訊、出版和批評的四大自由，這也無可厚非，問題就在於新聞自由的結果，產生了濫用自由、商業化和獨佔化的後遺症，危害社會至烈。因此，才有人提出社會責任論來約束毫無邊際的新聞自由論。這好比我國《西遊記》中的孫悟空一樣，猴子脾氣一來，誰也控制不了他，觀音菩薩只好給他戴上一圈金箍，他一撒野，唐三藏就唸起咒語，他馬上抱頭求饒。不過，那要看咒語有沒有靈驗，才能算數，否則，反而會激起孫猴子的憤怒，後果更爲難堪。我們看社會責任論應有三大主要建議，猶如觀音菩薩的三段咒語。這三項建議是：

第一、新聞事業應制訂新聞道德規範，用以防止新聞自由之濫用，易言之，也就是實行新聞自律。

第二、社會大眾應設立新聞評議會，對新聞事業實施公共監督，促使其擔負社會責任。

第三、如果公共監督與新聞自律都沒有成效，那麼，政府為了維護民主政治所必須依賴的「意見自由市場」，國家就得出面自己經營新聞事業，或制訂新聞法規，強迫新聞事業擔負起對社會的責任。

這三項建議，顯然地，從倡議社會責任思想迄今整整四十年（一九四七—一九八七年），在推展的成效上，是相當的脆弱。新聞界對自律沒有誠意執行，新聞評議會未能發揮公共監督的預期效果，而政府制訂之新聞法規多有不當，而且顧慮太多，沒有力量。可見這項緊箍咒是不太靈驗，無法制止亂蹦亂跳的「齊天大聖」（新聞自由）了。

事實也是如此，截至目前為止，所有民主國家，都承認新聞道德與新聞自律應該有效加強，藉以遏阻新聞自由的偏差與濫用，但是，都沒有一個國家能夠做到接近理想的境界。所以對於這「放」（新聞自由）與「收」（社會責任）兩者之有效配合、相輔相成，確是值得學者專家拿捏的關鍵。在一放一收之間，如何掌握得恰到好處，實在是一大學問。唯一的途徑，恐怕只有從重新認定新聞自由的眞諦與強化社會責任的做法著手。我們不可能讓足以影響大眾思想與行為的新聞事業毫無約束地製造民主政治的公害；但是也不能因噎廢食，剝奪了新聞自由的存在。中國有一句諺語：「解鈴還需繫鈴人」，從事報業的人員，應該深體這句諺語的奧妙，如果一味高唱新聞自由、追求無限度的自我權威，而無視於因此所製造的社會問題，罔顧報業自己也是社會架構中的一環，那將無異引火自焚，終必會被社會大眾的驚覺醒悟所唾棄。（民國五十九年十二月二十三日對政大新聞系四年級同學專題講演（下），七十七年五月對文化大學三研所博士班座談補充）

第四節 新聞人員與公共關係

在一個民意伸張、輿論發達的民主國家，編輯人員在社會上有其優先的發言地位；他的言論愈能代表多數人的意見，他的觀點愈能切合時勢的需要，則他在社會上的聲譽和影響也就愈大。

更重要的，是要成為一個現代社會良好公共關係的推動力與保護者。

個人由美返國，道經西雅圖，參觀世界博覽會和舉世聞名的飛機製造廠——波音公司；兩者的宣傳和公共關係實在做得太好了。因此前者能在半年之內，吸引了近九百萬的參觀者，不但當地和華盛頓全州收入大增，即對全美工商業也是一次最好的國內外宣傳。至於波音公司，我是經當地我國總領事館安排作單獨訪問的，對於接待我的該公司兩位公共關係人員，其顧慮的周詳、說明的翔實以及待人的親切……使我留下至為深刻的印象。碰巧兩位先生都是報館記者出身，見識廣博，詞鋒勁厲，倘使我是該公司出版品的一個可能顧客，必然已無形中大受影響。由此可知公共關係的作用，亦可瞭解新聞人員實是理想中的公共關係人員。

公共關係的回顧

公共關係是二十世紀企業發展下的產物。本世紀之初，美國工商業界曾充滿貪婪和自私自利的現象，老羅斯福總統在位期間（一九〇一—一九〇九），率直地指斥他們是凌虐消費者的一支巨棒（big stick）。由於工商業界普遍遭受譴責，他們開始作自我檢討，希望和消費者不再處於對立地位，因此企業界的公共關係活動乃應運而起。

一九〇三年一月做過新聞剪貼工作的李艾偉（Ivy Lee），在紐約市首創「派克與李氏公共關係事務所」（Parker And Lee Public Relations Counselors），當時受託的顧客，只有賓州鐵道公司和美孚石油公司等數家。一九一九年，李氏與報人羅斯（Thomas J. Ross）合組「李、羅公共關係事務所」（Ivy Lee & T. J. Ross Associates），業務更見開展。

根據《美國公共關係發展史》一書作者白納斯（Edward L. Bernays）的分析，一九一九年及其以後十年為公共關係顧問及職業宣傳興起的時代。由於第一次世界大戰的經驗，證明宣傳乃是致勝和成功的一項武器。公共關係首先被視爲社會科學的一部分，亦即開始於這一時期。

一九二九至一九四一年，美國公共關係再向前邁進一步。這是因爲經濟大恐慌時代過去之後，美國及世界各地在經濟社會及政治各方面，都發生了劇烈變化。最顯著的事實，是社會大眾的消費欲望及其購買力隨之增高。企業界爲了競爭和發展，必須使大眾瞭解他們的事業態度與立場，因此整個社會乃充滿了力事宣傳，爭相報導及加強公共關係的活動。

一九四一年至五一這十年之中，白氏認爲公共關係這一新起的學問和職業，不但未因二次大戰而停止發展，反之，卻因宣傳方法、新聞傳播以及心戰技術的廣泛應用，更促成公共關係在人羣社會中的影響作用。在公共關係發展史上，這是使個人、團體與社會之間，求取進一步協調的時代。

新的趨向

至於最近十年以來，公共關係的發展更是驚人。電視廣播事業的突飛猛晉，航空及旅遊相互間的刺激作用，以及新聞傳導的益見普遍，再加上冷戰策略的無微不至，皆直接間接有助於公共關係的爲人重視。此不獨美國爲然，歐洲以及開發稍後的舉世各自由國家，無不受其影響。一旦通訊衛星能成爲民間運用的一種設備，那世界的範圍，在時空距離上，自將更爲縮小，那時人類社會在公共關係的發展上，必將出現另一個嶄新的時代。

今天美國公共關係已與其人民的社會生活，相互結合，蔚爲其社會思想的一部分，所以不少學者率直的視之爲一種社會的管理哲學（a philosophy of social management）。美國各大企業，不論其性質如何，幾乎都設有公共關係部門，往往由一副總經理級的人員，負責推動指導；一般規模較小的企業組織亦相率效尤。目前大概有四千五百家的大小公司行業均設有公共關係單位或聘請公共關係顧問。這一數字殆爲美國經登記爲企業性組織的百分之八十（根據一九五九年美公共關係協會《公共關係雜誌》的統計）。

不獨工商業視公共關係爲其本身業務的一部分，美政府、工會、社會、政治、教育、宗教、慈善以及各種職業團體，乃至大眾傳導工具本身如報紙、雜誌、電視、廣播、電影等，也無不注意其公共關係的建立和改進。

至於學術界對於公共關係的研究，以及各級學校對公共關係的重視，絕不讓於工商界和政府機構。二十多年以前，美國只有三所大學開設公共關係課程；一九四五年達二十一處；一九四八年增爲六十二處，其中且有五處大學開設五門以上有關公共關係的課程。目前則有一百所以上的大專學校，包括哈佛、普林斯頓、哥倫比亞、史丹福等著名學府在內，業已開設專科或專系，哥大並且在一九五〇年時以博士學位授予一位主修公共關係的學生。由此可知公共關係的研究和發展，正是方興未艾。

與新聞界的關聯

在我們對於美國公共關係的一般狀況，作鳥瞰性的瞭解之後，我想就新聞界與公共關係兩者間的關聯性，略加分析。所謂新聞界，本有廣狹不同的範疇，但報紙與雜誌爲新聞報導的基本工具，則爲世界所公認。因此新聞編輯人，大致包括報紙、雜誌、期刊、新聞供應社、圖片、電臺、電視和聯播網的編輯，以及其專欄專論的作者與評論家。在一個民意伸張、輿論發達的民主國家，這些人在社會上有其優先的發言地位；他的言論愈能代表多數人的意見，他的觀點愈能切合時勢的需要，則他在社會上的聲譽和影響力也就愈大。

說到此地，我想就美國幾項最重要的大衆傳導工具的現況稍加介紹，藉以瞭解新聞界何以爲公共關係的中心人物。事實上，十年以前，全美公共關係人員大部分是從新聞界出身或由新聞人員兼任的，迄至目前，新聞學校或院系仍爲造就公共關係專才最重要的場所。

根據一九六一年美國發行審計局的統計：全美有報紙一七六三家，共銷五千八百八十餘萬份（星期日因有些報紙出合刊，有些停刊，只銷四千八百萬），平均每三人一份報。此外英文週報多至一萬家；期刊（從日刊到季刊、年刊）約七千家。雜誌數目比較更難統計，其中必須登記的消費者雜誌（consumer's magazines）約五百家，包括每月銷售一千二百萬份的《讀者文摘》以及六百萬份以上的《生活》等有名雜誌在內。目前每年雜誌共銷約三十五億份，比較二十年前增加兩倍以上，即每人年購雜誌平均爲二十册左右。

至於視聽性的傳導工具，當以廣播電視爲主。全美現在收音機約爲二億二千五百萬具，這一總數超過了世界其他各處的總額約四千萬具。電視的發展異常迅速，十年以前，全美不過一千萬具，今則超過五千五百萬具了。平均三、四人一具；備有二架以上的家庭，一九六二年已經超過五分之一了。

由以上這些驚人數字，我們可以想見利用它們作新聞傳導的編輯人，其對社會大衆的思想和意識，具有何等重要的影響力。任何一種企業或公私團體的意見，如要獲得大衆的瞭解與支持，又如何可以擺脫新聞界的關係。

新時代的事業觀

我在此擬特別一提的，乃是報紙在輿論中的影響力。不論時代和思想傳播工具如何進步，它的地位依然是有加無已。尤其在社會進步還未完全工業化的國家，報紙更具有舉足輕重的作用。因而報紙編輯人的責任，也就比例地加重。一八三五年法國最有名的政治學家托基維爾（De Tocqueville）在訪問美國後稱：「同時把同一思想灌輸給千人心目之中，報紙乃是唯一的工具。」他這一名言，到今天雖已失去其絕對性，但依然是具眞實性的。

分析報紙所以具有此種特性的原因，乃由於它具備雜誌的優點，而無廣播電視的若干缺點。

譬如說：1.報紙隨時可看可棄，不必有固定的設備。2.報紙可留供研究和查考，而且所包括的材料至爲廣泛。3.報紙可以單獨欣賞，既不影響他人，亦不受他人打擾。4.報紙可以留至日後再看，且可供諸同好。……

因爲新聞界和社會公共關係，如此密不可分，所以我主張我們的公私團體（包括政府機關）和各種事業機構，應對這個新興的社會活動，積極地加以適應和扶持。尤其是負主持或領導責任的人士，亟應就過去保守、門戶、守舊、主觀等觀念，徹底予以改變，從而樹立新時代的事業觀：

㈠向社會宣揚的觀念（publicity-minded）：不要怕將自己的計畫和成就公之於世，更不要怕和新聞界接觸。只有主動地將自己提供給社會大眾來判斷，才能引起大眾的注意。

㈡就事論事的觀念（Business-minded）：時代進步，時間寶貴，狹隘的人情關係必慢慢遭受淘汰，因此有事業心的人，必須時刻以發展事業爲念。從事政府工作的人員，亦必須主動兜售其意見和政績，以期取得羣眾的信任與支持。

㈢力求客觀的觀念（objectivity-minded）：公共關係的積極目的，爲使社會大眾接受你的意見，銷售你的產品，支持你的事業，因此你如果先存主見，抱有私心，你必然不能爲羣眾所同情，結果必爲羣眾所捨棄。

編輯人的地位和責任

現在我想再進一步談談新聞編輯人在良好公共關係中的地位和責任。

新時代公共關係不是一種裝飾品，也不是代主管或老闆拉拉關係，更不是一批辦交際應酬的人，換上一個好聽的名詞。它實際的功用，正如《公共關係的理論與實務》一書作者堪菲爾德（B. R. Canfield）所指出：1.它必須以服務大眾利益爲前提，而不是徒爲其主人作號召。2.它是要爲公私事業和大眾之間，建立並保持良好關係。3.它必須使公私企業和個人的良好態度與道德合爲一體，才能樹立和諧的公共關係。

綜合前此所述，新聞編輯人在建立良好公共關係這一社會任務中，實具有無比重要的職責，因此擔任輿論指導的編輯人員或評論家，他在執筆或發言的時候，必須隨時想到他崇高的地位，從而一言的褒貶，一事的論斷，勢須十分審慎。最重要的，我以爲下列三點，是特別值得新聞編輯人參考的：

第一、要富於正義感（sense of justice）新聞編輯人是現代社會最有力量的刀筆吏，他手中持有的一支筆如不能代表正義發言，其人格品性必遭輕侮，而社會大眾利益亦必受損害。因此他必須時刻以作自身品格的仲裁人爲念。

第二、要充滿幽默感（sense of humour）幽默感往往決定一個民族的品質，甚至可以評定其國民文化修養的高低。尤其社會發展到了今日，人人心神緊張，工作負擔奇重，更需要幽默感來調劑性靈。新聞編輯人倘使缺乏此一涵養，不獨其文字不能幽雅動人、富於啓發性和吸引力，而其人亦就不能成爲一個受歡迎的作者或評論家。

第三、要具有責任感 (sense of responsibility) 從事新聞編輯的人，他必須對其工作具有深切興趣，眞正願爲揭發正義、闡揚眞理、調協社會關係而獻身。美國人常說：「事實永遠有極大的影響」；一個有責任心的編輯，必須時刻以發掘並表達事實爲念，社會才會對他的報導與言論寄予信賴，只有深具責任感的新聞人員，才能導發有價值的輿論。

成爲推動力與保護者

公共關係這一門新學問和新職業的興起，它無疑爲此多采多姿、變化創進的現代社會，提供了一分和諧安定的力量。尤其當企業在自由競爭的原則下，推陳出新，不斷發展，企業家不但爲了自身營利，需要與社會大眾建立良好的關係，而一切趨向企業化與商業化的社會行爲，亦賴公共關係的各種活動，使大眾不受愚弄，而能對企業家懷有善意。

由近一、二十年的發展趨勢看，公共關係的範圍正在不斷擴大。它從最初的自我宣揚與報界聯絡，擴展到企業界與社會大眾的全體，使其成爲經濟及社會生活的一部分。這種趨勢，雖然只有在美國那樣發達的社會，才能看得明顯，但在我們現階段的社會關係中，也已經漸露端倪，而慢慢感到它的重要性了。

因新聞界爲公共關係的一大支柱，因此新聞界不獨要爲其自身樹立信譽，且應爲一切社會組織包括工商企業及各種公私組織，建立良好公共關係的楷模。

新聞編輯人具有激濁揚清、隱惡揚善的社會責任，大家必須善用這口誅筆伐的力量，爲大眾謀福利，爲弱者抱不平，更要成爲一個現代社會良好公共關係的推動力與保護者。（民國五十一年十一月一日在全國新聞編輯人協會演講，《報學》第三卷第一期刊載）

第二章 國內的新聞言論界

第一節 坦言新聞界的責任

第一是滿足「知的權利」，促進團結，貫徹國策的責任。

第二是面對強敵，揭穿敵人一切眞面目的責任。

第三是不掩飾、不誇張，維護社會安定進步的責任。

我們必須建立一個自由、正直而負責的新聞界，這雖有待各方面共同努力，但新聞界本身首應負起最大的責任。

這一年多以來，由於不幸和意外事件不斷發生，論者常謂這好像是國家特別多事之秋。有人嘆惜國運多舛，流年不利；有人歸責行政部門對某些事未能防患未然，對某些事不免養癰貽患；自然也有人責怪新聞界起哄，常常渲染過甚；也有人認爲許多事情正是中共所求之不得者，是否眞有敵諜暗中破壞或導誤；極少數成見太深，好作偏激者，則幾乎將全部罪責歸咎於執政黨身上。

早日廓清沉霾

平心而論，除了若干惟恐天下無事，以搞垮執政黨爲能事者的偏見以外，一般人所分析的、躭心的，對於年來重大事故的發生，可能都佔有若干成分，自然亟待政府痛下決心，一一予以廓清，而社會各層面，尤其是新聞言論界，更應該抱著止痛療傷，與人爲善的襟懷，讓年餘以來連串發生的夢魘早日過去，趕快步入一個正常而清朗的境地。

事實上，這一年多的時間裏，我們在經濟、政治、社會、文化等各方面還是有許多具有重大成就的事情，可惜爲連連湧到的社會沉霾所掩，而不爲人注意。從長期和整體看，成就面的價值依然會爲大衆所發現和肯定的。

面對目前這麼一個頗爲複雜多變的環境，站在新聞工作一分子的立場，想坦率地先就同業自身職責作一檢討。

報導事實、追尋新聞、深入發掘問題，盡量而公正的反映各方面意見，尤其是站在社會大衆的立場從事新聞報導，乃是新聞記者的天職；而根據所報導之事實，在國家法令範圍之內，爲維護大衆利益，作客觀而負責的評論，即使抨擊時政，干犯官府，亦在所不惜，這是從事新聞評論者的責任，就是所謂「盡言責」。惟有兩者相輔相成，更因此而相得益彰，始能發揮大眾媒體爲社會公器的神聖功能。

準此以觀，我們新聞界在過去年餘當中，對於這許多重大事件的報導和評論，絕大多數都是基於本身職責，一方面使眞相爲大眾所了解，一方面使事件不致造成對國家與社會更大的傷害。

掌握應有尺度

就此一尺度的掌握而言，由於目前國內的新聞競爭十分激烈，使從業者有時不免增加若干困難。如果純然站在一個記者與評論者的工作立場，他只要盡量發掘新聞的眞相，論評問題的核心並作出建議，便已盡到本身職責。不過，我們國家今天的處境和社會環境，畢竟與一般昇平國家不完全相同，所以國內新聞界的負責者以及主持採訪和獻身筆政的人士，乃有一份一般民主國家新聞界所不必一定負起，但極關重要的道義責任，就是大家必須在珍惜並善用此新聞自由的前提下，千萬不能因同業競爭而逞能任性，自更不應因搶新聞、發議論而傷害了國家利益。

經過這年餘以來的新聞衝擊，一般讀者、聽眾和觀眾對於我新聞界的功過毀譽，無形中有一客觀的評估。以下各端，應爲我新聞同業今天對國家與社會大眾所應負起的最低責任。

負起公器重責

第一是滿足「知的權利」，促進團結、貫徹國策的責任。在現代民主社會中，「知的權利」已成爲一種基本人權，越是教育普及、資訊來源充分的開放社會，大眾對於「知」的要求，必然越多，而且越求迅速與確實。

不過，個人「知的權利」，以不違害國家安全爲範圍，其理與個人自由以不妨礙他人自由爲前提相通。就新聞採訪權與刊佈權的行使而言，任何民主法治國家除法有明文規定者外，貴在新聞界自身的約束。此所以於種種道德規範之外，尚須設立名目不一的新聞自律與評議機構之原因。

記得總統經國先生於任行政院長時，在六十三年記者節寫給記者朋友們的信中說：「今天這個時代，正是大眾傳播飛揚發達的時代。也正因爲新聞界的論政言事有著無比的影響力量，我們新聞界所處的地位也負有無比重大的責任；國家的盛衰，決定在人心的振靡，我爲你們有此光榮的責任而感到驕傲！」大家重溫這一段話，不但深深體會到政府尊重新聞自由的誠意，更可知加強團結、貫徹國策，求得生存發展，實爲吾人共同無可旁貸之職責。

提高對敵警覺

第二是面對強敵、揭穿敵人一切眞面目的責任。今日國家大敵當前，存亡間不容髮，驟聽起來，尤其是從社會表態來看，似乎有點過甚其詞。但稍一追溯中共三十年來對我一切施爲，即使只論最近七年以還它所發出的種種和平笑臉攻勢，試問那一次、那一點不是要把臺灣當作一個不聽話的地方政權來處理，其最終目的自是赤化臺灣。因此直到上月中共「主席」李先念訪美爲止，他依然念念不忘、公開宣稱「不放棄對臺使用武力」！

處此嚴重的生存威脅之下，很明顯的我們不外兩種選擇：一是安於眼前逸樂，忽視敵人用心，得過且過；一是體諒政府困難，提高對敵警覺，珍惜目前自由，加強自衛能力，再求發展。

老實說，常人總是多顧眼前、安於泰逸的，至於國家前途與敵我態勢不是不關心，畢竟不容易和自己的身家性命完全聯繫在一起！無疑的，這一解說眞相、剖析利害、指陳得失、導引選擇的責任，就大部分落到我們新聞界的身上。此所以 國父一生獻身革命，時刻不忘「喚起民眾」；先總統 蔣公遠在民國二十九年即謂：「我新聞界能日新又新，導國民以前進，則國民必相率而前進，我新聞界能同德同心，扶持我國運於共同之正鵠，則國民亦自集中意志力量以趨於一鵠。」當茲記者節重臨之日，面對與敵人作生死鬥爭之頃，值得我新聞同業人人三復斯言而知所警惕！

隨時自我反省

第三是不掩飾、不誇張、維護社會安定進步的責任。我們是一個自由開放的社會，政府一貫本著民主法治的大義，尊重並鼓勵新聞事業的自由和正常發展。拜此客觀環境之賜，我們新聞事業乃能有此三十年來的快速成長，新聞界自然亦義不容辭地在遂行國策、促成進步方面，盡到了本身的職責，發揮了莫大的功能。

不過我新聞界亦宜自我反省：我們在自由採訪與評論的時候，雖已充分發揮了有事必錄、不掩飾眞相，仗義執言、不廻護權勢的職能，但是不是還有因爲同業競爭，或爲迎合讀者趣味，或爲營收利益，而對某類新聞或某些事件有誇大渲染與扭曲之處？尤其是對於一般犯罪新聞的報導，大衆幾乎異口同聲地指責不無繪聲繪影，甚至流於誨淫誨盜的描寫，這不獨有害於社會的善良風氣與青少年的心理行爲，而且每爲敵人大篇大幅利用來醜化我們的國家和社會。中共自今年七月一日起在海外擴大發行其《人民日報》，即以全文剪貼轉刊臺報所載爲號召，其用心所在，昭然若揭。

自由、正直、負責

新聞學者、名報人普立茲說過：新聞事業是一種富於挑戰而受嫉妒的事業，此語用之於今日國內同業，似特見眞切。因爲今天我們最低限度要接受以上幾項責任的挑戰，同時由於新聞從業者受到各方面太多的重視，此一行業無疑也受到若干嫉忌。

嫉忌有時來自個人，有時來自官府或某一組織與企業。若干事實證明：有些人或某等單位對新聞界每每出之以敬而遠之的態度，甚至藉示惠市好相結納。實在說：此等現象不但不正常，而且對任何一方面有害無益，值得有關各方面的猛省和矯正。

國民的眼睛雪亮，大眾並非永遠沉默，作爲其代言者的各級民意代表，更要率己率人，時刻爲選民的利益設想和發言，而千萬不要成爲新聞界誅伐的對象。民主制度之下，新聞界與議會爲政府兩大諍友和監督者，二者如能相輔相成，相激相勵，則政府與人民同蒙其利了。

當前我們國家必須建立一個自由、正直而負責的新聞界，其故主要在此；雖然這是一件須待各方面長期共同努力的工作，但新聞界本身首先應該負起最大的責任。（七十四年八月三十一日《中央日報》隔日《中國時報》以社論呼應）

第二節　新聞同業和社會大眾

臺灣的新聞事業目前正處於一個轉捩的時期，由於閱聽大眾的識別力和判斷力日漸增高，他們對媒體的監督作用也應該會愈來愈大。讓新聞記者這頂冠冕不要再平遭踐踏，讓是非分明，善惡判然的職業道德贏回大眾對新聞界的客觀信賴。

一年一度的記者節又到，作爲新聞界的一員，老實說並無甚麼特殊感受，而一般社會大眾更多是漠然視之。這究竟是甚麼原因呢？坦白檢討：主要是因爲記者本身表現，大眾對記者的報導時常存疑，以及新聞媒體未能普遍得到閱聽人的信賴和尊敬，其中部分且常有令人不敢領教的作風……等多種因素使然。

問題出在那裏

問題究竟出在甚麼地方呢？個人以爲，還是新聞自由與新聞道德這個兩百年來爭論不休的老問題在作怪，也就是一般閱聽大衆是否和能否享有「正確的知」之權利。戒嚴未解、報禁未開的三年前，國內同樣有這個問題存在，但不似今天這般嚴重；主要原因是以前的自由尺度緊，政治和社會上的禁忌多，新聞業者一方面受到一些特別法的管制，一方面每在政治新聞等方面自我約束，免蹈法網或減少麻煩。自解嚴開禁之後，業者在「知的權利」與新聞自由應受絕對保障這個大前提之下，執政黨對於從業黨員的約束力固然愈見式微，而政府的業務主管官署更感無從著力，加以從業者的商業性競爭空前激化，自然造成所謂新聞界戰國時代的到來。

最具體的表現就是新聞競爭，由過去大搞犯罪新聞，擴大其領域到政治新聞，就是今日大家所指責的新聞「泛政治化」（pan politicalization）與「新煽情主義」（new sensationalism）的盛行。前者最感疾首痛心者，爲各級政府當局及一般政治與社會知名人士，後者受害最大的則是一般讀者，尤其是大量的青少年和許多知識水準較低的家庭。其實兩者的手段，都是以聳動性的寫作方法，投讀者的好奇心理，目的則爲促銷與佔有市場。

面臨十字路口

恰如今年五月七日法國這個一貫崇尚新聞自由國家的總統密特朗，於三十九屆「國際新聞學會」開幕致詞所言：「報紙、廣播、電視跟各行各業一樣充滿競爭，面對市場法則，不得不擴大經營，賺取利潤，諸此現象自可理解；但原則上不應犧牲意見、思想之多元化，品味與文化性……不能形成新的壟斷而威脅到民主政治，否則非僅有害『新聞獨立』，記者本身之權利亦將受損。」他在結束那篇相當動人的講話前，並陳述其個人信念：「隨著自由概念的擴展，人們將有兩項要求，即眞實與品質（truth and quality），本人深信決心滿足此二項需求的人將會獲勝，這也是新聞的新勝利。」

今天，我國新聞界的確面臨到這個「新勝利」的十字路口。坦白言之，如果國內新聞從業者人人自以爲是，旁若無人，照著這一兩年來搶新聞不擇手段，寫新聞不重事實，登新聞惟我獨尊的老路走下去，其結果不獨「新勝利」永遠不會得到，而且可能因相習成風，彼此效尤而愈演愈烈，每下愈況，到頭來必然淪爲「社會進步的絆腳石」，而我新聞同業也將永遠無法贏取社會大眾的眞誠信賴與尊重。

誰來糾正錯誤

新聞事業誠如報人普立茲所云：它永遠是一門受人嫉妒而必受挑戰的行業。新聞記者由於接觸面廣，又手握傳播訊息與意見雙重權力，因而他犯錯的機會必然會比一般人多。假使主持新聞媒體的負責人以及一般從事實際工作者缺乏此一基本認知，則其採訪所得與刊出新聞的錯誤率，必然增加；如果到了剛愎自恣，絕不認錯的程度，那就無可避免地要走上「新聞暴力」與「新聞獨裁」的路。如此下去，豈不誠如多少有識之士所慨嘆：「多少罪惡，假爾新聞自由之名以行之」；社會上把新聞業由「服務業」轉化爲「製造業」、「修理業」，乃至視爲「屠宰業」，還不是最大諷刺嗎？

既然新聞界犯錯的機率很高，因此誰來糾正媒體的錯，以保障視聽大眾的基本權益——正確的「知」，與個人法益如人格權與隱私權不受侵犯，以及整個社會不因新聞自由被濫用而受害，乃成爲與「新聞自由」同等被重視的課題。大家都承認：美國憲法第一條修正案幾乎絕對性的保障了新聞自由，其於人類的正面影響和貢獻，恐非當年力主通過此一法條者所能預期，不過亦因此衍生出多少問題及爭議，讓無數新聞、政治與社會學者以及從事傳播事業的人，歷陳所見，互道短長，就是到了今天，依然還在喋喋不休。

針對近代新聞媒體的種種施爲，及其不幸而孳生的若干流弊，有識之士於是不分國籍、年代和媒體類別，大家都在正視這一事實而切望求得抑止或補救之方。素以「最賺錢報紙即爲最好報紙」相號召的報業大王墨達克（R. Morduck），最近鑑於記者寫作水準江河日下，特於月前捐出澳幣七百萬元給英國牛津大學，成立「語文和傳播中心」，目的即在於此。這也就是半個世紀以來「社會責任」論之所以不斷興起，而歷史更悠久的新聞自律與評議制度，幾乎在所有新聞自由存在的國家，都會成爲一項衆所矚目的課題。不問他們做的成效如何，但無不肯定其需要性，且不斷地在嘗試、改進與努力。

反省我們自身

話題仍回到我們的本身，我認爲國內新聞事業發展到今天，的確有下列幾個問題值得我們面對和猛省：

一、高度商業化競爭的結果，名爲「社會公器」的傳播媒體，其在本身利益與公共責任之間，究竟如何求得一個平衡點？以期大衆享有「正確的知」之權利，實爲每個人切身利害相關的問題。新聞業者與閱聽大衆都有責任。

二、報業競爭的自然淘汰法則既無法避免，留下的強勢報紙如何處處表現出大報的風格，一方面使自己不愧爲輿論重鎭，一方面使甘居次流或下流者，不能發生太大的負面影響力。關鍵在於身爲大報者如何效法美、英、日等國大報，有向讀者及社會負責與認錯的勇氣。

三、行政權力干預新聞自由的可能性愈來愈小，亦無必要，然而既定法律對新聞事業則應有其拘束力。政府有關部門如何善用，同時得到大衆支持，爲各方所密切注意。因爲新聞自由並非不要或不尊重法律。

四、新聞界的自律，依然十分重要。評議組織及其功能可以設法健全起來；報業新聞監察人(press ombudsman)制度是一項值得推行的自律方式，規模大的媒體更宜率先倡導。美《華盛頓郵報》做得有好的績效即爲明例。而若干社會公益團體及閱聽大眾更應該發出聲音，必要時就挺身站出來，對不實報導及毁謗勇於抗拒甚至告訴。

五、我們需要一個自由、負責而能自我約束的新聞界，因爲它是政治民主、社會祥和的一塊基石，能否慢慢得到，關係到臺灣的前途和國家的未來，但它必有賴於各方面的自覺與相互監督。畏懼、寵信或巴結媒體只會造成相反的結果。

贏取大衆信賴

臺灣的新聞事業目前正處於一個轉捩的時期，由於閱聽大眾的識別力與判斷力日漸增高，他們對媒體的監督作用也應該會愈來愈大。從業者，特别是報業中人，常常歡喜引用美國第三任總統，且是偉大政治學者哲斐遜（Thomas Jefferson）「寧捨政府而取報紙」（按當時尚無電子媒體）那句名言，然一般有見識的讀者，也會提醒報人不要忘記哲氏同時說過：「從來不看報紙的人如果比較接近事實，就比看報但腦裏塡滿虛假和錯誤的人，要通曉情勢。」

這兩句話實在值得當今從業者再三思考，從頭猛覺，激發良知，尊重事實，讓新聞記者這頂

冠冕不要再平遭踐踏，讓是非分明，善惡判然的職業道德贏回大眾對新聞界的客觀信賴。（七十九年八月三十日，《中央日報》）

第三節　新聞事業得失評估

> 我國新聞事業對國家與社會大眾所負的使命，確實要比一般自由國家新聞界更為重大；一方面要揭櫫「新聞自由」的大纛，一方面則必須隨時考慮國家安全，多多體諒政府困境。
>
> 兩者如何兼籌並顧，實為最大的考驗與挑戰。

自從二十世紀產生了對人類生活影響極其深遠的「傳播革命」之後，使今日成爲一個大眾傳播飛揚發達的時代。它今天不但在人類生活中扮演一個十分重要的角色，更隨著日新月異的科技運用，使其傳播力量的功效，正是方興未艾。

新聞事業發達的結果，導使人類的生活更豐富，更多采多姿，而社會關係也更開放、更密切，其對國家社會的影響力也隨之更爲顯著了。舉凡國際政治的推動、社會文化的傳衍、工商經濟的成長以及生活素質的提昇等等，均受到新聞事業廣而且深的影響。

然而新聞事業的本身，也隨著其急遽的發展或受環境風氣的感染而趨於複雜，故在其整個傳播作業過程中，每因從業者操守不嚴，運用不當，而出現了侵犯個人隱私和名譽、誇大犯罪新聞報導，誤導社會風氣習俗，扭曲政府施政作爲，甚而危害到國家利益與司法獨立審判等不良的現象。其中尤以新聞事業彼此之間的過度競爭，而產生了「重商主義」與「煽情主義」的流弊。因此使新聞事業蒙上了「新聞公害」、「傳播汙染」的陰影。

積極發揮傳播功能

國內的新聞事業，近四十年的發展與本身不斷的力求進取，無論就數量或品質，均直追歐、美、日本等先進國家，並對國家和社會大眾發揮了甚爲積極的傳播功能。

一、報導的功能：也就是「告知」(to inform) 的功能。我們生活在這「多元化」、「多變性」的現代化社會中，爲了瞭解環境、適應環境，乃至改善環境，大多是透過新聞傳播媒介，來調適自己生活的步伐，以趕上時代潮流。

近年來，國內報紙媒體已由一般性的「告知」，提昇到「解釋」(to interpret) 的層次。例如B型肝炎的流行、不合衛生或含有毒素的飲料食品、甚至有害人體的僞藥及日用品等，傳播媒體都能很深入地作「調查性」和「解釋性」的報導與分析，對於大眾利益的維護、國民生活品質的改進，貢獻很大。

二、輿論的功能：民主政治就是以輿論爲主導的民意政治。在國內整個民主政治的演進過程中，新聞事業不但促進了民眾與政府間的意見交流；並能集中和協調民意，甚至指導民意，進而監督政府，促其根據輿情，採納建言，來制定或修訂政策。今年四、五月間，國內油品在作第三波降價之後，因所降的幅度未能反映成本，而遭受到廣泛的輿論壓力，最後行政當局依循民意，在短短五天後，又作了第四次油價的調整，這就是新聞事業在發揮領導輿論功能中一個典型的例子。

歷年來，國內從地方行政首長民選和各級民意代表的選舉，到外交、經濟、法律等各方面的運作，新聞傳播媒體都相當盡到「守望者的職責」。在這方面，報紙可能扮演最重要的角色。例如以大眾利益爲本的消費者保護運動、生態環境保育和汙染防治等問題的探討，大抵是透過報紙的篇幅，發揮著「社會公器」的功能。由於電視普及率已達百分之九十五左右，其功能亦愈來愈大，其次則爲廣播。

三、教育的功能：除了家庭教育、學校教育之外，無疑的，社會教育至關重要。而在現代化社會中，社會教育大多是透過新聞傳播媒介所提供的。

新聞媒介不僅將現代社會所需的觀念、知識、技術，傳播給大眾，對於失學或想多進修的人而言，新聞媒介更可補學校教育之不足。例如每日晨間的電視教學節目以及夜間的超高頻道教學節目，其所排的課程多半是大專以上程度應有的科目。

這兩年來國內公共電視節目中，泰半是教育性的節目，對於增進國民知識、充實生活內涵、擴大國際視野、闡揚固有文化等各方面，都具積極性的功效。而今年七月即將成立的空中大學，更是直接運用新聞媒體來盡其社會教育的功能。

四、娛樂的功能：美國大眾傳播學者克萊伯（Joseph Klapper）曾說：新聞傳播的娛樂成分，可使閱聽人（觀眾、讀者與聽眾）拋卻憂慮焦急的問題，讓心靈上獲得紓解。

縱使新聞傳播媒介的娛樂內容，一直遭人非議諷嘲（尤其是電視中的戲劇、綜藝節目），但隨著傳播媒體的發展和傳播內容的多樣化，無庸置疑的，其娛樂的價值仍是相當被肯定的。

根據國內一項統計調查顯示，每天收看電視的全省觀眾中，家庭收看電視二至四小時的佔百分之七十八點七〇。其中大部分是以看娛樂性的節目爲主。在這生活節拍如此緊湊的社會中，電視媒介在娛樂方面的提供，實在功不可沒。

五、廣告的功能：「沒有新聞傳播工具，就不可能有廣告」，「沒有廣告，大眾傳播工具，就不可能有迅速而明顯的擴展」，故廣告與新聞傳播事業是相輔相成，密不可分的。

新聞媒體中的廣告，儘管有若干誇張不實、令人訾議之處，大體而言，它拉攏了生產者與消費者之間的關係，協助著商品的銷售，促進了工商發達與經濟繁榮，進而提高了國民生活水準，這些貢獻無可抹煞。

正視各項共同缺失

國內新聞事業，固然發揮了上述各項積極性、正面性的傳播功能，但是「水能載舟，亦能覆舟」，「一言可以興邦，亦可喪邦」。檢視國內新聞事業，我們不難發現以下幾項比較嚴重的缺失：

一、犯罪新聞之渲染：固然犯罪新聞的報導，可以幫助社會大眾提高警覺而有所防範，對意圖犯罪者而言，亦因罪犯所受法律嚴正的制裁而能產生阻嚇作用。但若干新聞媒體對於犯罪新聞的處理，常未能或無意做適度的自我約束。尤其是凶殺、色情方面的新聞，動輒以大篇幅、驚心怵目的標題以及誇大渲染的圖文，來刺激讀者的感官。犯罪新聞經日積月累，使大眾誤以爲我們就是生活在這樣一個社會裏，這不但錯亂了整個社會形象，有損於國家榮譽，而且每每產生模仿與效尤的惡果，特以青少年爲然。

我國傳播學者馬星野四年前在其〈社會新聞之我見〉一文中痛切指陳：「如果社會新聞不再改進，將會有愈來愈多的人，爲了下一代而抵制暴力、色情充斥的大眾媒介，最終，媒介將爲社會所共棄。」

二、不良廣告之汙染：在商業氣息充斥之下，已使廣告汙染了新聞媒體。某些小廣播電臺，公然無視於「廣告節目化」，有的還以類似「賣身」的方式，乾脆將時間分段售予廣告客戶，而對節目內容卻毫不過問，致使這些電臺無異爲私設的「空中商店」；其中若干低級曖昧的廣播詞句，實在不堪入耳，每令女播音員難以啟齒。此種情形，近年因主管官署的管制，已獲相當改善。至於報紙、電視出現「廣告節目化」的事實，亦屢見不鮮，深受各方責難。

最近有些大小報紙在新聞版中，一面報導、評論著警方如何取締色情無功，一面卻在小廣告欄裏，一塊接一塊刊登著××休閒中心、理療院、賓館溫馨隱祕、包君滿意等晦澀不正的暗示性廣告，實無異於自我諷刺。

三、惡性競爭之充斥：爲了生存，必有競爭；有競爭，才能進步，這是現代工商社會的正常現象。然而被視爲社會公器的大眾媒體，若是爲了業績或功利，不惜以「新聞自由」、「業務競爭」爲幌子，不擇手段地去搶、挖，甚至製造獨家報導，這種惡性競爭實在就是「傳播公害」。幾年前蘇聯反共作家索忍尼辛訪華時，數報之間的「筆戰」、若干命案中祕密證人的曝光，以及爲了幾條新聞，彼此不無成見的罵陣等，都是因競爭而忽視新聞道德的惡例。

電視之間的競爭更爲劇烈，在「廣告掛帥」之下，爲了討好觀眾，「武而不俠」、「綜而不藝」的節目屢見不鮮；爲了提高「收視率」和所謂「臺譽」，不惜重金利誘，彼此搶挖大牌演員和紅牌歌星一類現象，都久爲各方詬病。

在這工商日益繁盛的社會中，人們生活步調急促忙碌，生活壓力也日加沉重，於是社會大眾的文化消費形態，容易趨於低俗性、粗糙性，趁一時感官所快的「粗俗文化」(Brutal Cultural)。

身爲大眾媒體，倘不能激濁揚清，予以導正，反而譁眾取寵，阿其所好，勢必成爲世代子孫的罪人，而不自覺。

全力提昇傳播品質

新聞事業是整個文化事業重要的一環，負有重大文化建設的使命及文化傳播的責任。今天我國國民平均所得已近三千五百美元，可說是「庶而且富」，復加九年國民義務教育的多年實施，正是廣施教化，提高文化水平的時機。在這關鍵性的時刻，身負社會教育重責的新聞事業，更應對其所傳播的品質和功過，做一番檢討與改進。個人願以從事新聞工作多年之經驗以及平時研思之所得，提出幾點自認切要的改進意見，以就教於時賢。

一、提昇媒介內容之品質：新聞內容與節目品質之良窳，是目前及今後國內大眾傳播事業「功」與「過」的關鍵。爲期達到治本的目的，各新聞事業在硬體條件充實之後，種種軟體投資之增加，允爲當務之急。舉例言之，如各部門專業人才的培育、現代管理與經營理念之突破，以及社教責任道德觀之普遍建立和實踐等，均爲刻不容緩之事。

二、勇於自我反省與自律：一九八三年底，美國《時代雜誌》曾刊登一篇極爲轟動長達十頁的專文——〈新聞界飽受抨擊〉（Journalism under fire）。此篇新聞媒體本身自我批判的內容，我新聞界實應引以爲鑑，而其勇於自省的精神，更是值得我國新聞媒體共同取法的。此外，不論報紙、電視或廣播等媒體都該建立一項共識，即事業上免不了激烈競爭，但爲了國家社會的共同利益，必須深切體認禍福同當，安危與共的道理。因此對各媒體中的工作同仁，亦應力求自律，共守基本的新聞道德規範。

三、主管單位對新聞事業應以輔導爲主、監督爲輔：從報刊所載，經常可發現主管單位每以「頭痛醫頭、腳痛醫腳」、「懲弱避強、求全責備」等消極方式來對待新聞媒體單位，因而容易造成效尤埋怨、事倍功半的現象。今後倘能眞正以輔導代替監管，則新聞界可能更能加強自律，作自我的提昇。

四、加強制裁及監督的功能：「中華民國新聞評議會」是目前唯一負有此項使命的組織，今後如何發揮該會的功能，其本身、主管單位及新聞界具有對等的責任。另外，還應喚起社會大衆對「知之權利」的保護。舉凡誇大的犯罪新聞、歪曲不實的言論報導、破壞社會善良風氣的傳播內容，以及妨害兒童青少年身心健康的節目和廣告等，應以立即的反應代替緘默，盡到「沉默大衆」自身的監督功效。

「盡言責」、「固國本」

面對現局，盱衡處境，敵人謀我日亟，而國內外若干重大問題眞是盤根錯節，我國家寧非處於險阻重重，多事多難之秋？故如何喚起社會大衆對世局之深切體認、如何剖析利害得失於民眾，而使之自我警覺，以及如何在目前安樂泰逸、競尚功利的生活享受中，共建「憂國事，患存亡」的意識，這些引導與棒喝的重大責任，新聞界應該義不容辭的承擔起來，這就是所謂「盡言責」、「固國本」。

遠在民國六十三年，蔣總統經國先生在行政院長任內，即以「振奮人心、鼓舞社會」爲題，對全國的新聞界寫了一封誠摯懇切的信。他在信中指出：「革命的歷程，有高潮也有低潮，國家的際遇，有順境也有逆境；而社會萬象，同樣有其光明與晦暗面。今後振奮人心，鼓舞社會，扶持國運，實有賴於我們新聞界朋友，憑持道德勇氣，揮動如椽之筆，宣揚積極的、光明的事象，藉以啟發群眾向上的良知，使我們的國家社會，在蓬蓬勃勃的朝氣中，常保清新，不斷進步！」

展讀原函，環顧現實，實令人感慨良多！益使我們堅信：我們新聞事業對國家與社會大眾所負的使命，確實要比一般自由國家新聞界更爲重大；一方面要揭櫫「新聞自由」的大纛、激發並共享「知之權利」，另一方面則必須隨時考慮國家安全，多多體諒政府困境。至於如何站在輿論界立場，能兩者兼顧，既積極主張在穩定中求改進，又能正確導引朝野上下在變革中確保安定，實爲當今我新聞界面臨最大的考驗與挑戰。（七十五年六月二十一日「美西華人學會」專題講演，刊二十二日洛杉磯《世界日報》）

第四節　雜誌界鳥瞰及其展望

一個社會文化水準高的國家，其雜誌一定是欣欣向榮，百花競艷。雜誌內容必須具有吸引力，適當性、獨創力、對作者的認同並藉文字的力量，激發讀者的共鳴。

雜誌事業的發展日新月異，貴能掌握趨勢，形成特色，採取企業經營的方式。

雜誌是現代人精神生活不可或缺的一部分。各色各樣的雜誌，或傳播新知，或提供娛樂，或擴充生活領域、美化人生目標的意義上，的確是有相當重要的貢獻。一個社會文化水準高的國家，其雜誌一定是欣欣向榮，百花競艷。所以說，雜誌是反映文化水準的重要指標，是傳播資訊的一大利器，雖尚未納入新聞業的範疇，但為言論界一重鎮，而雜誌問題之不容忽視，其原因亦就在此。

我國的雜誌界概況

我國雜誌事業發展甚早，由於業者只問耕耘、不問收穫的慘淡經營，雜誌事業在我國，現已略具規模。據新聞局今年出版的中華民國出版年鑑資料顯示，我國現有登記發行的雜誌共有一千四百四十一種，機關學校對內發行的刊物亦有六百多種。如以人口論，平均八千人就有一種雜誌，這項比率雖然趕不上美國、日本；但是較諸英國的一萬二千九百餘人有一種雜誌，韓國的四萬一千餘人有一種雜誌，顯然超過甚多。

這當然是一件可喜的事。不過雜誌問題牽涉到的範圍既廣，內容亦相當複雜，非得有深入的分析研究，才能把握問題的核心，而有正確的了解。今試以各類雜誌問題之性質爲經，逐一分述，而以當前我雜誌界之實際現象爲緯，提出檢討，以求獲得進一步的認識。

雜誌的分類

就一般而言，雜誌分爲二大類：一爲通俗化雜誌，發行對象爲一般社會大衆，銷路較多，寫作以簡明易懂爲原則；一爲專業化雜誌，發行對象爲受過專業訓練的人員，銷路較少，寫作以深入專門爲要求。在一個文化水準較高的社會，這二大類不同典型的雜誌都擁有其相當多的讀者，並有相當高的成長率。

如就以上二大類雜誌類型，再加細分，那麼雜誌的分類可就多了。茲舉其要者如下：

一、重視品質的優良雜誌（quality magazines）：所謂優良雜誌，即重視雜誌內容的品質，這種雜誌對選稿的要求極嚴。稿件或對人生的眞、善、美有積極的貢獻，或對實際生活有益，或對目前大眾最關切的問題提供最新最完整的了解。聞名的《讀者文摘》即是顯著的例子之一。文章能被選摘在這種雜誌，作者身價馬上看漲。所以很多作家都渴望有朝一日其文章被刊登在重視品質的優良雜誌上，引爲無上光榮。而讀者亦是如此，覺得訂閱這種雜誌不但增加智慧，有益身心，而且能提高其社會地位。辦雜誌能夠辦到這樣受作者、讀者重視的程度，這就算成功了。

二、專門職業的雜誌（professional magazines）：這種雜誌是爲某一專門職業的從業人員辦的，寫稿的人往往亦是會員本身。會員對這種爲自己辦的雜誌都相當重視，因爲它提供了自己所從事的職業許多有關的專業知識或經驗，對自己知能的增進，頗有幫助。

三、商業雜誌（business magazines）：現在是工商業發展的時代，經濟生活與大家密切相關。所以有關工商業問題的文章，讀者都很注意閱讀，而擁有相當的銷路。

四、技能性的雜誌（technical magazines）：這種雜誌的讀者限於受過專門技術訓練的人，如工程師、技術人員，所以銷路不多，但其重要性則絕不因銷路少而受影響。

五、農場雜誌（farm magazines）：這種雜誌以農民爲發行對象，內容設計亦以農民需要之生產知識爲主。

六、公司雜誌（company magazines）：大公司或大廠商爲了對眾多的從業人員及顧客做好公共關係，常常自辦雜誌，作爲宣傳和進修的工具。舉例如遠東百貨公司、大同、國際、聲寶等大廠商都有自辦的雜誌。

七、特性雜誌（speciality magazines）：這類雜誌是各擁有特色、特點，如體育雜誌專門以體育爲號召，電視雜誌專門以報導電視活動爲號召，旅遊雜誌專門以介紹觀光勝地爲號召，文藝、新聞雜誌分別以文藝、新聞爲號召是。

八、通俗雜誌（popular magazines）：顧名思義，既是「通俗」，其內容設計自然是以一般中等知識階級程度爲主要對象。俗語說，曲高和寡，水準高的雜誌其銷路常常不及通俗雜誌的好。所以說，辦通俗雜誌亦自有其前途。

九、女性雜誌（women's magazines）：這類雜誌銷路往往很不錯。女人平常最關心二件事：家與流行。而女性雜誌內容就是以此爲根據而作設計。舉凡傢俱、家庭計畫、時裝、裝飾品、佈置、美容、禮儀、小孩、丈夫、愛情、婦女話題、小說、詩……等，莫不對於婦女有很大的吸引力。

十、兒童和青少年雜誌（children's and adolescent's magazines）：兒童和青年閱讀雜誌的興趣是相當高的，所以照理說，辦這類雜誌應該是會有前途的。不過主要困難在於兒童和青少年的心理變化太大、太快，很難確切掌握，因而內容設計亦就煞費周章。

我知道以上分類，未必很適當，不過爲析述方便而已。現在再回過頭來看看國內雜誌分類性質的實際情形。根據新聞局的最新統計資料，在登記發行的一千四百多種雜誌中，工商類二百零一家、教育文化類一百五十二家、文藝類六十四家、政治類九十六家、經濟類九十七家、建設工程類六十一家、工作通訊類四十三家、婦女家庭類三十家、影視劇藝類三十二家、農牧類六十五家、科技類四十九家、軍事類二十二家、語文類三十五家、兒童讀物類十五家、法律類二十四家、體育類二十三家、史地類二十八家、綜合類一百九十五家。所以從雜誌分類性質來看，我國雜誌的分類情形呈現常態性。去年新登記發行的雜誌有二百一十多家，其中多半偏重專業性，這是值得注意的現象，也是可喜的現象，因爲歐美進步國家，文化水準越高，專業雜誌亦越多。一個問題卻找不到正確的答案，那就是雜誌的發行數量問題。

雜誌的生存與發展

美國一些著名的雜誌，如《時代雜誌》、《美國新聞與世界報導》、《新聞週刊》……銷數都在百萬份上下，《讀者文摘》甚至在千萬份以上，在國內外擁有極大的重要性和影響力。反觀我國的雜誌，銷數超過二、三千份者不多，許多只能銷在千份以內，甚至只有一二百份，所以辦不到三期五期，就倒下去，像大海裏一個泡沫的消失，一點聲音也沒有。至於影響力、權威性、重要性，那更不必談了。

對於這個雜誌界最嚴重的生存、發展問題，我認爲業者每個人都有責任來透過主觀的努力，創造一個適於生存發展的客觀環境，使幼苗抽芽、長葉、開花、結果，一片豐收。

主觀的努力就是說要設法使內容充實。雜誌創辦人在創辦之初，一定有一番抱負，要使內容如何如何好。但是眞正辦起來，會發覺遭遇許多困難、挫折，銷路即是最現實的問題。爲什麼有的雜誌銷路好？爲什麼有的雜誌銷路不好？檢討起來，主要癥結出在內容上。

文章內容好的條件

然則，如何弄好內容？首先是文章必須要有吸引力（appeal）。所謂吸引力，就像一塊磁鐵把鐵吸過去，像一隻光芒四射的鑽石，把大家的眼光吸過去。好的文章也就像磁鐵，像鑽石一樣有吸引力，抓得住讀者的心。相反的，如果登的盡是些流水帳似的，有氣無力的，空空洞洞的，八股式的文章，一點吸引力也沒有，讀者絕對不會浪費金錢去購買，浪費精神去閱讀的，而這種雜誌的結果亦就不想可知。

其次是適當性（pertinency），富於時間性的雜誌，尤其是要注意到這點——適當性。這也就是說要能抓住最當時的題材撰寫爲文。讀者心裏急著想看什麼文章，而辦雜誌的人能够緊緊把握讀者的心理，適時的推出，滿足他們的要求。

復次是獨創力（originality），文章必須有獨創力，才能顯示出獨特與眾不同之處。尤其是雜誌，大致都是週刊、月刊爲多，不像報紙每天出報。雜誌刊登的文章如果沒有獨創力，沒有新資料、新觀點，沒有耐看的性質，那麼雜誌便不成爲雜誌了。當然，要求每篇文章都有獨創力，也並不容易。尤其是國內的雜誌作者就一般而言都是業餘的、客串的性質，利用工作之餘的時間，執筆為文，稿酬既有限，而藉雜誌投稿成名的機會也較慢，所以在這種環境下，有特殊創造力的文章殊不多見。

再其次是作者本身 (the identity of the author)，雜誌縱使頁數再多，篇幅亦總是有限，何況雜誌的文章都較長，三千字、五千字，甚至一萬字的文章所在都是。以此字數計算，每期雜誌能容納的文章實在有限。在有限的文章裏，作者本身如果具有名氣，自然是有號召力；反之，如果都是些籍籍無名的作者，那麼吸引力就要差得很多了。當然，不一定有名氣就會有好文章，可是讀者心中的偶像作用，牢不可破。

最後一點，就是表現有力 (effectiveness of expression)。文章寫作千變萬化，但論其目的，說理的文章不外乎要人接受其意見；感情的文章不外乎要激發人的共鳴；輕鬆的文章不外乎要人心情愉快……；要達成這些目的，就必須文章表現有力。

雜誌發展新趨勢

雜誌事業的發展日新月異，有若干趨勢，值得我們注意；

一、版面設計重視視覺的、眞實的感受。雜誌文章較長，如只有文字而沒有色彩、照片、圖畫、花邊……等花式變化運用，必然會十分呆板。所以一般軟性的雜誌，現在都大量運用視覺的新鮮、刺激，增進版面的吸引力。相信這些視覺上唯美主義的發揮運用，將給雜誌帶來更大的熱鬧和更多的喝采聲。

二、講創新而忌一成不變。現代辦雜誌的人腦筋動得極快，可說每分每秒都在動。從抓題材、畫版樣、挿圖片、拉廣告、搞發行……無一不別出心裁，出奇致勝。如果故步自封，必然落伍，遭受淘汰。但是雖然變化，「變」中還是有「常」，不失其旨趣和風格。

三、重視速度。可分二方面說：編者的截稿時間延後，工作時間緊湊，以便等到最後最新的東西；讀者工作忙，無暇看太多大塊文章，所以文摘、迷你型文章，相當受讀者的歡迎，因爲他可以在很短的時間內，看很多的東西。

四、注意生活實用性。純粹理論的東西，一般社會大衆是不大接受的。他們看雜誌，喜歡那些與自己經驗相近，與自己生活實用有關的文章。這可能與工業社會重視實用價值有關。

五、採取企業經營的方式。文人辦雜誌的時代已漸漸不適用，因爲現在辦雜誌，必須要講成本、講廣告、講發行。除非是自己有龐大的企業或雄厚的財力支持，否則企業經營的方式已是雜誌事業普遍採用的趨勢。

六、綜合性和專業性的雜誌並行不悖，各有千秋。雜誌市場的爭奪戰雖然激烈，但遠比不上報紙。各報內容、篇幅、售價大致相同，打的是硬仗，訂甲報與訂乙報，彼此互相排斥。可是雜誌不然，各種雜誌內容互異，讀者訂購綜合雜誌不一定就排斥訂專業雜誌。所以雜誌市場仍具有極大開發及可能性。

總之，雜誌是文化事業不可或缺的一環。文化的普遍發展，有賴於雜誌的推廣甚多，基於這個認識，我希望雜誌界本自求多福的原則，更加努力創造發展，而政府當局亦應再求加強輔導，使文化界的這支龐大隊伍成爲一支社會教育的主力，爲發揚中華文化而作更多更重要的貢獻；必如此，雜誌界才算盡了文化報國的神聖使命。（六十六年六月對雜誌事業協會專題講演，八月一日刊於《新時代》月刊二百期）

第五節　新聞人員需要的勇與毅

所謂「勇」，是勇於面對現實；勇於擔當責任；並要有自我犧牲的勇氣。至於「毅」，貴在擇善固執，就是要抓緊原則，亦就是要有志向，有恆心。新聞工作者只有時時並處處表現「任勞、任怨、任謗」的精神，才是「勇」與「毅」的實踐。

普立茲的故事

在沒有講正題前，先講一個故事：

大家都知道：大約百年前，有一位資格並不算太老，但在今天世界報業裏及新聞史上被看作怪傑的一位匈牙利人，他在二十多歲時，跑到美國紐約去試試運氣。因爲他在美國舉目無親，也沒有工作技能，於是他就投身入林肯騎兵隊。由於他身體較弱，又是外來人，時常受到一些人的欺侮，他自己也覺得在軍中沒有前途，就離開了軍營，準備到美國南方去試試。

大約是一八七〇年冬天，他自己就背了一包袱向美國靠南的城市前進。但是需要渡一條河，他連渡船的錢都沒有，在岸上他饑寒交迫，眼看船就要開了，他不好意思上船，也不好意思向人要錢渡河。正好船上有一名水手沒有來，船長就要他代爲工作，順便帶他過河。此人就是後來鼎鼎大名，接辦《聖路易郵訊報》(*Louis Post-Despatch*)的普立茲(Joseph Pulitzer, 1847-1911)。

普立茲在新聞史上被稱爲怪傑，他也幾乎是一位十項全能的新聞工作者，他的編、採、評論寫作以及對於報紙的行政，均被視爲是一個很有遠見的報人。他既專且通，在新聞界服務了四十年，有著無比的貢獻，也有著無數的傳奇性故事。譬如說：他成功地接辦了世界上最有名的報紙之一；但在一八七八年用二千五百美金買進來的時候，卻是一家快要倒閉的報社。最初該報的銷份只有九百八十六份，而今天卻已擴展到星期一到星期六每天都有三十五萬份的銷份，星期天是五十八萬份，發行一百大張，共計四百頁。他當初購進時，只有二千七百美金的周轉金，那時大家都以爲他只能繼續四個月，結果他一年下來就賺了八萬五千美金，現在這報紙每年的收支是二千二百到二千五百萬美金。現被視爲美國最好的十家大報之一，可以和《紐約時報》等齊名。就是在世界報壇上也有其不可動搖的地位。

普立茲在接辦《聖路易郵訊報》時，第一天就說了要作「眞理的喉舌」。一九〇七年，他在羅馬渡六十歲生日時，曾經拍一電報給報社總編輯，後來這電報成了該報的社訓：

作為一個社團，他應為進步和改革而不斷地奮鬥，永遠不能以刊出新聞為滿足，經常保持卓然獨立的立場，永遠毫無忌憚地攻擊邪惡，不論這些邪惡是來自有錢有勢的富豪階級，還是來自以眾暴寡的貧窮階級。

這是他在逝世前的第四年所說的話，他的話，不但成了《聖路易郵訊報》的社訓，也成了新聞史上的名言。

「勇」的涵蓋意義

從這一位新聞工作者可看出，新聞從業員究竟需要那些勇氣與毅力。

我認為所需要的「勇」中，第一：要勇於面對現實。一個報紙不能以刊出新聞爲滿足；如我們時常聽到的「塡版面」，實爲新聞工作者的恥辱。如一家報紙貧乏到要「塡版面」，那麼該報如不是三、四流的報紙，就有面臨垮臺的危險。以現在的每天二張半報紙中，如果一個新聞工作者，特別是採訪，他敢勇於面對現實的話，應該有登不完的新聞。以《聖路易郵訊報》爲例，大家爲了尊敬和紀念普立茲，特別爲他設立了一個獎學金，那就是前年剛滿五十年的普立茲新聞獎。《聖路易郵訊報》在普立茲死後，自一九三六年到一九五一年，先後有五次得到該項採訪獎，每一件事都是最好的題材。雖然是大家都知道的事，但記者運用高度的智慧，面對事實，將它們報導出來，就能飲譽一時，普獲重視。如一九三六年美國大選，該報說出了在聖路易城中有不少選民的名字是不正確的，要求對選民的名册作一徹底的檢查，結果竟有四萬人的名字業已死亡。又如：今天在臺北市鬧得很厲害的燃燒生煤問題，一九三九年時《聖路易郵訊報》也曾集中火力，以幾個月的時間攻擊這一問題，迫得聖路易城市長不得不提供廉價的燃料，要求市民們改用。在座的諸位，除非不打算參加新聞事業，不然就必須有面對現實的勇氣。

第二：勇於擔當責任。新聞工作者不是拿著筆桿，人家說，你就怎樣寫；也不是背著照相機到處跑，就算盡了責任。新聞工作者負擔的責任是神聖的，其影響也是深遠的，眞是「一言喪邦，一言興邦」！

第三：要有自我犧牲的勇氣。如目前報上所載的越共二團人襲擊西貢時，有四位澳英記者被打死了。西貢是一危險的地方，而記者們居然不怕危險，在越共襲擊時出去採訪，他們的目的是爲了得到最眞實而有價值的新聞或照片！

回憶一九一二年，普立茲去世一載，但他接辦《聖路易郵訊報》以後最出風頭的一件事卻發生了。此即鐵達尼號遊輪在大西洋觸冰山沉沒，當時有一《聖路易郵訊報》記者赫特坐在另一艘卡伯尼亞號船上渡假，當卡伯尼亞號接到鐵達尼號的求救信號時，他即時隨船趕往出事地點，訪問墜海生還者，寫成一篇五千字的特寫，以最快的速度刊登出來，並且將稿權無條件送給代發的美聯社（A.P.），使全世界凡是有美聯社電報系統的報社都能採用這篇稿件；《聖路易郵訊報》及其紐約的姐妹報——《世界報》，因之聲譽大振。

「毅」貴擇善固執

至於「毅力」這兩個字，在小學時就開始講了。但新聞工作者爲忠於自己事業，所須具備的毅力就是要抓緊一原則。套句中國老話就是「擇善固執」，你認爲對的事就應該獻身去作。誠如孟子所說的：「自反而縮，雖千萬人吾往矣！」

分析毅力的內涵，不外是有志，「有志竟成」，只要有志向，一定會找到一條出路。

其次是有恒，孟子謂：「無恒產而有恒心者，唯士爲能」。孟子所謂的「士」，就是西洋人所稱的 gentleman，甚至還比 gentleman 高一級。只有這種「士」，才有恒心，而新聞工作者，不論從事編、採、言論或行政，只要是一個記者，就都應有恒心！

在毅力方面應該有所作爲，新聞工作不像其他工作一樣，它乃是爲大眾說話，爲社會增進大眾利益的事業！

我再重覆一遍一個新聞工作者所需的勇與毅，在勇方面必須要「勇於面對現實」，「勇於擔當責任」、「勇於自我犧牲」！毅的方面必須要有志向，有恒心，這樣才可勉強成爲一新聞工作者！

最後我願以先總統蔣中正先生對新聞工作者所期望的六個字，告訴大家，這更可證明勇與毅是什麼。六個字即是「任勞、任怨、任謗。」

任勞：新聞工作者是一件十分艱苦的事業，梁啟超在他所著《飲冰室文集》中記載過，當他在上海辦報時，住在一小閣樓中，那時還少有電燈的設備，天氣又很熱，他的汗與蠟燭的油，交織在一起，滴落到稿紙上。由此一例，可知新聞工作者所需要的任勞精神了！

任怨：不論辦報或寫作，都必須任各方面的怨。如作編輯的，當讀者投稿不被採用時，讀者會怨你，記者交來的稿件未被採用，記者亦會怨你；而作記者，他無法一時趕赴兩個記者招待會時，一定有一方面也會怨你，所以各種的怨恨都必須要能忍耐……

任謗：爲揭發黑幕指責惡人而被別人控以誹謗，這是從事新聞工作者常有的事，如普立茲在剛接辦《聖路易郵訊報》時，就先後有十七次被人控告誹謗。由於他是站在公正的立場批評事情，所以法院大抵只予以最輕的處分，有的甚至不受理，因此只要立場站穩，心地光明，新聞工作者應該無所畏懼。

世新是中國唯一的專業新聞學校，這學校在舍我先生及葉副校長合力領導下，同學們在外一天比一天受人重視。希望大家堅持新聞工作者的信條一致努力，爲國家新聞事業的光輝前途而獻出力量！」（民國五十七年五月六日，對世界新專全體學生講演，刊於該校《小世界》週報）

第六節　政府與新聞界關係

政府各部門，自閣揆以次，主動、透明、有規制、肯擔當，是建立新聞界正確關係的前提。

一個行政首長，不論其層級如何，為有利政務，切望借重大眾傳媒，樹立形象，在民主國家，乃當然之理。

新聞界則貴在有為有守，善盡職責，眞正成為政府與民眾的橋樑。

各方寄望殷切的行政院改組已告一段落，新閣如何才能建立其與新聞界正常而良好的關係，自爲大眾所關切。個人以爲這應該是兩者都要有基本體認和互動關係的一樁事，而不是單方面所能爲力和獲致成功的。

政府各部門，自閣揆以次，我以爲主動、透明、有規制、肯擔當，是建立新聞界正確關係的前提；而在新聞界本身而言，亦必須善意、自約、個人有操守，新聞守道德，才能善盡監督政府、溝通民意、妥善運用所謂「第四權」的職責。

從記者會到全般關係

一個行政首長，不論其層級如何，爲有利政務推展，切望借重大眾傳媒，樹立個人良好形象，這在民主國家，乃是當然之理。

以此之故，遠自一九〇九年開始，美國第二十七任總統塔虎脫就每周舉行記者招待會，將其大政方針，借傳媒直接訴之於一般國民，爲美國最高行政首長經常面對新聞界開其先河。就美國而言，沿用至今，將近百年，雖然以後各任總統利用此一管道的頻率大不相同，但基本上已經成爲一種規制，誰也難以中止或放棄。就連與新聞界關係極壞的尼克森，在其四年任職期間，每年平均也將近八次。（羅斯福在職十二年，每年平均多達八十三次。）

當然，記者會舉行的多寡，並非一定反映行政首長與新聞界關係的好壞與疏密。何況記者會亦恍如一柄雙刃刀，用之不當或不愼，還足以傷害自己。此所以許多行政首長，往往視記者會爲畏途，甚至避之惟恐不及。

時至今天，社會益見開放，國民資訊來源充分，加以新聞與言論自由的尺度大幅放寬，且個人權益、社會公義以及政府信譽，一一皆應以民意爲依歸，並納入法律保障之際，連戰院長以其學養、作風、從政背景及其施政企圖心，其本人與其所管轄的整個行政部門，必將、亦必須客觀而全般地來檢視一下與新聞界究應建立何種正確、正常、正當的關係。

新聞界值得自省之處

說到新聞界本身如何善盡職守，連上下、和異同，眞正成爲政府與民眾之間的橋樑，消極地直陳政府負責人和各部門的缺失，積極地反映民間意見，促其改進，以期爲國民謀取最高福祉，名副其實地不愧爲社會公器。

要達到這個目的，我以爲既不能如有些帶有成見的人一味抹黑新聞界，也不能以本位主義和偏執心理來爲新聞界護短。平情而論，國家與社會之有今日，我新聞界有其不可磨滅的貢獻，而近年政局不安，人心浮動，尤其是在國家認同、政治風氣、社會正義、族群和睦諸方面未能識大捐小，存異求同，盡到融和疏導的功能，力行相忍相成的大義，不能不說是「落在罪惡的後面」之一種表現。

言念及此，吾人只要私底下去問問一般政府官員及社會各界的負責人士，對新聞界的觀感究竟如何，所獲回答往往是貶多於褒，其中抱著招惹不起、敬而遠之態度者，更是大有人在。難道我新聞同業眞正會不知道、不重視這類反應嗎？問題卻在於犯以上毛病者如何切己反省，改弦易轍，而絕大多數敬業樂羣、知分自約者能獲得各方面普遍的肯定與尊重。

幾項坦誠的建議事項

我在作了上面自分客觀而誠摯的檢討之後，爲了新閣施政的順暢，讓至少一年以來壓得大眾幾乎喘息難安的社會病態與政治沉霾早日消逝，特願略陳芻蕘之見：

一、有鑒於施政理念與政策措施日益爲國人所關心注目，每三個月一次記者會應不爲多，問答方式可參考各國成功範例斟酌取捨，並可就到職後首次記者會的得失客觀予以評估。

二、發言人制度，自府院開始，各就得失加以檢討，再不要讓閱聽大眾有政出多門、莫衷一是的感慨。各部會及省市單位雖然多有是類人員設置，但在社會並未形成公認與公信，有待積極加强。

三、對各種傳播媒體，允宜撇開一切人爲因素，一視同仁；而從事新聞聯繫的人員，切忌偏私，不要市好，更不應有任何利害關聯，只須大公直道而行，亦不必對新聞從業者有所遷就。這即是前面提出「主動、透明、擔當」之所著眼。而新聞界本身自亦有其鑒別力與是非感。

四、連戰院長在立院資格審查答詢中，透露了媒體公平競爭的信息。此在不久將來必將要見諸行動，而有線電視法的通過，勢將增加其與新聞界關係的另一環節。

五、此後黨政力量介入媒體必更遭致大眾反感，於此次各方質疑「三臺突停立院答問轉播」事件足見趨勢。相信連氏幕僚今後更有警惕，而能妥予因應。

六、新閣的新聞界關係，絕不止於連氏個人及行政院，而應該是整個中央與地方行政系統的「公關」，影響更及於行政以外的部門，允宜整體策進，樹立範型。

一個最高行政首長要建立良好的新聞界關係，進而帶動其所領導的政府，儘量獲得輿論支持，以期有裨於全般政策政令的推展，主要還是有賴於這一首長的人格操守、施政理念、領導能力及其個人魅力等基本條件。（八十二年三月十五日《新聞鏡》周刊）

第三章　我國報業相關問題

第一節　報紙與中國革命

用筆比用劍還有力！

革命的成功，革命軍隊之力半，報紙宣傳之力半。求天下之仁人志士，同趨於一主義之下，以同致力，於是有立黨；求舉國之人民共喻此主義，以身體力行之，於是有宣傳；求此主義之實現，先破壞而後有建設，於是有起義。

政黨宣傳與黨報

報紙為民喉舌，它供給新聞，反映輿論，啟廸民智，服務社會，是民主政治重要的一環，因此，在　國父的革命思想中認爲報紙是革命事業所絕不可缺少的宣傳工具。中國國民革命即賴黨報以鼓動人心，宏揚思想。黨報是黨進入羣眾，聯繫羣眾和影響羣眾的有力媒介和橋樑。一份優秀的黨報，尤能發揮報導事實、造成輿論、教育人民和服務大眾的功能。

近代各國政黨政治的興起乃時代潮流之所趨，黨報莫不隨政黨的興起而誕生，十八世紀末美國政黨報業的發軔就是一個例子。在本質上，黨報是黨宣傳主義的政治武器，對黨而言，它是開拓黨的政治領域的先鋒；對讀者而言，它影響羣眾的心理，是轉變社會意識的動力。

我國黨報的創立，基於　國父的革命思想，這革命思想，是以三民主義爲中心，推翻專制獨裁的滿清，建立民主自由的中華民國。主義的實現，必先求人民共喻此主義，所以他在《中國革命史》中曾說：「求舉國之人民共喻此主義，以身體力行之，於是有宣傳。」從事宣傳，報紙是最好的媒介。

在　國父從事革命的過程中，他推翻滿清的基本信念是以宣傳動搖其基礎，以武力摧毀其政權。對於宣傳，更有著深刻的研究，因此他對宣傳價值的判斷，在學術上也佔有崇高的地位。他認爲：宣傳是勸導人的行爲，感化人的行爲，教育人的工具，也是傳播文化的媒介。

現在的報紙在編排的內容上，經營的方式上，雖然不斷的變化，然它對於服務讀者，肩負教育羣眾和傳播文化的重任是始終不變的。黨報固然是政黨從事主義宣傳的利器，然而從　國父的革命思想和他對宣傳價值的判斷，來看黨報的任務，也同樣地肩負著教育羣眾和文化傳播的重任。

黨報的創始與發展

國父相信，沒有黨報，革命便不會成功，而黨報的發軔，則是基於他的革命理想。至於黨報發軔的時代背景如何，西洋史學家甚至稱中國報業是世界報業的開始，起於不可記憶的時代。根據我國報業的歷史，「邸報」可說是中國最早的報紙，但是否發揮爲民喉舌的功能，且看《中國報學史》上的一段記載：

「自漢唐以迄清末，以邸報爲中心，在此時期內，因全國統於一尊，言禁綦嚴，無人民論政的機會。」因此，中國雖早就有報紙，也只是官報，而與黨報不同。

在我國官報壟斷的局勢下，公元一八一五年基督教新教東來，米鄰(William Milline)創《察世俗統計傳》，內容有言論，新聞記載，開我國現代報紙之始。但是這種外人辦的報紙，其目的在傳教和經商，言論只能代表外國人的意見。

國人在報紙上有言論的自由，開論政之始，是在中日甲午戰爭之後。繼一八八五年中法戰敗割讓安南之後，公元一八九四年中日戰爭爆發，清廷的昏庸，國勢的危急，因而暴露無遺。由於內政的腐敗，外人的侵略，於是民情沸騰，國人被刺激得再不能閉口不言了。

早懷救國救民大志的孫中山先生，於中法戰敗後就立定革命決心。中日戰爭爆發，遂乘此有利時機，毅然趕往檀香山，於同年十一月二十四日創立「興中會」，以「振興中華，維持團體」

爲宗旨號召同志，正式組織革命團體。他在《中國革命史》中曾說：「求天下之仁人志士，同趨於一主義之下，以同致力，於是有立黨。」與中會的成立，革命大業有了正式組織。復在他悉心擘劃和指導下，公元一八九九年第一份國人在報上倡言革命的報紙——《中國日報》在專制和保守的時代裏，揚起「民主主義」的旗幟。

在革命報刊創辦之前，外侮的刺激，淸廷的無能，已引起主張維新運動的強學會，倡言君主立憲，開國人論政之端，然論政之風大盛，卒能發揮扭轉時代的力量者，則推革命性的黨報。黨報開革命風氣之先，在滿淸頑固，維新運動失勢之後，以前倡議維新各報，亦相繼倡言革命，宣傳三民主義。革命思潮因而風起雲湧，革命報紙邃遍布上海、香港、星洲和東京各地。革命黨報的發展，使新聞事業，呈現一片新氣象，因而中國報學史上許之爲「我國民報勃興時期」。

黨報對革命成功有決定性影響，但是 國父創辦黨報的環境卻是萬分的艱難。他奔走海內外，物色革命同志，雖橫遭滿淸專制政府壓迫，保皇黨人攻擊，甚至黨內人士阻礙，和財力物力困頓短絀情況下，仍毅然決然創刊黨報。

由於他精神的感召，無數民營報，亦起而響應，極力鼓吹革命。其革命精神如何？乃「滿淸之威力所不能屈，窮途之困苦所不能移」；他以這種革命精神從事革命工作，也以這種不屈不撓的精神創辦報業，所以黨報是在專制的時代背景下，由於其革命思想而發軔。他是革命的領袖，更是一位重視報業和善於運用報業的革命領袖，黨報就在他的革命精神感召下茁壯。

黨報對革命的影響

興中會時香港創辦的《中國日報》是第一份革命黨報，是由 國父所指導創辦的，他一生致力於革命事業，而他領導的革命大業始終與新聞界和新聞事業有著密切不可分的關係。

黨報對革命成功影響的奠基，是在興中會成立之初，國父對報業之重視，在興中會計劃與革事項中指出設立報業爲首要之務。他說：

「設報館以開風氣，立學校以育人才，興水利以厚民生，除積弊以培國脈，皆當惟力是視，逐漸舉行，以期上匡國家以臻隆治，下衛黎民以絕苛殘。必使中國四百兆生民，各得其所，方為滿意。」

由此可見 國父懷抱的革命事業，目標之遠大，胸襟之開濶，足以振奮人心。

在《中國日報》創刊之前，革命大業第一次廣州起義遭遇挫敗後， 國父返回革命事業發源地檀香山。同志遭此慘重打擊多表灰心，國內滿淸實力雄厚，國外保皇黨勢力相當可觀，在此革命厄運扭轉生機的關鍵上，檀香山「隆記報館」發生了很大的作用，當時檀島有志青年藉「隆記報館」成立「中西摭會」。當其首次起義失敗後，全體會員給予精神鼓勵和軍餉支援，「隆記報館」便成爲招納黨員，籌商計謀擴展興中會，振起革命聲勢的機關。

「隆記報館」穩定革命大業基礎，這說明了黨報的創立是刻不容緩的。國父在《中國革命史》中說：「余於乙未舉事廣州，不幸而敗，後數年，始命陳少白，創《中國報》於香港，以鼓吹革命。」公元一八九九年十二月十日，《中國日報》在香港發刊，所有的機器鉛字，均是他從日本橫濱購運而來的。

陳少白受命創辦《中國日報》，他在所著《興中會革命史要》中提到這份黨報鼻祖對報業的影響時說：

「《中國報》者唯一創始之公言革命報，亦革命過程中一繼往開來之總樞紐也。自乙未廣州事敗，同志星散，團體幾解，《中國報》出，以懸一線未斷之革命工作，喚醒多少國民昏睡之迷夢，鼓吹「中國乃中國人之中國」之主義，戰敗康氏保皇黨之妖說，號召中外，蔚為大革命之風。不數年，國內商埠，海外華僑聞風興起，贊同主義之報林立，而惠州之役，固亦以「中國報館」為總機關之地也。」

繼宣傳革命急先鋒的《中國日報》後，同盟會在東京創辦的《民報》，更是集宣傳文字之大成。公元一九〇五年同盟會成立於日本，十月二十一日有《民報》的發刊，國父親自撰寫創刊詞，揭櫫民族、民權、民生三大主義。他指出：

「余維歐美之進化，凡以三大主義：曰民族，曰民權，曰民生。羅馬之亡，民族主義興，而歐美各國以獨立。洎自帝其國，威行專制，在下者不堪其苦，則民權主義起。十八世紀末，十九世紀之初，專制仆而立憲政體殖焉。世界開化，人智益蒸，物質發舒，百年銳於千載，經濟問題繼政治問題之後，則民生問題躍躍然動，二十世紀不得不為民生主義之擅場時代也。是三大主義皆基本於民，遞嬗變易，而歐美之人種胥治化焉。」

《民報》首次公開發表三民主義，繼而闡揚主義不遺餘力。這份鼓吹三民主義的《民報》，國父在《孫文學說》〈有志竟成〉一章中譽爲，「使革命思潮瀰漫全國，自有雜誌以來，可謂成功最著者。」由於《民報》表明革命立場，標示六大宗旨：1.顚覆現今惡劣政府；2.建設共和政體；3.維持世界上眞正和平；4.土地國有；5.主張中日兩國國民合作；6.要求世界贊成中國的革命事業、革命理論，在《民報》發刊後，日臻健全。

在《中國革命史》中，他又曾說：「《民報》成立，一方爲同盟會之喉舌，以宣傳主義；一方則力闢當時保皇黨勸告開明專制要求立憲之謬說，使革命主義，如日中天。」

自《中國日報》創刊發表〈民生主義與中國政治革命的前途〉驚人文字後，各地響應的報刊有：《國民報》、《蘇報》、《警鐘日報》、《復報》、《少年報》、《民呼報》、《民吁報》、《民立報》、《神州報》、《天鐸報》等十餘種。雜誌有：《二十世紀之支那》、《浙江潮》、《江蘇》、《新湖南》、《湖北學生界》、《直說》等，都是宣揚革命理論，提倡民族思想，鼓吹革命行動的革命刊物。

其中《國民報》，他在《孫文學說》第八章中說：

「庚子失敗之後；東京留學界之思想言論皆集中於革命問題，而戢元成、沈虬齋、張溥泉等則發起《國民報》以鼓吹革命，留日學生提倡於先，內地學生附和於後，各省風潮從此漸作。」

上海《蘇報》由保皇言論轉向革命，倡導民族主義，發表排滿文字，不遺餘力，釀成文字之禍，而革命之風亦因之大盛。

《民報》與保皇黨梁啟超《新民叢報》對立，以精闢言論，發抒革命思想，駁斥君主立憲，使革命思潮澎湃全國，而《民立報》反覆詳言滿清的腐敗，喚起國民擔負國事之責任心，備受國內外智識份子之歡迎，促成辛亥革命成功之功績尤爲彰著。

國父曾說：「革命的成功，革命軍隊之力半，報紙宣傳之力半。」假設革命時期，沒有革命報紙善盡傳布消息，宣傳主義，激勵人心，喚起國魂的職責，就不可能造成不可抗拒的革命洪流。黨報的宣傳使舉國人民共喻三民主義後，於是有起義。而武昌起義，正是 國父所說的「求主義之實現」。主義深入人心，所以革命成功。

黨報對報業的貢獻

黨報對推翻清廷，建立中華民國的革命大業之貢獻，是無可置疑的。革命的成功，使中國揚棄了專制政體，進入了民主政治，若就新聞事業的立場觀之，黨報對中國報業的貢獻又如何，我們可從四方面加以檢討。

第一、黨報爲中國報業孕育了新的生命。中國官報和外人辦報的局面，一直佔有絕對的優勢，國父鼓吹革命，以報紙爲宣傳的媒介，派同志赴海內外遍設報館，脫出官報和外人辦報的窠臼，站在時代的尖端，啟迪民智，造成輿論，爲民喉舌，影響所及，造成民報的勃興。使中國報業從專制時代中解脫，獲得新的生命。

第二、黨報建立了報紙輿論的威力。輿論乃社會公眾的意見所形成，它是社會正義的表現，也是報紙靈魂之所在。滿清末期，官報無民意，外報爲外人意見，因此在保皇黨興起初期，君主立憲言論曾風行一時，梁啟超一枝有感情又有魔力的筆，幸有革命黨報與它抗衡。《民報》一連幾篇言論如〈民族的國民〉，〈駁《新民叢報》最近之非革命論〉，〈希望滿淸立憲者盍聽諸〉，〈駁革命可以召瓜分說〉，〈駁革命可以遭內亂說〉，〈斥僞滿州辯論者之無恥〉……把《新民叢報》節節擊敗，使之幾無招架之力，黨報能造成革命的風潮，是因爲發揮了報紙輿論的威力。

第三、黨報同仁不畏艱難的奮鬥精神，爲中國新聞記者樹立了良好的風範。在 國父領導的革命運動中，醉心革命的仁人志士，大多憑二三同志的毅力，在他指導下冒生命危險，不怕財力的困頓，不怨設備的簡陋，不論物質享受，不計工作報酬，創立黨報，鼓吹革命，拋頭顱，灑熱血，在所不辭。其從事新聞工作的態度，已達富貴不能淫，貧賤不能移，威武不能屈的地步。因之，黨報雖屢遭禁閉，亦終能百折不回，克盡歷史使命，實有古代史官的遺風，而樹立了新聞記者傳統的獨立不屈的精神。

第四、黨報的經營爲中國報業組織建立了新制度。革命初期，黨報發展困難，只重言論不重經營，黨報組織採主筆制，或編輯制，當時民營報莫不受黨報影響，以言論居首，經營居其次。隨著時代的進步，在組織和經理上，黨報不斷改進，民國二十一年黨報採社長制，報紙的編輯和經理並重，版面充實，言論精闢，經營得法，於是全國各地公私報紙爭相仿效。民國三十五年黨報實行企業化，先後完成公司組織，分層負責，科學管理，大量生產，大量消費，黨報經營上不須黨的補助，而漸能自給自足，各地民營報受此影響，亦皆以黨報爲榜樣而求改良。黨報企業化的結果，發揮了新聞事業的特性，引導中國報業進入企業化時期。

黨報的地位與任務

黨報帶給中國政治上深遠的影響和新聞事業上重大的貢獻，不難看出黨報在中國歷史上及報業史上皆有其承先啟後的重要的地位。從革命初期到今天，黨報在六十餘年歷史中，歷經革命建國、軍閥割據、對日抗戰、勝利復員以及反共抗俄的不同階段，隨著國勢的順逆，時間空間的變化，黨報曾負起不同的任務。

在　國父領導之國民革命運動中，黨報的使命是與革命武力相輔相成，闡揚三民主義，啟發革命思想，鼓勵革命行動，達成推翻滿清，建立民國的任務。在北伐、抗戰和復員戡亂時期，黨報的使命是在惡劣艱險的環境下，秉持革命精神，發揮宣傳力量，以達成國家和黨所賦予的使命。

黨報之勇於擔當歷史重任，我們從討袁的一段史實中可以獲得明證。民國成立，中山先生被選為臨時大總統，北方任內閣總理的袁世凱挾清廷之餘威，要脅破壞，不肯言和，先生為求全國統一，「不忍南北戰爭，生靈塗炭」，遂讓位袁氏作為清帝退位的條件。袁氏於民國元年三月十日就職北京，恃北洋軍武力，胡作妄為，刺殺宋教仁，積極陰謀實現帝制。「當籌安時代，號稱穩定之報紙，多具曖昧的態度，其是否為金錢關係雖不可知，若是無民黨報紙之奮不顧身，努力反抗，則在外人眼光中，我國人之默許袁氏為帝，似無疑問。」這是中國報學史上最為動人的一段史話，足見當時報界獨有黨報一馬當先，毅然擔負討袁的歷史重任。

在大陸淪陷後十六年的今天，臺灣的報業已步入現代化報業之途，黨報在報界之聲望，仍隱然居於舉足輕重地位。這是因爲黨報能迎合時代潮流，不但不故步自封，而且能力求精進所獲得的結果。

國父曾經說過：「用筆比用劍還有力」。大陸的沉淪是由於中共以宣傳蠱惑人心，動搖人心，使全國精神瓦解崩潰的結果。對於歷史留給我慘痛的教訓，今日報界自宜深切反省警惕！尤其黨報秉承以往光榮傳統，在國家民族命脈遭受到空前浩劫時，必須能勇於擔當復國建國艱巨的責任。

今日黨報的職責

在言論方針上赤誠的爲同胞說話，爲大眾謀幸福，對政府措施作建設性和批評性的積極建議，在辦報的態度上以青年的益友，家庭的良伴，工商農的服務者自居。這是現階段黨報的新風格，新路線。也是黨報服務人民，報效國家的唯一途徑！

一份黨報要想站在時代的前面，在從事宣傳與教育任務時，應以不損害報紙本身新聞傳播責任爲限，以發揚民主政治的精神和原則爲基本職責。基於這項職責，黨報一方面應享有新聞自由和言論自由的權力，一方面應以公眾利益爲前提，一切新聞報導和言論都應向社會公眾負責。

客觀、正確而適當的報導新聞，確實、公正而誠摯的啟發輿論，反映輿論，和領導輿論，同時不忽視報紙的可讀性和大眾高尚趣味。換言之，即不以說教來從事黨的宣傳。黨報如能把握這種原則，則必能為羣眾所接受，為國人所信服。

今天紀念　國父百年誕辰，重讀　國父遺教：「求天下之仁人志士，同趣於一主義之下，以同致力，於是有立黨；求舉國之人民共喻此主義，以身體力行之，於是有宣傳；求此主義之實現，先破壞而後有建設，於是有起義。」及　國父在《民報》發刊詞上所說：「吾國治民生主義者，發達最先，覩其禍害於未萌，誠可舉政治革命，社會革命，畢其功於一役，還視歐美，彼其瞠乎後也。」的訓示，誠有溫故知新，發人深省之感！（民國五十四年十一月十二日刊於《中華日報》南北兩版，「報學」轉載）

第二節　五十年代的國內報業

最近幾年報業發展的幅度，已告明顯增加；傳統保守的經營方式，顯已不足適應現代報業競爭的需要。

未來發展的目標，將是：㈠新聞自律的加強，㈡增加篇幅，充實內容，㈢普遍從事改進設備，㈣專門人才的羅致，㈤企業式經營……。

讀者時代

一個進步、開放的社會，必然有蓬勃發展的報業，站在時代的最前面，領袖羣倫，爲文化開拓的先鋒。

中華民國的報業就是在這個重要基礎上崛起。進步與安和的社會，給它提供了生存發展的條件。

二十多年來，我國的報業發展，一直是在一種平穩的狀態中進行。這種發展猶如生長一樣，是一點一滴累積的結果。

但是現在有一項事實，已在蛻變之中。最近幾年來報業發展的幅度，已告明顯增加；傳統的保守經營方式，顯然已不足以適應現代報業競爭的需要。

於是報業經營不能不尋求改變。

分析起來，促成這種改變主要來自兩方面：

一、是來自社會結構的改變。我國已經從農業社會走進工業社會。工業社會最大的特點就是互相競爭，注重利益，講求效率和實施企業管理。在這種認識上，讀者花一塊錢就要獲得一塊錢的代價，報紙自然毫不例外。而報業經營，爲了創造生存環境，捨企業管理外無他途。

二、是來自教育水準的提高。本省光復後，教育事業突飛猛晉，人民受教育的機會激增，國校、中學和大專畢業生，每年有增無已。一個光復時入學的國校學生，現在都已長大成人，每多掌握家庭經濟權。這些受過正規教育者，比過去僅靠私塾或自修而識字的人，對於報紙的要求，日趨嚴格。報紙不只是要在量上增加，而同時更必須在質上提高，以滿足廣大讀者的慾望，爭取他們的支持。

這也就是說，「優勝劣敗、適者生存」的考驗，日趨明顯。這項考驗將報紙擺在廣大的讀者面前，讓他們去自由比較、批評和選擇。

所以，現在是讀者的時代。現代化的報紙乃是社會的產物；報紙即社會，新聞即生活，只有和社會生活相結合，報紙才能生存、成長。

由於報紙和社會密不可分，更由於報紙對社會所發生的影響力日益增加，而報紙對社會所負的責任，也相對的增加。

報紙對社會所負的責任增加，這是我國報紙在求現代化過程中，除企業經營之外，最爲令人鼓舞的事實，也是我國報人的責任和信心所在。

現況簡介

國內的報紙現在共有三十一家。這些報社極大多數都是早經設立的。因爲歷史頗久，根基日固，所以在業務經營上，都能獨立維持，爲前述目標而努力。

我們如就三十一家不同的報社加以分析，便可發現：

以地區分：臺北市有十六家，基隆市一家，臺中市二家，臺中縣一家，彰化縣一家，嘉義縣一家，臺南市二家，高雄市二家，臺東縣一家，花蓮縣一家，澎湖縣一家，金門一家，馬祖一家。

以日晚報分：日報二十五家，晚報六家。

以文字分：中文二十九家，英文二家。

以對象分：成人三十家，兒童一家。

以性質分：綜合的三十家，專門的一家。

從這項分析可以知道，臺北市是報紙競爭最劇烈的地區。不過外埠報紙由於臺北市報紙送達的時間不斷提前，因此所受的壓力也相當的大。

談到發行的數量，可由各報的用紙量推知。民國四十一年的用紙量爲二千三百二十四噸；民國五十二年爲一萬零二百七十六噸；五十三年增加爲一萬一千七百三十一噸；五十四年增爲一萬三千一百零二噸；五十五年增爲一萬六千七百九十三噸；五十六年再增爲一萬六千八百十六噸；五十七年更增爲二萬一千五百噸。今年預計將增爲二萬四千噸以上。由於國內白報紙產量不足，質地較差，政府近二年有條件地核准進口若干國外紙張。

國內報紙總發行數在民國四十年時，只有二十餘萬份，今年已激增爲一百十萬份以上，近於十八年前的六倍。讀報率也由十八年前的三十人一份報增爲十二人一份。面對報紙市場需求的增加，今後報業的競爭，勢必更加劇烈，此乃可以預見的事實。

在報紙廣告方面，隨著國內工商發達，經濟繁榮，廣告業務一直都還能順利展開。據統計，透過文字、聲音、影像三種主要媒介體的廣告費總額，在民國五十一年時爲二億七千二百萬元，其中報紙的文字廣告爲一億四千六百九十萬元，佔廣告總額的百分之五十四。民國五十五年廣告費總額爲五億六千萬元，其中報紙的文字廣告費二億三千五百萬元，佔總額的百分之四十一。民國五十八年廣告費總額爲九億二千六百三十萬，其中報紙的文字廣告費爲四億四百萬元，佔總額百分之四十三。五十九年預計廣告總收入爲十一億七百六十九萬元，報紙廣告所佔比率，由各種資料顯示將要降低到只佔百分之三十五左右。

上面提到的廣告費總數增加，而報紙所佔廣告費比率反而降低的趨勢，反映出電視興起之後，以影像、聲音、文字三種媒介體揉合而成的廣告，已經對以文字爲主要廣告媒介體的報紙廣告，構成相當威脅。今後如何改進報紙印刷，如何發揮報紙廣告較電視廣告生命爲長的優點，應是報界爭取廣告客戶的先決要途。

新聞自由

我國報業一向享受相當的新聞自由。在反攻復國的今天，時值戰爭非常時期，如依照英美過去在第一及第二次世界大戰戰時的體例，儘可對報紙實施檢查制度，但我們政府從來沒有如此做。

這種可貴的新聞自由，國際間亦早有了解。國際新聞學會在一九六二年時，就通過我國報人以個人會員資格加入，迄今已達二十八人之多。可是對於我國申請加入國家分會會員國之舉，卻遲遲未能成爲事實。經過我國報人多方奮鬥，終於在今年六月十二日批准我國設立分會，成爲國際新聞學會的第二十八個會員國，獲得國際對我新聞自由的確認。

此外尚有一點可附帶提及，就是每有人提及所謂「報禁」問題。出版法施行細則第二十七條規定：「戰時各省政府及直轄市政府，爲計畫供應出版品所需之紙張及其他印刷原料，應基於節約原則及中央政府之命令，調節轄區內新聞雜誌之數量」，基於前面曾提到國內白報紙生產量與質不足的事實，今天全國上下已瞭解這種調節，乃是符合國家和社會利益的。調節報紙的數量，除了紙張供應的原因外，報紙生存空間有限，也是原因之一。

未來發展

中華民國的報業，儘管在客觀環境方面尚待改進和創造的條件頗多，以利報業的更大發展。不過本省現有一千三百七十萬人以上人口，而報紙銷數只有一百一十餘萬份，平均每十二人才看一份報紙，較諸英日等國平均二點五人看一份報，遠爲落後。這個事實說明了我國的報紙市場，將來還是大有前途。同時由於經濟成長率遠景頗佳，國民所得年有增加，廣告來源雖受電視影響，但畢竟只是一種威脅。因此對未來報業，我們依然抱持樂觀的看法。

爲了適應未來的環境，使我國報業邁向企業化的坦途，從業者不僅在力求人事改革，設備更新與經營方法的改進，同時也在求內容充實，水準提高，使其更有益於讀者和社會。

下面幾件事正是大家努力的標的：

第一、新聞自律的加強：新聞自由和自律是對等的兩件事，有其相輔相成的作用。爲了淨化版面，提高新聞水準並確保個人及社會的公私權益，我國臺北市報界於民國五十二年首先通過新聞評議委員會組織章程，成立評議會。爲我國新聞自律的嚆矢。七年以來，雖評議事件不多，但已發生自我及相互警惕的功用。

今後應如何健全評議委員會組織，擴大範圍強化權力，值得詳加研究。

今年六月國內新聞工作者舉行會談，通過我國報界自律辦法，規定新聞工作者不得兼管與職責相關的事業，不得參與地方政治糾紛，不得以新聞工作爲手段，向有關單位或個人有所需索或其他不正當的要求。這個辦法對於提高新聞界的聲譽十分需要，已獲得新聞同業及社會的共同支持。

第二、增加篇幅，充實內容：國內新聞紙的供應不夠實際需要，所以多年來我國報紙的篇幅，變化很少。民國四十年爲日出一大張半，四十七年九月增加爲日出兩大張，五十六年四月再增爲日出兩大張半。由於廣告所佔版面，普遍的超過應有篇幅，自然影響新聞及其他應有的內容。現臺北市報業公會爲使同業早日適應再增篇幅的需要，業經初步決定，自六十年五月起，可增加爲日出三大張。相信擴增之後，各綜合性報紙更能各自發揮其特色，加強報紙的可讀性。

第三、普遍從事改進設備：人才、設備與經營方法，爲現代報業的三大支柱。就報紙設備而言，今日臺灣報業不但遠超過大陸任何時期，而且漸進於國際標準。印務方面的高速輪轉機、彩色印刷機、自動鑄排機、澆版機、照相製版機等，電訊方面的打字電報機、中文傳眞機、無線電傳眞圖片接收機等，各大報均已次第使用，而且還在不斷改進和增加之中。

概言之，就是臺灣報業正日向自動機械化（Automation）的途程邁進。

爲了配合這一趨勢，各大報不但在不斷更新和充實設備，並且紛紛建築大厦，以便容納新設備，發展新業務。

第四、專門人才的羅致：十餘年來臺灣報業水準的不斷提高，新聞專業人才正由五所以上設有新聞系科的大專院校與研究所大量培植，有其直接因果關係。

大略統計一下，這五所院校在過去十五年之間，其畢業生當在四千人以上；其中得有機會參加新聞工作者約爲四分之一。由於供過於求，因此新聞科系畢業生均以進入有規模的報社工作爲榮，而報社亦有機會擇優任用。去年以來，因廣告事業日趨發達，他們參加廣告業者亦日漸增多。

目前較爲缺乏者爲技術工人和專業管理人才，有時不得不因設備上的需要，送往國外訓練，實際上這是極不經濟的。至於具有眞知灼見的言論人才以及優異的編輯人才一時雖覺不易羅致，然假以時日，必可由造就而成。

十年以來，國內報業可以說一直是在發榮滋長之中，因此，才有更新設備發展業務的條件。不過由於世界報業競爭的趨勢，非常明顯，尤以近五年爲最烈，臺灣報業無疑的也受其影響；因此同業間的競爭不但難以避免，而且有繼長增高之勢。

競爭每每促成進步，這是好的一面，國內報業曾拜其賜；不過，競爭如不擇手段，則必出之以傾銷、賤賣，討好讀者，打擊同業……最後必然形成以大吃小，倒閉兼併之途。以國家今日之處境，這些惡果正是我們所應避免的。（民國五十八年十一月四日，對世界中文報協專題報告——中華民國報業現況及其發展）

第三節　「報禁」問題面面觀

「報禁」形成的原因，部分由於時代背景；它的存在，對我政治與社會影響深遠。

「黨禁」解除，「報禁」自然開放，開放之後帶來報紙的戰國局面。影響所及絕不限於政治層面。

今天開始討論的時候，我先作個簡單的引言，各位（文化大學三研所博士班）如果有什麼問題或意見，我們再來討論。我想從幾個方面來談：一、「報禁」形成之背景。二、「報禁」之存在對我國政治與社會之影響。三、爲何「黨禁」解除後，「報禁」隨之開放。四、當前「報禁」開放之幾個關鍵性問題。五、「報禁」解除後可能是如何一個局面。

「報禁」的由來與影響

一、「報禁」形成之背景與來源

從書面的文件，我們可以看出來，所謂「報禁」的形成，乃從中華民國四〇年代開始的。因爲政府三十八年從大陸播遷來臺，那頭幾年是個風雨飄搖的局面，我想，各位雖然都很年輕，但是從書本上及這幾十年的演進，即可窺其一二。那時候我來到此地，也跟各位年齡差不多，三十歲左右。當然，今天我們不是在談臺灣報業的狀況，所以我也就不必在這方面回顧歷史。

四〇年開始，「報禁」實施的理由，是個行政命令，倒不全是故意的。根據總動員法，在接戰地區，對於民生物資可以調節。根據這個，就把報紙看做民生物資，所以，就覺得當時紙張不夠，於是就有節約用紙的這個行政命令出來。至於有關其他「報禁」形成的細節，如年代、法律依據等，在參考資料中，已有詳細敍述，我想各位都看過，我們就不再談它。

在那時候我還沒有參加報紙。四十年左右時，我在日本。後來四十二年，在現在的中興大學法商學院教過一年書。四十三年，我就任老總統蔣先生新聞方面的祕書。所以，跟新聞界的接觸就因而增加。我想我應該毫不諱言的跟各位說，當時的「報禁」，並非政府有意要阻止新聞自由，採取愚民政策，讓大家沒有知的權利，原意絕非如此。但無可否認的，是在那個期間，不希望言論太雜。因爲這是戒嚴下的一個問題，說來是有法律上依據的。因爲依據戒嚴法，對於集會、結社、出版，它都可以加以限制。爲什麼不希望言論太雜呢？當年雷震辦《自由中國》，胡適最初還是發行人。最近我還看了一篇文章，談到胡適在那年代講過三次「容忍與自由」。那時候，雷震還想要組黨，不許他組，後來雜誌也因而被封。這無疑是那個時期我國言論自由尺度的一件公案。

二、「報禁」存在對我國政治與社會之影響

至於「報禁」所產生的利弊，我也簡單地談一談。利者，當然，政府採取這樣一個政策，法律上的基礎比較薄弱，但是，它是收到言論比較不太複雜的效果。所以，從那個時候起很長一段時期，就沒有那一個提出要成立反對黨。

我們現在檢討起來，有些地方實在是做得過份的。例如，歌禁。老實說，有些地方，在十年、十五年前，我就不以爲然。有些歌，那根本與思想是不相干的；又如三、四十年甚至百年以前的平劇的內容，怎麼能夠說是諷刺現況？因此限制言論發表自由，即令在戰時戰地，也是利弊互見。

至於弊之所在，即我們的新聞自由程度，不僅招致國人不滿，在全世界排名也甚低。每年美國有一個稱之爲自由社（Liberty House）的機構，對全世界各國的新聞自由做評估。中華民國與韓國在二、三十年前，其評估結果是被列爲非常沒有新聞自由的國家。後來慢慢地，始被列爲較有新聞自由的國家。按四個等級分，中韓每被列在二、三級之間。

所以，「報禁」所導致的新聞自由程度低落，對於國家的國際形象，也自然受到影響。國際形象姑且不論，對內的影響，是資訊提供的缺乏，形成民眾的若干反感，覺得政府不夠開明。引申來說，既然國民有這樣的反感，當然對政府的信賴心，也會相對的受影響，認爲政府沒有能夠對憲法裏所保障的人民權利，確實做到，甚至口惠而實不至。

解「禁」帶來的局面

三、為何黨禁解除，「報禁」自然隨之開放

現在為什麼報紙要開放？這道理一句話就講完了——「黨禁」解除，人民都可以組黨了，則報紙那還有不可以辦的道理？至於說進一步廣播電視的頻道要開放，這是另外一個問題。但必將隨「報禁」解除接踵而至。

報紙開放，是個不可避免的結果，這在《遠見》雜誌近期的報導裏面，已有詳細的報導，我也應邀說了話。行政院俞院長在三個月間，搶先把它宣佈，我個人覺得這一步不錯，甚至於是很好的一步。因為如此一來，免得大家聚訟紛紜，又造成一種對政府不利的結果，而認為國民黨非要加壓力，它不開放，好像什麼都是某些人把它打開的。

四、當前幾個關鍵性的問題

接著就是所謂「三限」的問題。不過，「三限」並不能解決問題，尤其不能保障報紙對社會是怎麼樣的角色或功能，這是沒有把握的。所謂「三限」，登記是毫無疑問的；當然登記應有條件限制。

我想限制登記的問題，預期不會太嚴格，因為太嚴格的話，則要有個根據。譬如，保證金不論要多少，總要有個根據。因此，登記條件將無法太苛，而只有待於未來的自然淘汰。

另外，所謂「限張」，目的在避免因少數大報的獨佔而形成與論的壟斷。這只有在目前的張數上來打主意。行政院新聞局有個小組從事研究，多數是學者，少有實務的人參加，結果如何，頗不樂觀。至於「限印」，那似乎更是拖著一條不必要的尾巴。

五、「報禁」解除後可能是如何一個局面

我想，「報禁」解除後，預期中，亂是會有一陣亂，亂到什麼樣的程度，我不認爲會很嚴重。我想，「民進黨」一定會要辦個報紙，不管它叫做什麼名字。至於社會間那些有錢的財團，辦不辦報紙，我並不很擔心。再有錢的人，辦報可以長期貼下去，我絕對不相信。因爲他不但錢貼不起，而且也沒有士氣。但是，有些小報，走點色情路線，或走點黑幕或內幕路線；坦白說一句，我不認爲太可怕。原因是什麼？因爲現在走內幕、暴露一點路線的週刊型或半月刊型的雜誌多得很，已經什麼也都有了，除了少數賺錢外，其他的大都還賠錢。至於其他政論性的雜誌，這五年以來，什麼東西都有了。所以，我覺得，辦報，恐怕一開始使大眾好奇，會熱鬧一陣子，也就是要經過一個短時間的亂。

管理出版物方面，出版法再修訂，茲事體大，而出版法的實施細則比較容易調整一點。將來刑法、民法，在關於毀謗等方面，恐怕會更注意一些。當然，另外是希望新聞界的自律，乃至於大眾消費者的壓力，讓傳播界不敢太放肆，或者採取某種抵制的態度。這些都有力量可以讓報紙收斂一點。

我想，過一段時間之後，它可能會漸上軌道。至於要多久，照我想，開放以後，恐怕短則三

年，長則五年，也許會達到一個讓我們比較感覺到滿意的報界。這是我的衡量與看法，我不知道各位的意見怎樣？

與博士班坦誠對談（△：代表同學發問或意見）

△：世界各國皆有「報禁」嗎？

師：在高度新聞自由的國家，他沒有限制。譬如說，在美國要辦報的話，今天提出申請，大概三、五天就核准了，也沒什麼條件。只要是合法的公民，有正當的地址，小額保證金登記一下就可，那很方便。

△：對於有無新聞自由的衡量，是否有一定的標準？

師：這是一整本書的問題。在美國這充分自由的國家，它的憲法修正案第一條規定，政府不得制訂任何法律來限制國民的言論自由，這是尺度最高的自由標準。例如，最近美國於伊朗祕密軍售案中的諾斯中校，即以此為理由，拒絕答覆。這即表示，找證據是你的事，我拒絕答覆，乃受憲法之保障。所謂新聞自由是言論自由的一部分。那新聞自由的尺度是什麼？即這個言論的發表，對於國家不致產生所謂明顯而立即的危險。所以新聞自由在民主國家，只有用毀謗等罪來加以約束。因為言論自由主要是對人或政府、對法人，所以如果有毀謗法條，即可判罪。則無論寫的人、講的人或發表的人，他就會有所節制，不會漫無規章。你們對「報禁」開放後的情形，估量怎樣？

△：老師剛剛提到，「報禁」解除之後，「民進黨」將會辦報，並不會構成太大的威脅。但我認爲，他的銷售量會大增，也許會超過現有的兩大報。

師：你的理由呢？

△：因爲現在老百姓希望求新求變，所以「民進黨」會用各種消息來迎合老百姓求新求變的心理。當然不一定會用色情路線，但這種迎合大眾心理的作法，可以使他的銷路大增。

師：你們了不了解《民進週報》銷路如何？

△：它一份十元，大部分公開擺設在書攤，銷路還不錯。個人以爲，一般爲了求新求變的心態，可能初期尙能符合人民的要求；但在「報禁」開放之後，由於每天要出刊，在內容上是否仍能達到求新求變的要求，不無疑問。而且，它的可信度又是如何？當人民接受多元訊息習慣後，將形成一種「免疫力」，故經過一過渡時期之後，他的發行量，恐怕大有問題。另外，請問老師，一份報紙的合理利潤的計算方式，新聞局是否有一核算的公式？

師：對這位同學的分析，我相當同感。至於將來報價是自由的。例如在香港，報紙是自由市場，報價不一。它分成兩種或三種，當然張數多的就貴一點。

△：前一段時間香港因爲通過一個新聞法，而被稱爲香港新聞自由已死。不曉得我們政府有關單位是否有響應這一次香港示威反對這一法律的活動？其次，相應措施，爲了加速開放新聞自由的腳步，造成對他們一種衝擊，有沒有這種內外互動的關係？

師：我看恐怕沒有。我們這兒有個香港小組，現在因為林洋港副院長也有了新職，由連戰副院長召集；另外杭立武先生主持的人權協會有個支援香港居民的委員會，我看不出有什麼互動的關係。

有關香港所頒佈的這個條例，正確的名字，你記不記得？有沒有看過它的內容？

△：它裏面的主要內容係從事新聞報導的人員，對於他所報導的新聞內容必須負責。例如，如果是無中生有的話，則可訴諸輿論的討伐或法律的起訴。

△：剛剛老師談到《中央日報》，對於它所扮演的角色，有些專家學者會將它和中共的《人民日報》相互比較，因為中共的《人民日報》在達到對人民的思想教育方面的成效，扮演著一個相當重要的角色。反觀我國方面，整個運作過程中，將來《中央日報》將如何調整腳步，讓人有耳目一新的感覺？

師：關於《中央日報》的問題，所謂黨報，老實講，它本身就很吃虧了。《中央日報》畢竟不同於《人民日報》。各位對軍方的報紙、月刊的看法如何？

△：《青年日報》，在這種開放的社會，它裏頭的報導，有些是不太適合我們這個社會，尤其對於「敵情」的報導等。因為如果說的太過火的話，會有不好的反作用，人家就不會相信，反而造成人家覺得你這家報紙所講的不實在。

師：這等於把我們所談論的話題擴大到另外一個專題，就是所謂當前我們宣傳的政策與尺度的問題，這也不是幾句話可以講完的。我想關於這個問題，從我剛剛答覆有關《中央日報》的問題的態度上已經可以看得出來，但也不能說我的看法與尺度是一定正確的。當然，在一個社會裏面，所謂保守，像美國社會也有部分的保守力量，因此這也未可厚非。至於影響力如何，我們就不去論它。至少在所謂多元化社會，它也是一元，多少也會發生一點平衡作用。至於電視問題，沒有報紙這麼複雜。下一次，報紙問題沒談完的，我們可以再談。各位有任何問題，尤其經過將近一星期的思考，不要顧忌會不會使我說話爲難，我不會。我一再在課堂裏面講，學術性的討論，我就會忘記我其他的身份，只是面對一個問題。我想，今天我跟各位討論，我們並沒有什麼很好的內容，更說不上有什麼見解，但無論如何，各位可能有個印象，即我並沒隱瞞什麼事實，故意爲現勢辯護，我絕沒這個意思，否則，那何必要有研究所？何必要有討論？

另外講一件事，我在幾年以前，也遭受很多的困擾，尤其是在文工會工作期間。譬如說，我對於中央社等有許多稿子不無意見；當時我並不是完全反對稱中共爲「匪」，但是不要是標題是匪，裏面內容連舉五個名字，鄧匪小平、李匪先念、彭匪眞……等，不必了吧？這樣叫人看起來好累。我記得有一次我向當局建議：對於中共事情的報導，在一個開放的社會，如果太主觀、有成見，不但這些新聞，這篇評論，這個問題的報導，讓讀者小則不信，大則起反感，而且可以讓它推而廣之，對於傳播媒介不信，對於你這批人不信。再推而廣之，如果是《中央日報》或黨，或者代表政府的其他部門，他進而對你政府不信。很坦白說一句，吃虧的還是自己。

所以，我頗覺安慰，十多年以前我對新聞言論自由所把握的若干尺度，尤其是《中央日報》的航空版，事實證明我彷彿估量不錯。現在它辦得不錯，比較開放。但當時有許多人，覺得我好像太寬了、太鬆了。

我認爲今天是個高度學術性的討論，好在唐所長他很開明，他說絕不排除對現實性問題的客觀討論。（七十七年四月與文化大學三研所博士班同學對談）

第四節 報業開放後的輿論界

報業開放後的四種直接影響：

㈠國民平均閱報率將提高；㈡報業「戰國時代」來臨，競爭將更激烈；㈢報紙資訊增加，將加深對政治和社會的影響力；㈣刺激其他傳播媒體。

我們確信：唯有公平、合理、冷靜、理性和健全的輿論界，才能建立眞正民主法治的社會。

近一年多來，在一連串政治、社會重大的革新作爲中，有一件將對新聞傳播界產生重大的影響，那就是一般人所謂「報禁」的解除；其實施要點已由新聞局正式宣佈。明年元月起，當有少數人會提出辦報的申請，自民國四十年代以來，即無新報（名稱變更不算）成立的情形也將隨之過去。

報紙開放登記之外，張數的限制也大爲放寬，即上限是六大張，下限爲一大張；此項重大的決定，自然對未來的輿論界產生相當影響。

開放後的諸般影響

首先論及報業開放後所可能產生的四種直接影響：

第一種影響是國民平均閱報率的提高。據新聞局等處的統計，我們現在平均每五個人即有一份報紙，此項數據雖與閱報率最高之國家、地區如日本、美、英、北歐諸國相較，尚有一段差距（他們平均每二點五人即有一份報紙），但依照聯合國教科文組織的統計顯示，民主國家平均每七人有一份報紙，即可算是開發中國家；因此，以我國之教育水準和資訊享有的普遍性，以及國民熱中參與國家公共事務的現狀，我國已超過開發中國家的標準；而當報紙開放後，上述攸關國家開發程度的重要因素亦將更爲增進。

第二個影響是報業的所謂「戰國時代」將隨報紙的開放而來臨。雖然競爭的情況將會非常激烈，但可預見其延續時間應該不會太久，在經過相當期間的自然淘汰後，報業市場仍會重歸穩定。當然，報紙品質是否會提高，則是一未知數。不必說未來，當前就有若干報紙大走「激情主義」的道路，這是值得社會大眾特別警惕的一件事。

辦報並非是件說做即做的簡單事情，金錢的籌集也許尚稱容易，而人才的徵募與廣告、發行市場的尋求，則極端困難。依個人的瞭解，能夠在三年左右的時間內，將一份新創報紙衝破虧損局面的，二十年來，並不多見。少數事例中其一是韓國的《中央日報》（純民營），該報是在一個大財團的支持下，十餘年前一創刊即以其壓倒性的優勢在市場上競爭，而經過二、三年後，即能自給自足。第二個例子是在美國以彩色報方式創刊成功的《今日美國》，它由華盛頓特區開始，進而成為一個廣受歡迎的全國性報紙。

由前述的例子可知，創辦一家報紙並不是件容易的事。因此，當明年元旦報紙開放登記後，雖會有不少人躍躍欲試，但真正辦得起來的為數絕不會多。

加深對社會影響力

報業開放後的第三個影響是，報紙將會加深其對政治、社會的影響力，但是卻不會大幅變動廣播、電視、雜誌等傳播媒體原先對社會、政治的影響力。

以最近十年選民由各種傳播媒體獲得選舉資訊的比率來看，報紙一向居於首位，約占百分之四十七至六十不等，換言之，廣播、電視與雜誌所提供的資訊比率則少得多。而報紙增加與增張後，雖可提供民眾更多的資訊，但對於民眾從不同來源獲得資訊的比率上，仍然不會有太大的變動。而且民眾很可能由於資訊提供量的增加，變得更為冷靜、客觀而增強其選擇力與判斷力。

報業開放後的第四個影響是刺激其他傳播媒體，為求生存，並保有甚至擴增其原先對社會的影響力，不得不要求自我的創新與改變。以電視為例，近半年來電視界有一共同的現象，即新聞性節目的顯著增加，而此類節目也同時獲得廣告的支持與觀眾的喜愛，影響所及，電視臺也更願意花費更多的時間與金錢，去製作更優良的新聞節目。

再以雜誌來說，據新聞局統計，國內目前約有二千八百種左右各類不同的雜誌，其中具有高水準內容者雖仍屬有限，但此與三十多年前大不相同。猶憶筆者當時正擔任先總統 蔣公的新聞祕書，一日 蔣公詢及何種雜誌是國內具代表性的好雜誌？筆者當時實在答不出來，而僅能勉強答稱——《中國一周》（黨國先賢張其昀先生所辦）。坦白的說，該雜誌的分量與內容如與時下優良雜誌相較，則的確相差太多。因此我不免樂觀地預估：激烈的競爭與有限的廣告市場，加上報業開放的壓力，必將使全體傳播界為求生存而全力提升品質與內容，此對全體讀者、觀眾、聽眾而言，實為一大福音。

健全輿論界與民主

其次我要強調，健全的輿論界是保障民主政治實施的主要憑藉。

中華民國立國的精神，就是要建立一個自由民主的國家。這個目標，是中國國民黨九十三年前建黨時為未來中國即已訂好的一條大路。

美國第三任總統傑佛遜曾經表示，民主政治是以民意為基礎的政治；民意則為每個人自由表達出來的一種意念，經過大眾的彼此溝通，再藉傳播媒介普遍傳播後，所自然形成的輿論市場，我們整體名之為輿論界。因此，輿論並非為報老闆、編輯、評論員或其他新聞從業員所擁有，而應為大家所共有。所以，輿論的健全、公正與否，直接影響到民主政治的施行，兩者關係密不可分。

既然輿論不屬於任何人、團體或黨派，那如何才能構成一個公正健全而理性的輿論界？我認為必須有以下四個先決條件：

首先，我們需要一個能夠自由表達意見的新聞界。我再引用美國傑佛遜總統所說，如果以有政府而無報紙，或是有報紙而無政府二種情況來作選擇，則他寧願選擇有報紙而無政府，因為他篤信民主政治是美國革命之後，唯一可讓國家走上長治久安的政治制度。而只有政府組織卻無國民自由表達意見的權利，則此政府必然獨裁、專制，共產政權就是最好的實例。

其次，新聞自由固然重要，但其社會責任自亦不可忽視；如僅有自由而無責任，則新聞自由必會被人濫用，進而損害受訊者獲得正確資訊的權益，成為一人、一報或少數人的私人工具。所以說，一個負責任的新聞界，應是健全、理性輿論界的基本構成要素。

第三，健全的輿論界需要一個開明、能容忍相反意見的政府。此政府不會濫用法律的權威壓制輿論界，如此，輿論界才能發揮其應有功能，去約束監督政府的作爲，而眞正成爲行政、立法、司法權之外所謂的「第四權」。

健全的輿論界所需第四個要素是一個覺醒而冷靜的社會大衆。由於國民知識水準提高、資訊管道暢通，以及政府鼓勵民衆尊重已身權益的各項措施，使得民衆不再是無意見的沉默者，他們隨時都在有形、無形的約束著那些逾越法律規範者的言行，使其有所警惕和反省。

誰能約制傳播界

至於何者爲促使輿論界健全發展的原動力，同時亦是保障輿論健全形成的約制力？我認爲第一是新聞界本身的自律。未來報業開放後，很多人都可以擁有一份傳播工具，如藉此去謀求私利，或顯示個人權威的話，必然會危害社會大衆的權益，因此，加強新聞界的自律已到刻不容緩的地步。

其次，政府主管單位要能貫徹執行法律的規定，否則公信力與公權力自會受到嚴重挑戰與損傷，而導致有法而無人尊重之混亂局面。

第三是新聞公評人（或稱新聞監督者）對傳播界的監督、制裁力量。新聞界是居輿論市場的主角地位，必須自己有所約束，同時社會大眾也應該站出來運用各種管道去約束新聞界使其不能濫權，促其自我節制。目前幾乎缺乏任何拘束力的新聞評議組織，亟待改絃更張。

總結言之，在大眾傳播無遠弗屆的影響下，我們固然都是受訊者，但同樣也是選擇者、判斷者與監督者。我們確信，唯有公平、合理、冷靜、理性和健全的輿論界，才能建立眞正民主法治的社會，希望閱聽大眾不要忽略，更不要放棄自身的權利，共同勉勵，並鞭策新聞界，讓他給我們正確的信息，然後輿論之客觀性與權威才能逐漸臻於圓滿。（民國七十六年十一月七日《青年周刊》原載；十二月《報學》七卷九期轉用）

報業開放後的省思

由於這一年多以來報業的表現，有令朝野各界莫可奈何之感，每認為是四十年來有點亂得離譜的階段，幾乎被視為是一種「報紙公害」或「新聞暴力」，有心之士，無不引以為憂。最近主婦聯盟等團體的公開揭發，即是一例。

當前我國的大眾傳播媒體，從表面上看起來，似乎是生機蓬勃、欣欣向榮，但是，如果冷靜地替這些媒體把把脈，即便是新聞圈外的人，也會覺察到脈搏並不正常，顯然不是健康的徵兆。

誠然，面對今日大眾傳播媒體這樣的體質，我們實在不能再自我陶醉了。諱疾忌醫只有增加病情，因爲積非爲是、隨波逐流、惡性競爭、不擇手段的結果，不僅將使媒體的公器功能日失，而且長此以往，擴散所及，會使整個社會受到損害。

自從政府開放報紙登記與限張的限制以來，所呈現在讀者面前的是何等情狀？相信每位讀者都有一堆的感慨與無奈。在眾多的傳播媒體之中，有幾位眞正是爲了理想、爲了抱負而投身報業？爲了應付惡性的競爭與低級的傾銷，竟大量吸收不知辦報爲何物的基層人員，同時又每以高價挖掘同業的中堅幹部，誘之以利、動之以名，甚至促使一些剛剛踏入報界的年輕人，沾沾自喜地去從事捕風捉影、誇張虛構、聳人聽聞的報導，有時竟不能自持地做到了損人利已、爲所欲爲、毫無忌憚、眾人側目的地步。自政府官員、民意代表，到市井小民，只要被某些大眾傳播媒介存心過不去的，那一個不搖頭嘆息，徒呼咄咄？

近來這種病情，似乎還有越來越嚴重的趨勢。以往若干不負責任的報導，只使社會上少數關係人受到傷害，敢怒而不敢言，現在，居然變本加厲，擴大層面，從新聞內容的歪曲誣陷，到新聞標題的駭人聽聞，幾乎完全不顧新聞道德與社會責任，好像辦報就是爲了促銷賺錢，叫人好看！

當一個人到了恬不知恥，無法無天的時候，還有法律可以制裁，但是當一個傳播媒體到了這種地步的時候，誰去制裁它？「新聞自由」是它的護身符；有關方面一旦引用法規略加警惕或限制，「妨礙自由」便成爲它的火箭砲，而先進國家多年體驗，我們自己也喊得很兇的社會責任理論，與學者專家苦口婆心提倡的道德勇氣，統統拋諸腦後。目中所見的和心中所想的，只有名利與激情，這樣發展下去，對整個社會、整個國家，究竟有何益處？

誰都無法否定「大眾有知的權利」，但是，卻很少人關注到大眾的「知」是否應該有所選擇！如果傳播媒體所提供給大眾的「知」有了偏頗與誤導，那麼，大眾勢將被那些「知」引入可怕，且將迷失方向的胡同。時下部分不知自愛自重的傳播媒體，往往把大眾的權利拿來當做爲所欲爲的護身符，而大事散佈「捏造的知」、「誇大的知」、「錯誤的知」、「含毒的知」，而美其言曰：「滿足大眾知的權利」。可憐的大眾，猶如無知的嬰兒，你給他們什麼，他們就接受什麼，如此惡性循環，「正確的知」、「有益的知」、「必要的知」，反而不知到那裏去了？如此是非不明、邪正不分、善惡不計的「新聞自由」，眞是多少罪惡假汝之名以行。

歷年來，許多中外傳播學者，鑑於傳播媒體的濫權偏激，影響匪淺，因此也先後提出了若干處方，例如：

一、從業人員要接受良好的專業訓練；

二、傳播媒體要嚴格地貫徹內部紀律；

三、主管機關要嚴正地執行法律規則；

四、評議單位要公正地公開評議得失；

五、社會大眾要勇敢地提出批評指責。

但是，這些處方，似乎並無太大的約束力，所以無法遏阻傳播媒體我行我素的心態；甚至於因為這些方法幾近老生常談，虛弱無力，反而導致少數從業人員的玩法心理，因此越發助長了歪風。

不過，目前國內幸好還有兩大資源可以運用，或可遏阻這股歪風與氣燄的更大擴散，那就是教育水準的不斷提高與消費者權利的日益擡頭。前者可使讀者憑其既有的知識與見解，去對傳播媒體作選擇性的接觸、選擇性的理解、與選擇性的信賴，不至於被那些不實誇大的報導所長期蠱惑；而後者則可以逐漸形成一股力量，從針對一般消費品的權益訴求，進而拓展到精神生活、知識交換、道德規範、社會責任方面的品味與要求。

更希望社會有識之士，能夠從喚醒傳播消費者的覺醒，發出大眾正義的呼聲，以具體的行動，對那些不負責任、浮誇不實、甚至惟利是務的傳播媒體，給予嚴正的抗議或拒閱，當有助於挽狂瀾於既倒、導洪流於河床，則大眾有幸、國族有福。（以「余也直」筆名發表，原載七十八年《報學》第八卷二期，同年九月十三日《中央日報》轉載）

第五節　世界中文報紙合作芻見

世界華文報紙都面臨資訊科技的挑戰、民主潮流的挑戰和消費導向的挑戰。

為了加強相互合作和彼此觀摩，應針對以往推行困難和目前同業期望，做一些較比長期性和規劃性的推動。

中文報業面臨挑戰

一個民主、自由、進步、開放的社會，必然有其蓬勃發展的新聞事業；而報業則永遠是站在時代的最尖端，領導羣倫，迎接挑戰，爲文化開拓的先鋒。

時代在變，潮流在變，社會環境也在變，最近幾年來，無論是政治、經濟、社會、文化等，在世界各地都造成了空前的劇烈變化，報業在此種劇變中，亦面臨著前所未有的各種挑戰。

分析起來，這些挑戰主要來自三方面：

一、資訊科技的挑戰：隨著科技日新月異的進展，新聞傳播在人造衛星傳眞上的時效，報業編排電腦化的趨勢，記者發稿回報社的自動傳眞化等，均已打破傳統報紙作業空間的限制。這些都令人深切感受到資訊科技的挑戰，而這些挑戰，且是與時俱增的。

二、民主潮流的挑戰：從一九八五年蘇聯戈巴奇夫所推動的「改革、開放」(Perestroika, Glasnost) 政策，到這一年多東歐共產諸國的民主化，充分顯示民主浪潮的澎湃，也更肯定民意爲主的時代意義。

新聞自由本是民主政治的基石，其社會責任就是「爲民喉舌」，今後報業要如何成爲眞正的

「社會公器」，實際做到以民意爲依歸，發揮監督政府的力量，進而保護大眾利益，將面臨最大考驗。

三、消費導向的挑戰：在目前工商業爲主導的多元化現代社會中，「消費導向」早已取代了「生產導向」。因而報業現今面對的讀者，是一羣教育水準與消費意識提昇的「消費者」，是一羣講求花一塊錢就要得到一塊錢代價的廣大「閱聽人」。這就是說，「優勝劣敗，適者生存」的現實挑戰。這項挑戰是將報紙像「商品」般展示在「消費者」面前，讓他們去自由比較、批評和選擇。問題關鍵就在於這一「文化商品」的品質究竟如何？

專才培訓得失的檢討

過去二十餘年期間，中文報協在創會諸先進的熱忱支持，歷屆執委會的不斷努力，全體會員報紙的竭誠合作之下，其對世界華文報業（遺憾的是中國大陸因迄無新聞自由與民營報業而不在其內）所作的貢獻，乃有目共覩的事，且亦爲今日與會者所感同身受。

別的不說，單就今日討論專題「世界華文報業人才培訓的合作計畫」而言，本會曾於一九七〇與八〇的年會中作過專案性的討論，而八四、八五諸屆年會中，或由專家提出報告，或由與會者廣泛加以檢討。揆其目的只有一端，就是要在本協會條件有限，而報紙分佈各地，且各有其不同生存發展條件的情形下，如何能夠做一些共同需要，復有實益的培訓與研習工作。

如果客觀而坦誠地作一檢視，則吾人似可得到如下之評估，倘使能從此一評估之中，找出一條可以比以往更易行得通，又爲大家所樂於參與和接受的道路，則本屆年會至少在這一課題上會有較爲突破性的收穫，以迎接九十年代中文報業的來臨。

就已有收穫的方面言，如：

1.各種研討會、座談會、講習會……的舉辦，對於世界中文報紙的編採人員，尤其是在報業不甚發達，資訊比較缺乏的地區或國家，都增加了閱歷，交換了經驗。

2.報紙重要負責人及編採與經理人員的交互訪問，無疑增進了彼此感情，且在實務上曾有許多共同獲益的事例。

3.在新聞採訪、文藝交流、人力互補或支援等方面，亦曾樹立過不少足資借鏡，並可予以加強的範例。

就尚待加強的方面言，如：

1.在職進修或有計畫實習是人才培訓合作最重要一環，但亦爲最不容易得到解決的難題，原因是牽涉面頗廣，而必須具備的先決條件，如費用、期限、接納單位的照顧……都是作好這件工作的前提。

2.編印若干華文報紙都感需要的書籍、手册或指南，如報業經營、編採要義、電腦排版及電腦化，乃至歷經討論過的翻譯名詞或用語標準化及對照表……這些都有助於中文報業的經營與發展。

3.獎學金及學位授予，亦是牽涉面不小的一件事，但有高度鼓勵價值。大一些的報系及中文報業最發達地區如臺、港等地，允宜率先倡導。至於當地新聞教育機構的規定，應可找出適應之道。

專才研習合作計畫芻見

為了加強世界中文報協的相互合作，為了增進彼此間的觀摩與研習機會，並針對以往推行時的困難以及目前同業間的期望，今後的確應該要做一些比較長期性和規劃性的推動，以迎接現實環境中的各種挑戰。因此個人特提出「世界華文報紙專業人才研習合作計畫的芻見」，提供協會參考並向各位討教。

一、宗旨：加強世界華文報業之間的聯繫合作與相互支援，以期克服困難，接受挑戰。

二、目的：適應各地華文報業的需要，培育專業人才，加強工作能力與效率，提昇報紙水準，並落實彼此間的長期合作，達成協會成立之目的。

三、主辦單位：世界中文報業協會。

協辦單位：當地中文報協負責單位，或新聞主管、新聞教育等相關單位。

四、實施辦法：

1. 世界中文報業協會，以籌募基金方式，籌設一筆專款備用，其數目希望達到一百萬港幣為基數。籌募辦法由協會執委會研定。報系及大報率先倡導。

2. 專款籌設之後，應在世界中文報業協會中，成立一專款管理小組（或委員會）對執委會負責，作妥善規劃與運用。

3. 「世界華人報紙專業人才研習合作」的對象，以編採、廣告、發行、行政管理、電腦人員為主。

4. 凡世界各地中文報業參加研習人員，其工作單位或本人只負擔往返旅費，其餘膳宿費、講習費等，則由專款有計畫撥充；倘能取得當地有關方面之補助，則可儘量減少專款之動用。

5. 研習時間的長短，應視專業對象所需訂之，原則上可分為短期（一個星期）、中期（半個月至一個月）、長期（二至三個月）三種。

6. 研習合作的課程及內容，則視對象與時間另訂之。

7. 舉辦研習合作的地點，應以華文報業最發達地區為優先。

8. 研習合作舉辦的期數，每年至少一至二次。

附註：有關中國大陸報業人員參加研習一節，俟協會作原則性決定後再議。（本文為七十九年十二月十日在吉隆坡舉行的世界中文報業協會第二十三屆年會專題報告，載《世界中文報協會刊》，新馬及港報轉載）

第四章　踏上辦報的途程

第一節　我怎樣接辦《中華日報》

「新聞第一，言論第一」是我們的辦報方針；

「形成特點，自闢途徑」是我們的發展路線；

「服務社會，溝通民意」是我們的努力目標；

「精益求精，日新又新」是我們的工作態度；

我們的唯一任務，是辦好《中華日報》；

我們的最大目的，是作「社會進步的精神標竿」。

五十三年九月初旬的下午，暑氣方酣，執政的國民黨中央四組主任謝然之先生匆忙地走來告訴我：「總裁要你接辦《中華日報》，而且應該早日接事。」我知道這是命令，不容有什麼考慮的餘地！

回到辦公室裏，沉思半晌，《中華日報》的種種，一幕一幕地映入腦際。最先令我回憶起的，是民國三十八年八月十四日，我從廣州坐飛機抵臺南，第一次接觸到這份報紙，它的面貌，至今依稀可記。人生的際遇無常，豈曾料到整整十五年之後，我會與這偶然一見的它，朝夕厮守！

接著，我想起它在臺南那雄濶而帶古舊的社址，想起它在臺中以北，尤其是在臺北市遭受冷漠的情形，同時更想起幾位新聞界的健者，如葉明勳、曹聖芬、侯斌彥、徐詠平諸兄，他們十五年來，先後爲本報總社與南版所花下的心血……。以他們的智慧和能力，尚且未能使這光復後創辦的第一份報紙脫穎而出，自分才智遠不如人，又當此報業競爭白熱化的今日，能不深懷戒心！

責任既然已經臨頭，就只有勇敢地將它擔起。

堅持新聞第一

因此，心理上的許多顧忌和疑慮，我決定把它拋在一邊；從而靜心考慮：究竟應該抱定那些方針與原則去接辦？重點在那裏？從什麼地方着手？

我一貫堅信：辦報是新聞事業，不同於做生意，也大異於講道和開講習班。即令共產黨能勉強別人看報，但無法勉強別人，接受它的思想，相信它的報導。

因此，我認爲「新聞第一，言論第一」，乃是一張現代報紙成敗的關鍵。世人心目中公認的一份好報——《紐約時報》(*The New York Times*) 所標榜的是：「我最熱切的目標，是讓時報公正地提供新聞，一切的新聞……，並使時報的篇幅，成爲討論大家關切的一切公衆問題的論壇。」曾經五度獲獎，聲譽雀起的美國《聖路易郵訊報》(St. Lious Post-Despatch) 創辦者，報業巨人普立茲 (Joseph Pulitzer) 也說過：「眞正的報紙，絕不能以只把新聞印出來就算滿意。」

《紐約時報》是我一向愛讀的報紙，普立茲是我平日最爲景慕的新聞事業家，他們的啓發，給予我堅持前一原則以無比的勇氣。我知道：以一份衆所公認或默認的黨報，要眞正做到「新聞第一，言論第一」，並非易事，因爲傳統習氣可能給我以阻力，人情面子可能不容許我們這樣做。

但是事實上，我們一直是在朝這個方向走，而且走得相當愉快！

爲了滿足讀者的需要，報紙上最重要的是新聞，正確迅速而且生動的新聞。

在這種客觀要求下，擴充國內外的採訪和通訊網，加強人力物力配合，提高採訪人員水準，並要求其嚴守工作信條，乃是最爲重要的一著。

要使新聞適當，及時而有力的表現出來，編輯和採訪實居於同等重要的地位，爲此我不得不淘汰若干不够稱職，不能專心的人員，並決定從考試中選拔三四十歲左右的新人。

我曾經不下十數次對本報忠勤敦厚的總編輯說過：「新聞取捨，只要不背原則，不可太保守，登我們所應當登的，去我們所不得不去的。」起初，他總覺得把大人先生們長篇累牘的通稿刪得太多，有些過意不去，何況他們還常有電話關照。我告訴他：「我們不能因一人的好惡，讓萬千讀者掉頭而去！」現在社內編輯人員已漸能適應我所要求的「新聞第一」的原則了。

言論須爲重心

言論是報紙的靈魂，同時也是報紙地位的準尺。他不能脫離新聞而獨存，猶如新聞要靠言論支持才有力。爲了使言論與新聞密切呼應和支援，我曾盡最大的努力，延請專家，充實主筆室的陣營；同時要求有見解而能文的友好，儘量給本報執筆。

我們的言論尺度，也和新聞尺度一般，只要求執筆者顧到國家利益、政府威信和民心士氣三方面；除此之外，我們應該批評，應該建議。記得接事之初，我就曾經分訪執政黨中央和省政當局，說明這一立場。年餘以來，我們曾對時政，提出種種見解，負責當局不但不以爲過，而且每每表示：「你們應該說」。即以最近國大臨時會爲例，本報一連發表社論八篇，砭時鍼弊，朝野讀者紛紛嘉許我們「盡了一家大報應盡的職責」。

由此可見今日勵精圖治的各級政府負責人，不但有接受批評的雅量，而且更有從善如流的涵養。

被認爲中國報業啟蒙者之一的梁啟超，曾提出品評報紙的標準是：「一曰宗旨定而高，二曰材料富而當，三曰思想新而正，四曰報事確而速，若是者良，反是者劣」，無疑的，我們是在朝著梁氏所謂「良報」的標準邁進。

開闢自己途徑

世界報業的進步，是由於競爭，本省報業的飛速發展，也是由於競爭激烈的緣故。不過，競爭若無法律道德來範圍它，調和它，就容易走上惡性競爭的道路。

有人說：臺灣報業由於市場有限，已瀕於惡性競爭的邊緣，因此現實利害有時傷了同業間的和氣與新聞事業應守的界限。發行和廣告競爭便是一例。個人以爲這種現象，即令存在，也是暫時的，因爲我深信：以臺灣經濟的成長與教育的發展，報紙依然有其廣濶的天地，只要辦報者具有更多的遠見和耐性。

以本報爲例，時常有人以爲我們是處在公營和民營的夾縫之中；其實，每一個報紙都可以形成自己的特色，開闢自己的途徑。由於今日臺灣各大報，大抵都是綜合性的，因此你只要有些微特色，就很容易被讀者發現。譬如這一年多以來，本報曾以「儘量報導文教體育消息，充分表現青年和智識界的活力」，作爲最重要的新聞路線，今天朝野上下幾乎都視本報爲文教和青年界的報紙，由各方今日爲本報二十週年所寫的紀念文字來看，便可見一斑。

由於我們在一般報紙的新聞報導之外，形成了這一個特點，於是社會各方面，特別是廣大的青年羣和智識界，對本報的觀感，很明顯地在改變。他們不再以「八股」來看我們，也不再對本報存著「沒有什麼可看」的成見。最具體的事實，是我們南北報份，年餘以來，不斷地逐月上升，而且趨勢越來越大，幅度越來越高。

必須打開局面

上面這點小小的收穫，固由於我們所採新聞立場和發展路線的正確，但我們實在做得太有限了。爲了報紙的改進和發展，我認爲本報必須採取開創的作法，因此投資是不可避免的。我從來到報社之日起，立即著手於增加資本，充實設備，向打開局面的方向前進，由於中央和民間的合力支持，我們竟在一年之內，次第完成了這項基本工作。現在我們不欠任何方面一文錢，這就國內報業來說，乃是極其罕有的。

我們解開了這一財務上的結，每年光只利息一項，就可節省七十萬元。今後所有盈餘，都可以用來充實或汰換南北兩版的設備，並盡力增進同仁的福利。

爲了擴大聲勢，提振報譽，一年來，我們報紙曾經發動了許多服務性的工作，也舉辦了好幾件頗有社會教育意義的活動，如體育奬學金，十大傑出女青年的選拔等，我們所得讀者的鼓勵，令人感奮！

同業們對於本報的愛護，絲毫不因競爭而稍減。一年以來，我們的人事非常穩定，以前所謂人才「外流」的現象，不復再有，這是個人到社以後，感到十分愉快的一件事，也是從安定中求進步的重要條件。

年來本報以「革新進步」作爲全社同仁的工作鐵律，因此我對社內外同仁，無論編採、經理或其他任何一部門的工作者，都要求得相當嚴格，我自己也恪守了到社第一天所許下的諾言：「除出差例假或特殊情形外，早晚三班，直到我離開報社之日爲止！」今天我們南北兩社和外埠近千的工作同仁，大家只有一條心，就是辦好《中華日報》！

自矢克盡天職

從今以後，我們將繼續守住客觀、公正、嚴明、獨立的立場，把握新聞和言論的重點，儘量表現人生和社會眞、美、善的一面。

我們自知：要達到這一指標，並非一蹴可就的事。但憑著二十年來本報同仁一貫刻苦奮鬥的精神，更懍於　總統蔣中正先生爲本報特頒「日新又新」的訓示，必能認清責任，全力以赴。個人欣逢本報進入三十年代之會，自當竭智盡忠，以克盡輿論一分子的天職！（民國五十五年二月二十日《中華日報》）

附：手擬《中華日報》編輯人員守則

爲本報編輯人員提供幾項守則：

一、策劃版面，做到協調和勻稱美觀。

二、仔細衡量稿件（包括照片、挿圖等）的分量，注意新聞價値和讀者興趣。

三、把握既定「原則」，儘量減少官様文章。

四、「精編」是使內容充實，條條可讀不可缺少的條件。

五、與採訪、通訊各組以及本版路線記者密切聯繫，隨時商量充實內容。

六、早在到班之前，想到當晚本版內容安排；如時到班之後，力求美化版面。

七、標題製作爲一份好報第一等要事；每位編輯既要思考，更要虛心。

八、要隨時爭取新的知識，參閱國內外報章的編排方法，提出創見，共同研究。

九、字體和花線的運用，要愼選活用，尤其不宜編排得太擠，也就是要多留空隙，精簡內容。

十、出報時間，對本報至關重要；編輯與工廠部門，彼此體諒，密切配合。

十一、校對正確和業務配合，也需要編輯同仁密切關心。

十二、總編輯和執行副總編輯要負責統籌全局，各編輯同仁要盡量協調配合，使第二天報紙一見而有清新充實之感。

第二節 與高陽主筆辣手著文

像高陽這般率性自然的文友，任憑星移斗換，滄海桑田，也是永遠的朋友！事實上，在我離社不久，他也不再擔任總主筆，可是一見面，他那高嗓門一聲「社長」，道盡了我們彼此的心志相連。

六月七日清晨消息傳來，一代才人高陽走了，永遠地走了，作爲老友的我，當然感到惋惜；尤其當他這次重病住院，由於信息不靈，竟未能前往探視，深覺抱憾！

關於他的生平，他的才華，他的詩文經史，他的煙酒牌樂，乃至他不拘小節，率性而爲的本然之性，自有他的好友文朋來描述他，紀念他；這些方面，我不必有所辭費。

要談的是我和他在《中華日報》共事的八年，他擔任主筆，我則主持社務。最令人感到驚異的，是我在民國六十年元旦起，竟會請他擔任總主筆；大家擔心他會不會因言論惹禍，同時置疑他能負些行政責任嗎？

他的意見多起來

與高陽（許宴駢）這位多少被視爲怪人共事，始於五十三年九月二十六日我踏進《中華日報》的那一天。由於要想慢慢脫除一般人認爲「黨報即官報」的印象與成見，因此一到報社，我即強調「新聞第一、言論第一」這一最基本的編輯方針，而且對全體同仁懇切說明：「辦報就是辦報，儘量減少官樣文章……」。其時，高陽在社任主筆已經十年以上，他自謂已老於其事，現在新來社長不但沒有官腔官調，反而一反常規，面對羣眾與現實來辦黨報，聽來不免有點新鮮感，因此在以後每週一次的主筆會議上，他也自謂一反常態，要說話，要提意見了。

記得當時每週一下午舉行主筆會議，由駐社主筆林世璋兄（已早去世）將前週國內外大事連同各主要報紙的評論，作一綜合比較，並將本週內本報應該及可能評論的題材加以臚列，付之討論。有時則將這些參考性資料聽過了事，而將某一爲眾所關心，與國家與社會利益密切相關的問題，特別提出來集中研議，決定本報持何立場與態度。如果是特別重要的，是否應予以系列的評論？果如高陽自己所說：「我對這種行之有年的例行性會議，突然感到興趣來了，不是對什麼問題好像都有意見嗎？」

表現了任事之勇

誠如他所言，不僅每會必來，來必發言，有時自謙地自問：「我是不是說了外行話？以時事而言，尤其是國際問題，我當然關心，也還肯研究，但無論如何，我下的工夫與唸過的書，就遠不如中國的經史子集了！」

舉一個實例來說吧！五十四年八月初，蔣中正總統答覆《美國新聞與世界報導》記者馬丁所提十四個問題，縱論世界大局、美蘇對抗及中華民國立場，全文曾被列入美國會記錄。我們經主筆會議討論，認爲值得作系列評論；我當時爲這一系列取了一個總標題——怎樣搶救亞洲危機？副題則爲各篇論列的主旨。記得當時自告奮勇，願爲系列各篇命題的就是高陽，八篇中我寫第一篇，龍主筆運鈞、沈秉主筆宗琳、林主筆世璋各執筆一篇，其餘四篇（包括結論篇）皆由高陽執筆，舉此一端，亦可見其赴事之勤，任事之勇。

這一系列評論一經發表，頗引起國內外的重視，後來將社論和國外報刊轉載譯載資料輯印爲中英文專册，並經當時極受重視的嘉新新聞獎，評選爲當年度評論獎得主。高陽由於這一項榮譽的鼓勵，其工作態度更爲積極認眞，對於報社言論方面的貢獻亦隨之更多，這是我對他爲人作事更進一層認識的開始。

筆下常帶著感情

時光進入五十九年，爲我到社的第六個年頭，當時報業競爭日趨白熱化，《中華日報》以一家先天不良、後天失調的弱勢報紙，要想求生存發展，除了全社一心，充實自我，艱苦奮鬥，力求創進之外，實在沒有第二條路可走。這便是當年《中華日報》以五年時間，節衣縮食，自助人助，公然在松江路上建起第一座，樓高十四層大廈的歷史背景與心理基礎。

高陽雖一向懶得問身外事物，但他以一個老同事的立場，對於這些作爲變化，看得一清二楚，從而表現出高度關心，迸發了前所未有的工作熱忱。

當那一年二月二十日第二十五周年社慶來臨的時候，我們在主筆會議決定要發表一篇有分量的社論。由於高陽的文字，筆下常帶感情，因而毫不遲疑地挽他執筆，他也立即首肯。

先擬好題目是「本報歷史上決定性的一年——進入第二十五年的自省和期許」。由於他感觸良深，於是誠於中，形於外，以他如椽之筆，隔日交稿。他在社論中寫道：

> 本報是屬於讀者的，也就是屬於國家和社會的。我們所引以為榮，亦時刻縈記於心者，本報的命運一直與國家的命運一致……。今日吾人敢信誓一言者：就是不辜負讀者的期許，在讀者的愛護與支持之下，我們有充分達成任務的信心！亦就是要在今後一、二年之內，隨著我們總社建社的完成，以及南部版大力改進社務的績效，使《中華日報》面目一新，眞正成為讀者喜愛而不可缺少的一份好報。

毅然出任總主筆

我願錄述他這篇社論的片段，就是要說明他不但用字遣詞，至爲切當，而其立旨達意，更能掌握得恰到好處，因之此文一出，社內外都曾激起相當良好的反應，甚至有報社言論主持人打聽爲何人執筆。

五十九年底，時任總主筆的趙效沂兄申請退休，我同意所請，並決定由許主筆宴駢（高陽）繼任。當時社內外都有些感到意外，甚至有愛護我的長官和師友爲我揑把冷汗，認爲高陽文章寫得好，行政非其所長，加之他個性頗強，文人習氣甚重，能否與人善處，接受不同意見，在在都不無顧慮，然而我當時主意已定，在辦完必要的人事手續之後，請他自六十年元旦開始執行總主筆應負的一切責任。

一年下來，他不僅敬業樂羣，負責盡職，而對其個人生活習性，也有若干改變。譬如在許多晚餐場合，他既不鬧酒，更不貪杯，因爲他知道晚間要看社論，甚至要自己動筆趕寫社論。有朋友開玩笑式地說：「高陽做起『官』來，簡直變了一個人！」可見一個有才智的人，其立身行事往往具有甚大的彈性與可塑性，高陽便是一個明顯的例證。

彼此因工作相知

經此一段密切的工作配合時間之後，我對高陽有了進一步的認識，而我們之間的情誼，也因爲彼此了解日深，互信日篤而與時俱進。到我於六十一年秋奉調主持《中央日報》社務之時，彼此已無疑成爲相當相知的朋友了。

我與《中華日報》同仁度過了二千七百個血汗交織的日子，雖然有人說我終於「高昇」了，我卻是帶著十分依依不捨、沒齒難忘的心情離開的。於今事隔近三十年，雖往事如煙，故人日渺，可是我時時懷念那兒經歷的一切人與事；像高陽這般率性自然的文友，任憑星移斗換，滄海桑田，也是永遠的朋友！事實上，在我離社不久，他也不再擔任總主筆，可是一見面，他那高嗓門一聲「社長」，道盡了我們彼此的心志相連。

六十五年前後，有一天他來看我，說《聯合報》要請他去當專屬作家，即所有作品優先在該報發表，問我意如何？我說：「你已經是一個名作家，作品當然流傳得愈廣愈好；而今在《中華》只是一名主筆，爲何不兼籌並顧，發揮所長呢？」臨走他說「現在還只有幾人知道，你是惟一被諮詢的局外人」；我了解他的意思，他亦欣然辭去。

高陽可以無憾矣

以後十幾年雖不多見面，然一有作品成書，必然親題相贈。我感其念舊之情，對他的家庭與經濟狀況，總是寄予由衷的關切，他懂得我的衷情所在，每每以笑爲答。

高陽就是這麼一個性情中人，他的才華顯現於多方面，而其至情至性的人格，則甚爲完整。他應該可以無所遺憾地走入另一重超凡和靈性的世界！

不是已經有人主張應該注意研究「高陽文學」了嗎？他還有什麼可以遺憾的！（民國八十一年七月六日《中華日報》副刊）

第三節　如何扎穩報紙根基？

——二千七百個血汗交織的日子

「《中華日報》在那裏？你是在南部辦公嗎？」

「你們是公家報紙，盈虧應該是無所謂，中央黨部對你們總有補助吧！」

「我們要看的，你們不登，官樣文章卻多得很，何必花錢買宣傳！」

「廣告是要花錢的，公家報紙刊一家夠了，可惜輪不到你們！」

「不能說你們報紙不好，為什麼不換換鉛字，洗乾淨一下臉？」

「……………」

「……………」

七年半以前，意想不到的我被指定來社服務；每天我所接觸到的，就是上面這些來自各方面的疑難。發問的人，一點也沒有惡意，相反的，大多數是因爲沒有機會瞭解，因此發出種種關心的詢問。我如何來應對這些情況，解答這些問題呢？

突破僵持、力圖競進

經過冷靜的思考之後，我認爲辦報的大前提，就是要有人看，而且要讓人看得下去。所以我把「辦報就是辦報」這個原則，作爲我踏進《中華日報》，也是我正式獻身於新聞界的第一條鐵律。

報紙要有人看，這是常識，但如何能使人看，而且看而不捨，這問題卻大了。以本報來說，就我要經理負責人所作歷年發行統計來看，我們在五十年代前後七八年之間，報份幾乎沒有什麼變動。這絕不是工作者不努力或者甘願如此，而是主觀條件難以與人競爭，客觀環境又逼迫本報不能成爲選擇的對象。發行上既然陷入一段相當長時間的僵局，其他的環節自然都不易轉動過來。

面對此一局面，我要求全體同仁在一切條件不如人的情況下，先從版面和內容方面著手，從事若干改革，這就是五十三年十一月二十四日本報第一次有限度的改版。當時我寫了一篇只有八百字的短文「我們的抱負」，說明我們準備如何辦這份報紙。接著我提出「人人採訪、人人校對、人人發行、人人廣告」這四個口號；爲了突破發行的僵局，在那一段期間，眞是每個人都在推銷報紙。爲了以身作則，我曾經以自己名義，給我的友好和同學們發出了二千封以上的信，希望他們試閱本報，一時朋友間謔傳：「不看《中華日報》，就不是楚崧秋的朋友。」

當然，我也知道這不是發行的正道，但是經過同仁這番努力，經理部的老同事們開始露出了笑容。我們的報份在七八年停滯之後，畢竟上揚了。

這是南北同仁們第一次闖關，結果竟獲得罕見的果實，無疑的爲同仁們帶來了工作的勇氣和信心。只要我們栽培，是不怕沒有收穫的。

無數的難關和不盡的折磨，等著我們去克服；大家決心在社會對本報成見甚深，而別報搶先我們已遠的逆境下，逆水行舟，哀兵奮進。

新聞第一、言論爲先

五十五年二月二十日，爲本報創刊二十週年，是日我寫了一篇「我怎樣接辦《中華日報》」，文中曾提出「新聞第一，言論第一」這兩個方針，與同仁共勉力行，因爲這是實踐「辦報就是辦報」的先決條件。

大報人普立茲說過：「眞正的報紙，絕不能以只把新聞印出來就算滿意。」我曾很露骨地鼓勵編採同仁，應該大膽地寫，大膽地編，千萬不要因爲自己是公家性報紙，四平八穩地刊出來算數。因爲再這樣「塡版面」下去，讀者都將掉頭而去。

我知道以這樣的編輯政策來辦公家性報紙，每每是吃力不討好的，甚至可能出毛病。但我們既言改革，則非有決心而且冒一點險不可的。事實上，只要大家緊守立場與原則，是並不會離譜的；萬一有何差錯，我應該首先自己負起責任來。

言論和新聞是相輔相成的；普立茲又說：「沒有一份出色的報紙而沒有出色的評論版」。尤其一般人以有色眼鏡看我們這份報紙，倘使社論一味歌功頌德，試問這樣的報紙還有什麼力量？因此我鼓勵原有和新聘請的主筆同仁應該大膽地「仗義執言」。七年半之中，我除了言論的經常策劃工作以外，有時也參加執筆，只要人在社內，每一篇社論我是不會輕易放過的。每想起梁啟超主筆政時，蠟燭的油（當時電燈不多）和額上的汗往往交織在一起，那我們又慚愧多了。

當本報舉行所謂「三大慶典」的今日，特印出《我們的主張和建議》這本社論專輯，聊作我們揭櫫「言論為先」的佐證，因為其中對於時政的褒貶，自覺是「言其所當言」。

脫除官氣、洗清面孔

在「新聞第一，言論第一」的方針下辦報，其目的當然是為了增加報紙的可讀性，也就是要用新聞內容和言論態度，轉移社會對於本報的成見，並證明報社的工作者不是在「做官」，也不是在「吃公糧」。

我們取捨新聞的基本原則是既不能譁世取寵，也不可歌功頌德，當然更不能投讀者的所好。

換言之，就是必須堅持是一份乾淨、正確而負責的報紙。言論方面，我們對於時政和各種社會問題，應該批評，應該建議，但絕不可無的放矢，也不可危言聳聽。這是我們在新聞言論兩方面，刻意轉移社會把我們看作「官報」所作的最大努力。

對顧客和訂戶來說，我們要求同仁切實奉行「顧客總是對的」這一企業上的基本信條。七年多來，不知有多少讀者向我個人提出口頭或書面的批評、指責乃至辱罵。平心而論：我自他們那兒學習了「忍耐」工夫，這不獨有益於今日社務的推進，而且使我個人有終身受用不盡之感。

另一個困擾本報二十餘年的老問題，就是我們的印刷模糊，正如讀者指責我們好像常年不曾洗乾淨臉似的。實在說，那一個辦報的人，願意看到自己的報紙印得不清楚，願意因印得不好或出報遲緩而為訂戶與讀者所責難，所譏刺，所咒罵，最後更為其所摒棄！

可是要一份報紙洗乾淨臉，絕不是如一般人以為「換換鉛字」「添置銅模」或者「買部好點機器」……就可以達到目的的。倘若如此簡單，本報以往負責任的人，早就如此辦了，何必苦苦熬到今天，才能作比較大幅度的更新？

我們不怕讀者見笑，民國五十三年以前，我們臺北總社竟沒有一部自有的印報機；唯一的一部是自大陸撤退來的《掃蕩報》租來的。如果說這是自揚「家醜」，毋寧說這是以最具體的事實向社會作一次坦白交代：「《中華日報》是沒有任何方面會給以一文錢津貼的，過去如此，今日如此，將來相信更是如此。」

一切在「自給自足」的原則下苦鬥了二十多年，不知多少同仁的青春消逝於此！爲了生存，更爲了發展，也爲了給這份報紙爭一口氣，三年以前，我們在一無所憑藉的情形下，籌建大廈，主要是爲了有一個新的印刷工廠，因爲這是辦報的根本。今天可以告訴讀者諸君，原來總社工廠小得幾乎像鴿子籠，那點拼湊而成的手工業，那裏好意思讓人參觀？連前來實習的學生也得向他們盡情解釋，免得留下個惡劣印象。

技工同仁夏天打著赤膊，在熔鉛房華氏百度以上的環境裏工作，他們能按時把報紙印出來已經不錯了，那裏還談得上爲報紙修裝整容。

這次我們不惜借貸一筆款項（現代企業以信用貸款，進一步發展業務爲極正常途徑），爲總社和南版更新設備，事實上並無法照應有的計畫去做，因爲貸來款額仍屬有限。我們擔心借款多了，負擔不起利息。

無論如何，今後我們在「洗臉」工作上，相信會有相當的效果。但望各方面不要責之太苛，求之太速，因爲全面更新設備的用費，是相當驚人的，我們只能按步推進。

同心協力、以報爲家

如果讀者願花一點時間，看看本報歷任負責人在今日特刊中所寫的文章，很容易發現一個共同的認定：就是報社的同仁太可愛了。老實說，本報之有今日，完全是憑藉著南北內外上千同仁刻苦耐勞的傳統精神和「以報爲家」的團體意識。

到目前爲止，在社工作十五年至二十五年以上而退休的同仁已經二十人以上，未到退休年齡而工作在十五年二十年以上的，當在二百人以上，他們將一生最可寶貴的時間貢獻給報紙了。可是他們所獲得的是什麼？報社的待遇相當非薄，不是歷來負責人不重視，試問錢從何來？一塊一毛都得靠我們自己去賺。儘管如此，過去五年之中，同仁待遇普遍提高百分之九十六。只要能多賺一點錢，我們當然還要繼續改善。

最使我七年以來朝夕不安的是部分同仁的宿舍，幾乎難避大一點的風雨；我們雖無時無刻不在設法使「以報爲家」的同仁，眞正有一個像樣點的住處，但至今仍未能完全實現！

同仁們對此並無怨尤，他們依然默默地工作。記得五十九年九月二十六日颱風之日，正是我到社整整六年，當時公出南版，看到同仁們把報社一切幾乎看得比自己的家還重要的情景（此次總社同仁遷社的表現亦復如此），就在會報席上我不由得不潸然淚下了！

最近二、三年來，報社爲了與人合作興建大厦，同時借款更新設備，因此必須節衣縮食，精打細算來繳付新址土地的分期付款和貸款的利息負擔，同仁們無不共體時艱，信賴報社，一心一意地想把報紙辦好，以期贏取更高的報譽，獲得更多的盈餘。一個人能在這樣的環境中工作，還有什麼可說的！

克盡心力、待卸仔肩

時光易逝，到社服務已經八易寒暑，也正是我四十幾許到五十初度之年，在任何一個人爲社會國家服務的年期中，這當是最可珍貴的一段黃金時代。記得初入新聞界時，許多先進們都以「年輕人」相視，而今則已華髮頻添。歲月催人，百事未就，撫心自問，連對自己都難以交代過去。

在這二千七百個日子當中，我學了許多，也遭遇了許多。艱難困苦，喜怒哀樂……都曾體驗到了。在工作上最使我不能忘懷，而且也曾在阻阨困頓中，給我無限勇氣和安慰的，就是同仁們在精神上給予我的支持和信任。這是我對報社最大的留戀，有生之日，永不能忘！

我承受了報社許多先進們用心血與汗珠溶成的優良傳統，以及許多師友與同業先進的愛護與支持，使我能勉強接上這長程的一棒。由於個人的學識能力差人甚遠，所以我接跑這一棒是非常吃力的，因此我每每會爲一段新聞，一個錯字，一份報紙和一則廣告而不安，而焦躁；雖然同仁們體諒我、安慰我，且自省在工作上已克盡心力，然而前路漫漫，不知還有多少工作等待賢能遠過於我者去栽培，去開拓，我永遠自勉不要成爲進步的絆腳石。

就七年來這個階段而言，全社同仁銳身以赴的不過是一點紮根的工作，也就是大家同心一德，精誠無間地爲報社奠定一點生存發展的基石。社內社外都有人認爲我們要「起飛」了；確然，多少年來我們是想把報社推向起飛點，但人人都知道：飛機最危險的時刻，就是起飛的時刻；我不斷要求全社同仁在此一時際，應該特別戒愼恐懼，一點也疏忽和大意不得。

七八年的時光，我與報社已經結了很深厚的因緣，何況同仁與我全是患難之交，可以說我是滿懷感激地度過一生中的這段金色年代。不論是在何種會議中與同仁們磋商報紙內容與業務的改進，也不論是走到全省那個角落與報社工作人員交換意見，尤其是當我一人斗室盤桓或孤車歸家的時候，我髣髴永遠細聽到同仁們灑在《中華日報》這塊園地上的血汗交織聲！（民國六十一年三月二十八日《中華日報》南北兩版；六月《報學》四卷八期轉載）

第四節　多少艱辛，幾許汗淚

時光易逝，到社服務已經八易寒暑……在這二千七百個日子當中，我學了許多，也遭遇了許多，艱難困苦，喜怒哀樂……都曾體驗到了。在工作上最使我不能忘懷，而且也曾在阻阨困頓中，給我無限鼓勵和安慰的，就是同仁們在精神上給予我的支持和信任。

時間過得眞快，離開我曾經朝夕相守、患難與共八年的《中華日報》，已經進入十一個年頭，往事如織，恍如昨日！自民國五十三年九月至六十一年九月整整八年在報社工作時的一切，不但沒有絲毫的淡忘，相反的，還會隨時一幕一幕、一件一件、一點一滴，十分深湛的映入腦際。尤其是當現任黎董事長、黃社長要我寫一篇三十七週年紀念性的文字時，眞令我有萬千舊事，齊湧胸頭，多少辛酸，歷久彌殷的感覺。

穩健邁出第一步

首先，我認爲最關重要的莫若讓同仁有信心可以辦好這份報紙，而要辦好這份報紙，惟一的途徑只有從新聞與言論著手。因爲報紙一定要有可看的東西，才會引起人們注意，才會購閱你的報紙。此關不破，一切無從談起，而要突破當時中華北版少有人知這一關，一切又只有靠自己。

因此，於到社之後兩個月，我首先發表〈我們的抱負——爲革新版面說幾句話〉那篇短文，爲引起大家注意，決定刊於第一版。文中我們針對本報艱難的處境和一般人內心上的疑惑，揭示今後發展路線和準備形成的特點。

果然，半年之後，社會開始發覺我們在求新求變，這由停滯了六、七年的報份增加得到證明；而過去不刊北版的廣告，也有條件地委刊了。同仁精神因此爲之一振，最爲可貴的是整個編採與言論部門充分表現了衝擊力與企圖心，大家覺得：我們總算穩健而聊堪自慰地邁出了第一步。

突出新聞與言論

本此基礎，再經同仁們年餘的努力，讀者不但發現我們在變，而且變得相當快。雖然總社依然侷促於臺北武昌街的一隅，南版依然是在那棟座於臺南火車站前的「老大」建築物中進行作業，可是近千的同仁，大家一條心地要使《中華日報》在社會上站起來！

趁著這一股新銳之氣，我們在五十五年的二月二十日，假臺北三軍軍官俱樂部勝利廳舉行一次簡單隆重，但也堪稱盛況的慶祝酒會。總統　蔣公爲本報特頒「日新又新」的立軸，五院院長與各部會首長、各級民意代表、工商、新聞以及文化學術界人士六、七百人欣然與會。我們的目的不是存心打擾各方面，而是要使大家注意並關心這家處於夾縫困境中奮鬥的報紙。

當天，自己寫了「我怎樣接辦《中華日報》」那篇文章（見本章第一節）。

爲了具體實踐所言，我曾以身作則地要求大家「人人採訪、人人校對、人人發行」，也就是希望每位同仁時刻以報紙的得失好壞爲念。同時我親擬編輯人員守則十二條（見本章第一節附錄），納入重新整編的「編採手冊」之中。務望大家做到報業巨人普立茲所說：「眞正的報紙，絕不能以只把新聞印出來，就算滿意。」

求同仁安身敬業

由於同仁普遍表現了以報爲家，公而忘私的工作精神，一方面倍增我與同仁齊心協力、辦好本報的勇氣，一方面更使我覺得同仁的可愛，而他們在生活待遇上所得到的是相當艱苦而菲薄。因此只要條件勉強許可，即應在這方面全力以赴。

記得每年春節、社慶或是颱風過後，我大概極少間斷地必往臺北廸化街、大直河邊以及南版社址後的幾處同仁宿舍，爲大家賀節或是看看必需整修的情形。老實說：我每去看一次，心中必然難過一次，報社擔任過副社長或總經理的幾位同事應該還記得十分清楚。因爲以上這幾處宿舍，無一不是因陋就簡，幾乎難避風雨！一家人每每擠在一兩間小小的房內，較大的風雨中往往須以盆桶接漏；稍許好一點的如大直宿舍，也只能說是可以容身而已。特別是南版，他們歷年的業績都相當好，可是住的地方卻如此之差！一個作主管的親歷目覩，於心將何以安？因此我在社及離社之後時常覺得對南版同仁有所欠負，這是其中令我印象最深刻的一件事。雖然同仁知道在百廢待興中，報紙本身的改進應是第一優先，而報社財力拮据，不可能同時並舉，從而很能體諒我，然而我卻不能不始終引爲憾事。

五十九年九月二十六日是一個永難忘記的日子；當天，正値中秋之後，不巧颱風來襲，又是我到社整整六週年，正好趕到南版，來慰勉全體同仁。當我看到許多同仁們的家正遭到無情風雨的襲擊，而大家把報社一切幾乎看得比自己的家還重要的情景，回到會報席上言念及此，我不由得不潸然淚下了！

因此，我下定決心，還是能爲同仁們爭取到的一點福利與待遇，只要與規定不背而報社條件勉強可行，就絕不遲疑；還是本身能力範圍內可爲大家改善生活上做的任何一件事，自分未敢稍有怠忽。在各方共同支持之下，八年之中，任何一次待遇的調整，《中華日報》無一次不緊緊跟進。此外，臺北吳興街中華新村及時動工，如期完成；大直河邊的陳舊宿舍，在公私兼顧的原則下，改建爲四層公寓以長期貸款由同仁承購；至於休假、保險、退撫等有關法規，也次第完成，照章執行。

我深深相信：「工欲善其事，必先利其器」，而「民欲致其力，必先安其身」；何況報社同仁大抵以報爲家，數十年如一日，如果他們仰事俯蓄都不能解決，如何能望其敬業圖成了！

決心建立新社址

報紙給人一點清新印象，而同仁士氣十分高昂的情形下，我覺得爲報社奠定長期生存發展的時機，似乎日益接近，而且如果不以破釜沉舟的決心去著手，不付出全部心力去從事，恐怕是很難有成的。這件事就是全社同仁盼望有一個像樣的社址和廠房，好讓大家可以安身立命，貢獻心力！

以當時報社而論，除了武昌街那一百三十多坪舊址，而且早已設定抵押借款外，可以說是一無所有。記得到社的第一個年關時候，當時任中央財委會主委和中央銀行總裁的徐柏園先生突然給我一個電話：「楚社長，你們過年有困難嗎？」這無異是一通雪中送炭的電話，雖然我當時沒有要求他任何幫助，但我對他的盛情關懷，內心有說不出的感激，亦因此而奠定了我們後來成爲忘年之交的基礎。

就上述條件而侈言建社，別人如果不以我們是癡人說夢，至少也會爲我們的「壯志雄圖」揑一把汗！

我認爲要實現這一可能困難重重願望的第一步，是必須先改善我們的財務狀況。不要說當時繼續借款已經不易，就是借得到，每月的利息負擔將使我們更透不過氣來！因此五十四年三月我在一項工作報告中提出：「經熟慮再三，認爲唯一可以減輕財務負擔，並期以所收現款改進印刷設備，只有伸值增資一途。」憑藉各種公私關係，在我們奔走呼號之下，我們第一次伸值增資案，竟在半年左右有了成果，還淸舊賬之後，尙有餘款購進一些國產與日製的印刷設備，對我們早期的改版計畫，無疑有莫大幫助！

無債一身輕，接著我們準備以出售舊址爲基礎，物色適當而基地較大的地點，作爲新址之所在！在此，我不能不內舉不避親地提及內子陳女士。到五十六年時爲止，她在臺灣銀行工作已經十餘年，我們住的地方就是行中配給她松江路佔地近百坪的平房宿舍。其時松江路正當發展初期，遠景在望。一次她有意無意地提及：如果《中華日報》能將這四棟見方的臺銀宿舍弄過來，再酌購連接一起的那小塊國有財產空地，不是可建起一棟面臨松江大道的大厦嗎？我覺得她說得很有道理，而自己又甘願放棄永居權或先購權，乃先與報社負責同仁作一番商量，接著與中央四組、財委會、臺銀、省財政廳以及土地所有權人的國有財產局等十餘單位負責人分別交換意見，尋取支持。我們的目標有了，路總是人走出來的，於是就朝此方向努力下去！

報社推向起飛點

窮單位做事第一要有耐性，有步驟，不亢不卑地取得人助自助。《中華日報》大廈的完成，就是在這樣的情形下做到的。就土地所有權按當時國有財產局公告地價每坪一萬八千餘由社承購一事論，是從五十六年秋開始進行，因爲牽涉到的單位太多，歷一年九個月方才完成一切法定手續。次一步驟就是購地價款約九百餘萬元（當時不是小數目）從何而來？中央補助絕不可能，銀行抵貸又必回復到以前欠債的日子，於是我們決定作再度增資一千萬元的努力。因爲省屬幾個金融事業，本來就是報社的投資人，經多方聯繫呼籲，大致獲得他們首肯，但以能得省府批准，議會同意爲前提，由於大家眼見《中華日報》是在逆流中力爭上游，因此也多樂於助以一臂之力。雖然未能收滿金額，但購地價款依法可以分六十個月付清，也就足應急需了。我們總算可以向動工的路走了。

謝謝當時中央三組馬樹禮兄的介紹，奉准與非僑主持的嘉華建業公司合作興建十四層大廈，由本報提供土地，按市價作資本，嘉華根據報社基本需要負責設計承建，建成後按值分層，本報因需樓下數層，因此分得較少。於五十八年元月七日正式簽約，三月二十九日動工，其時建三層高地下室，國內殆屬初舉，且以地質有流沙，因而初期進度較慢，前後約經二年半全部建竣。由於那幾年松江路一帶房地產價格飛漲，我們所分各層當時現值已經超過五千萬元了。建社期間，我們同時進行標購舊址，約定遷入新址之日交屋。交屋前取得的部分款項，就訂購美製高斯彩色輪轉機，準備安裝在新址廠房之中。

六十年底新機及製版、印刷等附屬設備次第運到，儲備的印務人員也已訓練就緒。新址則明確訂定裝修、購置及配當的進度表，計日程功，一切於六十一年二月底前準備完成，預定於三月二十九日青年節遷入新址。經過同仁們不眠不休地的通力合作，一切進行得非常順利。出乎意料地，我們的特刊及報紙本身的慶祝廣告收入竟創了空前的記錄，使我們全部裝璜及辦公用具的費用全有了著落，而且還有餘力來支應遷社及慶典中的各項開支。

多少艱辛多少淚

正是照預期的三月二十九日那天，我們舉行了一次遷址的盛大酒會。無疑的，不論規模以及光臨的賓客比六年前慶祝二十週年時更爲隆盛！嚴副總統、五院院長以及總統府張羣祕書長等約二千餘貴賓紛紛蒞臨新址致賀並加勗勉，中央委員會特電嘉獎本報全體同仁的努力成果，而個人更蒙頒授實踐獎章，徒增愧汗。

爲了使同仁們記取這七年來的多少艱辛，永遠不要忘記自己付出的心血和精力，而不爲一時的小成自滿，同時更在惕礪自己在社一日，即應繼續奮勉不懈，貫徹到底！我因而寫了「我們如何爲本報札根？——二千七百個血汗交織的日子」那篇文章。

我在前文中曾作了誠摯的回顧與坦直的反省。曾寫道：

由於個人的學識能力差人甚遠，所以我接跑這棒是非常吃力的，因此我每每會為一段新聞、一個錯字，一份報紙和一則廣告而不安，而焦躁。雖然同仁們體諒我，安慰我，且自省在工作上已克盡心力，然而前路漫漫，不知還有多少工作等待賢能遠過於我者去栽培，去開拓，……。

於今報社的棒子傳到長年好友，厚重樸質的黎董事長，和英年煥發、清純幹練的黃社長手中，深信在他們明慧精誠的領導下，報社同仁必能進一步發揚優良傳統，貢獻全部心力，朝著既定目標，開拓新境，締造佳績！（七十二年二月十七日《中華日報》刊出南北版）

第五章 接下國民黨喉舌報

第一節 與蔣經國先生談《中央日報》

六十二年四月二日上午，當時任行政院長的蔣經國先生約見《央報》主要負責人，包括社長、副社長與總主筆等，就新聞言論等問題交換意見。由作者主問，蔣先生作答或發表意見，內容不僅切中《央報》需要，且反映不少蔣先生的辦報理念。

作者：請問蔣先生，您以行政院長的身分，對《中央日報》宏觀性的看法如何？

蔣氏：《中央日報》各方面都有進步，足見大家都很努力。《中央日報》具有光榮的傳統，國家的前途，與《中央日報》的前途完全一致；所以，這份報紙具有特別重大的責任。《中央日報》最難得的一大特色，是始終不受環境之左右，而能堅守其一貫的立場和風格。

近年來，無論個人也好，團體也好，有時不免受到環境的影響而與世浮沉；眞正能夠打破環境、創造環境的人很少，所以，《中央日報》今後仍然要發揮「擇善而固執」的精神，信守我們的目標和立場，繼續努力。

不過擇善固執並不是一成不變，對於國民的需要，特別是青年人的願望，是可以改變方式使能獲得滿足。要注意在基本目標之下，適應時代的需要而與時俱進。

作者：您所謂「擇善固執」的精神，我們自信能完全體會，只是政府有些部門未必能諒解，甚至認為不够配合，使我們有時不免陷於兩難。

蔣氏：您們的處境，我能懂；但《中央日報》今後有一件事情可以作的，就是除了與政府的施政配合之外，更要作積極的建議和報導，從重大的政策、到一般性的小事，凡是國民合理的要求，《中央日報》可以先與有關部門聯繫，作成建議，政府隨即採取行動，這是增強《中央日報》地位與影響力最有效的途徑。

譬如政府近來所採取的許多經濟措施，其中有些事情事前研議達兩個星期之久。《中央日報》可以斟酌報導，如此，一方面可使國民對於政府的政令更能瞭解透徹，同時也可以收集思廣益的效果。

對於改善農民生活的問題，政府已經採取了許多重大的措施。農民很重要，工人、青年也一樣的重要。政府馬上要考慮的：

一是如何改善勞工的生活；

一是解決青年有關的問題。

《中央日報》在瞭解、掌握政府的政策之同時，也要注意各方面提出的好的意見。

作者：如果各級政府首長都能有蔣先生這種胸襟和態度就好了；現在我們想了解一下院長對新聞言論的看法。

蔣氏：報紙反映國民生活的全貌，有正面的也有反面的。《中央日報》並不是不能反映反面的事情，要注意到，反映之後一定要有把握獲得一個「解決」。

報紙不應該爲少數人著想，而一定要爲最大多數人服務。

新聞與社論，要切實把握速度與深度；

新聞要爭取速度；

社論要追求深度。

能把握這兩大原則，就能滿足讀者的要求。

作者：現在可否請蔣先生對我們這些辦報人作若干忠告？同時報社同仁都想辦好這份報紙，他們也渴盼聽到您的意見。

蔣氏：希望大家要敢去想問題，不可光是想上面會如何決定，或一般人的想法，而是要每個人自己肯想。這也正是一種負責任的態度。

所以，我鼓勵大家要「敢想」、「能想」、「多想」。有的時候，一個人想不出辦法，大家能在一起談，一起想，就會得到很好的結論；所以，還要「同想」。各位可以常常問問青年讀者，如各大學新聞系師生的意見。只要大家不停地想，才可以不斷地有進步，不僅各位辦報是如此，就是國家行政也是一樣。報紙能符合最大多數人的需要，反映一般人的願望，一定能夠成功。

作者：《中央日報》的副刊等版面，一向擁有相當多的讀者，不知院長的看法如何？有何亟待加強的地方？

蔣氏：《中央日報》的社論與副刊，我每天都閱讀。副刊的教育意義很大，我看到有些文章很有份量。今後對於文章的取捨，還要特別精選。同時，要有計畫地編，要能針對當前的問題，來影響一般人的心理。副刊內容不要太呆板，太八股，也不必光是迎合一般人的心理。副刊對海外影響也很大，所以要與海外廣大的留學生結合起來。「方塊」文章的影響力也很大，應該作有計畫的研究。最近，行政院倡導公教人員進修計畫，勉勵大家多多讀書。中央日報可以多介紹一些新書，供大家參考，這一欄可以研究一下。

作者：我們十分謝謝蔣先生在公務繁忙中，接見我們懇談報社種種，要緊的是我們今後不僅對一切問題要「同想」而且要「共行」。守此方針，共趨正鵠，以辦好本報，達成任務爲吾人共同的職志。

蔣氏：《中央日報》目前面對艱難的環境，需要大家更大的努力。各位應該記住，主持正義的人，在危疑震撼的時候，總是孤獨、寂寞、甚至於痛苦的。我們要本著孤臣孽子的心情，不計眼前一時的利鈍，朝著既定的目標去努力，最後一定能夠成功。

第二節　接辦《央報》的作法

崧秋於去（六十一）年十月奉命承乏《中央日報》社務，迄今已滿十個月，因目前國家處境艱難，本報所負的責任異常重大，一方面要嚴守立場，爲黨爲政府發言，克盡教育民眾的天職，一方面要爲民喉舌，反應民間疾苦，推動政府的全面革新，以加強民眾向心力。因此，我們的言論和編採有其既定方針，固不能隨俗浮沉，尤不可譁眾取寵。

但報業爲一種現代企業，端賴自力更生，與同業作無情而現實的競爭。故必須爭取廣大讀者的愛好和工商社會的支持，俾發行基礎得以鞏固，廣告來源不虞缺乏。十月以來，本此方針，竭智盡慮，鑽研探討，運用一切方法與途徑，力爭上游，達成使命。

過去一年來，我國在外交上雖處於逆境，但在內政及經濟等各方面卻有極輝煌的成就，尤其是對外貿易，去年創下了政府播遷臺灣以來的最高峰。

這些成就，在蔣經國先生出長行政院以後，更加突出與顯著。而蔣院長所倡導的政治革新與社會風氣的改革，農村與都市建設的加強，勞工福利的提高，青年領導的強化，使國內各方面呈現一片蓬勃的朝氣，受到國內外的普遍重視與讚揚。

當國內外每一件大事發生時，本報在言論上不獨與之密切配合，且期走在國民願望與政府決策之先，務使本報言論不論在提高民心士氣，或在扭轉機運，端正視聽各方面，咸能發揮最大影響力，以建立言論領導的權威。

在此期間，國內外所發生的重要事件，無一不秉持國策，把握重點，發爲評論，迅赴事機。

近一年以來，本報在新聞處理上，國際新聞方面，注重中共眞面目之揭發，國際金融危機之分析，以及友邦關係之提昇；國內新聞方面，注重行政革新，農村與都市建設，勞工福利及經建發展之充分報導；由於國人奮鬥精神蓬勃旺盛，年來國內新聞之比重，大爲增加，此足以顯示自強革新之努力，已收豐碩效果。

督導編輯部，除謹守國策，對每日新聞愼爲肆應外，對內容之改進、版面之調整、效率之提高，亦有諸多措施。如重視學者論著及讀者投書，反映輿情；廣泛調查讀者意見，作爲改進南針；擴充地方版，促進地方建設；公正報導選舉新聞，端正選舉風氣；增加篇幅及專刊，充實內容，以應事實需要；其中以每週三增闢「大陸透視」版，內容爲對敵情之分析研判；每週四增闢「繽紛」版，內容爲彩色專題畫頁；及全力加強並充實中央副刊，擴充版面彩印「兒童週刊」，甚獲國內外讀者之重視與愛好。

年來海外情勢劇變，本報國外航空版曾多次辦理讀者意見調查，於去年起對取材及編輯方式、標題用辭等，針對情勢、配合需要，不斷革新改進，其重點爲：

加強國內進步實況報導，增加海外讀者對國內之認識瞭解，並針對海外分歧言論及中共統戰活動，及時加以抨擊及揭發。

自去年十一月起，開闢「國事論壇」，歡迎海外人士對國事提供意見，海外學人、留學生對此深表歡迎，投稿亦甚踴躍。

辦理海外讀者服務，解答各項問題、代購書刊用物、徵才求職，以及爲外籍人士安排來華行程，爲旅外學人代辦護照等，頗獲海外人士好評。

擴大本國地方新聞報導及加強海外僑團及留學生活動之報導，以期達成情感之交流。（刊六十二年九月二十日《實踐月刊》）

第三節　報紙如何面對時代新的衝擊

近十餘年的世界新聞事業，更面臨許多新的、更激烈的挑戰——科技進步的挑戰，絕對自由的挑戰，偏見壟斷的挑戰，經營觀念的挑戰，不同媒體的挑戰，編輯路線的挑戰……。

我有一句話，要獻給同仁和同業：眞正大報的名字不是印在報頭，而是印在千千萬萬讀者的心版上。

名報人普立茲（Joseph Pulitzer）說過：「新聞事業是最富挑戰性的行業。」無論是新聞採訪、編輯言論、廣告發行，乃至於檢排印刷，每天的工作都是新的挑戰。因此新聞工作生涯爲一連串追求勝利的企圖和行爲所連綴而成，在挑戰中肯定新聞事業的存在價值，並以之激發新聞事業的進步動力。就普立茲本人而言，他在激烈的報業競爭中決勝，高潮迭起的奮鬥一生，正是一個典型的寫照。

新而激烈的挑戰

近十餘年來的世界新聞事業，更面臨許多新的或更激烈的挑戰。歸納起來，大致如下：

——科技進步的挑戰：自動化電腦排字、改稿、拼版、印刷、發行，資訊迅速而逼眞傳遞的突破，以及交通電訊的大幅改善，使得傳統使用的人力、機器和方法，感到一時難以適應。

——絕對自由的挑戰：報界充斥新聞自由的論調以及過度自由主義的放任色彩，使得報紙擔任社會安全守望的角色和履行社會責任的能力，相對的令人存疑。

——偏見壟斷的挑戰：西方強國壟斷新聞資訊及意見市場，傲慢與偏見的報導文字，使得開發中國家蒙受不利的影響。

——經營觀念的挑戰：面對大多數報業經營者強調商業利益及獲利能力的壓力，使得高水準報紙追求辦報理想的努力，漸感經營困難。

——不同媒體的挑戰：面對聲、色、影俱佳的電視映像，送上門而免費的節目競爭，使得部分讀者的視線及廣告從報紙版面轉移到電視幕上。

——編輯路線的挑戰：面對讀者興味的壓力，不惜以誇大渲染的煽情新聞，迎合讀者的胃口，而形成報紙品質的降低。

以上這些挑戰有的是勢所必至，必須迎接的，如科技進步的挑戰是；有的是必須加以抗拒和改正的，如偏見壟斷的挑戰是；有的是可以由政府協調或自我導正的，如自由論調、經營觀念、不同媒體以及編輯路線等等挑戰。

國內辦報的環境

在國內，我們當然會感到若干世界一般新聞事業普遍遭遇到的挑戰，但這並不是嚴重的問題，因為大家除能妥為適應外，都共同肯定自己國家安全和民族生存這個至高無上的新聞傳播原則的重要性。這也正是顯示國內新聞界對國家民族責任感以及對歷史使命感的體認。

不過我仍深深覺得，老子在《道德經》講的一句話：「勝人者有力，自勝者強」可以帶給我們重大啟示。能够勝人的，頂多不過顯示它的力量比人大而已；惟有能坦然接受自我挑戰，戰勝自己的人，才是眞正了不起的強者。

辦報紙比任何事業更具有企求成功的強烈動機。要成功就必須努力，必須競爭。競爭毋寧是正常的現象，也是好的現象。有三十多年來的報業競爭，才有今日報界欣欣向榮的成就。但是競爭到了今天，我想必須要從事一項更大的、更困難的競爭——自我挑戰的競爭。這是一個道德抉擇，我相信今日所有重要報紙的工作者，都有此懷抱，都有此自我期許，以自我挑戰、自我超越的精神從事競爭，使我國報紙新聞內容的品質更求充實，更求提高，把新聞事業推進到一個更新和更有貢獻的境界。

這也就是說，檢視我國報業的過去、現在，並不是毫無缺點，有些缺點是主觀因素造成的，也有些是客觀因素造成的，但是不論如何，只要大家有遠大的眼光，有負責的態度，有偉大的魄力，勇於自我改進，終不難把缺失改正過來，對於這點，個人因從事報業多年的一點經驗，具有堅強的信心，因爲沒有一個負責盡職、愛國濟世的報人，會自願放棄或濫用其對社會大眾的特權。

要善盡自身責任

現在我想藉此指出，我新聞界面對建國七十年代的種種挑戰，似乎特別需要踐履下列幾項方針：

第一、貫徹國家目標：我們的國家目標是反共復國。在這個大前提下，所有新聞工作者只有朝此共同目標，鼓舞軍民同胞齊勇若一、奮鬥前進，才符合國家和個人的最高利益。

第二、履行社會責任：新聞事業是社會文化事業，對社會負有無限責任。本此認識，我新聞業雖有競爭，但必能共存共榮，共同發揮社會公器的大眾傳播功能。

第三、維護民主憲政：民主政治不是一朝一夕造成的。從觀念的養成到政治行爲的成熟，必須經過一段相當長的時間，而新聞界必須公正的，耐心的，懷抱愛心與信心，扮演民主政治導師的角色，教育一般社會公民。

第四、促進經濟發展：經濟在建國七十年代的重要性仍將有加無已，新聞界，尤其是報界與電視，對加速經濟建設，提升國家水準，幾乎具有關鍵性的影響。

第五、均衡發展文化：今天只要有人的地方，就有報紙、電視和廣播，因此文化也就推廣到那裏。民國七十年代爲三民主義模範省建設的完成期，只有提高國民文化水平及其生活素質，才切合我們復國建國的最高指標。

《中央日報》自民國十七年二月一日在上海創刊，到現在已有五十三年的歷史，我國現代報業的先驅，惟它可以當之無愧。它對國家民族的貢獻，對社會公益的服務，對報人天職的履行，都一一寫在中國報業史上，也反映了國家命運的坎坷和民族生機的潛力。

在我服務報社五年期間，遭逢國家許多重大變故，這是我一生難忘的歲月。往事歷歷，如在目前，每一張報紙和每一行文字都記載了在國家最艱難的時刻，我們堅貞不移的愛與信心。當這社慶前夕，我有一句話想當作禮物，獻給報社同仁和一班同業：眞正大報的名字不是印在報頭，而是印在千千萬萬讀者的心版上。（七十年元月二十八日，刊二月一日《中央日報》）

第四節 命運要靠自己掌握

——爲《中央日報》創刊六十年作

《中央日報》雖為黨報，但要使它善盡言責，它必須是：「本黨政策的前驅和後衛，而不僅是信徒；政府施政的諫士和諍友，而不僅是護使；社會大衆的良師和益伴，而不僅是工匠。」

今年二月一日爲本報創刊六十周年，當時正罹國喪，紀念活動延至今日舉行。處此時代丕變、社會轉型、報業狂飆的時際，吾人的感觸實數倍於往昔。

遠在五十多年前，個人在浙江杭州進初中時，就成爲本報的讀者；民國三十一年在重慶讀大學四年級時，曾向報社投稿；四十四年應聘爲特約主筆之一；五十一年赴美進修，連續爲本報寫過十餘篇通訊稿。六十一年應聘主持社務，爲時五載，到去年奉徵召返社服務。因此五十多年來，個人始終自覺是《中央日報》的一個忠實讀者，也永遠是它的一員列兵。

接辦本報的回顧

我一直認爲：《中央日報》雖爲黨報，但要使它能善盡言責，對黨、對國負起無可旁貸的責任，它必須是「本黨政策的前驅和後衛，而不僅是信徒；政府施政的諫士和諍友，而不僅是護使；社會大眾的良師和益伴，而不僅是工匠。」

方針既定，在全社同仁團結一心，努力奮鬥之下，在許多方面漸漸見出了績效。舉例來說：

一、言論日受重視：在堅守立場與政策的方針下，我們勇於仗義執言，而且要言之有物；不過距離蔣總裁期許「《中央日報》言論應盡量反映輿情，文字要犀利有力，且不必避諱對政府施政的善意批評」的標準還是很遠。

二、加強編採工作：爲提高人員素質，並鼓舞其工作企圖心，一面採取考試用人，加強在職進修，同時詳訂編寫手册，厲行獎懲，以增進寫作水準，重視獨家新聞。

三、大力發展國外航空版：使航空版成爲國內與海外華僑及學人留學生間普遍而迅速之傳播媒介，也為世界各國研究中國問題者之重要參考資料，除大幅度加強言論及內容外，並改進紙張及印刷技術。十二年前計畫在美發行，後來因故中止。

四、加強企業化經營：精密計算成本，降低報紙單位成本；並注重消費者意見反映，不斷改進廣告內容及服務品質。以當時工商廣告所佔全部廣告百分比為例，從未低於四分之一。

重返報社的我見

此次重回報社，心情無可否認是相當沈重的；尤其這幾年來，報社迭有虧損，而又面對報業大競爭的壓力，作為執政黨喉舌的《中央日報》，如何執機制變，乃為當務之急。七十六年八月十七日，於到職之日，曾提出今後辦理本報的第一個方向是：「有黨性而無官氣」。第二個方向是「守原則而重內容」。第三個方向：「求利潤而貴報格」。（詳見前節內容）

本報是一份黨報，且已經辦了六十年，它的目標和任務始終一貫；但時代不斷在變，潮流和環境也在變，因此它所受社會的評估以及讀者對它的要求，自然也會隨之而不同。如果不能面對現實，迎頭趕上，焉得不落伍而不為社會大眾所輕忽或背棄?!然公家事業有一通病，即一般從業者每每缺乏求新求變的精神，尤其不願大事更張，力圖改革，因為這是要冒風險，而且不一定成功的！

應有獨特的風格

時至今日，報禁解除後的所謂報業「戰國時代」，一切情勢正活生生地呈現在大家的眼前，其得失和功過姑且暫不具論。但近乎好大喜功式地大幅增張後的一般反應，不論在報紙內容、資訊提供、服務品質等各方面，各報多無所表現，而且爲爭市場，別苗頭，部分報紙的新聞取捨，較前更爲譁眾取寵，言論則圖以刺激取勝，發行與廣告則不惜打爛仗，因此很少有幾個讀者會認爲他是增張後的受益者，實在深深值得辦報者、政府主管當局以及社會大眾共同反省並引爲殷鑑。

關於大量增張，最近兩個月以來，本報也曾聽到或接到種種意見，甚至指責；對這些珍貴的意見，我們牢記在心，時加檢討。根據報業市場最近的各種統計資料，本報應屬於報份最穩定者之一。由此對於我們辦好本報固倍增信心，同時亦更覺得報紙的獨特風格，也就是它的代表性與可看性，實在太重要了。基於此，今後本報將從下列兩方面特別用心用力：

㈠黨報就是黨報，我們以作爲執政黨的喉舌爲榮。一切報導根據事實，決不八股，更不教條，力求客觀而公正地爲民說話，爲黨宣傳，以激起同志的共鳴，並處處取義和取信於全體讀者。

㈡堅持「新聞第一，言論第一」的辦報方針。辦報就是辦報，我們的主要對象絕不是政府官員，也不限於本黨同志，而是社會大眾。因此我們將切實踐履蔣故主席經國十六年前所提示：「報紙不應該爲少數人著想，而一定要爲最大多數人服務」；「新聞與社論，要切實把握速度與深度；新聞要爭取速度；社論要追求深度。能把握這兩大原則，就能滿足讀者的要求。」

命運掌握在自己

社會發展到今天，國家邁向已開發的層次，而報業競爭亦正步向嶄新的境域；《中央日報》有六十年光輝燦爛、百刼不磨的歷史，六十年來的中華民國，點點滴滴都跟《中央日報》脫離不了關係，如果說：六十年來的報史，即是民國史的一部分，絕不爲過。

我們應該以擁有這樣的歷史背景與優良傳統爲榮。吾人深切了解：大家都十分看重和愛護這份報紙，而一般同志與國民，也都殷切期盼本報既能作執政黨的喉舌，同時也是全國同胞的代言人，換言之，就是事事要爲國家利益著筆，處處要爲大眾福祉說話。今後全社同仁一定抱著這樣的體認，這樣的胸懷，這樣的決心，來共同爲報社盡其最大的能力。

天下無難事，亦無易事，其成敗利鈍，主要決之於自己，而且靠自己亦才是最可靠的，因此《中央日報》的前途，實際上就掌握在今天我們這羣從業者的手中！何去何從，我們自當知所抉擇和努力，以期不負全國同胞和全黨同志的關愛和期望。（七十八年二月一日《中央日報》及國際版同時刊出）

第五節 辦好《央報》的三個新方向

第一個方向是：「有黨性而無官氣」；其次是「守原則而重內容」；再次就是「求利潤而貴報格」。

忝為新聞界一員老兵，又不期然回到報紙的崗位，誠不知為辦好本報，還有什麼有效的途徑可走？

個人於十五年前於役《中央日報》五年，近復奉徵召，重返任職，頗多老兵回營、舊壘森然的感觸！鑒於十餘年來，社會與時流的變化至為激烈，而報紙一貫反映時代的脈動；加之所謂「報禁」即將解除，擴張已指日可期，作為執政黨喉舌的《中央日報》，處此時際，如何執機制變，開拓其應有、亦必須創獲的前程，自為各方所關注和期待。

八月十七日到職之日，個人曾揭櫫三義與同仁共勉，並就教於黨人與國人。二周以來，各方頗唯其說，然亦有不少人表示願聞其詳，我於感激之餘，特趁「九一」記者節這機會試申其義。

有黨性　無官氣

個人當天提出辦理本報的第一個方向是：「有黨性而無官氣」。無人不知：《中央日報》是中國國民黨的機關報，由於它是執政黨，因而大家每視本報為政府報，亦即是所謂官報。由於社會大眾對於黨報或官報，抱有若干成見，因此這一類的報紙，早在十五、二十年前即已難辦，遑論今日?!

我認為本報為中國國民黨的主義宣傳，為黨的政綱政策闡揚和辯護，為其所領導的政府施政全力宣導，使之能貫徹於全國全民，乃是天經地義、責無旁貸之事，否則又何必由黨來直接辦這份報紙？因此以堂堂之旗，正正之鼓，無論是在新聞、言論以及整個內容上，來突顯其黨的性格，表現其對社會正義與國家前途的高度責任感，且對一切違反人性、缺乏理性的錯誤面、黑暗面與罪惡面，予以撻伐，乃是本報應有的特色。尤其是當懷抱成見、別具用心者歪曲事實，辱衊本黨的時候，自更應秉持良知責任，挺身而出。

要緊的是如何平心靜氣、入情入理、公正妥切地來為黨宣傳，突顯黨性，不但讓黨內同志認為本報具有積極意志與宣傳效果，而樂予支持與幫助，就是一般讀者也認為本報言之成理，持之有故，而不因其為黨報予以排斥。

這也就是說，我們雖然是辦黨報，但絕不八股，更不教條，所有報導與論列，無不有血有肉，直指人心，與國計民生息息相關。所謂官樣文章從此減至最低限度，甚至一掃而空。今天我們的政府以及各級領導者越來越開明，對於善意的批評與建設性的不同意見，亦越來越有優容和尊重的雅量，因此目前亦正是本報脫除一切官氣的最佳時會。

守原則　重內容

第三個方向是：「守原則而重內容」。所謂守原則，除了前段所述者以外，我以爲尚可列舉以下各端，作爲今後編輯方針與言論尺度的參證。

新聞的正確性與言論的準確性，向爲本報優點，而爲舉國、乃至舉世所公認；今後應如何開拓胸襟、放開腳步，在這兩方面注入更大更多的企圖心與工作勇氣，而不要束手束腳，劃地自限。

對於黨的重要文告與決策以及政府的大政方針，我們不但要儘量刊登，且應及時而不厭求詳地予以闡發申論，以期民眾了解，樂予支持。而對於一般所謂大塊文章或人情稿，應力求精簡，以切合讀者需要。

本報的新聞與言論儘管各方要求至爲嚴格，也就是絕對不享有「錯」的權利，無疑的這多少形成爲工作上的一種精神壓力，要完全解除，容或不易，但千萬不可因此存有戒心、望而卻步。其實，本報同仁只要透徹了解自身的立場，切實把握取捨進退的應有尺度，是錯不到那裏去的！

擴大新聞的接觸面與涵蓋面，廣伸意見的觸角而予以合情合理、適分適度的表達，應爲今後的一項工作守則。個人深知：本報在爭新聞、搶鏡頭、論時政、探問題各方面，不免受到若干侷限，但絕不可因此作爲憚於採訪、怯於論事的藉口。日前走訪一位一向謹言愼行的政府負責首長，他亦認爲本報過去有許多地方實在太保守、太矜持了。

報紙是民主社會中國民最重要的資訊來源，因此任何脫離大眾需求的報紙，無有不趨於萎縮和被淘汰的。當然一份品質高的報紙，絕不可有譁眾取寵，流於低俗的地方，但亦絕不可與社會大眾脫節。

以本報發行的對象來說，不僅不應限於一般黨員或公務人員，最低限度亦應視所有中等以上的知識分子爲本報潛在讀者。以此衡量，則青年學生、勞工大眾和家庭婦女皆應爲本報爭取的重要對象。

明乎此，就可知報紙的內容乃爲吸引讀者、爭取訂戶的最大憑藉，自然也就是這份報紙榮枯消長、得失成敗的關鍵所在了。

求利潤　貴報格

我提出的第三個方向是：「求利潤而貴報格」。這句話若用最簡明的字眼來詮釋，就是在自給自足的前提下，維持本報爲一高品質而具影響力的報紙。在此，我願以客觀鄭重的態度，澄清外界二個錯覺：其一爲《中央日報》得到執政黨和政府的補貼；其二爲《中央日報》近年賠累甚重。

就前者言，本報自三十九年在臺發行，除近年略有虧損外，一直是一家合理賺錢的報紙，其發展到今天端賴自己的盈餘。由於今年立法院中少數委員質詢行政院，對本報國外版有航空郵資補貼，而誤以爲是補貼本報，其實本報受政府委託，爲對海外知識分子及僑社宣達施政，加強聯繫，促進團結，於二十餘年前創辦國外版，如以成本計算，本報每年所支付的費用，實高於政府補助郵資一倍以上。

就後者言，本報近年略有虧損，自應檢討經營是否有懈怠疏失之處，而必須急起改正。然其造成虧損的另一重要原因，乃爲建造新厦、添增設備，爲資本投資向銀行借貸而必須負擔的利息年約三千萬元。由於一年來的銳意革新，加強業務，估計今年將不會有任何赤字。因此某等雜誌說本報月虧七八百萬元之說，乃係完全昧於事實的無稽之談。

不獨報紙，任何正派的新聞事業都必須求取合法合理的利潤，才能生存發展，服務大眾，《中央日報》自然亦不例外。不過由於本報六十年來因對國家和社會所負的特定任務，及其在我國新聞史上所扮演的角色和所塑造的形象，故在報紙的品質與風格上，不能不特別講求而嚴予自律。這也就是說，我們在新聞以及廣告等方面，必須有所取、有所不取，有所爲、有所不爲。事實上，這亦即是所謂「報格」的分水嶺。

人人知道：新聞事業是一種挑戰性的事業，任何傳播媒體都逃不出「優勝劣敗、適者生存」的企業競爭模式。社會發展到今天，國家邁向已開發的層次，而報業競爭亦正步向一新的境域，由於我社會經濟畢竟以民生主義的理想爲張本，我相信政府當局對新聞事業的輔導，必能守此大經，顧到整體。忝爲新聞界的一員老兵，又不期然回到報紙的崗位，我爲自己所投身的報紙運思把脈，除了上面所指述的幾個努力方向之外，誠不知爲辦好本報，還有什麼有效的途徑可走，幸祈國內外賢達多多指正，俾有遵循。（七十六年九月一日《中央日報》二版）

第六章 傳播事業面面觀

第一節 傳播事業面臨的新挑戰

在今天，報紙、廣播和電視各走各的光明路，甚至可以說是走各自繁榮的大路，沒有那一種可被完全代替，從而遭到淘汰的。

今天是二十七屆廣播節，也是中華民國廣播事業協會二十七週年的慶祝大會，目前是一個大眾傳播革命的時代，報紙雖然有三百年歷史，可是近代報業發展卻是最近一百年左右的事，廣播的發展亦復是百年以內之事。電視則是一九二七年，一個年輕摩門教徒名范爾華（P. T. Farnsworth）在美國舊金山的一所破爛公寓中，用一個美鈔簡寫的符號做了一項顯影的實驗而開始的，到現在也不過只有五十年的光景，而眞正的運用則在一九四一年。那時已逐漸有早期雷達，這種雷達在珍珠港海軍基地試用時，一位名叫勞克浩德（Joseph L. Lockhard）的士兵，於十二月七日那天，發現了他那個簡單的雷達幕上有一個黑點，而且黑點愈來愈接近，他急急忙忙報告他的長官，結果不到一小時之後，日本炸彈已經丟在珍珠港美海軍基地，這個幕上的黑點，就是電視的胚形，所以電視的發展是最近四十年左右的事。

我們都了解，在一九三〇的那個時代，廣播界對報紙的挑戰有勝於一九五〇年代電視對電影的挑戰。報紙過去怕廣播會危害到它的生存；自電視發達後，不但是電影曾經遭受重大打擊，廣播同業也曾經將它看成一個命運攸關的競爭者。

各種媒體共存共榮

可是在今天，報紙、廣播和電視各走各的光明路，甚至可說是走各自繁榮的大路，沒有那一種可被完全代替，從而遭到淘汰的。

報紙有若干比例上的降低，以美國爲例，在這將近二十年之中，日報家數始終維持在一千七百家左右，其總銷數則減低將近百分之二，可是還是平均三個人到二個半人擁有一份報紙。

廣播電視就更驚人了，以美國爲例，收音機包括汽車上、加油站各處所裝設的，總在三億二千架左右。電視在一個高度開發的國家，其架數與人口數是三與一之比。美國目前有一億架左右。換言之，美國假定有五千萬家庭，差不多平均一個家庭總是有一架到兩架。

而我們的廣播電視事業，誠可列於開發國家而無愧。據統計，我們電視機總在三百五十萬架左右，我們也許不到五百萬家庭，這個比例可謂相當驚人。而收音機大概估計總將近一千萬架，所以，如此大的一個傳播事業，它對國家，對國民，對任何方面的影響，可以想見。而且這種影響力正是方興未艾。

據我們一般研究大眾傳播的學者專家估計，到一九八〇年，換言之，即兩年之後，必然還有很多更新更好的媒體傳播設備出現。在一九六九年的時候，《洛杉磯時報》運用電腦作業，將一萬五千字左右極複雜的紐約股票行情，三十秒鐘之內，在電視螢光幕上顯得清清楚楚。如在六〇年代以前，也許尚非數小時莫辦。回想一八五〇年左右，當時的哥登堡排一本聖經，花了五年的時間才排起來，今天報紙用打孔來排字，其迅速的程度眞不可以道里計。可是再過若干年後，它會完全應用電腦自動化控制，而不需用打孔就可以直接由電腦控制把字排好，編輯就在螢光幕上可以完成一切應有的作業。

未來發展難以想像

現在世界大通訊社，如AP、UPI，已經完全用螢光幕修正編輯的稿件。所以此種進步，如再過二十年或本世紀結束時，進步將不敢想像。

現在，所謂顯影的電話（Picture Phone），已經在美國由實驗進展到可以應用的階段。不但是電視節目，一按電鈕，就可以把我們所需要的節目送到眼前，將來報紙也可以將我們所需要的新聞，按鈕送到我們眼前。我們研究一個大問題時，今天也許要三、五個助理人員幫忙找資料，在未來十年、二十年，可能只需按幾個電鈕，透過電纜電視（Cable TV），所有必需的資料，統統可以在自己家裏的螢光幕上顯示出來。

面對此一趨勢，我想在座都可毫無疑問的了解到：今天是一個處於接收更新的科學知識的挑戰的時代，而另一方面由於此一大眾傳播事業影響得如此深遠和廣大。據前年《美國新聞與世界報導》的測驗，報紙原來是美國最有權力的十個中的第四位（由白宮算起，依次爲國會、最高法院、報紙、工會、電視……），現已跌到第九位；而電視由原來第六位提升到第二位，它的影響力乃僅次於白宮，而超過其國會、最高法院和擁有一千五百萬以上會員的美國聯邦工會。

今天國家的處境的確相當艱難，個人在此擬提出幾點比較具體意見：

提出幾點具體意見：

第一，我們廣播電視在今後科學技術的運用方面，一定要進一步研究和增進。我已經了解到有的廣播公司，已經派專人出國，對完全自動電腦控制的調頻廣播做更新設備的準備。

這些年來，由於社會的繁榮，經濟的進步，我們每一家電視公司、廣播公司，都有相當好的經營狀況，我也要求我們所有廣播公司的負責先生，在其設備、技術方面，能够進一步的更新和加強，以迎接今後更大的需要。

其次，由於時代進步出乎我們想像之外地快速，所有我們從業者，無論個人或單位，關於專業發展方面的技術和知識，應有更多的增進。而且輔導單位，對從業者還應有更多的鼓勵和獎助。

最後，就是對節目的改良和對敵人的作戰。敵人對我們的廣播宣傳，用各種方式，企圖分化和打擊我們的民心士氣，這許多分化、挑撥、統戰的陰謀，我們要特別提高警覺。當然政府有關部門，已經正在大力策劃之中，切望大家一致配合。

以上三點，是我個人的一點意見，希望所有廣播電視的從業朋友們多所指教。（六十七年三月十六日對廣播界專題講演，刊五月一日《空中雜誌》）

第二節 美電視等媒體發展趨勢

> 一九五九年以來的二十年期間，絕大多數美國人都開始相信：電視是他們生活之中不能缺少的一部分。然而，隨著社會各種組成分子逐漸公開表達要求與需要，電視正和美國社會其他體制一樣，由於本身的缺點而受到指責。

一九五九年以來的二十年期間，電視在大眾生活中的重要性不斷上升。電視在一九六三年成為最有影響力的媒體，並於隨後的許多年中，不斷地增加領先的差距。一九七八年的研究報告顯示：電視的壟斷性高於以往任何研究報告所顯示的水準。

電視迅速發展過程中的時代背景，幾乎可以說是充滿了美國史無前例的動亂與變遷。在這段時期之中，發生了一位美國總統及其他國家領導者遇刺的創傷、越南戰爭、水門事件以及一位美國總統的辭職；在這段時期，眼看世人對首探月球的興奮激動，縮減到美國太空船探測金星的興趣索然；在這段時間，大專院校就學人數直線上升，婦女們成羣結隊的參與就職行列，黑人及其他少數民族對人權的要求由「何時？」轉變到「如何？」；在這段時間，男女之間的社會傳統關係經歷了劇烈的變化；這段時間包含了經濟的起伏波動，美國人民生活在通貨膨脹日益擴大的陰影下，從繁榮到大量失業，由蕭條到復元；在這段時間，也可以目睹社會大眾對所有這些事情的反應，總是在悲觀與樂觀之間，飄忽不定。

這一段時間之中，絕大多數美國人都開始相信，電視是他們生活之中不能缺少的一部分。然而，隨著社會大眾各種組成分子逐漸公開表達他們的要求與需要，電視和美國社會其他的體制一樣，由於本身的缺點而受到指責。雖然如此，此一商業體系（電視）所得到的支持還是遠超過反對，同時在過去兩年之中，那些要求政府更積極管制電視節目的少數人，所獲得的支持者並不多。事實上，絕大多數人都認爲，電視上所呈現的，應該由電視觀眾自行管制，也就是說，形形色色的電視節目，看還是不看由他們自行決定。

目前的這次研究分爲兩部分：在過去所作各次研究之中曾經提出過有關電視發展趨勢的各項

問題，以及第一次提出來的問題。

分析結果顯示，電視在美國大衆之中，繼續保有領先地位，社會大衆依然視電視爲第一新聞來源，差距之大，前所未見。電視亦仍然是最值得信賴的大衆傳播媒體。如前面所提到過的，社會大衆仍然大部分反對政府對電視節目安排的節制，同時仍然支持此一商業體系（電視）。

除此之外，目前這次研究顯示，近年來經常成爲攻擊目標的兒童節目及其中的商業廣告，所受到的指責逐漸增加的跡象很多。事實上，這種情形駁斥了少年兒童不懂得區分節目與廣告、而且不瞭解廣告目的的論調。

新聞來源問題

自從一九五九年的第一個研究以來，爲了避免偏見，所有比較其他各種不同新聞媒體的問題，都放在專門針對電視的問題之前。

在每次研究之中的第一個問題都是問接受訪問的人，他們從何處得到大部分的新聞？自從一九六三年以來在這個問題上曾經領先其他媒體的電視，這次以後研究所得結果，曾以百分之十八的差距領先位居第二的媒體。

問題：「首先我想請教你，你通常從那裏獲得大部分有關當今世界時勢的新聞——從報紙、或廣播、或電視、或雜誌、或與別人聊天、或其他方面？」

主要新聞來源 / 所佔百分比率 / 接受訪問時間	電視	報紙	廣播	雜誌	聊天	表示意見者	不表意見者
1959年12月	51	57	34	8	4	154	1
1961年11月	52	57	34	9	5	157	3
1963年11月	55	53	29	6	4	147	3
1964年11月	58	56	26	8	5	153	3
1967年 1 月	64	55	28	7	4	158	2
1968年11月	59	49	25	7	5	145	3
1971年 1 月	60	48	23	5	4	140	1
1972年11月	64	50	21	6	4	145	1
1974年11月	65	47	21	4	4	141	
1976年11月	64	49	19	7	5	144	
1978年12月	67	49	20	5	5	146	

綜合新聞來源分析 所佔比率 / 訪問時間	僅限於電視	僅限於報紙	報紙與電視	報紙及其他媒體不包括電視	報紙與電視包括或不包括其他媒體	除電視與報紙之外的其他媒體	不表示意見者
1959年12月	19	21	26	10	6	17	1
1961年11月	18	19	27	11	7	15	3
1963年11月	23	21	24	8	8	13	3
1964年11月	23	20	28	8	6	12	3
1967年1月	25	18	30	7	8	10	2
1968年11月	29	19	25	6	5	13	3
1971年1月	31	21	22	5	7	13	1
1972年11月	33	19	26	5	5	12	
1974年11月	36	19	23	4	6	12	
1976年11月	36	21	23	4	5	11	
1978年12月	34	19	27	3	6	11	

到一九七二年爲止，在受過大專院校教育人士之間，報紙始終領先電視，是主要新聞來源。在一九七二年與一九七六年之間，這兩種媒體幾乎是平分秋色，報紙在一九七二年領先二點，電視在一九七四年領先一點，然後報紙在一九七六年又領先一點。本年度指名爲電視的及大專教育人士爲百分之六十二，選擇報紙者百分之五十九。

在所有的研究調查中，當接受訪問者說出不止一種媒體時，綜合性的答案皆予以接受。對綜合性反應的分析顯示，直到一九七四年爲止，電視作爲最受信賴的媒體的領先差距不斷增加，該年之中只提到電視的人約爲三分之一強。在一九七六年及本年度（一九七八），此一比率始終維持於大致相同的水準。

相對可靠程度

自一九六一年以來，電視一直領先，成爲最受信任的新聞媒體，到了一九六八年更以二比一的優勢凌駕報紙之上。在隨後的數年之中，電視繼續擴大其領先優勢，而且即使它在今天顯示少許下降，仍然享有二比一勝過報紙的優勢。

問題：「假如你從廣播、電視、雜誌及報紙得到對同一消息的報導，互相矛盾或內容不一，在這四種媒體之中，你最傾向於相信那一種的報導？廣播、或電視、或雜誌、或報紙？」

電視觀看時間長短的改變趨勢

訪問時間 ＼ 最受信任的媒體所佔比率	電視	報紙	廣播	雜誌	不表示意見者
1959年12月	29	32	12	10	7
1961年11月	39	24	12	10	17
1963年11月	36	24	12	10	18
1964年11月	41	23	8	10	8
1967年 1 月	41	24	7	8	20
1968年11月	44	21	8	11	16
1971年 1 月	49	20	10	9	12
1972年11月	48	21	8	10	13
1974年11月	51	20	8	8	13
1976年11月	51	22	7	9	11
1978年12月	47	23	9	9	12

自從一九六一年我們第一次詢問關於個人用於觀看電視的時間以來，除了一九七六年的一次下降之外，電視觀看時間一直在穩定的增加，到現在（一九七八年）已達到每天三小時又八分

鐘，是所有這些研究調查的最高紀錄。

問題：「你平均每天大概要用多少時間來看電視？」

訪問時間	觀看平均時數
1961年11月	2: 17
1963年11月	2: 34
1964年11月	2: 38
1967年1月	2: 41
1968年11月	2: 47
1971年1月	2: 50
1972年11月	2: 50
1974年11月	3: 02
1976年11月	2: 53
1978年12月	3: 08

訪問時間	觀看電視時數	
	大專教育者	較高收入者
1961年11月	1: 48	2: 02
1964年11月	2: 04	2: 14
1967年1月	2: 10	2: 21
1968年11月	2: 17	2: 24
1971年1月	2: 19	2: 30
1972年11月	2: 12	2: 29
1974年11月	2: 23	2: 47
1976年11月	2: 24	2: 40
1978年12月	2: 31	2: 52

受過大專教育人士看電視的時間，雖然始終低於全國平均水準，但是在一九六一年至一九七二年期間，顯示持續的增加，只有在一九七二年有一次下降。大專教育人士在本年度（一九七八）的電視觀看時數又進一步的增加，達到最高水平。

在較高收入人士之間，電視觀看時間也顯示類似的情形，除了一九七六年的一次「下跌」。本年度（一九七八）的較高收入人士電視觀看時間又有增加，亦達最高水準。（B. W. Roper原作，譯載七十年十二月《報學》。）

第三節 美國地區的華文傳播事業

本題所界定的範圍，只限於在美國境內依法登記傳播的媒體。

自中共於一九七九年與美建交之後，即大力展開在美統戰宣傳。隨著今後局勢的演變，僑社成分可能日趨複雜，知識分子的心理意識亦可能更為多面性與多變性，這些都將反映於本地區的華文傳播事業。

今天談到美國地區華文傳播事業，無疑仍是以華文報刊爲主體，因報紙一貫的扮演了最重要的角色，追溯起來，已經有了七十年以上的歷史。最近十年以來，由於電視普遍受到歡迎和重視，因此華語電視在中國人比較集中的各大都市，相繼興起，紛紛向當地電視臺購買一週數小時不等的時間，播出華語節目，但因主辦者的資金有限，而當地廣告支援能力薄弱，目前正有許多問題須待解決。廣播雖比較不受時空限制，但在美中國人，根據一九八〇年全美人口普查，大概為一百萬人左右，以如此有限的潛在聽眾，誰願意投資於此項事業。目前地區性的幾家華語廣播，他們經營的困難大致與電視相若，期待進一步的改進和加強。

同時我們還要對此一主題加以界定的一點，就是我們所謂「美國地區華文傳播事業」，只限於在美國境內依法登記傳播的媒體。

華文報刊隨時勢轉型

海外華文報刊，類皆發軔於十九世紀末葉，主要由於華僑移殖海外，人口日多，事業漸有基礎，許多地方已經形成聚居的華僑社會，華僑文教事業乃因主觀需要和客觀環境而產生。

民國肇建以迄第二次世界大戰結束三十餘年之間，在美華文報刊，基本上可以說沒有甚麼變動，這是因為美國幾個大城市的華人社會，不論人數、組織型態、教育程度等各方面，大致保持早期移民和定居的風格，對於大眾傳播媒介殊少新的要求，相沿成習，相襲成風，可以說是華文報刊的蟄伏期。

四十年代末期，中國大陸陷共，在美華人自然受到空前的震動。許多高級知識分子自中國大陸、東南亞和香港等地投奔美國，原在美任教與留學者更願繼續留居，以觀時變，其中且不乏對現實政治懷抱若干成見，或對國家前途採取觀望態度者。於是華文報刊由長期蟄伏而蠢蠢欲動，少數報刊在其言論態度上開始以「中立」相標榜。

在這變化多端、多種轉型的年代裏，有些事情往往超越常軌和常態發展。在美華文報刊可謂其中一例。由於近三十餘年來，中國人移居美加地區的，受美移民法規放寬之故，人數顯著增加，自臺灣移往及就地歸化者不下二十萬人。香港地區，特別是一九七五年中南半島大變局之後，遷往美加者為數亦以一、二十萬人計。這些新移民大抵都有較高的知識水準，具備相當經濟基礎與工作能力，因此他們對於華文讀物及媒體的需要，遠較一般華僑更為迫切，而其要求的標準，亦遠較以前為高。也就是說，僑社傳統的四號字、印刷條件不够，新聞及內容平凡空泛的出版物，不能饜足其需要，從而期待具有新面貌和親切感的報刊，來滿足他們的求知欲和消閒之用。

報刊的起落及其競爭

於是，若干雖具歷史而設備陳舊、經營不善的報紙，乃受到天然的淘汰。五十年代間，舊金山的《國民日報》、《世界日報》（李大明辦）、紐約的《民氣日報》、芝加哥的《三民晨報》等相繼停刊；到了七十年代，紐約的《美洲日報》、《中國時報》，也難逃關門的厄運。

另一方面，嶄新形態的中文報刊亦應運而生。首屈一指的當推在紐約於六十五年問世的《世界日報》，它以相當豐富的內容，採取穩重經營的方針，目前已發行美東、美西、美中、多倫多各版，且準備進軍美南。今年九月創刊於紐約的《中國時報》，它參考《世界日報》發行的經驗，一開始就以大型華文報的經營形態，向美加地區全面發展。兩報的共同特點爲有臺北母報在各方面的大支力援，對於當地獨力經營的華文報，一時之間不免造成若干威脅，但兩報都十分強調與各僑報共存共榮。此外，《紐約日報》、《亞洲商報》、《國際日報》相繼於各地創刊，但由於這幾個大城市的廣告來源有限，發行又難具特色，其處境不難想像。亦因而使創辦不久的《遠東時報》和《加州日報》都不得不在年前及早結束營運。

主要爲適應香港一帶移民與留學生的需要，香港的《星島日報》爲繼《世界日報》之後在美發行的大型華文日報，目前已有美東、美西和多倫多等版。由於老僑絕大多數是粵籍，該報自亦可吸取不少當地讀者。此外，港報如《快報》、《新報》、《明報》等相繼在舊金山印行航空版，銷份則多寡不一，其發行對象與星島接近，因此能做到不虧損已算不錯。

由於海外的環境與華人社會構成，頗異於國內，除了華文日報外，還有許多的華文三日刊、週刊、半月刊、月刊等，每含報紙的性質，且有以《報》和《新聞》命名的，如《華府新聞報》、《美南新聞》、《華商報》、《新光大報》、《美華新報》等；由《加州日報》停刊改組而爲《加州論壇報》，因新聞性相當強烈，雖發行不久，據報導頗受各方重視。

自中共於一九七九年與美國建立外交關係之後，即大力展開在美統戰宣傳。目前所發行的報刊，正面的易爲大家所知曉和注意；至於側面支援、僞裝中立、幕後操縱，甚至假手美國人中之左傾分子爲其搖旗佐陣者，更是所在多有，值得大家密切注視。

華語電視經營的困難

華文報刊之外，華語電視自一九七二年在美國播出後，其對華人和華僑社會的影響的確未可忽視，目前已擴展到舊金山、紐約、洛杉磯、芝加哥、夏威夷五個地區，服務僑胞可能達到七十萬人，也就是百分之七十在美華人都或多或少看到華語電視。不過由於華僑經營較大企業者十分有限，小企業作電視廣告所費比報紙高，而效果未必趕得上當地華文報紙，因此廣告來源至爲狹小，所以這十年來的華語電視經營，眞是歷盡艱辛。所幸自一九八〇年國內三臺聯合成立國際傳播公司於舊金山，不但使華語電視的節目來源，迅速而確實地得以充實，而且該公司本著扶助與服務全美華語電視的態度，使後者得到許多實質與技術上的支援。

綜合起來看，國內三臺節目目前仍佔有大部分美國華語電視的市場，但香港節目的普受歡迎和中共節目的出現，必須提高警覺，早爲之所。且隨著香港、大陸、中南半島以及國內大批新移民的遷入，華語電視觀眾一如華文報刊讀者的背景及好惡，愈來愈趨複雜，這是經營華語電視一個極爲現實的問題。

關於華語電視播出的方式，到目前爲止，可以概括爲以下四種：

一、高頻電視臺（VHF）——目前僅夏威夷華語電視使用，這是因爲該島 VHF 電臺規模較小，時間費較廉，且能涵蓋大部分各島嶼。美國本土大多屬於全國聯播系統，華語等少數民族節目難以揷足。

二、超高頻電視臺（UHF）——播出範圍可達半徑二百哩區域，適合華僑集中的大城，但收取頻道時間費也相當高，華人廣告能力難以支持購買較多時間。

三、有線電視臺（Cable TV）——時間費比較低廉，爲華語電視租用播放最多的一種方式。但以服務區域較小，又需舖設電纜，不易有太大發展。

四、收費電視臺（Pay TV）——直接向觀衆收費，是一較新的做法，可以針對市場大小，透過超高頻電臺、有線電臺、微波系統（Microwave System）、衛星（Satellite）等發射系統，將節目傳送給付費的訂戶。這一方式可能很適合觀衆口味，有其發展潛力。

華文傳播事業的展望

從華文報刊的歷史背景和成長過程看，在美華人有他們所秉持的傳統優良特質，就是對於中華民族文化始終認同，而對於國家的前途始終抱持濃烈的關愛。這當然與 國父中山先生號召革命的理想與建立民國的事實，有其密不可分的關係；直到於今，在美華人絕大多數依然堅決支持政府，可以說其淵源是一脈相承，由來有自的。許多華文報刊不論其環境如何艱苦，經營如何困難，他們依然不爲利誘，不爲勢刼，其主要原因亦即在此。

前面分析過，由於時勢的推移和新的環境及其組成分子的需要，新的華文傳播事業在過去十年之間，質與量各方面都產生了新的變革。由於彼此競爭的結果，天然淘汰的公律自然難以避免。

當然，傳播事業不同於一般生意，其間不僅有業務競爭的利害問題，而且還有言論立場上的取向問題。前面提到，在美華文報刊，幾乎傳統性的反映了國內政治的動態，過去如此，於今爲烈。隨著今後局勢的演變，僑社成分可能日益轉趨複雜，知識分子的心理意識亦可能更爲多面性與多變性，而中共的種種作法必然變本加厲。在這兩種因素的衝擊之下，再加上若干中共留學生自覺性的要求中國大陸自由化、民主化運動的推展，今後華文報刊的論戰，必定會更加針鋒相對，壁壘森嚴。

華語電視的政治性，當然不會如報刊那般尖銳。但是中共與臺獨分子也絕不會忘情於此。因此今後1.如何擴充收視的觀眾羣，2.如何建立穩定的發展計畫，3.如何使節目內容與觀眾產生共鳴，4.如何團結同業，相互支援，開拓市場，5.如何加強節目自製能力與吸引觀眾。這些問題的次第解決，與華語電視的榮枯必然產生因果關係。而這幾方面亦正是廣播從業者值得鄭重思考而早爲之所的課題。（七十二年元月八日於舊金山對華美經濟科技協會主講，臺北《中央日報》與美國《世界日報》同日刊出。)

第四節 電視新聞和報紙新聞的衝擊力

電視新聞和報紙新聞在本質上是並不相互排斥的。它們之間的關係，就好比是陸戰隊和陸軍，前者只負責攻佔橋頭堡，後者負責一切善後工作。由於兩者的相互激盪，觀眾和讀者對兩個媒體的工作人員，要求得愈來愈苛刻。

從理論上乃至實務上來講，電視新聞和報紙新聞，應是相輔相成而不是相互排斥的。但是，電視新聞大力發展之後，它給報紙新聞帶來了不少衝擊，卻是不爭之論；而前者如何求變、求新、求實，乃爲今日電視的觀眾普遍期待。

舉例來說，報紙新聞報導的方式和技巧，近年起了革命性的變化。報紙新聞的採訪方向，日益注重於公眾利益，它們不再被指責爲「私有團體」的專利品。報紙新聞從業人員的水準，復見提高，求眞的精神，亦遠勝於往日。最重要的還是，社會大眾在這兩種新聞相互激盪之餘，也激發了他們求新求知的慾望，同時不保留地予以得失的評議。

傳統報紙新聞對一件事情的報導方式，往往採取了激情文體（sensationalism）和感情文體

(sentimentalism)，愛用文字來打動讀者，而不是用事情的本身來爭取讀者的廻聲。譬如說，風行一時的「黃色新聞」(yellow journalism)和「庸俗新聞」(jazz journalism)，就是最好的例證。可是，電視新聞出現之後，上流報紙(prestige papers)新聞不敢再用這種體裁，去和電視新聞競爭。於是，力求客觀的報導，代替了主觀的說詞；深入的追踪研究，代替了表面的平舖直敍；公正的言論，代替了自私的歪理。

報紙新聞受到刺激

研究報業史的人都知道，傳統報紙新聞的寫作技巧，是儘量把五個W(who, where, when, what, why)和一個h(how)放在新聞的導言(lead)，也就是一般人所謂的「倒寶塔方式」(inverted pyramid news structure)。然而，自從電視新聞於一九四六年出現之後，在短短的二、三十年間，新聞學的專家學者們，爲了適應潮流，著重一種新的報導體裁，把傳統的方式幾乎整個改變。於是，「深度報導」(depth report)和「解釋性報導」(interpretative reporting)，乃成爲對付電視新聞的最佳武器。

美國新聞的優良傳統是公共服務。也有人把它稱爲「公共服務新聞」(public-service journalism)。可是，美國的新聞演進，也經過了一段黑暗時期。在那段期間，報紙幾乎變成「私有集團」的喉舌。有了電視新聞之後，報紙新聞的從業人員，慢慢了解到，爲了達到私慾而從事的「敲詐報導」(racketeering report)，或者是爲了報復而作的「扒糞新聞」(muckrakering report)，都是違背了「祖先的原則」。美國《米爾瓦基記事報》(Milwaukee Journal) 曾說：「不要去管特殊階級的利益，只顧公衆的利益就好了。」

由於電視新聞要求的是一流人才，而且許多還是新聞界的頂尖人物，直接也給報業新聞帶來了刺激。報業記者的水準，跟著提高；他不但要有新聞專業訓練，除本科以外，還要有其它科別的訓練。譬如說，採訪財經的記者，當他採訪一段時期之後，報館每每要他去大學研究所，接受相當於碩士學位的課程，以便充實自己，對工作更能勝任愉快。

電視新聞和報紙新聞在本質上是並不相互排斥的。它們之間的關係，就好比是陸戰隊和陸軍，前者只負責攻佔橋頭堡，後者負責一切善後工作。舉例來說，最近美國國會通過雷根總統的減稅法案，美國三大電視公司——國家廣播公司 (National Broadcasting Company 簡稱 NBC)、美國廣播公司 (American Broadcasting Company 簡稱 ABC) 和哥倫比亞廣播系統 (Columbia Broadcasting System 簡稱 CBS) ——的晚間新聞，只能著重在要點式的報導，而報紙新聞卻可用解釋性的手法，把它的前因後果，一系列報導出來。

電視新聞享有其它媒體所難以享有的一項好處——眞實感，就是觀衆可親自用眼睛看到事情發生的始末，親自用耳朵聽到現場的聲音；因此，報紙記者在報導同一新聞的時候，一絲苟且不得。同樣的，電視新聞的從業人員，因爲有「看門狗」(watch dog)——報紙新聞——在看牢它，他們也就不敢絲毫大意。

再舉一個有名的例子，說明電視新聞和報紙新聞之間的密切關係。大家都知道，一九七二年「水門事件」（Water Gate scandal）之所以會爆發，完全是由《華盛頓郵報》（Washington Post）兩名「小記者」——卡爾・巴恩斯坦（Carl Bernstein）和羅伯・伍華德（Robert Woodward）——以鍥而不捨的精神，一點一滴挖出來。最初，《華盛頓郵報》用兩欄的地位，來處理這條「小新聞」。可是，CBS 採訪白宮新聞記者丹・羅塞（Dan Rather），獨具慧眼，卻從這條「小新聞」中，找到了適合電視新聞報導的體裁，然後再配合生動的畫面（註：當沒有適當的影片時，製作單位則以漫畫來作背景，讓新聞活潑起來。）這種處理的手法，不但使新聞的可看性提高，而且也增加大眾對它的注意力。巴恩斯坦和伍華德看到了 CBS 跟進，於是，鼓足了勇氣，繼續不斷再挖掘可以報導的體裁。「水門事件」的新聞，最後終於變成全國性的頭條新聞。尼克森總統也因而下臺。

一九七四年五月一日，距巴恩斯坦和伍華德第一次報導「水門事件」二年以後，白宮新聞祕書齊格勒（Ronald L. Ziegler）公開向《郵報》以及巴恩斯坦和伍華德道歉，表示他在處理「水門事件」的新聞發佈上，大錯特錯。這是電視新聞和報紙新聞相互爲用的最好說明。同時，也是報紙是公共服務有利工具的最佳詮釋。

兩者之間相互激盪

研究美國近代新聞學的人都一致同意，沒有電視新聞配合報紙新聞，或者是後者沒有受到前者的刺激，「水門」的浪濤，可能永遠洶湧不起來。美國新聞學專家霍恩柏格(John Hohenberg)說：「如果只讓電視新聞來處理六十年代末期的反越戰浪潮和『水門事件』的話，相信，事情發展的結果，並不會很嚴重。」

霍恩柏格的說法，是有所本的。根據「美國報紙發行人協會」（American Newspaper Publishers Association 簡稱 ANPA）發表的統計數字顯示，平均年滿十八歲的美國人，其中有百之七十七．五的人，每天都要看報紙的。ANPA是委託「民意研究公司」（Opinion Research Corporation）所作的調查，結果應該是正確的。這個結論，也說明了美國報紙讀者的教育水準和個人收入，在普遍提高和增高。「民意研究公司」另外也公佈了一個有趣的數字，百分之五十六高中以上教育程度的人，和百分之五十五年薪超過一萬元的人，他們都是依靠報紙新聞來了解天下事。不過這種情況隨著時間而有所改變。

從六十年代開始，電視新聞在工業先進國家，特別是美國，扮演極為「現實」而又「殘酷」的角色。因為美國有百分之九十五以上的家庭，擁有一臺以上的電視機，它的總數量已超過一億臺。今年初，美蓋洛甫民意測驗，則有百分之七十一的美國人相信由全國電視網提供新聞，報紙卻只佔百分之五十七。這也就難怪《美國新聞與世界報導》今年五月間的調查顯示，電視高踞於全美影響力最大機構中的第四位（次於白宮、大企業、參議院），報紙只居於第十三位了。

每隔四年，美國兩黨的總統候選人，都要靠電視新聞來培養自己的聲望。俗語云：「水能載舟，亦能覆舟。」電視新聞可以把一個候選人捧紅起來，如甘廼迪；也能把一個人毀掉，如尼克森。就以去年的美國大選而論，卡特失敗的因素固然很多，但是，他在投票前三天的電視辯論上，多謂遠不及雷根來得出色。電視辯論結束之後，即使連卡特本人也知道大勢已去。再如今年四月間的法國大選，季斯卡失敗的原因，也和電視有關；因為他在電視演說中，給人有一種冷漠和拒人於千里之外的感覺。

也許有人會問，報紙新聞有沒有這份能耐呢？有，一九六四年的美國大選，高華德就是毀在報紙新聞的手中，因為美國的報紙，特別是具有影響力的全國性報紙，如《紐約時報》（New York Times）、《華盛頓郵報》、《洛杉磯時報》（Los Angeles Times）等，不約而同把高華德形容為「戰爭販子」（the warmonger）。記者們用威脅的口吻說：「萬一高華德當選，美國就會捲入越戰的漩渦了！」

以上例子，又說明了電視新聞和報紙新聞往往是採「分工制度」的。電視新聞著重在「形象」（image），易啟人感性，而報紙新聞著重在「問題」（issue），易訴諸理性。尼克森的「形象」被電視新聞毀了，他以少數票差，敗給甘廼迪。尼克森得到這個教訓，當他一九六八年捲士重來的時候，就一再拒絕韓福瑞和華萊士的電視辯論挑戰。一九七四年他因「水門」醜聞下臺，可以說是電視與報紙分進合擊的結果。高華德在「問題」討論上（註：主張大舉轟炸北越，甚至在必要時，派兵佔領河內。）被報紙記者抓住了「好戰的弱點」，於是他們借題發揮，致使詹森兵不血刃，進入白宮。

當電視新聞出現之後，從事報業的人，有惶惶不可終日之感。他們怕有朝一日，電視新聞終將取代報紙新聞。可是，電視開始發達已有三十多年的歷史，報紙並沒有被取代。有人會說，在過去三十年直到二個月前《華頓盛明星報》（*Washington Star*）關門，不是有若干美國報紙相繼倒閉了嗎？難道它們不是電視新聞的「祭品」嗎？答案則是否定的。美國報紙倒閉的最大原因，是受不了工會無窮盡的威脅；其次，合併也使美國的報紙減少。然而，在過去三十年平均起來，美國報紙的發行總量不但沒有減少，而且還有成長。根據美國威斯康辛大學商業研究所教授尤達爾博士（Dr. Jon G. Udell）的統計數字顯示，到了一九八五年，美國報紙每天的發行總量，將達到一億份。換句話說，每兩個半人就有一份報紙。這的確是一個誘人的數字。

報紙新聞難以取代

當紐約市的新聞報紙在罷工的時候，廣播新聞和電視新聞試圖塡補紐約市民的「新聞眞空」，但是沒有完全成功。因爲很多紐約市民搶著購買來自紐約市以外的報紙，而在罷工這段期間，它們的銷路顯著增加。美國電視名記者大衛・布林克萊（David Brinkley）曾說：「我想，提出用電視新聞來取代報紙新聞這個問題的人，一定是一個傻瓜。電視新聞沒有能力這樣做，即使電視新聞有能力這樣做，它也不會這樣做。」

電視新聞給人詬病最多的地方是，似乎永遠是「淺嘗即止」，不能深入報導。這就好比霧中看花，雖然很美，但難窺全豹。從事電視新聞的人也了解本身的弱點，想盡辦法試圖突破；他們從報紙新聞的專欄報導中，得到靈感，於是，從七十年代開始，有了「紀錄性的新聞報導」（Telementary）出現。目前香港和臺灣等地的電視在這方面都已相當看重。

其實，從五十年代中葉開始，電視就有了「紀錄性的新聞報導」，譬如說，「匈牙利革命事件」和「蘇伊士運河危機」的專題報導，就是例證。但嚴格說起來，只能算是新聞影片集錦，不能算是有深度的紀錄性報導。到了七十年代初期，CBS 推出一個轟動美國的紀錄性的新聞報導節目——「五角大廈自我推銷」（The Selling of the Pentagon）——之後，「紀錄性的新聞報導」才算正式定型。可是，這類型態的節目，還不能在「黃金時段」（prime time）內播出。

所謂「紀錄性的新聞報導」，大致是利用一個小時的時間，對一個或兩個問題，加以深入的探討。主持人以簡潔的語句，配合生動的畫面，把一個問題或一件事生動地予以剖析，讓觀眾去做最後的判斷。這類特寫，目前在美國三大電視網非常流行，但它們還不能在「黃金時段」內播出，這說明「電視新聞」還是娛樂節目或體育實況的「附庸品」。

除了「紀錄性的新聞報導」外，目前電視新聞又出現了一種新的報導手法，利用ENG（Electronic News Gathering）和「微波傳送」（microwave transmission），隨時作立即插播報導，讓觀眾隨時有機會看到剛剛發生的事。報導記者在現場用現在式或現在進行式的語句，強化了「立即」（on the spot）的重要性。由於電子工業進步了無止境，加上人造衛星的傳播功能，直接也把電視新聞帶進了新的領域。

電視新聞是著重在圖面的取捨，圖片說明了一切。因此，「圖片新聞」（photo journalism）也應運而生。一個電視記者不但要懂得攝影的技巧，攝影記者尤其應該把新聞攝影工作，當成藝術攝影工作看待。影片的好壞，決定了新聞的可看性和可信度。「圖片新聞」也被報紙廣泛重視，如果沒有傳眞照片，就只好從螢光幕上攝取，雖不够清晰，但也聊勝於無。

ABC負責電視新聞的主管艾夫·韋斯丁說：「電視新聞是導言或標題，加上生動的畫面。它是突發事件的寵兒。不過，等到突發事件過去之後，只有報紙新聞才能處理善後。如果一個人只看電視新聞而不去看報紙、雜誌、甚至和本身有關的書本，他一定會被誘導到一個錯誤的方向。」

國內電視新聞得失

目前，國內的電視新聞已有了將近二十年的歷史，從一家獨播，到三家分庭抗禮，各擅勝場。然而，國內電視新聞的發展，似乎還是跟著報紙新聞走的成分居多。舉例來說，臺北某大報二個月前刊登了一則北海漁民，私自把觀光區劃爲繁殖九孔的「特區」，自然景觀被破壞得非常厲害，電視新聞然後才派記者去拍現場實況。電視新聞與報紙新聞彼此借鏡，原是無可厚非的事；但是到目前爲止，論者認爲國內電視新聞在發掘新聞和探討問題上，不但創意和主動精神尚嫌不够，而且每多陷於「公式化」的窠臼。

直到目前，三家電視臺還沒有編印過一本「電視語言」手册，讓記者或演藝人員有所遵循。因此，「電視語言」還是「報紙語言」的延伸，缺乏面對面談話的親切感。

「電視新聞」有異於「報紙新聞」，就是前者盡量有生動的畫面配合，後者主要靠文字描述。即令如此，「圖片新聞」在國外的報紙中，仍然佔了很重的份量，它在國內的報紙也扮演了相當重要的角色。國內三家電視臺的攝影記者，在拍攝新聞影片的過程中，似乎犯了一個通病，就是對官式的場合與大人物的鏡頭過分重視，因此新聞就難免太多「公式化」了。

國內的電視新聞，已開始走著「紀錄性的新聞報導」路子。這原本是一件不難做好的事，因爲國外電視新聞已經提供了很多不同的模式，以及各式各樣的題材可資借鑒。只要我們能選擇適合我們當前環境的模式，善用國外提供以及國內的題材，就可以製作種種切合國內觀眾需要的「紀錄性新聞報導」。要做好這類節目，人才、經費、題材與技術是缺一不可的。舉例來說，連續三年在三臺聯播的「大時代的故事」，它便是前面四個條件大致具備才能做到的。這個歷史性的報導節目，雖然新聞性並不怎麼強烈，但仍應該算是這方面一個甚爲成功的例子。

電視新聞的好壞，主要決定於人才及其智慧的發揮，年來國內電視新聞從業人員的水準漸有提高，其中亦不乏表現出色者。但時代進步太快，科技的發展驚人，世界變得越來越小，人們求新求知的需求亦愈爲迫切，因此電視新聞所受到的精神壓力，可能甚於任何其他大眾傳播媒介。此所以電視新聞工作者絕不可以只視之爲一份職業，更不可以小有名氣而沾沾自喜。相反的，應如何廣求新知，力圖創意，融會貫通所接觸到的各種資料，不論是播報、採訪(包括攝影)、寫稿及製作新聞性節目，都要孜孜不倦，小心翼翼地力求美善。這方面的典型人物當推剛退休的美CBS公司播報兼評論記者克朗凱 (Walter Cronkite)，他從事同一工作垂二十年，享一世之盛名，而從不自足。可是到了他應交棒之時，他便毅然告退，以培植新人。這是今後國內電視新聞方面特應注意之事。

認清閱視大眾需求

由於電視新聞和報紙新聞相互激盪，它激發了社會大眾求知求新的慾望。這是一個「知識爆炸的時代」(the era of knowledge explosion)，電視觀眾和報紙讀者對傳播新知的媒體的要求，再不像往時一樣比較消極或逆來順受。觀眾和讀者對兩個媒體的從業人員，要求得愈來愈苛刻。特別是我國政府開放觀光之後，國民出外旅遊的機會大增，見識也較廣，所謂「給什麼就接受什麼」的情形，顯然已經改變。光靠一種媒體提供新聞，或每天只有三十分鐘的電視新聞節目，已經不能滿足他們的需要。

電視新聞和報紙新聞相互激盪的結果，小則可以提升新聞報導的品質，大則說可以給國家前途帶來新的機運，這自然是所有爲自由民主而奮鬥的中國人所屏息以待的。（七十年九月二十一日於舊金山中文報協年會講，二十日、二十一日《中央日報》及二十四日美國《世界日報》專欄刊載）

第七章　對我廣電事業的評價

第一節　我國廣播電視狀況簡析

廣播與電視事業，帶動了我們社會的現代化，也因社會的繁榮，加速了廣電的成長。

其未來的發展，尚待人為的努力與智慧的投注，再加上政府的輔導，庶可克服目前存在的許多缺憾。

廣播與電視不僅是大眾傳播媒體之一，也是文化建設與科技發展的重要環節。舉凡民主政治的推行、政令宣導的普及、國民生活品質的提升，都是廣播與電視無可旁貸的責任。所以有些專家學者，想要研究一國的民情風俗和國力，即從廣播與電視中搜集資料，因此廣播被譽爲「世界之耳」，電視則有「世界之窗」的美名。

廣播近況

近三十年來，國內各項建設進步甚速。廣播與電視事業，自亦同步前進，以其本身的發展，帶動了社會的現代化；也因社會的繁榮，加速了廣播與電視的成長。

我國廣播事業，溯自民國十六年（一九二七）五月一日交通部天津廣播電臺成立，成為我國第一座公營電臺算起，迄今已有近六十年的歷史。

民國三十八年（一九四九）大陸陷共，原有之廣播事業蕩然無存，隨同政府播遷到臺灣的，僅有七座電臺。三十多年來，在廣播界人士的努力和政府的輔導之下，已由七座廣播電臺擴展到目前四十家公軍民營電臺，共計一百五十六座電臺，三百一十部發射機，發射總電力已超過五七九二·九五瓩，幾乎是民國三十八年的一百倍，進展可謂驚人。

民國五十七年（一九六八）七月三十一日，中國廣播事業進入調頻（FM）時代，中國廣播公司臺北調頻電臺正式播音，突破了過去全部都用調幅（AM）播音的界限。接著，軍中電臺、警察電臺、教育電臺也先後啟用調頻廣播，涵蓋臺灣本島各地。

設立專業廣播電臺，也是我國廣播事業的一個里程碑，表示廣播界對聽眾服務的專工態度。民國六十年（一九七一）三月一日，交通廣播電臺正式於臺北開播，全天二十四小時播音，接著，先後有農業、新聞、漁業專業電臺等分別成立播音，為各該行業提供服務。

目前臺灣地區民間擁有之收音機架數，據有關單位統計，業已超過一千萬架，平均不到兩人，即有一架。調頻收音機也達到三百萬架以上，這個數量在總人口一千八百萬當中，的確佔有相當驚人的百分比，反映了我國廣播事業的普遍性及其涵蓋面。

事業展望

我國廣播事業正式開播迄今，雖然已近六十年，但是眞正成長，只能從民國三十八年（一九四九）政府播遷到臺灣開始。

隨著時代的進步、社會的蛻變、政府的輔導和業者的奮鬥不懈，而能有今日的局面，且爲聽眾、爲社會、爲國家，盡了大眾傳播所應盡的義務。但是由於臺灣地理環境所限，加以電視事業的衝擊，其本身仍然存在若干問題，亟待解決。

一、節目內容與收聽率

廣播節目內涵，依廣播電臺之特性而定，如商業民營電臺，則偏向大眾娛樂；公營與專業電臺，自然偏重公共事務與專業知識；軍營電臺，多係針對軍中政治教育製作節目。

大致說來，所有廣播節目，仍不外新聞與政令宣導、教育文化、公共服務與大眾娛樂四大類，而以廣播劇、綜合節目、音樂歌唱、教學節目與廣播新聞數種爲主。多年以來，新聞廣播的改進最爲突出；其他節目，也大都發展爲立體的多元化廣播網，且已全天二十四小時播出。全國一百多座電臺的播音總時數，已比臺灣光復後政府播遷時增加二十倍以上。

不過，一般人檢討目前我國之廣播節目，仍有許多迄今難以解決之缺點，諸如：

(一)部分電臺之節目安排過分重視廣告經營。

(二)部分電臺之若干獨立製作人所主持之節目水準低俗。

(三)部分電臺所播放之廣播戲劇節目內容品質低劣。

(四)部分電臺將廣告溶入節目，使廣告節目化。

(五)部分電臺節目人員欠缺，大多依賴播放錄音帶，無製作技巧可言。

(六)部分電臺之節目大多包由外製，無從發揮傳播功能。

廣播節目的確存在若干缺點，在民營之廣播電臺頻道上尤爲顯著。尤其是近十多年來，電視節目深入民間，對廣播節目構成嚴重之威脅，若干公軍營電臺，已在知已知彼之戰略下，將力量投注於新聞與新聞性節目之製作，把握廣播電臺全天播音的特性，搶在報紙與電視之先，向大眾廣播。所以每逢重大事故發生，或是颱風氣象變化；廣播電臺則身價百倍，備受重視了。

因此，廣播電臺之收聽率，非常難以統計，在變動不居的情形下，只能從無電視節目的空隙時段中去探求一些比較完整的統計數字。由於收音機相當普遍，幾乎人手一架，所以按照常理估計，收聽率與開機率亦當可維持在一個相當可觀的百分比之上，當無疑義。

二、廣播頻道與發射電力

在臺澎金馬復興基地，目前共有三百一十部發射機，在廣播頻道上幾乎全部佔滿。而且因臺與臺之間，僅有左右十個兆赫的間隔，極易互相干擾。平均起來，大多數的民營電臺，發射電力均甚微弱，卻亦佔有一個頻道，其廣播所涵蓋的範圍，極爲窄小。幾座公軍營電臺，近年來雖然不斷增強發射電力，較之民營電臺，自然強大得多，可是臺灣地形崎嶇，中央山脈及其支脈形成阻隔，使得廣播效果無法涵蓋全面，縱然大量增設中繼站、轉播臺，功效依然不如理想，因此全島仍有許多「死角」，無法接收。

以廣播原理而言，發射功能應居其首。如果節目內容做得精彩，而發射功能欠佳，聽眾收聽情況不良，那麼一切努力，皆屬事倍功半。所以今後我國廣播事業，允宜仍在加強發射功能，強化硬體設備方面著力，使若干重點式的廣播電臺，能夠大量增強電力，擴大廣播範圍，涵蓋發射面積，應是當務之急。自然，人才的培植，亦應同時予以重視。

三、心戰與心防廣播

我國政府對這項工作，三十多年來一直非常重視。先是正式將原附在中國廣播公司的「大陸廣播部」，恢復爲「中央廣播電臺」建制，成爲專對大陸廣播的主力。

民國六十九年起，另闢第二廣播部分，成立另一個強力廣播系統，使用兩個短波，一個中波，其頻率發射網可以籠罩整個中國大陸，與原先之第一廣播部分形成聯合陣線，擴大廣播效果。

同時，這兩個部分的廣播節目內容，也予以任務分別，以期相輔相成。第一廣播部分之節目主題，政治色彩較濃，立場比較明顯，是正面的、開門見山的廣播；第二廣播部分則是以新聞、音樂爲主，不談政治，而以關切、安慰、鼓勵、感性的口吻，和大陸同胞談天。

爲了更擴大心戰廣播的功能，中央廣播電臺還和其他幾個公軍營電臺實施對大陸聯戰廣播，效果也相當不錯。

據歷次投奔自由的反共義士口述，以及大陸聽眾寄信反應的事實看來，這些心戰廣播，確已在大陸產生了很大的作用。

相反地，中共對復興基地的心戰廣播，自然也在全力進行。

此外，廣播電力既可遠達數千里之外，所以對於海外二千萬僑胞之廣播服務工作，自爲廣播界所一貫重視。因此中國廣播公司特設有「海外廣播部」，每天用十五種語言，對海外作定向廣播，主要目的在凝結僑胞向心力，使僑胞瞭解自由祖國之實況，同時亦在爭取國際間對我之認識。其呼號爲「自由中國之聲」。

電視現況

我國電視事業之擘劃，可推溯至民國三十七年（一九四八），中央廣播事業管理處自美國購得六部五十瓩短波調頻機，計畫將電視發射臺設在南京鍾山之巔，於常熟、江陰、鎮江等地之山頂設立中繼站，銜接京滬。旋因大陸淪陷，計畫遂成泡影。

民國四十五年（一九五六），教育部爲推廣社教與文化，著手籌設「教育電視實驗廣播電臺」於臺北市國立教育資料館，至民國五十一年（一九六二）二月十四日開播，是爲我國創辦之第一座電視臺。

同年十月十日，臺灣電視公司開播；七年後，中國電視公司於民國五十八年（一九六九）十月三十一日開播；民國六十年（一九七一）十月三十一日，原先之教育電視臺擴大組織，成立中華電視臺，迄今形成鼎足而三之勢。

目前，在臺澎金馬一千八百萬人口之中，已有四百五十萬至五百萬臺電視機，平均爲三、四人擁有一臺。且自民國六十四年（一九七五）起，即以百分之百的彩色畫面播映，民間黑白電視機，殆已絕跡。

電視展望

我國電視事業正式營運迄今，雖然僅有短短二十二年的歷史，但是由於近二十年來政治安定，民生樂利、工商繁榮，以致帶動了電視事業的蓬勃發展，電視觀眾的熱烈反應。

一、節目內容與收視率

目前國內三家電視臺每日所播映之節目內涵，係依據民國六十五年公布之「廣播電視法」第十六條的分類，將節目分爲新聞及政令宣導、教育文化、公共服務、大眾娛樂等四類。復於「廣播電視法施行細則」中規定，每週播映總時間中，新聞及政令宣導節目不得少於百分之二十，教育文化節目不得少於百分之二十，公共服務節目不得少於百分之十，大眾娛樂節目不得超過百分之五十，基於這項比例規定，三臺電視節目尙能恪遵分寸，嚴謹製播。

但是，由於現有三臺均屬商業電視，盈虧自負，因此對於直接影響廣告收入之節目收視情形，相當重視，演變之結果，遂形成激烈之競爭。

至於新聞節目，不論國內與國際之新聞來源，大多出自同一管道，因此尙難擺脫若干「雷同率」，常受各界批評。不過近年來三臺新聞部門的工作人員，尙能競業精進，同中求異，冀能創造內容、形態與播報之風格，且每不惜巨資，採用衛星立即傳送國外重大新聞與活動。

此外，三臺亦從製作新聞性節目方面互爭長短，今後對於電視新聞及新聞性節目，勢必由於觀眾需求之加強，而更能從內容之充實與時間之延長方面發展，當可預見。

對於電視節目收視情形之調查，國內目前有「聯廣」、「益利」、「潤利」、「紅木」等四家市場調查顧問公司，從事電視收視率調查統計，提供廣告客戶、傳播公司及電視臺參考。但是，由於調查方法未盡完善，抽樣戶數亦欠周延，有逐日統計，也有每週統計者，因此尙未樹立權威，更難產生如同美國尼爾遜收視率（Nielsen Rating）的功效。

學者專家，嘗一再呼籲，希望三臺與行政院新聞局能夠出面另組一個較有規模的調查公司，以科學方法、客觀態度，從事各個節目之收視調查報告，藉以產生眞正「守門人」的功能，個人亦向有如此主張，自早樂觀其成。

二、公共電視所扮演的角色

行政院新聞局於民國七十一年六月成立「廣播電視未來發展研究委員會」，邀請學者專家研究如何設立一個「公共電視節目製作中心」。

幾經規劃研究，最後決定將公共電視節目之製作，委由電視臺、社團及有關文化、教育學術機構，或國內民間廣告、傳播業者承製，亦可選購國內外節目成品。自今年（一九八四）五月二十日開始播出以來，知識分子的反應尙稱良好，對於一般觀眾，顯然並未產生宏效，究其原因，不外三端：

一、公共電視節目仍係依附在三臺民營電視之頻道上，很不容易辨別何者爲一般節目，何者爲公共電視節目，依然憑觀眾直覺之興趣，選擇愛看的節目。

二、公共電視節目分佈穿插於一般電視節目之間播映，很難使觀眾留下記憶，而能準時對準頻道收看。

三、公共電視每次播出一個，形成孤軍奮鬥，無法產生持續力，更遑言「以節目帶節目」、「以前段領後段」的電視節目收視慣性作用了。

不過，任何一項大眾事務，總得經過一段實驗的過程，有公共電視，應該比沒有要好。但是要想達到如同日本 NHK、美國 PBS、英國 BBC 那樣的功能，還得跋涉一段相當坎坷的歷程。

三、有線電視躍躍欲試

在美國，有線電視（Cable TV）爲發展甚速之新興電視傳送媒體，可是在國內，由於尚無合法的有線電視，而規模甚小、設備奇差的非法地下纜線電視，乃造成政府與民間不少的困擾。錄放影機的普及與盜錄風氣之盛，也是產生目前地下纜線電視的原因之一。由於國內部分觀眾偏愛日本連續劇與香港武俠劇，少數不法商人遂針對此種心態，大量盜錄日港節目，包括國內尚在各大電影院上映之中西名片，然後私架電纜，輸送到訂戶家中，並編印節目表，吸引觀眾收看。因爲國內原有三家電視臺各佔一個頻道，此種非法地下電視節目乃被謔稱爲「第四頻道」。鑑於「第四頻道」之能夠獲得觀眾喜愛，有識之士，遂加以注意，並提出研討，政府有關部門，也著手研究，分析利弊，以期早日使之合法化。因此制訂「有線電視法」，實爲當務之急。

四、工作技術不斷改進

「微波倒送」在歐美各國早已運用，對於電視新聞最爲有效。中視公司從去年（一九八三）底正式開始在臺灣本島中部與南部各設一個「新聞中心」，利用微波倒送的原理和技術，將中南部當天的重要新聞，穿插在新聞報導時間內立即播出，在時效上、人力上、現場感上，產生了莫大的功效。因此其他兩臺亦正先後採取同樣措施。

在電視工程技術方面的另一改進，爲採用電腦中文顯影配合畫面需要播映字幕，省時省力，且更正確美觀。此外，目前正在致力於電視多聲道與立體聲播出。

這兩項電視工程技術，據報導香港電視臺亦正在努力進行，預計兩年後即可採用，國內三家電視臺亦在加緊步驟，全力設計，或可較港視提前推出，一旦實現，將可增強電視節目之吸引力。

共同問題

廣播與電視雖然各有特性，各具特色，但是兩者在大眾傳播媒體姊妹行中，卻有其不可分的關係存在，因此也有若干共同的問題，值得我們重視。

一、廣告來源的侷限

我國當前所處的環境，受到地緣和人口的限制，縱然經濟繁榮，工商發達，大部依賴對外貿易，而對內消費，究屬有限。所以每年的廣告量，成長率有限。三家電視臺鼎足而立，近年每年每臺大約平均分獲十四、五億元，約有百分之十至二十上下的稅前盈餘，但是競爭相當激烈。至於少額及長期性之廣告，則勻在數十座民營廣播電臺，平均每臺每月亦有一、二百萬元收入，由於這些電臺開支省簡，每有百分之三、四十上下的盈餘。雖然營業金額不大，但收入固定；鑒於廣告量不易成長，許多民營臺主持者乃安於現況，怯於投資，甚至形成若干僵持狀態。

二、廣電新聞與報紙新聞

在廣播與電視充分發揮新聞傳播功能以來，對於報紙新聞，帶來了不少衝擊，這其間各擅勝場。報紙新聞著重在「問題」，易作理性的分析；電視新聞著重在「形象」，易作感性的啟發；廣播新聞著重在「聲息」，易作即時的探討。

不過，在新聞求新求快的要求下，廣播電臺全天播音，隨時可以插播新聞，電視臺則受到開播時段和原有節目的影響，不如廣播電臺那麼便捷，報紙則更受出報與發行時間的限制，除了張貼或發行號外以外，別無競爭的途徑，所以廣播電臺仍能在電視與報紙兩大媒體之間屹然而立，就是這種特性支持了它。

然而，「二類傳播」(communication of the second kind) 的原理使得這三者之間仍然互相依恃：廣播與電視之節目需要報紙的介紹，而報紙的發行也需要廣播與電視的宣傳。自然，報紙在介紹廣播與電視節目的同時，有時爲製造新聞，取悅讀者，每發生報導的偏頗或誇張，常爲電視帶來不少困擾和尷尬。可見這三者猶如歡喜寃家，時而和好，時而鬥氣，卻一直難分難解。

三、廣播電視對社會的影響

廣播與電視的功能相當類似，如傳播訊息、傳授新知、媒介娛樂、促進消費、服務公眾等等，只是程度的強弱差別而已，因此兩者對近三十年來社會進步發展的貢獻，也是相輔相成，各不遜色的。

具體說來，最有實效的當推教學、新聞、促銷與娛樂四項，譬如透過廣播與電視的語言教學，培養了千千萬萬的學子，空中學校更帶給許多好學上進的民眾以最佳的機會。

新聞的播報映現，使得社會大眾瞭解政府施政、國際大事，提高了民眾的知識，傳播了民主政治思想與行爲。

廣告促銷不僅爲廣播與電視注入源頭的活水，得以維持生存，更使工商經濟日益繁榮，消費者增加購買慾與選擇力。

娛樂節目固然也有副作用，可是絕大多數尚屬主題正確，爲工業化社會的廣大民眾散佈了歡笑和鼓舞。

今後，兩者如能盡量減少反面的副作用，而更顧及社會責任與教育功能，則在團結人心，認清共同目標上，自必有其更大之貢獻。此亦正是大眾傳播媒體的共同職責。

四、資訊科技帶來的新貌

近年來，我國資訊傳播的尖端科技，已隨著先進國家同步邁進，電腦之全面介入廣播與電視的傳播過程，將爲未來開啟新貌。根據美國堪薩斯州電視臺（KAKE）執行長兼「未來傳播委員會」委員烏曼斯基（Martin Umansky）的看法，預計到一九九〇年前後，將有更多的專業資訊技術湧入未來社會。

事實上，許多進步國家，包括我國交通部，亦已逐步完成多項最新專業資訊技術設備，並將開放運用其中如電傳視訊（vediotext）、廣播視訊（teletext）等，結合電腦、通訊、電視、廣播與資訊，將爲大眾生活帶來革命性的服務，而且爲時已在眉睫。所以，今後我國廣播電視從業人員，面對這些科技的發展，必須要有適應的能力，嶄新的觀念，庶可跟上尖端資訊科技時代的腳步，迎向更光明燦爛的明天。

廣電未來

廣播與電視的發展，固然是由於現代社會科技進步的成果，但是這兩者發展的原動力，仍然在於現代社會對於快速資訊傳播的需求所促成。

廣播與電視發明之初，並未想到會有今天這樣多采多姿的表現，更遑論預知會有如此驚人的震撼力量。就是在廣播與電視發展的中期，一般人士也還只認爲它們是娛樂的媒介，並沒有想到當電腦與資訊加入之後，竟會對人類生活產生如此鉅大的影響。

我們有幸在這個科技尖端的時代，始能體會這些傳播媒體即將帶來神妙的功能，來充實美化我們的生活，甚至改變人生的旅程。

就我國當前主觀、客觀環境而言，對於廣播電視的發展前途，尙待人爲的努力與智慧的投注，再加上政府的輔導，庶可克服目前存在之若干缺憾。好在這三十多年來良基已奠，架構既成，今後如果能够在政治、經濟、文化各方面相輔相成的條件下，讓廣播與電視充分發揮其結合科技的神異功能，在社會上扮演更重要的角色，相信互相回饋的結果，必然會爲我們個人和國家帶來一個更美好的未來。（七十三年七月一日在美洛杉磯舉行之北美華人學術研討會上專題講演）

第二節　對電視事業的要求與期許

今日我們的電視事業是屬於民營商業性質，問題在於「營利」與服務之間，如何得到調和，如何兼籌並顧。要改變社會對電視的指責，從業者的自覺、自律、自強，固為根本，而報紙、廣播等允宜從各方面鼓勵電視向好的積極性的方向發展。

我國電視事業建立比較晚，民國五十一年才開始有第一家電視臺。當我國電視初開播時，只有四千架電視機，而今天電視機總數已達三百五十萬架左右。總數中如平均每天有七成收視，而每架電視機以四名觀眾計算，每天受電視影響的總有一千一百萬人以上，約佔總人口的百分之七十。這麼大而廣泛的影響力，從好的方面說，代表我國民生活水準提高，應可促進國家文化的進步和社會現代化；從壞的方面說，則容易製造種種反教育、反理性乃至鄙俗低級的電視病。所以大家對電視事業特別關心，絕對是有理由的。

電視普受注意

多年以來，我國電視界曾有過許多重要的貢獻。不說別的，以十餘年的時間使全部節目彩色化，就足以傲視各國。

最近一年多來，由於政府政策的要求和各方的呼籲，電視的改進更是有目共睹的事實。過去一些怪力亂神的荒誕故事，打鬥扼殺的暴力鏡頭，哭哭啼啼的頹廢劇情，腐蝕人心的靡靡之音，已經大量減少，而在積極的方面，忠孝節義，人性善良，樂觀奮鬥的節目已告增加，在在說明了電視界已經在力爭上游，努力改進，並且獲得社會廣大的支持。由是可知，電視的價值是肯定的，問題在我們如何去運用它。

但是我們要知道，電視的外來挑戰及自我挑戰是永不停止的。這些挑戰是促使電視事業邁向更高理想、更大成就的必經歷程，所以我們大家必須面對挑戰，而求有以自勝之道。

在美、歐電視事業發展較早的國家，尤其是商業電視盛行各國，電視有其成就的另一面，但也暴露了許多弱點，而爲人所詬病。美國新聞自由委員會指出，商業電視的主要缺點，在於：解釋性報導的新聞供給不足；公共事務的討論不夠；一般社會團體沒有發言機會；優良節目太少，犯罪及暴力節目過多，娛樂性和婦女兒童節目品質低劣；廣告太多太吵；社會批評通路阻塞；……。

因此，來自政府、來自學校機關、來自宗教及一般團體，乃至新聞自律本身要求改進電視節目的呼聲越來越高，而其壓力，始終存在。我們冷靜的檢討一下自己，爲什麼也會犯有這些毛病？如何改進這些缺點？尤其是我們國家今日處境比任何一國爲艱難，自更不能不嚴以律己，而不容自我解嘲。

癥結究竟何在

首先被提到的電視制度的問題。有的人士認爲，把現有的三家電視臺全部改爲公營或擇一改爲公營；由於三臺資本實際上大部分都是公家的，何不在其上設一共同董事會或管理機構，問題豈不可迎刃而解。

對於這個問題，我的看法並不完全如此。因爲一家或全部改爲公營，電視問題並不會因此大部分或全部解決，因爲節目製作水準並不一定公營就高、就好，民營就一定低、就一定不好。此外，如果對電視用戶收費，如何收法？如果不收費，國家每年就要負擔好幾億的經費，有沒有必要？這些都是值得事前詳加研究的。

其次被提到的是廣播電視法的問題。有的人士認爲，法律不够完善，執行不够徹底，所以才造成今日電視內容許多不够理想的結果。

對於這點，我的看法是：「廣播電視法」於民國六十四年十二月二十六日經立法院三讀通過，全文共七章五十一條。第一條開宗明義說：「爲管理與輔導廣播及電視事業，以闡揚國策，宣導政令，報導新聞，評論時事，推廣社會教育，發揚中華文化，提供高尙娛樂，增進公共福利，特制定本法」。可見立法主旨極爲正確。條文中有關輔導和管理電視事業的內容相當周全。新聞局根據此法並於六十五年十二月三十日制訂公布「廣播電視法施行細則」，共二十八條，內容都屬具體可行。主管單位可謂無時無刻不在全力注意電視節目和廣告內容的審查，以輔導電視發揮社會教育功能，遏阻反教育現象的發生。因此無論是在立法上或在執行上應該是不成問題的。

那麼問題的癥結在那裏？我認爲出在目前電視經營方針太過商業化，太過偏重廣告收入及娛樂節目，因而相對的忽略了教育文化及公共服務節目。並且三家電視臺也太注重本身利益，因而形成惡性競爭，結果，節目受制於製作人，而製作人則憑其「公共關係」拚命結好廣告商，而廣告商則全看收視率支持節目，至於水準高低和社教意義等，就不是他們所要聞問的了！

「利」與「義」的兼顧

平心而論，我們是開放的社會，競爭是必然的、正常的現象。有競爭才有進步，因此我們並不反對競爭，但是競爭必由其道，就是要光明正大，要符合社會大眾利益。

今日我們的電視事業是屬於所謂民營商業性質，也就是不能不注意廣告收入，這個說法不能說它不對，因爲它所賴以維持經營的經費就是靠廣告收入；如果沒有廣告收入，它根本就無法生存，更不用說發展。

因此問題在於「營利」與「服務」二者之間如何得到調和，如何兼籌並顧。老實說：這在純商業電視的經營，即令有法規的限制、新聞的自律以及社會的風評，還是不易做到的。但在我國目前三家電視臺的情形來說，只要輔導方面有決心，經營者有抱負與遠見，而社會輿論予以公正公平的誘導與鼓勵，是可以達到上述目的的。

各方拭目以待

爲此我認爲從今以後，負電視輔導與實際經營責任者，至少要做到六點：

——我們要建立正確的經營觀念，注重國家社會利益以及教育效果，而切不可唯利是圖；

——我們要兼顧節目的平衡發展，除了提倡高尙的娛樂外，要在供應新聞、宣導政令、推廣教育文化及公共服務等節目方面多作人力、物力和財力的投資；

——我們要重視每一節目的社會影響及其與民心士氣的關係，對劇本內容及演員素質要繼續提高其水準；而對於過分舖張與爭妍鬥艷的豪華場面則應相當加以約束；

——我們要採取主動負責的態度，多作事前的自我規範，而千萬不可存有僥倖依賴心理；

——我們要趕快用共同力量培養、發掘與獎勵編導人才，解決當前劇本荒，提高製作水準。同時對於各種類科的學者專家，各臺都要多方借重；

——我們要加強三臺間事先的協調，強調整體共同利益，不可再有各自爲政，自亂步驟的情形發生。

如果把改進電視之責完全歸在電視主持者身上，個人認爲有失公平。要使電視發揮積極功效，其因素是多方面的。我以爲社會輿論的誘導、鼓勵與善意批評便是一個重要因素；而形成社會輿論最重要的工具，即爲大眾傳播事業的本身，其中尤以報紙的報導與評論影響最大。

任何一種傳播媒介都有其獨立存在性；在經營上，亦有若干排他性。但在服務社會人羣的立場，大家的責任是相等的。因此，電視與報紙基本上是不應該有衝突的；許多國外大報不是每每以電視增刊隨報附送嗎？

無容諱言，若干年來我國報紙對電視的報導，每每責難多於鼓勵；而對電視本身弱點與缺點的暴露，特別是對一些不爭氣的演藝人員的敗德亂行，常常描寫得淋漓盡致，使社會大眾對電視每視之爲純粹娛樂事業，而對從業者每以看賣藝人的笑話目之。個人以爲要改變社會上這種印象，電視從業者的自覺自律，固爲根本，而報紙廣播等允宜秉春秋之義，抱仁恕之懷，愼重選材，大處著筆，俾給予大眾一種正確認識，即從各方面鼓勵電視向好的、積極性的方向發展。（六十七年七月二十七日《中國時報》）

第三節 對國內電視的一些看法

目前在我國，電視受人注目，也受人責備，但也受人期待。預計到一九九〇年代，更多的專業資訊技術將湧入人類生活圈，電視臺如何面對電視新腳步，自應一面虛心檢討，一面展望未來。

我國電視臺依聯合國教科文組織前大眾傳播處處長索慕蘭 (Prof. E. Lioyd Sommerland) 之分類，無論是屬公商並營電視或商營電視，事實上三個電視臺都有百分之六十的股份是來自公家，但純粹是以商業方式經營。

到了民國六十年代，電視問題不斷湧現，自政府領導階層至社會各界責難時起。有心的學者專家於是蒐集各方意見，提出建議，以供政府決策參考。執政黨中央並曾於民國六十二年前後，專案責成教育部等單位從政同志，就電視制度各端研定辦法，以解決問題。

由於在現況下，電視臺的經營必須保持「生存」與「競爭」能力，一旦失去競爭能力，生存必成問題，因此無可避免地帶來許多重大難題。

競爭帶來問題

其一是為了維持生存，不能沒有廣告，廣告有其限度，並特重效率，業務競爭自不可免。儘管有人指責電視臺不無浪費，但目前三家電視臺為了維持正常運作，卻不論如何節流，每月平均開支皆已達八千萬元左右。

其二是電視臺為了滿足觀眾的需要，提高製作水準，同時也為了同業競爭，無論在改善與擴充設備的硬體方面，或改善節目品質的軟體方面，投資金額也都愈來愈大，形成龐大的負擔。舉例言之，臺視與華視近年建築大樓與更新設備，以及中視在南港增建攝影棚、自建新址（目前全係租用），都要耗資數億乃至十億不等，公司財力不足，自然非向銀行貸款不可。而向銀行貸款，每年要償還的本息負荷實相當沉重。我想沒有任何人會認為這類投資是不應該的。因此，大家在觀念中以為電視臺是賺大錢的機構，其實電視臺即令某兩臺近年平均每年有一、二億不等的盈餘，但在繳納各種稅負與分發股東股息紅利之後，所餘已甚為有限，要應付前述龐大投資，自非借款無從挹注。

其三是我國電視臺的市場有限，廣告總額亦有限，而大家對現代大規模電視所提供之服務，卻要求得頗為嚴格，難免使經營者有顧此失彼，不能滿足各方需求的苦衷。

其四是目前我國三個電視臺都有人才荒，面對電視未來十年的挑戰眞是需才孔急。其所以造成此一現象的原因不外三端：⑴公商聯營現制使公司難免機關化，不能沿用私人企業的淘汰或資遣方式隨時去蕪存菁，從而引進新的人才；⑵公司在人才培養方面缺乏計畫，為節省開支不敢大量投資；⑶社會上及新聞、大眾傳播科系所造就的人才，未能切合電視需要，目前編劇人才奇缺即為一例。

由於前述種種基本問題的存在，雖然電視臺有心做好節目，善盡娛樂與教育兩大功能，但仍不能免於節目的備受批評，從而也帶來電視的管理與輔導問題。

輔導重於管理

世界各國，對於電視節目採自由放任而完全不加節制政策的國家，可謂絕無僅有。即使在高度強調新聞自由的美國，電視除須遵守一般法律規範，尚須受「聯邦傳播委員會」（Federal Communication Commission 簡稱 F.C.C.）等的節制。因此，我國新聞局依照民國六十五年的「廣播電視法」，來管理與輔導電視，在法理上是天經地義之事。問題只是在於管理的尺度與方式。

最近，新聞局對部分電視節目採取半年爲期的「先審後播」措施，應是對管理權的高度發揮。站在新聞從業者的立場，自然以儘早結束，責成各臺自律爲宜，但此一臨時性措施，於法於理是站得住的。從長遠處看，目前型態下的我國電視，按理出不了什麼較大差錯，因此個人以爲主管單位今後似可進一步發揮其所強調的輔導重於管理的態度。分析言之：

一、在目前的國家處境與社會民情下，新聞性的節目影響甚大，因此不能不注意新聞節目報導的立場問題。而此一立場的把握，新聞主管單位自比三臺更能適時適切。

二、一般性的節目，特別是比例頗大的娛樂節目。管理宜從寬或從嚴，本來就是見仁見智的問題，站在主管官署規範電視節目的立場，要管的應該只是基本的、原則性的大問題，同時應以共同的尺度，前後一致的立場來管理與輔導電視。同時對於其他傳播事業，亦應以同樣標準，依法管理，才能廣收實效。

三、新聞局已表明「先審後播」只是權宜之計，甚爲明智，而且對今後節目規範的形成，則是由新聞局與電視從業者不斷研究達成共識，且曾綜合各界意見匯集而成，實爲輔導重於管理的基本原則，立下一至足稱道的範例。

今後發展方向

最後，由於我國的電視臺畢竟有著維持生存與競爭激烈的強大壓力，因此在此前提下，我國電視的發展方向，實有幾點值得大家注意之處。

第一、「有線電視」或「收費電視」（Cable TV or Pay TV）的發展問題，必需及早加以探討，再不應像過去一般電視那樣讓其自然發展。目前，在我國有所謂「第四頻道」的興起，這也可算是一種有線電視，但是屬於非法的地下經營方式，自應嚴加取締，而不可姑息任其氾濫。

由於有線電視一方面可以增加人們對世界的認識，一方面又可由地方性節目促進地方歸屬感，無可否認的有其存在價值。目前新聞局對有線電視開放與否，尚未做成決策，甚至只是在初步研究階段，那麼對於其發展趨勢，尤其對我需要如何，宜由專家、電視業者與主管單位從長計議，早日決策。

第二、重視各類電視人才，尤其是企劃、管理、編導與演藝四種人才的培養。僅依賴電視臺來培養人才，力量可能有限，而且也眞不易根本解決人才荒問題。除了電視臺本身今後應大力注意此一工作外，政府有關單位，特別是教育、文化、新聞單位應屬責任內事。這自然亦有賴大眾傳播科系及學者的共同協助。

第三、公共電視如何發揮功能，必須客觀評估和妥善策劃。畢竟，一個公共電視臺要能像日本的NHK公司一樣，經常製作高水準的音樂、舞蹈、美術、體育，戲劇等教育文化節目，叫好而又相當叫座，誠屬不易。此所以美國成立已十餘年的公共電視臺（PBS），其節目收視率普遍遠落於三大聯播網之後。這兩國的事例不但發人深省，而且足爲我們借鑑。

第四、未來電視發展，因資訊傳播日新月異，我們必須早作準備，並研定因應之道。根據美國堪薩斯州KAKE電視臺執行長兼「未來傳播委員會」委員烏曼斯基（Mairtn Umansky）的分析，預計到一九九〇年前後，更多的專業資訊技術將湧入未來社會，而與人民生活發生更密切的關係，如開會、旅遊、通話、繳稅、購物、醫療、閱讀書報、資料提供、民意調查、預防災變、嗜好活動、娛樂節目等，都可運用電視來進行。也就是使人類生活方式，來一次革命性的改變。美衛星電視公司（STC）總裁彼德曼預言明年美國四分之一的家庭，即將因衛星傳播電視系統的建立，使他們的生活改變很多。

目前，我國電視事業的確有著許多問題存在，但這不是斥責諷罵可以解決的。加之面對未來世界電視的可能發展，不管你喜不喜歡這二十世紀中期以後飛速發展，到今天已眞正是無遠弗屆，無所不在的「幽靈」，任何文明人類幾乎都難以擺脫其影響力。國內電視臺的工作者面對各方責難與廣大觀眾要求，尤其是如何迎接電視新腳步的來臨，自應一面虛心檢討，力求改進，一面展望未來，接受挑戰，使得我們的電視更能符合國家的利益與社會大眾的需要。（七十二年《中國時報》與大眾傳播學會聯合舉辦系列座談會上主講稿，該報六月九日刊載，九月一日《廣播與電視》第四四期、十一月《傳播教育》第十一期選載。）

第四節 電視的昨日、今日與明日

以目前國內三家電視臺的背景，其經營方式等無法與先進國家的電視事業相提並論。

在談提昇電視節目水平之前，我們要做的是些什麼？究竟當下電視節目犯了多大的錯？

今後何去何從，只有從業者耐心而堅忍地去面對一切指責和挑戰。

臺灣地區的電視發展問題，在我們的社會中一直備受矚目，由於這項傳播工具深入各個階層的角落，人們的生活與它息息相關，這使電視自然普遍成爲話題。

電視受到普遍性的重視，固然爲它激發了不少新生的力量，但也可能爲其帶入若干負面作用，原因不只一端，有待客觀分析。我們這樣說，是因爲這些年來，電視毫無疑問的在提供傳播功能之外，成爲人人皆可批評甚至謾罵的對象，遺憾的是，我們在難以數計的批評中發現，責難竟遠多於關愛。顯然這項威力最大的傳播工具在我們的社會中，並沒有得到與它發揮的功能成正比的報償，這似乎並不公平，特別是對於一個年方二十的新興事業而言。

因此，我們不能不在現階段並不平衡的局面中，把電視現況剖析得更清楚一些；以一個參與這個行列者的身份而言，應該有相當責任。

人事制度漸僵化

在外觀上，臺灣電視公司、中國電視公司、中華電視臺，都是以商業電視型態發展，但事實上，三臺又都是並不純粹的商業電視臺，不但資本結構上，三臺都有大比例的公股，而以現行的廣電法或是最新公佈的「電視製作規範」等來看，三臺又彷彿形同公共電視性質。

就投資型態而言，三臺股份中都有半數以上的公股，因此，它不是純民營商業電視，但亦不爲政府公共電視，它的生存方式是完全商業性的自給自足式，它的發展路線卻又不得不受許多主觀和客觀、內在和外在的侷限。這便是今日國內電視事業發展上的一個關鍵問題。

來自這樣背景的國內三臺，其經營方式等無法與先進國家的電視事業完全相提並論；歐美或日本的電視理論在我國自有其參考價值，但無法實際提供作法。

在國內電視所處的環境中，亦有來自本身的壓力，其中最爲嚴重者，爲電視臺人事制度不免有些僵化，嚴重影響新陳代謝步調，而且似乎不易改進。

電視業被視爲「明星事業」，它像是明星球隊，其隊員必須不斷地新陳代謝。任何球員如年近三十歲，絕大多數已不能適應這種需要激烈衝刺的要求。雖然電視沒有這般敏感，然而靠一般性的退休辦法，常常難以使人才與事業發展密切配合。

節目爲中心環節

幾年以前的中華民國電視節目尚有海外發行的市場，幾年以後的今天，東南亞市場早爲港片所佔。國內戲劇節目逐漸地作內容、角色以及製作方式上的種種加強或調整，譬如延請電影人才與香港電視工作人員參與，即爲一例。儘管國內電視從業者的態度與作法已有程度上的改變，對整個電視節目品質的提昇仍然有限，這是一個值得繼續檢討的問題。

所謂「工欲善其事，必先利其器」，經營好節目，自然先以好的配合與組成爲首要。人才的組合與技術層面的搭配，在現階段電視製作過程中，前者不若後者精良。目前三臺機器與場棚設備已不多讓於世界性的水準，而且硬體投資的努力，乃在三臺有計畫的增設補添之中，因此這方面的條件，以現況而言，已足供發揮其效用。

然則人才缺乏仍陷困境，所謂成功三要素：「人才、人才、人才」足可說明其重要性。幾年以來，固然在電視製作上出現了不少優秀的工作人員，但仍不敷應付未來電視發展所需的大量智慧之投入。換言之，我國電視仍然需要積極性的軟體投資。

好節目的要件

人才與機器設備的完善之外，還需要有足供發揮的條件——那便是製作費用的問題，這使我們不得不談到廣告市場與投資報酬比率的問題。這也是我們三家電視臺共同面臨而為外界所不盡了解的問題。

至於製作費用的合理與否，久為從業人員爭執焦點。在全國廣告市場投資電視媒體的平均數及增值比例尚無法確定以前，現階段電視製作上的投資與報酬比例並不容易衡量出一個確實的數字，但是，它既為爭議點，自有其爭議的道理。

所謂「合理」，值得強調的是，多一分的浪費與少一分的不足，皆不能稱之「合理」。電視臺財務部門對於審核預算時所持的現實態度，每使有心製作好節目的從業人員感到失望，但是站在一個公司整體企業經營的立場，一定要重視投資報酬，這是任何事業管理的一個共同而且最重要的課題。

因此，如何尋出一個「合理」來，端賴電視臺財務與節目（包括新聞與教育性節目）兩部門的人員互相密切協調，同以科學方法評鑑節目所需費用，而非一味的爭與扣，這一點，我們三臺的財務管理與節目部門都顯然需要加強，至少得培養出企業經營的專業精神，否則製作費的問題將永遠爲節目品質無法提昇的一大藉口。

事實上，我國電視的生存，基本上是倚賴廣告收入的，廣告市場的總投資於電視媒體的量上，是一個久已存在，按理應該深究的問題，但任何方面似乎沒有決心來尋求解決。也許此一問題牽涉頗廣，因此包括政府業務主管單位在內，大家都不願意去碰它。

虛心看節目內容

二十年來，電視事業的發展承襲了先天上地位的不肯定，復於不够健全的制度下受到業務競爭、社會壓力，才使今日電視呈現出問題多端。而不同角度的各種批判，一些不合理與不够善意的指責，使得這個年輕、發展快速的事業在各種作爲上未免瞻前顧後。如果我們都能體會它的背景與發展路線，以及追尋出它偏差的原因，對今日的電視節目方有提出意見的價值，因爲它必須是嚴肅而誠懇的，是平靜而善意的。

我們以縱切面剖開電視事業的進展癥結，再以橫切面看今日電視節目，所謂「提昇」，其應著重的根本問題是些什麼，在提昇電視節目以前，我們要做的是些什麼？究竟電視節目犯了多大的錯？

一、戲劇節目

行政院文建會曾經計畫貯存大量優良劇本，新聞局與執政黨的文工會都曾作過多方鼓勵，以期切合所需，並提供改進效益。不過，一、二年來並無什麼具體效果，顯然此項計畫的實行有其實際困難，由此可知編劇人才之難求，非一朝一夕所可養成。

但貯存劇本從長遠的眼光來看，是件極爲重要的事，提高劇本費固然有鼓勵作用，但亦不能收立竿見影之效，只是，今日不做此一投資，三、五年後，劇本荒可能更爲嚴重。

戲劇節目的製作，年來吸收了不少電影界人才，有人把這個現象稱之爲「倒流」，並認爲是由於電影市場不景氣之故。

根據收視資料與業務紀錄顯示，觀眾對戲劇節目的興趣似乎明顯地高於其他娛樂節目，除三臺每日連續劇外，各臺單元劇如雨後春筍。目前正播出與在籌備中的單元劇及連續性單元劇集，已經高達數十個。而製作水準與品質在競爭下已有明顯進步。我們希望未來電視劇製作能提前在三個月至半年的時間內完成，畢竟製作戲劇節目的前置時間是極其重要的。

二、綜藝節目

綜藝節目的現況曾被譏爲「墜入谷底」，有人認爲這是走入了「死胡同」，也有人認爲做「疲」了，不管說法如何，至少反應現在的綜藝節目好景不再，而綜藝節目的改進，應是此正其時。

綜藝節目的內容最主要的合成三元素，一是歌，一是舞，一爲橋劇（或短劇），現今綜藝節目的低落，自然與這三元素的水準有其直接的關係。

在內容的組合上，電視綜藝節目則顯然需要從頭開始，不要強調花招或任耍噱頭，而應實實在在地把它拉回到本質的問題上來，讓觀眾眞正有好歌可聽，好舞可看，以及眞能發人一噱或令人玩味的短劇，否則怎稱之爲「娛樂節目」？

長時間以來，我國各方面都希望電視做到「寓教於樂」，其實這並不是教條或口號，只要各方面配合得宜，取材適當，編導與製作單位能多加構思，客觀地加以評鑑，此一被許多人認爲未免懸格太高，不易做到的目標，其實是可以做得到的。

三、社教節目

自從年來三臺固定性聯播節目的品質有了明顯的改進以後，社教節目予人的印象是進步了，但我們覺得目前國內的社教節目，在整個製作的基礎上，仍然是不够健全、不够積極，涵蓋面亦不够廣濶。而電視臺亦認定這類節目，每每是賠錢的節目，做起來也許還不够認眞，加之所受各方面的拘束很大，又不能放手去做，因此，儘管社教節目扛負著對社會的莊嚴使命感，但它距離大眾的期望依然甚遠。

不過，社教節目的改進仍然有路可循，只是得靠從業人員以及主管方面在觀念上做調整，在方法上求改進，進而擇取或委託最優秀的工作者來從事，則改進社教節目，仍大有可能。將來公共電視節目不管透過超高頻率（UHF），或目前三臺極高頻率（VHF）播出，如果希望收視率不致太低，而徒擁虛名，難收實效，則每一節目內容都應特別講求，使觀眾能在公共節目的頻道上，收到其他商業頻道上看不到的好節目。

社教節目的本質，也許應屬「小眾」收視的節目，各種不同角度、不同性質的知性題材，本不容易適應社會各種高低階層的大眾；國內電視訴求對象是「大眾」，因此，在以「小眾題材」條件期許「大眾收視」，勢必需要更努力、投資更大，而範圍更應放寬。

四、新聞節目

由於受到先天性地理環境的影響，今日的電視新聞並不容易拋開「雷同率高」的可能性。三臺的新聞節目這兩年來可以說有了相當幅度的進步，可視與可聽性已普遍提高，因而新聞節目上的偏失不若一般節目多，這幾乎是各方共同反應。同時三臺對新聞的支持亦多，投資亦大，社會上給予新聞評價亦頗高，大致說來，今後電視新聞的前景是光明的。

不過也有很多反映，認爲目前三臺新聞的播報時間太短，使得許多與大眾相關的新聞無法做背景以及各種相關因素的詮釋，而走入深度報導的層面，這是一件很可惜的事。

不管這是一種指責，還是一種期望或建議，都有相當道理，值得電視界和主管單位同樣重視。

今後何去何從？

當然，今日電視的發展，在工程與技術方面已較過去有了長足的進步，而二十年來的電視史上，的確鐫刻了不少從業人員心血培成的果實。我們回顧電視過去與瞻望遠景，首先得對這些默默耕耘的工作者表示敬意。由於大家期望這個與時代關係至爲密切的新興事業有更長足的進步，因此，我們仍要提出幾個對當前電視事業發展上值得注意之點：

各電視臺的領導階層，必須保持冷靜而嚴肅的心情，因爲，他們決定了電視的方向。辦電視，雖然至爲現實，但仍需要長遠一些的眼光，更要有開濶一些的襟懷。目前三臺因業務競爭激烈，有時難免不由自主地陷入近乎惡性競爭的境地，但解鈴繫鈴，仍在三臺負責者的識大體、明大義，果如是，自能共存共榮。

從業人員則應對自身的環境有深刻的認識，了解自己「身處何方」，對於自己的崗位上所應負起的責任，以及面對社會大眾、本國文化產生承先啟後的使命感，這樣一個嚴肅的心情下，便能知所取捨，亦才能樹立電視的職業尊嚴。

今日電視事業需要承擔各種觀念、制度以及業務競爭的衝擊外，它還要接受若干觀眾，包括各種傳播媒體個人好惡的介入，無疑的，它面前仍有許多的困難等待克服。但無論如何，電視從業人員既已投身於此挑戰性的事業，就只有耐心而且堅忍地去面對一切指責和挑戰，否則便很可能對電視的發展造成負面作用。（七十二年五月中國文化大學新聞系建系二十週年講，刊該校《學報》；七月《中華學報》，九月《黃河》雜誌轉載。）

第五節　國內電視功過的評估

國內電視有其積極貢獻的一面，但必須檢視其共同和最大的缺失，及其造成此等缺失的基本原因。

電視的未來發展最堪注意，需待政府主管部門、專家學者和電視、電訊等各方面共同研究，通力合作方能掌握發展趨勢，有益於民，有利於國。

十月三十一日爲先總統 蔣公九八誕辰紀念，適爲國內第二家電視臺中國電視公司開播十五週年；而且此臺之成立，不獨爲其所親自核定，尙且爲他所督促催生。因爲其時第一家臺視成立已七年有餘，他見於現代大眾傳播事業貴有競爭和比較，乃順應社會需要，決定核准第二臺。丁此時會，個人從而就四年來若干實際經驗以及平日研究一得之愚，將國內眾所矚目，每每議論紛紜的電視得失問題，作一力求超然、客觀而具建設性的檢討和評估，並提出若干改進意見，似爲一適時、適切，頗具意義之事。

肯定貢獻一面

首先，想就已有二十二年歷史的國內電視，雖然到今天依然是責難多於讚許，但其對國家和社會究竟作了什麼貢獻？政府將有限的電視頻道，核定給負責公司來經營，究竟在商業電視的基礎上，兼顧到社會責任和文化使命沒有？個人認爲這是評估今日國內電視功過的一條準尺。

平實而論，自國內電視興起，的確具有其積極貢獻的一面，譬如：

㈠擴大了知識的領域，使社會大眾在此「知識爆炸」的年代，充分獲得了「知的權利」，不論是專門知識和一般常識。

㈡提供了正當娛樂途徑。根據「廣播電視法施行細則」的規定，大眾娛樂節目不得超過百分之五十。三臺據此比例，各擅勝場，雖然不免都有流於低俗的節目，然大體說來，電視無疑爲大眾提供了免費而最普遍的娛樂機會。

㈢作爲政府與社會大眾、以及國內與國際溝通的橋樑。雖然其他大眾傳播媒介具有同樣或類似的功能，但畢竟不若電視來得普遍、迅速和逼眞，尤其是國際衛星傳播經常使用之後，更有助於國內外節目與視訊的交流。

㈣促進工商企業的發展，電視事業無疑扮演了一個非常重要的角色。固然工商企業透過廣告，維繫了電視的持續進展，而電視亦憑藉其驚人的傳播力，促進了工業化及工商發展。

㈤對提升國民生活品質有其正面作用。今日國家正處於工業升級階段，社會經濟邁向已開發國家之林，要緊的是國民素質的提升，也就是文化水準的普遍提高。電視在此一課題上有其貢獻，但未來責任更爲重大。

缺失不容忽視

其次，必需檢視一下國內電視的共同和最大的缺失，及其造成此等缺點的基本原因。必須如此，方能對症下藥，力求改進。

㈠節目資源有待大力開發，也就是目前三臺節目未能切合各種社會層面的需要，滿足廣大觀眾的合理要求與正確需要，爲各方對電視責難最多、期望最殷的重點。雖然電視事業開始發達四十年間，沒有一個國家的電視節目令人滿意，更沒有一家電視臺的節目不受責難，但從業者絕不可以此爲護符或遁詞，而不虛心檢討改進。因爲節目資源的廣濶無垠，一如人類智慧的用之不盡，只要電視臺決心發掘和製作好的節目，假以時日，是可以做得到的。

㈡未能普遍、積極而有效的發揮社教功能，這可能是政府當局、文化教育界以及知識水平較高的家庭和其成員對電視最感失望的一點。事實上，這與前一缺失互爲因果。由於節目資源未能充分開發，因此一般所謂社教節目更容易流於形式和說教。然自今年五月二十日公共電視節目由三臺分別播出以來，由於爲觀眾提供了許多不錯的節目，前種印象開始扭轉，足爲各方重視和借鏡。

㈢商業氣息濃厚，電視臺被指責爲「唯利是圖」和「廣告掛帥」。關於電視臺的合理利潤問題容後再說，目前爲人詬病甚多的所謂「商業化」，自然值得電視臺各級負責人的虛心檢討，共圖改進。

㈣由於某些節目製作不够嚴謹，對觀眾產生身心和認知上的誤導、錯覺、思維偏差以及惡意模仿等弊端，這就是一般人所謂電視病。此種情形尤多發生在兒童與心智未臻成熟的青少年身上。

這些缺失產生與存在的原因，當不只一端。揆其主要者，應爲：⑴制度上種下了惡果。臺灣地區狹小，不論工商業如何發達，廣告市場畢竟有限；以此而欲維持三個商業電視網，並非易事。由於電視臺不能不重視廣告，而廣告又多是跟著收視率走，於是有些節目每每不得不投大多數觀眾之所好，在品質管制上自然會發生問題。(2)電視臺在人才、企劃、經營方法以及教育與服務觀眾等所謂軟體投資方面，多年以來，不但缺乏長遠計畫，甚至顯得消極。而政府有關部門亦每每只作許多消極的管理或指責，很少見到如何輔導或協調三臺解決以上問題的計畫或方案。(3)社會對於電視的期望過高，要求有時亦不免過苛。固然電視臺應該虛心接納各方面所指出的缺點，但並非咄嗟可辦。

幾項改進意見

儘管有許多原因造成電視的缺點，然而根本之道，還是電視從業者應該隨時檢討反省，在各方面，包括一般觀眾的督責鼓勵之下，大家共同努力，我國電視事業才可望突破現況，創造一個較爲美好的未來。下列數項，似可提供參考：

第一、節目品質是電視得失功過的分水嶺，亦是其功能爲成爲敗的最大關鍵。最近看了我國民意測驗協會一篇有關電視節目類型分析的測驗性論文（載《民意》九十二期）、臺北師專陳墉副教授所作電視對於成長中兒童和青少年的影響分析，以及其他一、二所大專院校新聞科系所作有關電視的選樣調查，無不顯示出三家電視臺今後對於節目品質的繼續改進與提升，實爲刻不容緩之事。

第二、擴大投資，回饋社會。電視臺在一切依法繳稅之後，必須保持合理利潤，不容置疑。

倘非如此，不獨三臺在最近五年之中，各作五億至十億元以上的硬體投資全無著落，甚至難以維持其生存。從今以往，只要其一定的利潤能繼續獲得，即應就前面所指出的種種軟體投資作有計畫的投注，否則節目資源不但無從開發，而欲維持現狀，亦不可得。因爲觀衆的要求還會隨著社會的進步而更加苛嚴。

第三、三臺基本上的互惠合作，關係電視對社會的整個形象。事實上基本合作與相互競爭並不是衝突的，做得恰當還可相輔相成。以目前三臺合組採訪組前往古巴報導世界業餘棒賽，不是對大家都有利嗎？

第四、社會與觀衆宜多予電視及其從業者以善意批評與積極鼓勵。電視爲社會公器，時時刻刻暴露於千千萬萬人之前，而一般演藝人員自然成爲衆所矚目的對象，對青少年更具有被模仿的吸引力。因此任何節目的優點缺點，固無所遁形，同時演藝人員的一言一行，亦每每成爲大衆議論的題材，電視工作者自應隨時隨地自省自律。不過輿論界，尤其是報紙不要多從反面做文章，以爲非如此不能吸引讀者；相反的，而應以春秋筆法，抱與人爲善之心，方能誘導觀衆不以有色眼光來看電視。

第五、主管單位對電視臺應眞正做到輔導重於監管。平日報端所載以及電視從業者的親身體會，覺得主管單位每每像管小孩一般對待電視臺，而在其歷任主管強調輔導更爲重要方面做得太少。如何逐漸改變此一事實，值得雙方面坦誠交換意見，訂定具體可行辦法嚴格執行。今年起，

「公共電視發展基金」即將依法由三臺交繳；當時立案原意，亦具輔導電視作用，希望行將成立的基金會善加運用。

未來發展重要

電視的未來發展最堪注意，需待政府主管部門、專家學者和電視、電訊等各方面共同研究，通力合作，方能掌握發展趨勢，有益於民、有利於國。以目前議論甚多的有線電視應否發展與如何發展爲例，必須參考各國情況，針對國內需要，妥爲規劃，愼始愼終，方不致走上我國無線電視成長的老路，等毛病發生了再來力圖補救，爲時已晚。（七十三年十月三十一日《中國時報》）

第八章 爲「中國電視」投注的心力

第一節 建立中視為一理想的電視系統

未來電視發展，可能會將世界縮小成如同一個社區，一個村落。就吸取知識和資訊言，觀眾可能按鈕即得。就中視公司而言，切望同仁切實把握今天，面對未來，精益求精，再接再勵，以身為一個理想電視臺一分子自期自許。

到中視服務，迄今已整整四個星期，在這四個星期中，頗似一個初入學的新生，處處留心學習，藉以瞭解本公司的過去、現在和未來。今天，面對各位同仁，猶如一個新生來報告入學感想和心得；同時也藉這個機會，以「建立中視爲一個理想的電視系統」爲題，來說明個人的願望，相互勉勵，作爲我們今後共同努力的目標。

今天將就下列五點分別說明：

㈠經營方針。

㈡電視的重要性。

㈢節目內容是成敗關鍵。

㈣對同仁的期望。

㈤向一個理想的電視系統邁進。

經營方針

中視開播之初，策訂四項經營方針，都是非常正確的。這四項方針是：

㈠奉行國策，宣揚政令，爲政府與民眾服務。

㈡配合經濟發展與經濟建設，爲工商企業服務。

㈢本「寓教於樂」的原則，爲國民康樂與社會教育服務。

㈣提高營業品質，爭取合理利潤，爲促進電視發展服務。

秉承以上的方針，十年來，公司在歷任負責人和全體同仁努力經營下，已奠定良好基礎。尤其難能可貴的是全體同仁所表現的忠誠、負責、節約、和諧的精神，這是前任李煥董事長所一再讚揚的，個人也深有同感，更慶幸能參加這樣一個洋溢著敬業精神和團隊合作的團體。相信在既有的良好基礎上，秉持我們的經營方針繼續努力，一定能達成各方的期望。

電視的重要性

電視在現代化、已開發與開發中國家的重要性，許多大眾傳播論著中均曾一再提及，尤其近十年來更見顯著，早被稱爲「世界之窗」(Window of the World)。雖然它還不能取一切傳播媒介而代之，但它的重要性和對人類的影響力正與日俱增。

在美國，根據電視年鑑統計數字顯示，電視的普遍性已凌駕報紙之上，美國現有人口兩億二千萬，卻擁有一億四千萬架電視機，而報紙卻只有六千七百萬份，還不及電視之半數，同時另一項統計又顯示美國人每天花在看電視的時間約爲三—四小時，而讀報平均只有二十分鐘。

在我國，根據非正式的統計，一千七百餘萬人口擁有四百二十萬至五十萬架的電視機，而報紙發行量約爲三百五十萬份。

至於電視的影響力與人們對它的信賴，我們也可從兩家具權威性的民意調查機構的統計一窺端倪。根據美國洛普 (Roper) 公司的調查顯示，一九五九年，美國人獲知新聞的來源，電視佔百分之五十一，報紙佔百分之五十七。至一九七一年，電視躍升爲百分之六十，報紙卻降爲百分之四十八。有關大眾對新聞媒介的信賴程度 (credibility)，一九五九年，電視僅爲百分之二十九，報紙爲百分之三十二，至一九七一年，電視躍升爲百分之四十九，報紙卻降爲百分之二十，這說明社會大眾對電視的信賴日益提高。

洛普公司又調查美國人最喜歡的大眾傳播媒介，一九五九年，電視佔百分之四十二，報紙佔百分之三十二，一九七一年，電視高居百分之五十八，報紙卻降爲百分之十九。

《美國新聞與世界報導》雜誌，近年均就美國最具影響力的團體和個人作一項民意調查，調查結果顯示，一九七八年，最具影響力的團體，電視居第四位，前三名爲白宮、大企業、參議院。一九七九年，前三名不變，第四位爲最高法院，電視爲第五位。報紙在一九七八年前均列名於第六至第十名之間，一九七九年卻降爲十名以後。至於最具影響力的個人，哥倫比亞公司著名的電視新聞播報員瓦特·克朗凱（Walter Cronkite）始終名列第十名上下。

列舉以上各項統計數字，並無意藉此貶低報紙的價值和影響力，更無意誇張電視的重要性。只是願以這項科學的統計資料來鞭策自己和勉勵同仁，體認我們已投身到一個如此具有影響力和挑戰性的事業中，責任重大，應如何貢獻心智，全力以赴，達成任務。

節目內容是成敗關鍵

節目內容是電視成敗的關鍵，相信大家都有這樣的體認，多年來也努力謀求改進，提高節目水準，充實節目內容，但仍招致不少的批評和指責。綜合社會各界對電視節目的不滿和批評，不外下列幾點：

㈠新聞節目比例偏低。過去三臺新聞節目各僅佔全部節目百分之十到十五，近一兩年來，這種現象已獲改善，中視自播出「六十分鐘」及最近推出的「探索」等節目後，新聞節目已增至百分之二十以上。

㈡公眾參與電視的機會與反映公眾意見的節目嫌少。一些觀眾參加競賽、訪問、展覽、反映意見，或參觀現場節目，當然是「參與」，但還不够。

㈢節目水準仍感偏枯，尤其是婦女和兒童的好節目相當缺乏。

㈣文化性以及與大眾生活、思想有密切關連的社教性節目有待加強。

㈤廣告嫌多。有時不免誇張一點，消費性的比例偏大。

近兩年來，由於三家電視臺接納上述批評和反應意見，努力謀求改進，電視節目已有顯著改觀。今後，我們要更努力改進節目，充實內容，朝更好、更高的目標前進。

對同仁的期望

十年來，公司既有良好的基礎，又擁社會各界不錯的風評，我們應當珍惜這份成就，並進而發揚光大，因此特提出下列幾點和全體工作以及演藝同仁共勉：

㈠繼續發揚優良傳統精神——忠誠、負責、節約、和諧。

㈡加強研究發展工作，鼓勵同仁進修。凡改進公司業務，包括節目內容、工程技術，乃至企劃、管理，每一位同仁都應吸取新知，竭盡心智，共同參與，力求上進。

㈢擴大對社會的服務。發揮電視媒介的社會功能，以更多的服務來贏取社會的肯定和信賴。

㈣演藝同仁是大眾注意的目標，其言行不僅關係公司的榮譽，更影響社會的風尚和青少年的性向。因此希望演藝同仁要謹言慎行，不要以不正當的方法來製造新聞，提升知名度；相反的，要以精湛的演技和高度的藝術水準來博取觀眾的喜愛和敬重。固然演藝生涯是多采多姿的，個人也無意求全責備，只是籲請演藝同仁體認自身對社會大眾的責任和影響力，隨時反省自約，並努力充實學養，以求在藝術及表演上有所成就，進而大放光芒。

向一個理想的電視系統邁進

建立中視成爲一個理想的電視臺，是國家社會對我們的期盼，也是我們每一位同仁的責任和今後努力的目標。下列幾點意見應可供同仁參考：

㈠每一位同仁都應以身爲一個理想電視臺的一份子自期自許。日新又新，努力改善公司的營運，提高節目的水準，擴大對社會的服務和對國家的貢獻。

㈡加強與廣播電視同業的合作。電視與廣播本是不可分，尤以本公司與中廣毗鄰而居，更是關係密切。從開播迄今，中廣給予本公司很多支援與協助，今後當進一步加強彼此間的聯繫與合作。

與兩家友臺的攜手並進，近年來已有顯著的成就，今後仍當繼續加強，使三家電視臺在協調合作的和諧氣氛中，為國家與社會提供更多、更好的服務。

㈢加強與報界及其他傳播媒體，包括雜誌與廣告界的聯繫合作。報紙是電視的諍友，今後我們要加強與報界聯繫，使報紙瞭解電視，多給予我們公正、客觀、善意的批評和鼓勵，也使社會藉報紙的溝通，對電視有正確的認識和瞭解。

㈣把握今天，策劃未來的發展。今天是未來發展的基礎，未來電視發展，可能會將世界縮小成如同一個社區，一個村落。就吸取知識與資訊言，觀眾不久可能坐在電視機前，一按鈕即可從螢光幕上獲知所需要的新聞，包括世界各地的訊息，以及個人所希望獲取的各種資料。

公司擁有優良的傳統，尤其近兩年對國家、對社會提供很多良好的服務，產生了若干導向的作用。因此切望全體同仁確實把握今天，不自滿，不急躁，精益求精，再接再勵，為社會大眾、國家利益和本身榮譽作更多更大的貢獻。（六十九年七月二十九日中視公司動員月會上講，載《中視周刊》五六五期。）

第二節　面對現實、創造新局

虛心面對主要缺點：企業經營的精神不夠；支持企業經營的投資和設備不夠；主動

積極的工作精神不夠；人才不夠。

自比在公司如同手錶的一個零件，最多只是必要時調整時間，或是自動錶停了，必須重新轉動錶的那個「鈕」而已。

民國六十九年七月，當我到職一個月時，曾以「建立中視爲一個理想的電視系統」爲題，來說明個人的願望，並和各位同仁相互勉勵，作爲我們共同努力的目標。

記得當時，我是以「入學新生」的心情，來向大家報告，如今時過三年有餘，若以大學修業四年爲例，已是四年級的學生了。因此，今天將從除舊佈新的角度，對過去作坦誠的檢討，對未來作切實的策畫，來自勉並和同仁共勉。

數年來，個人深深覺得：中國電視公司的確有很多特點，這些特點不是一般機構、企業所具有的。但無可否認，我們也具有若干一般機關、企業所難免的缺點，我們應該面對現實，坦誠地加以檢討，同樣地，我個人也要對自己在中視三年半的工作加以反省。

十五年的起伏

中視成立十五年，大致可分三階段。第一個五年是創業時期，我很遺憾未能與大家共同分擔草創期的艱苦，相信參與創業的同仁一定難以忘記；第二個五年，中視由低潮逐步走上經營的常軌，這時期，個人曾擔任公司董事，情況大致了解；第三個五年，是公司各方面逐漸邁入佳境的階段。民國六十九年，我從中央文工會調任今職，正好這一年也是中視業績突破記錄的巔峯時期，新聞、節目、業務各方面都有很好的成績。

但是，到了七十一年後半期，各方面逐漸走下坡，而某些表現又使許多人誤以爲中視是一個「不需要或不參與競爭」的電視公司，好的演藝人員紛紛求去，種種跡象顯示，中視幾乎要再陷最初五年的苦戰。這種發展歷程的浮沉起落，十分值得我們警惕！

前面說過：十五年中，公司同仁有很好的一面，也有值得檢討的一面。令我們感到驕傲、自恃的，是我們非常團結、和諧和節約，這也是我們的優點和潛力。

另一方面，我們也是最守分、最具制度化的一家電視臺。民國六十九年本公司盈餘突破三億、到民國七十一年降至一億四千萬。這時，我們仍本著過去的精神奮起直追、正由於全體同仁能本著節約、守分的精神，循著已建立的制度，使公司不曾發生任何財務上的困難。民國七十二年五月起，三臺實施廣告不贈送不折扣，這項行動可說是中視在幕後推動而爲友臺所共同支持的。如此一來，電視廣告才趨於穩定，對社會印象自然好多了。

虛心面對缺點

現在，讓我們虛心檢討一下我們的缺點：

第一、企業經營的精神不够。以國內幾大正規企業爲例，他們的興起絕非偶然。像臺塑董事長王永慶先生，他小學畢業後，開始學做生意；三十年以前，他覺得塑膠業的前途可能很好，於是發展出不凡的事業。有一段時間，他身體不好，開始勤於跑步、游泳，從此持之以恒，且不斷地看書、求新知，他的英語也漸能應付場面。由於他不斷學習和強有力的領導，創造了令人刮目的關係企業。臺塑大樓外觀美侖美奐，但內部樸實無華，眞正做到開源節流。這種企業經營的觀念、精神和做法，都是值得參考的。

第二、支持企業經營的投資和設備不够。誠然，我們有很好的財務結構。兩年半前，我們在銀行存款有三億多，未作積極運用於投資和發展，才造成兩年前，大家說中視製作環境不好，設備太差，而不願意投効。這一點，我們現在正全力改進，南港新棚的興建就是第一步。

第三、主動積極的工作精神不够。做事要主動積極、協調配合，保守就是落後。所以一個機關是否有生氣、能否發揮潛力和創進的精神，主要是決定在主動積極的進取精神和協調配合的合作態度。

節目部王經理在去年檢討會中曾說，我們節目在兩年以來，沒有太多起色。我以爲這不能全歸咎節目部經理或該部同仁不努力，因爲公司每個人都有責任幫助提升節目水準，促進業務發展。我們雖然不太懂節目，職務上也許沒有這個責任，但如果在螢幕上發現任何缺點，甚至一個別字，只要大家把這個事業看成和自已利害一致，就應該提出來。

坦白說，我們在行政支援上，主動、積極精神不够，距離現代企業要求的精神頗遠，若不提高警覺，不但工作效率提高不起來，而且容易造成許多錯誤和浪費。

第四、人才不够。人才的網羅和培植，是我們公司應該特別警覺和積極採取行動的一項工作。談到人才的培養，節目部門在多年以來，曾不斷強調培植新人，但是檢討一下，我們究竟培植了什麼新的演藝人員？新聞方面，始終認爲播報人員需要補充，既然有感於此，但未見積極的具體行動。

今後重點工作

我個人深深覺得，我們公司有任何缺點，如果不諱言，一定能改進。我們之所以能從五年艱苦的頽勢振興起來，又經得起民國七十一年景氣低迷的頓挫，都是因爲我們有勇氣面對現實。以下是我們目前應特別加強的重點工作：

第一、切實加緊督導南港新廈建設工程，如時如計妥善完成。談到新廈，我要向大家做一個分析，中視並不是盈餘很多的公司，在兩年多以前雖有三億多的存款，而南港新廈的投資總額接近十一億，這當然是一項很重的負荷。現在請同仁衡量一下，如果不建新廈又會有什麼結果？難道我們願意長期侷促於租來的工作場所，每年要負擔四千萬元左右的租金？難道我們眼看著自己製作環境不好，攝影棚設備太差，而友臺卻在不斷興建和發展？

我曾就興建南港大厦事請教前任董事長、現任董事李煥先生。他說，若站在老朋友的立場，以六十歲已過的人來說，能少費心思，自然可以不做；但站在當過兩年中視董事長，和愛護這個事業立場而言，卻非做不可。我曾和梅故總經理商量至再，在大多數董事全力支持之下，乃決心做這件事。

按照目前爲建新厦的財務預估，明年可能是我們借款最高的時候，也許要達三億五千萬元。以目前來說，我們每年要以四千萬元左右的租金，租用並不盡符現代電視節目製作需要的環境（主要爲地方侷促），而租金支付貸款利息尙能有餘，只要經營得法，及早降低貸款金額，兩年以後新厦完成，不必負擔租金，就可以創造更多的盈餘。要緊的是未來的兩三年，大家要體驗這件大事已經進行，只有積極向前。

第二、新人的培植刻不容緩。總經理對公司組織單位即將有若干分工上的調整，過了春節以後很快就會著手。我希望爲配合這一調整，並使之發揮積極作用，應該針對目前人才缺乏，新人培植相當落空的現象，力求改進，並眞正有計畫的去做。

第三、希望各位吸收新知識。電腦在近年進展太快，一九六四年是第一代，現在第六代正在研製中。我在最近一、二年來，看過很多關於資訊方面的文章或展覽，深深覺得如果當我們還能吸收新知時卻不去學習，就無異成爲知識的背叛者、疏離者。

目前我們電視公司的各項資料，完全憑工作人員的記憶力，是極落伍的做法。現在連東南亞部分我們認爲落後地區的電視臺，資料都已納入電腦的管制，所以今天特地提出雜誌上報導的一篇〈辦公室自動化〉(office automation) 文章，供各位參考，就是希望大家了解今後事業的辦事趨勢，並且提高警覺，不然，公司無法面對競爭，最吃虧的還是我們同仁自己。

最近我謁訪嚴前總統靜波先生，他年近八十，仍不斷吸收新知，在其辦公室旁自己設計一間電腦室，這份求新知的精神，眞令人至爲敬佩。個人不是鼓吹電腦萬能，因爲電腦絕對不可能代替人的地位，也可能發生很大差錯，況且電腦如果沒電就不能發生作用，所以人絕對是電腦的主人。我奉勸各位，尤其是從事行政、工程技術方面的同仁，更不能沒有這方面新的知識。另一方面，對有關國家、社會新的知識，也要能不斷吸收。

我的誠摯省察

我從民國三十二年大學畢業，到現在已過了四十個年頭，一直在從事公職，雖然談不上任何貢獻，但總以盡自己的責任和心力自期。而在中視，是四十年工作之中待遇堪稱優厚、日常工作較爲輕鬆的三年半。有人問我需不需要每天到公司上班？因爲一般公營事業董事長，應該不會有太多的行政事務。但我仍覺得並不清閒，因爲我對吸收新知仍有強烈的慾望和興趣。也有人說我還寫得不錯，爲何年來寫得很少？許多報章刊物約我寫些東西，但我愈來愈感到吸收得愈多，愈無從著手，眞有「學然後知不足」、「學海無涯，而生也有涯」之慨。

在春節前一次聚會中，現任鍾總經理對出席的同仁說：「董事長是公司的發動機。」我很謝謝他對我的愛重。他比喻整個公司好像一個手錶，演藝人員是錶的正面，大牌也許類似指針與時碼，讓人一見而知，而幕後的工作同仁卻是藏在錶殼裏的無數螺絲及零件。我當時就說我不是發動機，就職責功能而言，總經理義不容辭地應該是居於發動機的地位，但我也自認是這個手錶中的一個零件，最多只是必要時調整時間，或者說萬一自動錶停了，必須轉動錶的那個鈕而已。所以我要求同仁全力支持總經理和副總經理，來使中視成為一個精緻準確的「手錶」，也就是蔣經國主席勉勵我們要成為一個理想的電視臺。

面對目前三臺競爭如此激烈，友臺做得好，我們不要怕，也不要氣浮心動，更不能心生妒嫉。我希望全體同仁精誠一致，發揚我們的優點，改正我們的缺點，朝著既定的經營方針邁進，相信我們一定會在最近的將來創造一番嶄新的氣象。（七十二年十二月三十日於中視公司動員月會講，刊《中國電視雜誌》七十期。）

第三節　從篳路藍縷到離情依依

來公司七年餘，我們共過艱苦，也曾同享喜悅，人人道義相交，以公司為重，方有今日。

> 大家在新厦中庭上下，揚手送我離去，雖然沒有言語，但感覺得出彼此是懷著無限誠意和最大善心的……。

六十九年六月上旬某日，蔣故主席經國先生要我到他總統府的辦公室談話，和往常一樣問了一些與文工會業務有關的事，然後對我說：「我準備推薦你去接中視的董事長。」接著又補充一句：「如果能把中視辦成一家理想的電視臺，你對國家的貢獻是非常之大的！」

來中視何所爲

當年七月二日我自李煥董事長手中接篆，感謝他把在中視二年的感想和見地，坦誠地一一相告，讓我這個「電視新生」，知道今後如何著力。到公司後第四週正逢例行的動員月會，我於是即以「建立中視爲一個理想的電視系統」爲題，說明了個人前來服務的願望，並期作爲今後同仁共同努力的目標。

我在這篇演講的第五段，提出了四項努力目標：

㈠每一同仁應以身爲一個理想電視臺的一份子自期自許。

㈡加強與廣播電視同業的合作。

㈢加強與報界及其他傳播媒體，包括雜誌與廣告界的聯繫合作。

㈣把握今天，策劃未來的發展。

我在中視七年期間，有沒有幫助同仁建立起一個理想的電視臺，只有讓史實去衡量，但我始終不曾忘記蔣故主席的殷殷叮囑，而無時不在全力以赴，則是自問可以俯仰無愧的！

決心放手一試

首先，我發現中視雖號稱爲三臺之一，且是執政的國民黨投資的重要傳播事業，然而它竟是一寄人籬下的公司，自己根本沒有臺址，而是年租至當年已調整爲三千萬元，向兄弟事業中廣公司租來的。就是今天所謂的「無殼蝸牛」。

租用臺址並不打緊，更非醜事，關鍵在於經營環境，特別是製作條件是否適切，同時租金長期累積，對於一個事業是否合算？經二、三個月的了解之後，就製作環境而言，乃是三臺中最差的，不但沒有發展潛力，而且由於三臺競爭激烈，華視與臺視都在不斷擴充，中視就有越來越落後的趨勢。以硬體設備最重要的攝影棚爲例，中視當年包括公司後側違建式的「大」棚，一共只有二百六十坪左右的棚址，與當時已擁有一個棚即近二百坪的華視相比，眞是瞠乎其後。無怪乎七十年左右演藝界都說中視製作環境最差，留不住大牌，做不動好節目。

就租金不斷提升而言，每年原則上按政府公佈的物價指數調整，年增率自百分之十至十幾不等，至七十五年遷址前已累增至每年四千五百萬元左右；雖然中視的營運付得起，可是長此以往，公司永遠沒有安身之所，更無發展餘地，面對工商企業，尤其是電視臺走勢，不獨太不合算，而且有朝一日，將因失去競爭力而衰微下去！

我在了解全般情況之後，乃下定決心，要放手一試，雖然明知十餘年來前人未嘗著手或因故罷手的事，必然有其前因後果。

向市郊求發展

經過公司幾位負責同仁的初步評估，咸認為：1.中視如在現址繼續待下去，只有越來越捉襟見肘，遑論未來發展。2.以目前房地產和建築材料都很穩定看，應該是覓地建址的好時機，而且以當前公司財務情形而言，只要營運正常，調度得法，加以銀行拆息不高，應可以支應。3.龐大投資當然是有風險的，首先必須取得公、民營股大股東的支持，此則要看董事長的決心和如何肆應。

我聽了以上的分析報告之後當即表示：「你們事實上已是肯定了自行建址這個前提，而且這件事實在不容再耽擱下去了；至於風險等等，只要我們大公無私，一切按規定，依道理去做，任何困難應可克服。」

此志既決，第一步當然是找地方，定概算，毛估本身的財務能力，然後才談得上如何進行。記得就是在六十九年的十一、十二月間，我與公司主管去看過民權東路目前蓋了東帝士大廈等幾個地方的空地，最大的只有七、八百坪左右，每坪索價已達四十萬元。按理電視臺至少應有三千坪的建地，公司那有能力在購地上就花去十億元以上？此路既然走不通，於是只好向市郊找適當的地點。

事有湊巧，我們當時的常駐監察人，也是公司民股大股東之一的林嘉政世兄，在七十年春節團拜後來到我辦公室，表示他在南港的甘姓朋友，因爲工廠必須遷移，有可供建廠用地二、三萬坪，願出售部分，索價在五、六萬元之間一坪，似乎可作爲公司建址的選擇之一。我當時即請他儘快與對方一談，並將基本資料提供給公司。

一個難忘上午

那是一個難以忘懷的上午，雨後的三月天，河邊的風帶著潮氣，有「名」的內湖垃圾山就在對河不遠，陣陣臭味隨風而至。車子勉強可經南港市區由一條小路開到甘家廠址，破舊的煙囱孤零凸立，待售的土地上雜草沒脛，而且無路可通，我們一行只好捲起褲腳，踏著泥濘往前探視，鞋子進水，出來時幾乎已無鞋型。

「這樣的地方能建電視臺嗎？」大家不約而同會發此疑問；但最能讓我迴環考慮的，第一是地價每坪五萬多，我們至少可以買六、七千坪，比市區便宜太多了。第二是環境可以改造，而且查過八十年來的水紋，水患無憂，靠河二十米的計畫道路，可作公司正面方向，塡高更可防洪。

回到公司，我對同行的各主管說：這地方離市區近，且爲兩條高速公路下交流道所在，未來又有地下鐵以南港爲樞紐（當時任交通部長的林金生兄面告），我們爲什麼不考慮就在此建址？事不宜拖，速商仲介人林先生（他一開始就表示事成絕不收分文介紹費）與甘家進行。

幾經雙方主事者的磋商，終於五月間議定以五萬五千元一坪的價碼，由甘家讓售雙方同意的基地內土地六千八百坪給中視公司，接著按嚴格的法定手續正式簽約，中視這條「無殼蝸牛」，終於在同仁們苦苦等了十二年之後，有了自己建「窩」的基地。

地有了，接踵而至的幾件大事是：1.繁複而絲毫差錯不得的「報准」手續，這是任何從事過公家較大建築計畫者嘗過的苦楚。2.建築藍圖的設計和未來設備的充實；由於有計畫地建立一個電視臺，在國內尚是創舉，雖然限於財力，難期如何偉大，但無論如何總要有些創意和至少二十年以上的遠景。3.最關鍵性的自然是資金如何籌措。

中視的「救命湯」

主意既然打定了，再大的困難也要克服。

首先要做的第一件大事，就是必須解決建築設計。由於梅故總經理長齡的推薦，我們起用了曾爲他設計中央電影公司廠棚的丁達民建築師。丁先生名氣並不很大，更沒有設計電視公司的經驗，但當他大概於七十年秋第一次來見我時，我發現他很年輕，也很虛心；一旦決定委託他的公司設計，他即偕同設計師先赴日本等地考察。

當時中視最感困窘的，莫若攝影棚的簡陋和奇缺，因此建築藍圖一定，初期工程的兩個棚先於七十一年九月二日就在基地上奠基。當日天朗氣清，新厦全部工程模型同時陳列在現場，同仁們看看未來遠景而欣欣然有喜色。我要求這二個棚應於半年內完工，雖然後來稍有延誤，然而它的確應了七十二年下半年以後的緊急需要，甚至有人名之爲中視的「救命湯」。

七十二年春節方過，梅總經理不幸因病去世，可是建厦工程並無一日耽擱。當年三月五日與得最低標興建的華升公司正式簽定合約書，同月二十四日我與中央蔣祕書長彥士，周主任應龍共同主持了中視大厦的破土典禮，爲公司正式開啓了嶄新的一頁。

感到孤立無援

接踵而至的，就是預算編製、資金調度、投資報酬以及營運遠景這些實際問題。

經會計稽核部門精打細算編成的預算，大概全部工程，包括購地及二座攝影棚，加上新厦各種設備費用，共計爲十二、三億，在當時不能不說是一個很大的數目。以公司七十一、二年的經營實績估算，到七十三、四年時，必然是公司借債最多的時期，最高要達到六億元以上，如果又以那二年的獲利率平均數估算，我們的債務，可能要延伸到八十一年方能還清。

爲了資金調度靈活，減輕一些借款的財務負擔，我曾與同仁、會計師以及大股東代表文工會等單位負責人商定，在公司法允許的範圍內，由股東會通過，自七十一年起保留三年的紅利分配，股息照發，這樣大概可以減少公司在那幾個年頭向銀行三億元的借貸。我十分期盼此一計畫能夠實現。

七十一年股東常會因爲我相當堅持，總算在有反對聲浪中勉強通過，可是到七十二年的常會上，大的爭執終於來臨。民股的代表們十分嚴厲地認爲「保留紅利」，乃是剝奪股東應享的權益；我在股東會上雖然力竭聲嘶地說明公司困境，切望大家不過損失一點利息，而能讓新廈早日順利落成，使公司邁入坦途。

然而我這一套道理，始終說服不了持相反意見者，最令我感到孤立無援的，乃是代表最大股黨股的股東們很少有幾位站起來聲援我，最後幸由前任董事長李煥股東出來打個圓場，提出一項折衷性的處理。我爲了全體股東們的和諧，自然亦不便再堅持下去。因此「保留紅利」的計畫，第二年即不再實施。回來將此事告知家人好友，他們異口同聲地說：「你這樣幹下去，最後要把所有的朋友得罪光了。」

這一幕過後，我的確有些反省，亦有無限感慨。

遠景已經在望

所幸，七十一年的景氣低迷很快過去，七十二年四月鍾總經理湖濱兄到任希望有一番新作為，又逢新棚適時啟用，公司營運日見好轉。當年十二月三十日的動員月會上，我再度懇切呼籲大家突破現況，積極向前。

同仁們的確不曾辜負我的期望，大家雖然依舊是在仁愛路侷促的環境中工作，但公司上上下下，內內外外，彷彿由於新廈層層升起，遠景在望，從而顯得空前的團結和富於朝氣，眞是家和萬事興，大家幹得特別起勁，連一向獨擅勝場的臺視新聞節目，自七十三年起幾乎受到中視的威脅，其他節目更多是叫好叫座。

因此七十三年後連續四年的公司盈餘年年升高，預期中的貸款洪峰根本不曾到來。

由於我們成立了建廈指導小組，監控全局，另有營建執行小組綜覈細節，因此一切都要求按計畫進度完成，個人到工地察看前後也達十二、三次。七十五年春節，遷廈在望，我在給同仁們的信中寫道：「從此我們近千同仁，即將擁有完全屬於自己的『新家』——一個完整、溫暖、充滿活力的新家。」

搬個漂亮的「家」

當大廈於該年五月起全面裝修內部的同時，經理部門已經擬定好了一個非常細密而安全可靠的搬遷計畫，自九月九日起行政單位和節目部為第一波，十月底以前工程部門全部在南港作業，不容許有絲毫的差錯，因為電視臺如果當機一二分鐘，豈不是天大的笑話。

事後鍾總經理告訴我：光是播出用的各種網線多達一萬餘條，任何一條有問題，後果即不堪設想。他實踐了向我保證搬一次漂亮的「家」的諾言。

誰能想到今日巍峩的建築，優美的環境，在六年以前，尙是荒煙蔓草、人跡罕至的河邊窪地？對於那慮始愼終的規劃，攻之營之的苦楚，尤其是多少同仁們汗淚交織的投入，都可能隨著時光的流逝而淡忘，而漸成陳跡，但是鐵一般擺在眼前的一個事實，卻是緊鄰只有半步之隔的、同是甘家保留的土地，據悉喊價已經四十萬一坪。

試想如果我們七十年之初不下定決心動手，我們能不後悔嗎？說得更具體一點，中視的能力負擔得起今天做需要四十億的投資嗎？

同仁無語相送

個人一生就像走馬燈式聽憑差遣，也許這就是吃公家飯的命運。七十六年七月四日上午經國先生要我到總統府去見他，劈頭就說：「你在中視完成了任務，現在回去加強一下《中央日報》如何？」看到他那時已相當羸弱的健康，加上四十餘年來對他一貫的道義相從，當然沒有二話可說。

平心而論，在中視待了七年，說走就走，是多少有些並不自在的。當年八月十五日正式離開之前，我在寫給同仁們的信中寫道：

「來公司七年餘，在我職務範圍內，與同仁們雖不算十分接近，但一點也沒有疏離之感！我們共過艱苦，也曾同享喜悅，人人道義相交，公司爲重，方有今日。

由於職務的調動，即將離開這共過二千餘朝夕的家，回憶以往，展目當前，人非木石，能無依依！……」

當我十五日早晨分別到各同仁的辦公室辭行，交接儀式後大家在新厦中庭上下，揚手送我離去，雖然沒有言語，但感覺得出彼此是懷著無限誠意和最大善心的。今當公司二十週年之慶，追述往事，點滴在心，用以表達感激之忱於萬一。（七十八年十月三十一日《中央日報》）

第九章 新聞教育與新聞事業

新聞學人與政治學者都認為：有甚麼樣的新聞記者，就有甚麼樣的新聞事業；一國新聞事業的良窳，對一國政治社會的隆污，每有決定性的影響。

第一節 大家都來關心新聞教育

大眾傳播教育學府，是培植大眾傳播從業人員的主要場所，而大眾傳播學術研究，則是改進大眾傳播事業的必經途徑。我大眾傳播教育協會於我國新聞教育七十周年之時舉行學術研討會，集全國新聞學者和部分從事實務者於一堂，特顯其意義之重大。

為提高大眾傳播事業的水準，使其隨著時代的日新月異而不斷進步；同時，為建立大眾傳播學術與理論體系，使其在諸種社會科學領域中獲得應有的地位，大眾傳播教育乃成為學者與業者的共同責任與努力目標。此正如教育學者杜威六十餘年前在其名著《經驗與自然》一書中所言：

「人類社會因傳播而組成，因傳播而存在，也因傳播而延續。」

大眾傳播媒體在民主政治成長與發展過程中，扮演了舉足重輕的角色，因此談民主、講自由，最重要的標竿之一就是新聞自由。最近四十年來，也因為新聞自由常被誤用和濫用，於是有所謂「社會責任論」的興起，藉以匡正漫無止境，亦漫無標準的自由。姑不論此一新理論、新觀念在新聞實務上發生的效果如何，然而對於人類這一至為可貴而又得來不易的基本自由，至少發揮了自我警覺和若干遏阻的作用。

就吾人自身而言，特別是自年前解嚴，今春報禁解除之後，新聞自由與社會責任這一問題，無疑為各方所一致重視，此次研討會中亦殆為主題之一。個人以為今後我國在這一問題上能否獲得由自覺產生共識，由共識產生制約（包括法律），實為我民主法治與國家革新進步成敗的一大關鍵。

基於此一體認，因此我特別期望下列幾件事付諸行動：

㈠我國新聞與大眾傳播教育學者一方面要以造就第一流新聞人才為已任，共同投注全部心力，一方面還要為我國新聞教育樹立範型，尤其是要比較我與諸先進國家的研究內容、方法和成果。

㈡整理我國新聞與大眾傳播學研究的內涵與重點，規劃我國在這方面的短、中、長期研究發展計畫。教育當局及民間機構且應盡力支援。

㈢新聞事業盈餘多的單位，是回饋新聞教育的時候了。建教合作不應是口號或點綴，應該有一套可行辦法。政府有關方面，包括財稅單位允宜予以便利和協助。

㈣在校學生（研究生在內）除從事學術研究外，校內與新聞事業單位的實習工作亟待普遍加強，而各媒體的從業人員更應強化在職進修，使能繼續增進學識，擴充才能。

新聞學人與政治學者都認爲：有甚麼樣的新聞記者，就有甚麼樣的新聞事業；一國新聞事業的良窳，對一國政治社會的隆汚，每有決定性的影響。因此大家都來關注新聞教育，等於關注自己國家前途一樣。（七十七年六月二十六日《中央日報》、隔日國際版刊用）

大衆傳播教育的努力方向

大眾傳播教育學府，是培植大眾傳播從業人員的主要場所；而大眾傳播學術研究，則是改進大眾傳播事業的必經途徑。

爲提高大眾傳播事業的水準，使其隨著時代日新月異而不斷進步；同時，爲建立大眾傳播學術與理論體系，使其在諸種社會科學中獲得應有的地位；大眾傳播教育成爲大眾傳播業者與教育界人士所共同努力的目標，現已成爲不可抗拒的時代趨勢。

爲達成上述使命，今後我國大眾傳播教育的發展，個人以爲應朝下述幾點方向邁進：

一、以人文社會科學爲主導的新聞教育

大學部的一、二年級，應著重人文科學的薰陶，輔之社會科學的基礎。換言之，應加強中國傳統的文、史、哲學和新聞道德的培養，並要求學生從政治、社會、經濟、法律、心理等學科擇一研究，以奠定良好的人文及社會科學基礎，並從中樹立健全的人格與新聞專業精神和道德。

二、著重科學方法的訓練

良好的科學方法訓練，是養成學生敏捷的思想、獨立的判斷、周密的考量，以及運用資料、表達與分析能力的不二法門。有了良好的科學方法訓練，加之人文與社會科學的素養薰陶，學生於日後從事實際的工作，必能妥善析論複雜的社會發展，從事公正、客觀、忠實而獨立的報導，進一步則能創新改革，推動傳播事業的發展。

三、課程應配合社會與時代的需求

大眾傳播科技的發展日新月異，大眾傳播事業在科技的衝擊下，許多形態和表現的方式均已今非昔比。所以，如何使學生了解資訊時代的傳播形態，是今後大眾傳播教育的重要課題。因此，現今的大學新聞教育，應在三、四年級時就報業、廣播、電視等新科技發展的理論與實務，以及電子資料處理，電腦與自動化的基本概念與操作等，要求學生研習，以適應時代的需要。

四、確立建教合作的計畫

目前，新聞傳播科系的學生，大都在高年級時到各傳播機構實習。但實習的時間很短，收效有限。大眾傳播機構和企業界應有更大的胸襟與學校推誠合作，將實習的時間溯自大三開始，利用寒、暑假長期訓練，以補助學校教育的不足。同時，學校也可借助現有的師生從事傳播內容業務的系統性研究，以促進傳播事業的進步。

美國密蘇里新聞學院創辦人威廉博士說：「吾人對於新聞事業，懷有信心。」同樣地，由於國內許多學者專家們的羣策羣力，新聞事業家對傳播教育日益重視，我們對我國未來大眾傳播教育的功能，實不應有任何存疑的道理。（七十四年十二月七日載政大新聞系五十年特刊）

第二節 大衆傳播與國民生活品質

大眾傳播事業是整個文化事業重要的一環，負有最大的社會教育責任。傳播學者大都主張大傳媒介具有「守望、決策、教育和娛樂」等功能，它是一支巨大的動力，因其具有激濁揚清、振衰起弊的作用。

一個國家的盛衰強弱，取決於許多因素，也就是一般人所謂政治（含地緣與外交）、經濟、軍事、文化（含教育）、社會、人心等有形與無形的力量來決定的。而一個民族能否發榮滋長，歷久不敝，甚至衰而復振、亡而再興，則端視其有無歷史的背景和文化的潛力。有些學者總稱這一無形力量為民族精神，許多政治家則簡單名之為「國魂」。

民族精神的表現，如用淺顯易曉的標準來詮釋和衡量，則為這一民族所具有的文化水平。具體一點說：就是這個民族的組成分子在其生活習性與工作行為中，能否顯現出一種共同的價值準則與奮發向上的精神。我們只要稍一回顧各民族的發展史及其立國經緯，就可一一覆按，甚至百試不爽。

國民言行脫軌反常

我國自古以來，就以「禮義之邦」自居，多少年來，雖然大多數人都知道「禮義廉恥」等「四維」「八德」，是我們立國的基礎，且提出「四維不張，國乃滅亡」的警語。然而，這些古訓格言，似乎早已流為口號。尤其是在工商業日益繁盛的社會中，人際關係充滿競爭角逐的本質，功利主義的思想氾濫成災，個人好惡的表現超過一切，自私自利、投機取巧的行為隨處可見，……反射在日常生活習性中的，竟是一股背離我國優良傳統文化的逆流，社會上形成一種是非不分、眞偽混淆、義利莫辨的反常現象。

今天我國國民平均所得已近三千美元，九年國民義務教育的實施，也已近二十年，按自孔子論政，我國傳統的立國準則來說，不但已經「庶而且富」，更加是廣施教化了。如果用現代標準來衡量，我們已位居開發國家而有餘；預估五、六年之後，當國民所得再提升到六千美元時，就要躋身於開發之林。然而我們稍一檢視一般國民的思想觀念，尤其是許許多多人的生活習慣，是否合乎一個現代化國民最低限度的條件呢？

一般學者專家及有識之士，將目前我們社會種種脫軌反常的現象與國民生活違離應有規範的事實，每每歸咎於教育的失敗，其中當然包括大眾傳播媒體未能善盡其功能，而文化生活更感十分缺乏諸因素。亦有人自求多福地認爲：當前種種不良現象的產生，乃是社會經濟邁向工業化途中不可避免的情形，等到轉型期過去，許多人反常甚至反動的動機與行爲，即可漸漸消除或蛻化，國民的社會生活亦將隨之漸入正軌。這些剖析自各有其道理，但似應進一步來加以檢討和策進，方可加強我國民的普遍現代化，卻爲不爭之論。

現代國民與現代化

現代國家需要現代國民，亦惟有現代國民才能造成現代國家，關鍵所在，無疑還是要靠文化教育的力量，才能培養出現代國民來。

何以故？因爲文化教育乃國家百年大計，自古即有「百年樹人」的哲理，意思是說要造就一個或一批特出的人才，往往非經世代的努力，難期有成，而欲求一國之人，皆能具有高尚的品性與進取的作爲，則更非長期教育鍛鍊，無以收功。文化學者泰勒（E. B. Taylor）在其名著《

原始文化》(*Primitive Culture*)一書中嘗謂：「文化是知識、信仰、藝術、道德、法律、風俗習慣、以及社會中每一成員所能學習到的綜合體。」簡言之，文化就是生活方式的綜合體。教育學家杜威博士曾謂「教育即生活」；其實文化與生活亦正是一體的兩面，一而二，二而一，可分可合，相輔相成。

要使一國大多數的人民，大家都能透過教育的功能與文化的薰陶，使其在日用常行中，不獨學習和享受到了這種文化的綜合體，而且處處能表現出一個現代公民或文明人的行爲規範，的確是一樁偉大的「精神共業」，也是一項巨大的「精神工程」，此所以文化建設乃爲一切建設的基礎，同時也是建設一個現代國家的最高目標。換言之，其他一切造成國富民強的建設工作，可能都只是手段，惟有建立一個富而好禮、安和樂利的秩序社會才是目的。一個國家只有達到這樣的境界，教育與文化的功能，才算充分發揮了出來。

大衆傳播責任重大

大衆傳播事業是整個文化事業重要的一環，負有最大的社會教育責任。傳播學者史蘭姆(W. Schramm)、拉斯威爾(H. Lasswell)等都主張大衆傳播媒介具有「守望、決策、教育及娛樂」等功能，由此可見其對社會大衆的重責大任。

大衆傳播媒體透過文字、聲光、形象、符號，持續地、普遍地輸入人心，而大衆多處在難於設防、容易接納的心態下，接觸各種傳播訊息。因此，大眾傳播媒體如果能夠眞正肩負起一般西方傳播學者所力倡的「社會責任」，從「監視人」、「決定過程者」和「導師」這三方面去爲社會貢獻特有的、巨大的傳播力量，在積極方面可以領導輿情，造成時勢，鼓舞民心士氣，提升國民生活品質；消極方面則可以導正偏差，糾舉謬誤，消弭傷風敗俗，打擊邪惡罪行。可惜這一神聖功能，卻每每受到過度的「新聞自由」與「新聞競爭」的衝激，而難以完全實現。

普遍提高生活品質

當然，要普遍提高國民的生活品質，需要諸多因素的推動和促成。大眾傳播媒體的倡導是一支巨大的動力，因其具有激濁揚清、振衰起弊的作用。但若將改造社會、端正人心的責任，絕大部分課之於各媒體，則又失之太苛，未見持平。事實上，政府各種法令的適時適切，且能貫徹執行，爲經濟繁榮、人心尙利的工業社會最重要的制約力量，此所以現代社會就是法治社會的道理。而歸根結柢，教育、文化、宗教等諸種因素的配合，或授予大眾的知識，或陶冶個人的品性，或養成羣體的和諧。

更重要的，是要將以上這些文化綜合體的力量，普遍貫注於一般國民的心靈與人格，從而反映於其日常生活、人際關係以及工作行爲之中，使絕大多數的人皆能奉公守法，知禮重義。這是我們今天在經濟建設極爲成功、物質生活達到高水準之後，朝野上下必須趕緊全力以赴的最重要

工作。（七十四年二月十二日《中央日報》，三月《黃河雜誌》六十八期轉載）

第三節 幾本實用傳播的好書

是專業亦是通識

——關於王著《我篤信新聞教育》

新聞教育家王洪鈞先生的嘔心力作——《我篤信新聞教育》一書，月前問世；由於這是一本將百年來中西新聞理論與實務融會貫通的著述，輔之以洪鈞兄個人五十年來獻身教學與諸般媒體的親身體驗，並爲之佐證，可謂體用兼賅，學驗俱在，原無須於任何贅言以爲薦介。

據本人所知：洪鈞先生自三年前於國立政治大學新聞系及研究所的教席率先退職，即立意要將其畢生投入新聞學、業兩方面的全般經歷，坦誠而平實地發爲文字，用爲紀念。事爲其長年好友，亦爲新聞業學兩界崇爲苦行僧的《新聞鏡》周刊發行人歐陽醇先生所悉，乃懇邀他早日執筆，並期先在該雜誌逐期刊載，以饗學校和社會各方面的共同需要。這便是《我篤信新聞教育》這篇大文，自八十一年五月二十五日在該刊一八五期始載，而於本年五月前刊畢的原委。就他們二位而言，可謂伯樂與千里馬的相得益彰，而對研習新聞與大眾傳播者及廣大社會言之，則可謂先覩爲快，受益良多了。而今輯編成書，梓行於世，相信必能吸引更多讀者，導發更多迴響，謂之爲名山事業，應不爲過。

洪鈞兄對新聞教育的一片肫衷，對新聞學子的循循善誘，不論爲其師、爲其友、爲其同窗、爲其子弟，只要眞能了解他的心志，深察他的言行，並從他四十餘年的教學作爲中，探明他的執著與愛心，便能窺知他一以貫之的毅力，與有教無類的襟抱。作者嘗謂：「新聞教育是通識教育，更是專門教育，推動者必須具備無私與奉獻的精神」，他身體力行，從不倦怠，直到此書之成，他依然在這一條艱苦而漫長的路上，胼手胝足，灌注心血。這是他的過人之處，亦是其文一出，普受重視和推崇的主要原因。

本書作者雖以新聞教育爲其一生職志，然自政大新聞系畢業後，即投身於報界，五十年來，曾經擔任過採訪、編輯、編採合一、資料、社論、廣電評論等實際工作，幾乎媒體的新聞和言論部門都曾涉足。不僅如此，且有幾度幾乎下海辦報。由於直接間接參與過的國內報紙，先後接近二十家，因而他每以報業的「邊緣人」自況。據予所知，洪鈞兄每一次應約都是被動的，這一方面固然顯現其才華橫溢，博學多能，同時亦充分說明了他確有學以致用，及身濟世的抱負。

正基於作者身處這麼一個國家多故，世事詭譎的大時代，而其本人又正好選擇與投身於最能反映時代背景和腳步的新聞工作，因此他內心的感受，顯然比一般人敏銳，而他要一吐爲快的心聲與對時代脈動的反應，自然也就比常人爲強烈。此書作者，固可視爲其本人傳記的縮影，又無異是一部現代中國歷史的寫照。至於把它看作是我國近代新聞史的經典之作，似乎更不爲過。

個人深慶此書問世，固然使攻習新聞與大傳的莘莘學子，可以得一傳道的範本，同時亦可供新聞工作者，獲一授業的參據。推廣一點說，對這個知識爆炸與傳播革命的新時代，又何嘗不能發揮一些質疑問難、探本索源的解惑功用。（八十二年十月十九日《中央日報》副刊）

追源溯本、鑑古知今

——序吳著《中國傳播媒介發源史》

第二次世界大戰結束以來，新創學說有如雨後春筍，層出不窮，「大眾傳播」就是其中之一。

「大眾傳播」這個名詞於戰後傳入我國，乃根據英文Mass Communication翻譯而來，不旋踵即傳聞遐邇，耳熟能詳。從大專院校「大眾傳播專系」的競相設立，到大眾傳播理論的熱烈討論，以及大眾傳播媒體的相繼擴充，以至於時下電腦時代資訊系統的建立，這一連串的發展，益發證實了傳播對人類生活形式與社會文明的影響，已經有愈來愈密切的趨勢。

在涵義上，所謂大眾傳播媒體的類別，一般咸以報紙、廣播、電視、電影、雜誌、廣告六大類爲主，無論從理論上、或方法上探討大眾傳播，亦以上述六類爲對象。中外學者，莫不環繞這些對象，提出研究的心得，加以闡述；而有關之科技專家，也針對這些傳播方法，創造發明更精密的器材，顯而易見地，未來的傳播功能，必然日新又新，為人類文明提供更驚人的貢獻。

作者吳東權兄，是一位畢生投入大眾傳眾工作系列的眾多成員之一，他卒業於新聞學系，愛好文藝寫作，曾經先後於廣播電臺、報社、雜誌社、電影公司、電視公司從事實務工作數十年，且以其實際經驗，在兩所大學任教，集經驗與理論、著作與講授於一身，更難得的是他不但致力於大眾傳播未來發展的研究，時有前瞻性的講演與論著公之於世，而且以多年的精力，從事於中國傳播媒介溯源究往的尋根工作，而這項艱苦枯澀的探究，並不是一般人所能和所樂於投注的。

誠如東權兄所秉持的信念：「觀今宜鑑古，無古不成今」，才有一股毅力與耐性，費了六年的歲月，考證、探索中國傳播媒介的發源，並予以分類歸納，得七大類三十餘項，追溯符號、音響、光影、形象、文具、器物及綜合諸類傳播媒介之淵源與發展過程，總三十餘萬言，逐項考證、引經據典；條舉句析，旁徵博引，對於中國先民之生活情狀與傳播方式，彙前所未彙、言前所未言，穿針引線，串綴顯微，名之曰《中國傳播媒介發源史》。

我披閱之後，深深感到撰寫此書的辛勞與苦心，箇中資料，得之不易；字裏行間，充滿史實，若作為大學用書，應為大傳與新聞科系學生所需之參考書籍；倘視為一般讀物，亦是為中國文化歷史之國民知識論叢，堪稱一部極具國學價值與時代意義之著述。

我們觀察中國文化與文明之發展走向，百餘年來深受歐風美雨之衝擊，尤其是近代傳播媒介，幾乎全盤師承異國，仰賴他邦。青年學者，耳聞目覩，莫非舶來；理論技術，多涉洋化。而東權兄竟在大眾傳播最尖端之電視工作崗位上，凝聚精力，投注心血於我國古代的傳播源流，瞻前顧後，承先繼絕，期望在一片西化的現況中，發出一聲親切的呼喚。如是好讓年輕的一代，能夠多瞭解一些自己民族的智能，涵泳於先祖的創造成就，進而洞察現代傳播媒介的本源，這不僅有助於知識之增進，更可培養民族之自尊心，可謂立意極善，用心良苦。

基於以上之認識，復承作者之請，欣然爲之序。切望吳著問世之後，能得到各方面，特別是新聞傳播界的廻響，使其心願得以植基於社會大眾而發榮滋長。（七十六年十二月二十五日）

電視媒介的功力和新貌

——推薦李著《電視傳播與政治》

近十餘年來，世界各已開發及開發中國家與地區的大眾傳播媒體，多呈加速度的發展，尤其是電視傳播，憑藉種種高科技電訊的廣泛應用，更是獨擅勝場，擴展驚人，傳播學者預言的所謂「世界村」（Globalization），慢慢地好像眞有成爲事實的趨勢；「傳播革命時代」眞的已經來臨！

甚於此一現實，同時爲因應各方需要，各種有關傳播理論與實務的著述，於是應運而起。自電視這一傳播利器成爲政治最大角力場——選舉的寵兒以還，有關二者的書籍，諸民主先進及新興工業國家的專家學者，不僅樂於寫作，亦復擁有相當廣大的讀者。

由於我國自民國七十六年「解嚴」之後，民主步伐大爲邁進，電視與政治的關係無疑亦大爲拉近。友人資深記者李萬來君學識淵閎，勤於研讀，在其專精於本身工作之餘，今年又完成了一本對國內極爲實用的書，名爲《電視傳播與政治》。發行以來，受到各方相當高的評價。

我將本書瀏覽一遍之後所得到的一個總印象，就是作者乃以國際宏觀探討電視廣播對國內及國際政治的影響。他從經濟發展與傳播理論結合的架構推演中，預見電視廣播與電腦通訊等大眾傳媒所產生的大眾文化與資訊革命，勢將成爲促進中國大陸經濟市場化、社會自由化與政治民主化的重要推動力。

作者在討論到電視傳播對大陸未來走向時指出：中國大陸正從市場經濟的初級工業生產階段，逐漸轉進於大量消費與第三產業服務業時期，而當該新經濟階段到來時，電視廣播與電子通訊等各種電子多媒體，將發揮其無遠弗屆的力量。此等傳播利器，將不斷促成大眾文化在大陸流行，而使更多西方的自由民主資訊傳播進入大陸。

他在書中語意肯定地說：衛星、光纖、數據、電視、廣播、電腦、傳眞及行動電話等各種電子多媒體影像聲光科技的相互融合，已使先進國家從後工業與資訊爆發階段，逐漸轉型於知識革命的時代，並在二十一世紀即將來臨之際，使人類日漸走向麥克魯漢所預見的「世界村」境界，亦即我國「世界大同」的理想。

李君以其實務經驗，於書中各章一再回顧並檢討：在波斯灣戰爭及美國總統的選舉中，電視廣播媒體的威力與影響，已無庸置疑；而我國自一九九一年國代及一九九二年立委選舉，開始准許以公辦電視廣告進行競選後，電視媒體在政治上的應用日趨重要。在未來的省及院轄市長選舉，以及一九九六年的總統大選中，電視都將扮演更重要的選舉媒介角色；尤其有線電視、公視甚至新的無線電視與廣播電臺等，在今後一兩年內都將紛紛參與運作。作者強調我國亟須早日建立新的電子媒體秩序，並建議政府成立類似美國「聯邦傳播委員會」(FCC)的機構，或提昇擴大新聞局廣電處的組織功能，才能因應未來我國電子多媒體社會與時代的需要。

他在書中第四部分討論到「電視廣播與國際政治」時，對我們自已提出忠告：儘管近年來美國國力有所消退，但卻仍爲國際電視媒體王國與超強。本書即以美國電視傳播業的發展爲經，並以其經驗引伸運用作爲未來我國的電視發展借鑑；同時也探討美、歐與日本等三大經濟陣營對控制國際電視傳播科技與文化的競爭，以及我國的因應之道。

最後，作者並以其從事新聞傳播業及學習外交的背景，研究電視傳播在國際政治、外交及談判上的運用，並進而論列電視廣播對兩岸關係、國際民主化運動、國際戰爭及國際恐怖活動等多層面的影響。

在國內電視廣播等電子媒體面臨更大開放壓力之際，本書是少數首先以理論體系及實務經驗，有系統研究論述該項問題的作品，相信對我國電視廣播等電子媒體的發展，將有所助益。而且當國內電子媒體進入到一個嶄新階段的今日，相信此書的出版，必爲業學兩界所共同歡迎，故

樂予向社會各界推薦。（八十二年一月八日《新聞鏡》周刊）

新聞與歷史交輝

——介評周著《中央社的故事》

常言道：「今天的新聞，就是明日的歷史；而今天的歷史，也每每就是昨日的新聞。」足見時光默默流逝，而歷史永遠栩栩如生，正因爲它滿載著活生生的新鮮事物——新聞。

最近由三民書局出版的《中央社的故事》這兩册書，記載了一家通訊社如何與國家命運血肉相連的眞實故事，正是前說一個最新的例證。

作者周培敬先生，爲一位盡瘁新聞事業的信友，服務中央社四十年，以他在社那段時間所親身經歷，把該社從改組成立、慘淡經營，對日抗戰播遷、勝利復員、中共興起，到來臺重建、擴展業務幾個階段的過程，以寫故事方式，綜述我國新聞界在民國二十一年到六十一年的發展實況。其中許多史實，或爲讀者從未知悉的珍聞，尤其附有兩百多幀歷史圖片，更屬難得。

讀此書，也使我們知道先總統蔣中正先生對我國新聞事業之倡導、推動，曾不遺餘力。其命蕭同茲先生改組中央社，準備戰時通訊設備，以利新聞報導與國際宣傳之加強；在中央政治學校創設新聞系，積極培植新聞工作人才，而且不論在大陸或在臺灣，其對新聞輿論的尊重，都直接間接有助於我國新聞事業的發展。

作者分述蕭同茲、曾虛白、馬星野三任社長對中央社之貢獻；碰巧三位先生與個人都有一段相當長時間的過從。蕭先生曾以拓荒者精神、建立該社現代化通訊社的基礎，不僅戰時維持新聞傳播未嘗一日中輟，且陸續擴大其業務；勝利後迅在國內普設分社，國外佈建全球通訊網。後因大陸沉淪，蕭先生的雄心壯志爲之中斷，但大部分電訊設備得以保全，方可在臺重建規模。曾先生接掌之後，逐漸恢復海內外業務，在國內外新聞報導上不斷擴展，更在國際新聞界建立其個人聲望和中央社的地位。馬先生推行多元化業務，供應新聞以外的各項資料，使訂戶獲得特約專欄、長篇連載等項服務，備受同業稱道。

培敬兄在社四十年中，從練習生而歷升至編輯部主任，其苦修勤學、負責盡職過程，亦隨史實的敍述而躍然紙上。中央社過去得有如此輝煌成就，領導者策劃指揮之得宜固爲主因，然社中如作者一般的服務同仁，其不斷在工作中學習、研究的發展精神，實亦盡其輔佐之力。譬如說：該社同人在以往半世紀中，歷經艱困，始終不懈，甚至有若干戰地記者和特派員，曾「以生命爭取新聞」，與社共存亡、同榮辱的史實，眞是不一而足，值得我新聞界的感佩和學習。而作者本人亦即是一個例子和證人。

讀《中央社的故事》，其於三十年代至六十年代，該社同人的艱辛服務精神，固足爲我今日新聞界的效法與借鏡。由於此書不僅爲明瞭中央社進程之歷史文獻，可作爲我新聞從業與就學者之重要參考著作，而且它反映了國家過去數十年的變亂和盛衰隆替，良可作爲一般國民了解和

研究現代中國史的佐助。（八十年二月二十二日《中央日報》副刊）

爲《大傳人物浮雕》作序

近年來，「大衆傳播事業」與人類社會的密切關係，正隨著其影響力擴大，逐漸加深其程度，擴大其範圍。而我國的大衆傳播事業，自其發展以來，即在所有大傳工作者的努力耕耘之下，有著長足的進步。

隨著社會腳步急遽發展的今天，「大衆傳播事業」儼然成爲社會的領導者，負起「教育」、「娛樂」、「告知」的重大使命。而報紙銷數之激增、廣播事業之普及、廣告之日新月異、雜誌之多采多姿、出版事業之日益蓬勃、電影事業之進步，以及電視媒介到達無遠弗屆的境界，更在在顯示出所有大傳工作者，在推動大傳事業進步上的努力痕跡。

而在細數當代大傳工作者的成就之中，應首推《大公報》的創辦人——張季鸞先生。

今年三月二十日，乃爲季鸞先生的百年誕辰紀念日。這位中國近代報業史上的傑出人物，自民國元年加入《民立報》擔任記者，獻身中國新聞事業以來，即全力倡導新聞自由，確認報紙的天職，強調報紙爲人民共用之工具，在秉持著「絕對擁護國民公共的利益」之前提下，於民國十五年間，與吳鼎昌、胡政之二人接辦天津《大公報》。

在季鸞先生主持《大公報》的十五年中，由於其揭示「報紙者，表現輿論之工具，其本身不得為輿論」的基本意義；標榜著「不黨、不私、不賣、不盲」之四項原則；使得《大公報》於民國三十年獲美國密蘇里大學新聞學院，所頒贈之榮譽獎章；同時，亦贏得國際間之重視與尊敬。而季鸞先生辦報之心志與風範，不僅成為其個人新聞事業成就之表徵；亦為中國新聞史上，樹立了光榮的典範。

就在季鸞先生百年誕辰的同時，銘傳女子商業專科學校的大眾傳播科，於民國七十一年十一月所創刊的學生實習刊物《銘報》，亦堂堂邁入一百期。

這份以「新聞中的新聞、媒介中的媒介」為目標而自我期許的刊物，自創刊以來，每期探討當前國內大眾傳播界的熱門話題，專訪當時大傳界各媒介的主事者，並提供大傳工作者最迅速的「大傳圈內」消息；以媒介圈內的「事為經、人為緯」，成為國內大眾傳播界之橋樑；也讓「圈外人」進一步地了解大眾傳播。同時，亦使得《銘報》在國內眾多的印刷媒介與學生實習刊物中，獨樹一格。

正如同美國新聞學人普立茲先生所言：「新聞事業是一項挑戰性的事業。」新聞事業的日新月異，不僅成為推動社會進步的原動力；同時，亦間接影響了人們的行為與價值觀。職是之故，即可了解到，任何一位大眾傳播工作者，其所負責任之重大，與其影響力之深遠，自是無可比擬。

這本《大傳人物浮雕》，收錄了一百位在訪問當時最具新聞性的大傳媒介記者、主事者，就整體性而言，這一百位大傳工作者在過去的時間中，其對於推動大傳事業進步之成就，功不可沒；同時，更代表著替這段大眾傳播事業發展史，進行一歷史性之回顧。而就其個別性來看，每一位大傳工作者，皆曾在其大傳事業上，享有一定程度的令人肯定之成就。

《大傳人物浮雕》一書的出版，恰逢季鸞先生百年誕辰紀念，期望大眾傳播工作者及青年學子，在孺慕先輩的同時，更應見賢思齊，發揚季鸞先生的報人精神，爲我國大眾傳播事業，再創另一個時代。（七十六年三月二十日《銘報》周刊）

第四節 關於一代報人張季鸞

七十六年三月二十日為一代報人張季鸞先生的百年誕辰，為發揚他「不黨、不私、不賣、不盲」的辦報主張，曾為他舉行頗為隆盛的紀念會，引起各方很大的迴響。

爲何紀念報人張季鸞
與新聞學會淵源深厚

本月二十日，爲我國無黨無派、一代報人張季鸞先生百年誕辰，中國新聞學會將結合我新聞從業者與新聞教育及史學人士舉行一次紀念大會，使其潛德幽光、操持節概重現於今日，應不僅爲新聞界一大盛事而已。

張先生與中國新聞學會有深厚之淵源，民國三十年學會成立於重慶，成立宣言即爲他的手筆；但今日我們紀念其百年誕辰，更基於以下幾點體認，深感其報人風範，固足式法；而一生愛國情操，尤令人肅然起敬，誠不愧是一位典型的報人。先總統　蔣公感於他終生敬業重義，嫉惡如仇，曾於其三十一年以五十五歲之齡謝世時，親撰「一代論宗」輓之，不難想見當年所受到的推崇。

論政超然擇善無畏

首先，超然論政的公正態度，值得敬佩。他認爲報人論政，應以國家民族之利益爲前提，不黨不私、無我無求，避免自己的好惡愛憎，不任個人的情感支配主張。他說：「一個新聞記者無論寫什麼，應該謹愼，不可人云亦云，但有了重要意見，應該勇於發表。」他認爲報人無我無私的修養，應與政治家之修養無異，但其感覺之敏銳，尤有過之。他深信報紙是公衆的，不是「我」的，所以任何言論，務須「超然無我」，爲大局設想，對全民負責。

其次，擇善敬業的無畏精神，値得效法。他自二十四歲從日本學成歸國，即投身報業行列，從事新聞工作，時而創辦報刊，時而宣告停刊，忽而北上，忽而南下，縱然屢辦屢停，受盡挫折，甚至因宋教仁烈士遇刺案撰文揭發袁世凱陰謀而被捕下獄三個月，他仍無畏無懼，毫不退縮，始終以辦報論政爲職志。迨民國十五年接辦《大公報》，更是全部投入，終生不二，世俗榮華，不爲所動，甚至病入膏肓，猶爲《大公報》撰寫社論，這種執著專注、擇善敬業的精神，實在是今日新聞從業者不可或缺的基本條件。

責任觀念值得取法

再次，季鸞先生的新聞責任觀念，值得學習和取法。他辦報主張「不黨、不私、不賣、不盲」，強調超然立論，自由報導，但是他的新聞自由論乃是植根於國家利益與社會責任之上，在其〈論言論自由〉一文中，具體主張凡是破壞國體、妨礙國防、擾亂公共秩序之宣傳，政府應有權嚴禁。他說：「全國言論出版界不滿現狀，憧憬自由，此目前之實際現象，然吾人以此問題之解決，除求諸政府外，並須求諸言論界之本身。何則？自由之另一面爲責任，無責任觀念之言論，不能得自由。」這幾句話，言簡意賅，坦誠直率，而今讀之，感慨尤深。

解除報禁盼以惕勉

事實上，傳播媒介僅爲輿論宣示之管道，所謂「社會公器」，其義在此，而其爲功爲罪之關鍵亦在此。因此個人之見不足以代表輿論，倘以私見製造輿論，甚至壟斷輿論，是爲辦報之大忌，乃季鸞先生所不齒而大力反對者。際茲政府全面加速自由民主步調，解除報紙限證限張之時，我們紀念張先生，希冀已爲報業服務者知所惕勉，更堅操持；而準備加入新聞傳播行列之人士，亦能見賢思齊，知所抉擇，同時度量志趣，是否不以辦報爲盈利或政爭之工具？這也就是大家紀念季鸞先生進一層的意義。（七十六年三月十六日《自立晚報》）

「報禁」解除聲中談報人典範

由於以往國家處境的特殊，政府不得不實施報紙的限證、限張、限印，而形成所謂「報禁」。此事最近即將有所改變，這種解除既往的約束，使報業更走向自由化的做法，可以看出政府追求民主憲政的苦心與美意。對報業同仁來說，無疑的是一項鼓舞，也是一大挑戰。

大家在興奮之餘，不免也萌生一股隱憂。因爲檢視近年來的我國新聞事業實況，雖然有形數量的增長相當驚人，然而呈現在大眾面前的品質與內涵，卻有許多難以令人滿意之處。這些經常爲善良大眾指責的現象與弊病，一旦隨著報業自由化的腳步而同步擴大，則後果實在堪虞。

張氏四大特質

本年三月二十日，適逢一代報人，前《大公報》創辦人之一的張季鸞先生百年誕辰，中國新聞學會爲期今日新聞從業者對於他的報人風範有所了解，從而知所效法，特會同全國新聞界隆重舉行一次紀念大會。筆者生之也晚，未能有緣識荊，但從《季鸞文存》、報業歷史與在臺數位先進之筆下口中，藉悉其生平事蹟、立論行誼，誠不僅爲當時中國報壇的第一支筆，且足爲我新聞界的長久的典範，茲就所見所知，略舉四端如後：

一、敬業精神

季鸞先生自二十四歲從日本東京學成歸國之後，即獻身新聞事業，先參加于右任所倡辦之《民立報》，繼而與曹成甫赴北京另創《民立報》，以期南北呼應，因撰文抨擊袁世凱爲宋教仁案之主使人，曹氏遭戮，季鸞被捕下獄三個月。出獄後又赴上海參加《大共和報》，旋復與康心之等創辦《民信日報》，自兼總編輯，接著又北上接辦《中華新報》，不久，又離京赴滬創辦《中華新報》，時而北上，時而南下，乍辦乍停，屢停屢辦，皆因當時軍閥割據，時局動盪，而張先生不避艱困，無畏生死，始終堅持辦報之志趣，既不退縮，更不改其初衷。民國十五年，復與吳鼎昌、胡政之接辦天津《大公報》，從此由於國家統一，政局安定，遂一直主持該報，以迄民國三十一年九月逝世，敬業不二，堅守不渝。當《大公報》聲譽日隆，風行全國，先生筆力萬鈞，名重一時，復爲領導全國的蔣委員長引爲知友，而他始終秉持書生報國之志，以無黨無派的謙謙君子，超然論政，仗義執言，只知國家利益，絕無個人榮辱。這種專心壹志的敬業精神，令人悅服！

二、報恩主義

飲水思源，結草含環，為我國士人基本之人生觀。張先生的性格外圓內方，待人謙和有禮，認識他的人，莫不為其「感恩懷德」思想所感動。報業先進程滄波曾說：「當年讀了季鸞先生的《還鄉記》，為之流淚。他的『報恩』觀念，眞是溶化理智與感情而發出的呼聲。」追隨張氏十餘年的名作家陳紀瀅也表示：「他並沒有什麼具體的理論，但是認為人人都應該報父母之恩、報國家之恩，社會上人人對我有恩，若存報恩之心，則許多事也就很簡單了。」正因為他常懷報恩，心存感激，故所為文立論，自然基於回饋的精神，發揮大愛的心境，時時為整個國家民族著想，較之一般自私自利，唯我獨尊，或譁眾取寵，阿諛取容的論客文痞，何啻天壤之別。

三、社會責任

季鸞認為報人之基本職責，應對社會負責，這是新聞學中社會責任論的中心思想。他曾於《大公報》在十五年九月一日續刊的第一天就揭櫫其主張：「報紙天職，應絕對擁護國民公共之利益，隨時為國民宣傳正確實用之知識，以裨益國家，以不媚強禦，亦不阿羣眾。」二十年五月二十二日在《大公報》發行一萬號紀念詞中，他更提出了辦報「四不」——不黨、不私、不賣、不盲，昭告讀者，尤為鏗鏘有力，其中以「不盲」之說，更是發人之所未發。他說：「夫隨聲附和，是謂盲從；一知半解，是謂盲信；感情所動，不事詳求，是謂盲動；評詆激烈，昧於事實，是謂盲爭。吾人誠不明，而不願陷於盲。」這段話實在值得時下新聞工作者三思！猶有進者，季鸞先生更認爲：中國報業原則上是文人論政的機關，對社會盡其論政之責，而不是實業機關。三十年五月，當《大公報》榮獲美國密蘇里大學新聞學院贈送榮譽獎章，當時的中國新聞學會爲其舉行慶祝會時，他曾指出：「我們同仁都是職業報人，毫無政治上、事業上，甚至名望上的野心。」這種明心見性之責任感，何等坦誠而率直！

四、愛國情操

張先生的愛國情操，躍現於他的言行論著之中，抗戰時期全民服膺的口號「國家至上、民族至上」有說出自他的巧思。他認爲國家的利益，高於一切；民族的生存，乃屬第一，因此他力主團結自強，擁護國策，抵抗外侮，求得生存。故自北伐成功以後，爲期全國統一自救，對於蔣委員長之擁戴，眞是一片肫誠；當二十五年冬西安事變突發，更可從其所寫〈給西安軍界的公開信〉等篇社論中流露無遺。接著二十六年爆發全民對日抗戰，他更成爲鼓吹抗戰到底的最大號手，也成爲蔣委員長貫徹抗日國策的一大精神支柱。故當三十一年張先生以五十五歲之齡不幸去世時，特以「一代論宗」相輓，可見推崇之盛，慕念之殷。黨國先賢于右任在〈悼張季鸞先生〉一文中亦提及「抗戰以來尤於立國大義，國防要端，大聲疾呼，彌久彌奮，不自顧其窮，不自惜其病，不自恤其死，惟念念在國家，念念在職務，直至自己最後之一息。」就是在其遺囑上，也念念不忘國事：「迨九一八事變後，更無時不以驅除暴敵，恢復我國之獨立自由爲目的；同時深信必須舉國一致，擁護領袖、擁護政府、忠貞自勵、堅苦奮鬥，始能達此目的。」這幾句臨終遺言，何其懇摯感人，報人節操，顯現無遺，典範長垂，足堪吾輩效法。

善體先賢遺範

略從以上四點，緬懷一代論宗，追憶報人風範，雖然哲人已遠，而心儀神往，不禁有嶙峋風骨、栩栩如生之慨。

邇今政府開放辦報，同意擴張，已從事或有志於報業者，莫不待機蓄勢，準備一顯身手；由於競爭才有進步，這原是一種好現象，自爲國人寄以厚望。但辦報絕非一件輕而易舉、急功好利之事，誠不知需要多少人才、心血、智慧、定力和經費才可望辦成一份水準以上的報紙。

老實說：今日國人希望「報禁」解除後，能够讀到一些比現在更好的報紙，而絕不願見國內報業市場淪爲「戰國時代」，否則大家所付代價就太大了。深願從業同儕，以及有志之士，在今後報業競爭中，務必把握新聞基本原則，善體先賢遺範，大家必須以服務社會、報效國家爲職志，而千萬勿汲汲以揚名立萬、圖利爭權爲目的，則國家幸甚！大眾有福！（七十六年三月二十日《香港時報》，同年六月《報學》轉載）

第五節　中國新聞學會的再生與茁長

為了新聞界一些共同問題與相關利益，一個跨媒體、超黨派、不分公營民營、業界學界的組織，似可適應客觀的要求予以加強。於是這個學會就在大家的栽培下慢慢成長。

我國正式有「中國新聞學會」之名，應該是從民國三十年三月十六日算起，因爲那天在陪都重慶盛大的舉行成立大會，由名報人《大公報》總編輯張季鸞執筆的成立宣言在當天發表，當時國家的最高領導人，也是對日抗戰的最高統帥蔣中正先生特以代電懇切致賀。因此這個學會在當時成立是十分風光，受到各方面的重視並寄以殷切的期許。

悲情歷史的回顧

按張先生在宣言中劈頭的說法，是「學會組織始於南京，基礎甫具，陷於敵手，其名義爲漢奸所盜用，同仁羞之。而自國府西遷以來，重慶已成報業之中心，南北報人多輾轉入蜀，以赴國難。……遷川大學之有新聞學系者，亦於艱苦中作育人才，有所貢獻」。

張先生在這篇慷慨陳詞、擲地有聲的宣言中，曾就學會成立的目的和任務，反覆重申，其中有警語說：「同仁今日集會陪都，緬懷共和締造之艱難，體念國難犧牲之壯烈，承近代言論先輩之遺志，而自省其對歷史人羣所應負之重責，誠以爲吾儕少數報人，其雙肩擔負，乃有無窮之重……。」而蔣中正委員長在拳拳致勉的賀電中，則懇謂：「貴會由新聞研究者與從業者之聯合，……敢信我中國國民革命之偉業，由新聞界之熱誠鼓吹以揚，其未完成者，必由我新聞界之繼續奮鬥，以竟其全功。」

五十多年後，我們新聞業、學兩界的人，回顧以往的史實，重讀感人的篇章，一切恍如昨日，油然感到我今日新聞界雙肩所負的責任，實比當年更爲廣闊而重大。

入臺後因時蛻變

學會成立於抗戰最艱苦的時期，迄於民國三十四年獲得全面勝利，由於戰時軍事第一的緣故，只侷限於做若干同業聯繫配合的活動。接著國共戰爭爆發，僅有的一些活動也歸於沉寂。直到政府播遷來臺的前十五年，救亡圖存之不遑，新聞同業都處於艱苦奮鬥的困境，自然少有自我發揮的餘地，大抵以維護國家安全及其政策爲第一要務。

後來大局一天比一天穩定，新聞界也隨之日趨活躍。執政的中國國民黨爲了團結新聞同業共赴時艱，特於民國五十四年四月二十六日成立新聞黨部，由新聞界耆宿、現將屆百齡的曾虛白先生爲首任主任委員，十年期間幾乎純爲黨內組織，並無對外活動。等六十年代初期，馬星野先生被推爲主委，他任內中後期的諸多對外活動，往往以「中國新聞學會」的名義行之，至七十年代之初他離職的時候，一直是把黨部與學會作「一體兩面」的運用。最初由於黨權高張，大家都還習以爲常，並無多大異議；可是到末了幾年，許多人都認爲這樣長此下去，彷彿有些名不副實、難於施展的感覺，但也未能提出改弦易轍的可行之道。

七十四年五月二十八日上午，當時任執政黨副祕書長的宋楚瑜到中視公司來看我，轉達蔣經國主席要我接任新聞黨部的事情，且無任何推辭的餘地。內心上立即的感受是：事情並不是很難秉辦的，但要做出點道理來絕非易致。由於自己在這個行當服務久了，自事業主持者至一般工作夥伴，彼此來往頻繁，相知也頗深，因而不由得不從做起來的實際效果與反應，去思考今後究竟應該如何爲本身定位，同時取何種工作態度，較能切合客觀需要，並能爲大多數同業同道所認可與接受。

順應同業的需要

基於以上考慮，相繼向新聞界的一些先進和友好請益，他們幾乎不約而同地對我說：「爲了新聞界一些共同問題與相關利益，中國新聞學會或協會這一類跨媒體、超黨派，不分公營民營、業界學界的組織，似乎可以適應客觀的要求予以加強。過去一段期那種『一體兩面』的說法與做法，理應重新考慮，否則對內對外都難以取信於人，其至爲人物議……。」

經過一段實際工作時間之後，愈覺同業們的看法很有道理，於是爲學會完成一切登記手續，我並於七十七年底辭去兼主委的職務。嗣蒙同業好意推我爲新聞學會的理事長，成爲一個純民間團體的負責人，在本身條件許可的情形下，爲新聞界做一點協調聯繫，有助於共同利益的服務工作。

且待今後的發展

經過這四、五年大家的愛護和努力，新聞學會似乎已經由再生而茁長，社會各方面也漸漸肯定了這個團體的存在價值，這是同業同道們共同參與和支持所得到的一點初步結果，值得大家珍惜，並予以發揚光大。個人亦願趁學會新屆會員大會舉行之時，提出數義，以就教於業學兩界及社會各界。

第一、任何一個享有新聞自由的民主進步國家，差不多都有一包括各種媒體，融通業學兩界，不分政治立場的自發性新聞組織，以盡社會公器之責，並謀求共同利益。就是非民主國度，每每亦有類似團體，處理其新聞業的共同事項。今天臺灣新聞事業與傳播教育都極爲發達，實在是加強發展這個共同組織的時機。

第二、照學會章程所釐訂的七項任務，如果能積極充實其工作條件，亦即在人力、財力、物力上加以適度的補充，學會應該可以做多一些有益於同業及閱聽大衆的事，同時爲新聞界樹立一積極與良好的形象。譬如說「新聞年鑑」過去十年出一次，實在不太像話，連中國大陸每年都出一冊。今後兩岸新聞交流所必然引發的問題，以及如何互補互利，目前官方每每難以爲力，單一媒體做起來也不易及於全面，學會一類組織正好塡補此一空間。

第三、今天臺灣新聞業學兩方面的合作，與兩者發達的程度，相當不成比例，這與五十二年前，張季鸞與蔣中正兩位先生所寄望於兩界者，恰好爲一衡量的準尺，値得同業加以檢討和改進，有識有志之士似乎更是責無旁貸，而宜急起圖之。

天下之事，每每是「作始也簡，將畢也鉅」，個人以一介新聞界老兵，又復濫竽於新聞學界二十五載，由於感受深切，特願懇陳芻見，以期就教時賢，殷待共赴正鵠！（八十二年十二月二十日《新聞鏡》周刊）

第十章　走訪他國新聞事業的心得

第一節　與美總統新聞秘書談片

曾任美國總統甘迺廸的新聞秘書沙林吉認為：一位做過新聞記者，且曾獲過普立玆新聞文學獎的總統，對大眾媒體有其敏銳的觸角，而對於如何運用和領導輿論作為施政後盾，更有其一套靈巧的工夫。

在我們和白宮新聞祕書沙林吉的一次會見中，沙林吉首先說：甘迺廸是一位非常重視輿論反應的總統。他每天照例翻閱全國各地區具有代表性的報紙，隨時注意電視臺定時的重要新聞報告，有空時，他還聽新聞分析。和常人一樣，誰都有他習看的報紙，愛聽的新聞報告，以及樂於披覽的專欄和專題分析，但這並非對任何報紙或個人有偏見。甘總統希望對全國，甚至全世界的新聞及輿論界一視同仁，只要它服膺眞理，接受事實，誠懇的作大眾傳導工作。

至此，我們曾向沙氏提出幾個有關的問題，想發掘甘氏對新聞界究竟是「一視同仁」，還是「差別相待」？

我們曾問：「甘總統爲何因爲紐約《前鋒論壇報》曾對其施政作不利的報導，而下令停閱白宮所訂該報二十四份？」又問：「各方紛紛報導：甘總統只看李普曼、艾索甫和雷斯頓幾個名作家的專欄，這不是『差別待遇嗎』？」又問：「赫魯雪夫女壻，《消息報》總編輯阿佐貝與甘總統的會晤，和你後來赴俄訪問，對於今後美蘇間的新聞交換，有何裨補？」

沙在答覆這些問題時，都很技巧，而且頗能言之成理。說及美蘇新聞交換計畫時，他表示這是一個老問題，在艾森豪任內就曾著手。但蘇俄當局鑒於美國出版品以及各種曾在蘇境所作的展覽，深受俄人的歡迎，而蘇俄在美國發行的《蘇俄畫報》，銷數有限，他們始終不願照美方建議，擴大交換計畫。他自承前次赴俄，在這方面沒有什麼成就。

甘廼廸自己作過新聞記者，二次大戰末期，他曾經爲國際新聞社，採訪過波茨坦會議以及後來聯合國在舊金山開會的消息。他的文章清麗，口齒機靈，一九五六年當參議員時所寫「勇敢者的畫像」，且獲普立茲文學獎。而他漂亮的夫人，也曾從事新聞攝影工作，由此甘氏夫婦自然的愛和新聞界接觸。只是當政之後，他們成爲新聞界獵取的對象，有時就不能不有些拘束和顧忌了。

接觸廣泛

甘迺迪和新聞界的接觸，除了透過其新聞祕書辦公室，國務院新聞主管部門以及若干私人關係之外，其正常途徑中最爲重要者，當爲記者招待會。

甘氏一九六〇年競選總統的時候，曾經批評艾森豪總統舉行記者會太不定時了，因此人民對於總統意圖和國家大政不能得到及時的瞭解。他若當選，將每週舉行招待會，一切訴諸民意。這對新聞界來說：正是求之不得的。

沙林吉知道我們可能會問：甘總統並未實踐諾言，因爲去秋曾經五星期不曾舉行，今春以來亦有三星期才舉行一次的事實。他爲甘氏解釋說：「總統深願每週與記者相見，有時卻因公務特忙，或國內外並無重要事故發生，因而延期。」不過甘氏爲自羅斯福開始定期招待記者以來，比例上與記者相見最頻繁的一位總統，卻爲一致公認的事實。

他又補充說明了甘氏對記者會的若干改進事項。

甘氏將記者招待會的地點，自白宮左側總統行政大廈的會議室，搬到國務院的大禮堂，以容納較多的記者及旁聽人員。目前參加者，經常爲三百五十人，比艾森豪的記者會，擴大近二倍。

甘氏允許幾家最大的電視廣播公司的記者當場採訪攝影，使全國立時可以見到招待會進行情形。最近且藉電視衞星，將招待會約十五分鐘的節目，傳導到歐洲各國去。

甘氏爲使在紐約的大部分外國記者，加強與白宮的聯繫，特許增設助理新聞祕書一人，負聯絡之責，處理對紐約「外國記者聯誼中心」事宜，且經常邀約各國記者旅行，也有曾去甘氏休假處共渡週末者。甘氏對其記者會問答稿，要求儘速發佈；最關重要的問題，如未事先發準備好的文件，甘總統還常親自審定文句。甘氏又批准增加新聞祕書室的人員，加強工作。

記者會以外的另一正常途徑，是甘氏與各州領袖報人的午餐約聚。請柬由白宮逕發，力求其人選具有代表性。其目的爲瞭解地方的輿情，使地方報人有參與國政的機會。由於共和黨人控制了大多數的地方報紙，因此比例上被邀請者反居多數。午餐會不拘形式，人數常在二十人左右。地方報人歸去後，將餐會描寫得淋漓盡致，每每附刊照片，這無疑有助於對甘氏的宣傳。

甘總統見其效果不差，已將原來只準備選邀十個州的計畫，改爲分別邀約五十州的報人。據沙林吉說：到目前爲止，共有十一個州的代表已被邀過；最先六次約會，各地報人多對外交政策等問題感興趣，最近五次，卻多集中問國內諸般問題。由此亦可看出年來美國輿論的一般動向。

此外甘總統還時常正式或非正式的約晤出國訪問的報人，以及原與總統個人有私交的記者或專欄作家。人數則多少不一。最有名的幾次會見報人，譬如在「就職舞會」後，登門訪晤專欄作家艾索甫，當時新總統對艾說：「我有點餓了」。不久他又訪問李普曼；並曾到紐約《前鋒報》伊文思的家中晚餐。他也曾邀《華盛頓郵報》的查理士共渡週末；日前又接見自俄訪問歸來的一批報人，包括「報紙編輯人協會」主席奚爾斯在內，……由此可知甘氏接觸的廣泛。

各方反應

甘迺迪可能是歷任總統中，新聞比例最多的一位。除了前述他對新聞界有興趣，一貫重視輿論反應等原因之外，他本人及其一家人的歷史和政治背景，也可能是新聞界易於注意的原因。《美國新聞與世界報導》曾經向兩院議員投函測驗甘氏的人望，將近三百封的復函指出：他個人能力的最高表現在其公共關係。該雜誌的編者甚至以爲甘氏一家過份爲大眾注意，並非他政治前途之福。

沙林吉對於這一點也有所辯解：他謂總統本人並不喜自我宣傳，白宮方面曾經歷採措施，希望阻止記者們對其家人生活的過份注意。尤其甘氏夫婦不喜歡他們的兩個小孩也成爲新聞對象，可是事實上並未收效。沙氏接著說：目前「白宮新聞攝影協會」的記者，多至一九七人，總統夫婦的任何活動，幾乎都難逃出記者羣的注意。這是他本人時常感到難以肆應的一件事。

曾有人問沙林吉：若干記者不但認爲甘總統個人對新聞界有時有「差別待遇」，就是沙本人也有向某些記者故意透露某項消息，藉以市好之嫌。

沙林吉對於這一點不肯承認，表現一種問心無愧，笑罵由他的神情。

今天一般民眾和新聞界對於甘氏領導輿論的方式，並非沒有微詞。有人認爲甘氏一門，鋒頭太健；有人說他眞正的意思，在例行記者會中表示太少，而寧願無形透露於特殊的新聞從業者。

美國地方報業出版的《發行人》雜誌，就曾經引述甘總統對其新聞幕僚的一段答話，說明這一事實。還有人認爲沙林吉曾透露：甘總統對於複雜萬端的國際關係，希望要發問的記者最好先提書面問題，使總統在措詞上有時間加以斟酌，以免引起國外不必要的誤解。但記者們對於此一方式，必然的不表歡迎，而認爲有失記者會的原意。

依存關係

沙林吉在說話中曾經很感慨的表示：作爲一個美國總統，絕不能沒有國內外新聞的支持與合作。就其本國來說，美國今天報紙的銷路，平均每三人（小孩亦計算在內）一份；電視機在家庭使用的已達五千六百萬具，加上無線電收音機，全美多至二億三千萬具；雜誌一份最大的銷路，多至一千三百萬份。以如此發達的大眾傳導事業，無怪乎今天的美國總統，不能不特別重視新聞關係。因爲憑藉這些工具，美總統隨時可與全國選民直接接觸，亦由此可知今日紐約麥迪生大道的影響力，眞是無遠勿屆了。

正由於新聞界對其國家利益的影響力太大了，因此甘廼迪總統於今春對全美報紙發行人會致詞時說：「我要求全國報業重新檢討自身的責任，考慮今日所面臨危險的程度和性質，並且警覺到此種所加於吾人應有的自制力。」

甘廼迪對於新聞界的倚重，正有加靡已，而他要求新聞界的支持與協力也正與時俱增。沙林吉身爲總統與新聞界的橋樑，無怪他要自感於仔肩的艱鉅了。（五十一年八月十六日《中央日報》二版）。

第二節　西德傳播事業鳥瞰

西德新聞界的確充滿了活力，但仍有缺點。譬如說：水準低的報紙上儘管可以刊登刺激性的題材，但絕不敢侵犯私人的權利，違害社會的公共道德。這一方面是由於新聞從業者的自約，最重要的還是法律的拘束。

訪問西德新聞界

作爲一個遠道來訪的報人，他最重要的目的之一，當然是想瞭解當地眞正的輿論。這不但有益於他自己的國家，同時對於本身的業務和個人的識見，也有莫大的幫助。

遠在德方安排這一次訪問的時候，我曾書面表達此一期望；到了德國之後，自然更不應放棄此一機會。謝謝德方的好意，他們安排我訪問德國第一家通訊社——德通社，使我有機會與在臺北相識的該社社長魏南博士重聚。報紙與電訊分不開，它和印刷的關係，猶如血與肉；我有機會看看德國最大的印刷廠——斯普林吉（Springer）使我立刻回憶起半年前看日本最大印刷公司——第一公司的一切。德國這家公司，是因該廠所有人而得名，斯氏在大戰後創辦這家工廠，是以一處已遭廢棄的防空掩蔽物爲廠址，連打字機都是借來的；可是今天它僱用的人員超過一萬人，將近十家報紙和雜誌包給它印刷，每月總份在一億份以上。由這件事，可以看出德國人的創業精神。

三大報與權威評論家

由於我的訪問行程從漢堡開始，首先被安排參觀的，是當地第一大報，德國三大報之一的《世界報》(*Die Welt*)，這是一家以自由思想相標榜的報紙，它連同其關係報，銷路堪稱最大，但它在政治和社會上的影響力，卻趕不上慕尼黑的《南德新聞》(*Suddeutch Zeitung*)和《法蘭克福新聞報》。《南德新聞》爲以獨立的保守派巨擘自居的報紙，在德國今日三大報中，歷史最悠久，它平日的銷數雖不過二十萬份左右，但它不僅眞正代表西德十一邦中最大邦——巴伐里亞的呼聲，而且由於其立場堅定，對於德國本身問題，具有權威性的發言權，因此波昂政要，不管出身如何，來自那一地區，都必看它的言論反應，尤其因爲擁有著名的評論家如必爾朋(Immanuel Birnbaum) 等人，更增加了它在輿論界的影響力。

必爾朋，這位被稱爲「德國李普曼」(Walter Lippman) 的評論家，在答覆我的問題時說：「我從事新聞評論已近五十年，我在落筆時只有一個信念，就是正義和國家，至於別人看了作何感想和反應，這是別人的事。」這位年逾七十，而孜孜不倦的評論家，他沒有到過中國，但他特別問起代表中國數千年文物的古物如何了。我曾順便表示歡迎他前來臺灣一行，他告訴我：有此念頭已經很久，但總是離不開。他屬下的軍事評論記者已出發前來亞洲訪問，希望我們這裏的新聞界能多關照他。

充滿活力的第一大報

在與西德新聞和出版界接觸中，使我印象最爲深刻的，要算他們最有地位的報紙《法蘭克福新聞》（*Frankfurter Allgemeine*）。它創辦於一九四九年，很年輕，充滿了活力，最大的特色是「世界新聞和地方新聞同時並重」（Ein Weilblatt Und Ein Lokalblatt Ersten Ranges Zugleich）。因此它以融合各方面的新聞報導，爲時代作活生生的反應，爲昨日之事作見證，而傲視於德國新聞界。雖然它是支持聯邦政府最有力的喉舌，但它保留客觀批評的權利。去年美哥倫比亞大學及英倫《經濟學人》雜誌，都承認它是世界十個最有地位的報紙之一，而且是惟一入選的德文報紙。

論它的銷路並不驚人，它在平日只有二十八萬份，星期日可達三十四萬份。由於它成爲西德輿論的權威，因此，擁有百分之五的外國訂戶。每天從下午五時起，共出五版，銷行全德；最後一版於晚十二時出報，主要銷行當地。

我和該報負責人賽布（Herr Seib）七十分鐘的談話中，我發現這個報紙，不論在組織、編採、發行和經營方式上，有許多特點。這些特點可能就是它短時期內如此成功的原因。

成功絶非偶然

先就它的組織說，與美、英、日和我國報業頗異其趣。賽布本人為該報最高實際負責人，但他的頭銜，勉強可以譯為執行長（Cordinator）。在他之上，有一個財團法人的組織，該報最有貢獻的員工，在七億馬克（一億七千五百萬美金）總資本額中，握有百分之五的股權。股東們則全權委託賽布來經營，是一種責任經理制的典型。

其次，該報的人才濟濟，為其聲譽雀起，後來居上的主因。該報法蘭克福總社，有八十六位高水準的編輯人員，它在海外派駐四十六位記者，因此它以世界新聞和地方新聞同時標榜，是有其憑藉的。它沒有主筆室這一類的組織，但它分為「政治」、「經濟」、「文教」、「體育」、「地方新聞」等五大部門的編輯部，那八十六位編輯都有資格撰寫評論，但要經過專家小組交換意見，由該小組主席核定，然後作為該報的意見發表。因此它的第一版，幾乎全是對國內外重大問題的評論。

再次，是該報特別強調地方新聞，目的當為爭取本地及其附近地區的訂戶。據該報記者對我說：去年一年之中，他們刊載了三、五一一頁的世界新聞，同時也發表了一、〇七〇頁的地方新聞，地方版有十一位熟練的編輯負責，標榜著「爲古老的法蘭克福城的百萬新公民服務」。他們強調報紙與讀者間的合作關係，目前正在進行一個讀者猜答運動，預定本月二十七日揭曉。爲了避免印刷部門事先知道答案，特規定其員工與家屬不得應徵。

該報的廣告，特別值得一提，就是它充分保留選擇廣告的自由。它總收入的三分之二靠廣告，與目前各國報紙情形相若，由於報譽好，廣告老是刊不完，爲保持風格，第一、二兩版，無論客戶付多麼高的廣告費，絕不刊登。

展望西德新聞界

西德新聞界的確充滿了活力，但並非沒有缺點，他們一樣有銷數日達二、三百萬份的低級趣味的報紙，但大報不屑爲，法律也管得相當嚴。譬如說：水準低的報紙上儘管可以刊登趣味性或刺激性的新聞，揭載暴露性的婦女照片，但絕不敢侵犯私人的權利，違害社會的公共道德。這一方面固由於新聞從業者的自約，最重要的還是法律的拘束。像我們許多報刊和電臺上的醫藥廣告，在西德是絕難逃於法網的。

德國人由於民族自信心強，一切總覺得是自己的好，雖然新聞界的從業者，往往通一、二種外國語文，但他們處處表現出「德語第一」。最使人驚異的，是德國人除了在漢堡辦了一份英文週報——《德國論壇》（*The German Tribune*）以外，自己沒有辦一份英文報。這固然由於美國《紐約時報》等的巴黎版以及英國各大報當天上午就可到達主要城市，但亦可想像到德國人不獨自信，而且相當自負。

戰爭每每可使一切改變；西德新聞界早已由希特勒的傳聲筒，轉入了一個開闊的天地；然而德國人的個性，似乎未受到戰爭的任何影響。如果說也有影響的話，就是他們今天對戰爭所懷的恐懼。（五十四年十一月二十二日《中華日報》刊載）。

西德報業的集中趨勢

西德一向多采多姿的地方性報紙，正受報業巨子斯普林吉（Axel Springer）所控制的，分散於全國各地報紙的影響而大為失色。他以漢堡為大本營，已經建立起歐洲大陸的最大報業王國，進而插足於電視。

世界報業普遍呈現著集中的趨勢；紐約三家大報，即《世界電訊太陽報》、《前鋒論壇報》及《美國人報》，由梅葉組成的公司，收購而為早期《世界論壇報》（*The Sunday World Journal Tribune*），不但是今年報業大新聞，而且是美國報業史上最大的一次合併。

去年十月個人曾應西德新聞局之邀，前往訪問兩週，得機分訪他們的大報和電視廣播系統，我的印象是……現在，西德多采多姿的地方性報紙，正受報業巨子斯普林吉所控制的，分散於全國各處的報紙的影響而大為失色。

說西德的報紙和雜誌，最能反映這個聯邦共和國的物質生活面，那是不足為奇的。在漢堡的市中心區和柏林的「卻利檢查站」(Check Point Charlie)，它的新建築物林立，高聳入雲。百達（Burda）的新印刷廠，設立在達姆斯特達（Darmstadt），距離舊廠約一百碼，將近完成。每一個地方的報攤和書攤，都擺滿了各種各樣的讀物，刊滿各式各樣舒適生活必需品的高價廣告。所有一切，都顯示這是一個繁榮的地區。

但是一個國家的報紙，除了談論其他事情外，更要供「國民談論本國切身的事」。在好奇、驚訝、沮喪和自勵的形形色色聲中，也可到處聽到自我批評的、不協調的牢騷。有一些人關心報業前途，大部分是由於技術的迅速發展所產生的社會結果，乃引起如下的憂慮：言論的膚淺，和政治權力的集中，似乎愈來愈大了。

目前報紙的概況

由於近期的發展才逐漸形成一個國家，加之它幅員廣濶，所以德國有很多地方性報紙，而只有少數全國性報刊。當一九三三年希特勒上臺時，德國共有四千七百家報紙，其中百分之七十，僅有不到五千份的銷數。但是老早就開始的集中的趨勢（主要的是摩塞（Mosse），希爾（Scherl），和烏爾斯丁（Ullstein）的柏林出版機構），由於政治的原因，納粹通過各報社的組織，更大力的予以鼓勵。因此，到了戰爭結束時，德國的報紙已減少到只剩九百五十家了。

在「威瑪（Weimar）共和國」德國時期出版的四千七百家報紙中，二千四百八十三家是在德國西部、北部和南部發行的。這一地區，現已形成爲聯邦共和國西德的領土。一九四五年夏，在西德，即大致屬於現在所說的西德這一地區，實際上沒有一家報紙。但是到了當年年底，三個佔領國家一共核准二十九家報紙出版，總銷數大約達到六百萬份。

目前在西德有六百二十三家日報，如果你把大大小小所有的報紙計算進去，即有一千四百六十家，因爲有些報紙只是其他一家報紙的地方版而已。

報業王國的突起

當所有的報紙都在祈禱，某一家報紙卻開始行動了。把西德最大的城市——漢堡，當作他的大本營，斯普林吉（Herr Axel Springer）已經建立現在被認爲是歐洲大陸的最大報業王國。它的出版機構，除了出版他那極有號召力的日報《世界報》（*Die Welt*），每日行銷全國二十五萬份外，更出版通俗的超區域性的《新聞畫報》（*Bild*），行銷四百萬份；《漢堡晚報》（*Hamburger Abendblatt*），行銷三十萬零八千份；《柏林日報》（*Berliner Zeitung*）行銷三十一萬六千份；《柏林晨報》(*Berliner Morgenpost*)，行銷二十三萬份；和《杜塞道夫午報》(*Düsseldort Mittag*)，行銷十萬零一千份。它所出版的週刊，包括德國最大的《廣播電視雜誌》(*Hör Xu*)，行銷三百三十萬份；一份週末什談雜誌《新報》(*Das Neue Blatt*)，行銷一百萬份；《星期日畫報》(*Bildam Sonntag*)，行銷二百萬份；《星期日世界》(*Welt am Sonntag*)，行銷四十二萬份；再加上一份揷圖雙週刊《晶報》(*Kristall*)，行銷三十七萬五千份，所有它發行的報刊，每期總銷數超過一千二百萬份。

在西德所有日報總銷數中所佔的比率，已由一九五六年的百分之二十一，升到一九六五年初的百分之三十七。而在四百八十萬份的超地方性日報總銷數中，它的出版機構，一共印出了四百三十萬份，佔超地方性日報總銷數的百分之八十九。

照這些情形來看，遲早總有一天，在討論到德國報業發展的概況時，斯普林吉的名字總要被人提及，但是對許多報社來說，《新聞畫報》的成功，被視爲一種特別令人警惕的惡兆。它在漢堡、柏林、埃森(Essen)，科隆(Cologne)和法蘭克福印行《新聞畫報》，並使用最新式的生產和運輸方法，將這份畫報輸送到德國的每一個市鎮，和幾乎每一個鄉村。據說，甚至艾德諾博士(Dr. Adenauer)也半認眞的說：當他特別忙碌時，他情願閱讀該《畫報》，而不願花費很大氣力去閱讀《法蘭克福新聞報》。

不過，各地方的權威性報紙，正集中精力來抵抗這個暴發的「侵略者」。如巴伐利亞(

Bavaria)《南德新聞》的伙伴——《晚報》(*Abendzeitung*)，把自己的崗位看守得很牢。在科隆，去年杜蒙(Dumont)的《市聞報》(*Stadt Anzeiger*)(杜蒙為斯普林吉《新聞畫報》的萊茵版)，又創辦了一份街坊報——《快報》(*Express*)，將斯普林吉的《午報》(*Mittag*)逐出了這個城市。(五十五「報學」選載)

第三節　我所見到的澳紐新聞事業

一個國家的新聞事業，可以反映一國人民的智識水準，而一國人民的銷報比率，無疑的又可衡斷其人民的生活程度。如果以這兩根尺來量度澳、紐，它們都是今日世界值得讚羨的國家。

澳紐自英國自治領成為獨立國為時不久，但他們的報紙卻有百數十年的歷史。民智開通，新聞自由充分，消費能力強，是大眾媒體溫床，加上企業化經營，使新聞事業好景當頭。

二十二日傍晚，微雨中我們離開東方的直布羅陀——新加坡，經一夜十一小時的長途飛行，於藍天擁著碧海，晨曦笑對山巒中，平安地抵達我們澳紐之行的第一站——雪梨(Sydney)。由於我駐澳大使沈錡、新聞參事張金鑑、駐紐大使夏功權諸兄和主邀者澳洲新聞局長墨斐(William Murphy)事先妥善的安排，使我們在一般訪問參觀之外，能將重點放在與新聞界的接觸。

與同行打交道

我們這次澳紐訪問，在時間的安排上，無疑是過分緊湊而嫌匆忙了些；莫說十四天先後換七個地方，人有些感到疲倦，就是看山川風物和拜訪若干關鍵人士，也使主人煞費躊躇。譬如說：我們在澳國首都坎培拉(Canberra)，預定中是要看他們的總理的，但因我們在該城二日，正是國會快馬加鞭，趕著休會的最後三日會期，總理先生日夜奔忙，實在抽不出空來。再如紐西蘭的「地熱」(地下噴出的熱，可以轉用爲動力)，按理說也是應該一看的，因爲全世界只有此一處。可是由於時間不够，只好失之交臂。

值得欣慰的，就是和新聞界的交往，實在够多了。屈指一算，我們幾乎把兩國最大的報紙，全看光了。澳大利亞最大報團之一，是墨爾本的《先鋒報》(*The Herald, Melbourne*)老闆威廉斯(John Williams)所屬七報紙、一廣播、一電視；我們對他的印象，是持重而充滿了事業的經驗，但他手下的幾個得力助手，卻都是虎虎有生氣的年輕人。大報固然看了，小規模而有分量的報紙，我們也要看。《坎培拉時報》(*The Canderra Times*)是一個典型的例子。以日銷不過二萬五千份的報紙，而有如彼設備，固堪欽讚，更値得稱道的是它的責任編輯制和經理業務的專業化。

我們和兩國新聞界接觸最廣泛的三次聚會，一次是澳洲新聞局長於二十六日爲我們所設的午宴，一次是同日下午五時半沈錡大使爲我們而開的酒會。兩次會上，參加的不是所謂「老闆級」，而多是澳京的名記者和專欄作家。再一次是夏功權大使在十二月二日招待紐國新聞界和我們見面的午宴，在座的有「老闆」，也有「夥計」。紐國報紙所有人公會（Newspaper Proprietors Association 簡稱 NPA）主席握有威靈頓大報《晚郵報》的很大股權，但他是一個醫生。

綜合這些不同身份和背景的新聞從業人員的談話，他們對於我們國家的瞭解絕對不够。和美、英、加、日、德、法、義各國報人一樣，他們對於大陸上毛共政權的演變，寄予莫大的關心；除了具有眞知灼見而立場堅定的人以外，他們對毛共不是存著說不出口的「恐共」心理，就是如何設法與它打交道，幻想它會轉變得溫和一些。老實說：所謂「兩個中國」的看法，相當瀰漫於兩國新聞界，這如何不會對其政府政策發生極大的影響作用呢？

對我中華民國的觀感，一般說來是好的。有識之士，多敬佩　蔣總統對中共絕不妥協的立場，同時對於我們在臺灣各種成就，深致欽慕。我們在紐與其國防部長兼新聞觀光部長湯姆森（D.S. Thomson）見面時，訪問我國不久的參謀總長也在座。他們對於該國南島第一大報《克萊斯邱明星報》（*Chritschurch Star*）專欄作家科士（Kenneth Coates）訪臺後所作連串報導，印象非常之深。

在我沒有訪問澳紐之前，早聽到和見到有關他們新聞事業非常發達的報導，但究竟發達到什麼程度？爲什麼會達到那麼高的水準，卻是親眼目見後才找到了答案。

新聞事業景氣

他們新聞事業十分景氣的事實，可以由幾個簡單的數字，得到證明。以國民讀報比率說：澳洲是每三個人有一份報紙，紐西蘭是二個半人讀一份報紙（臺灣目前大約是每十二個人才有一份報紙）：它們同是全世界十個讀報率最高國家之一。以廣播電視接收機銷售的情形說：澳洲平均每四人使用一部收音機，五人享有一架電視；紐西蘭全國早在一九六六年五月，就已發出五十萬架電視使用執照，以當時人口二百六十萬分配，大約亦是五個人有一架電視。

我發現他們新聞事業如此發達的原因，最重要者似應歸功於這兩個國家的民主自由傳統和國民智識水準的高強。

大家知道：兩國地理位置的被發現，爲十七世紀上半期的事；直到十八世紀後半期，英國海軍上校科克（Captain James Cook）先後停留於澳紐海域，方歸劃於英國版圖之內。歐洲，尤其是英國的移民，才紛紛前往當時被認爲「海角天涯」的澳、紐，去開創他們自己的天地。以後一百年之間移往的歐洲白人（美國白人雖受歡迎，並無移居興趣，二次大戰以後，美國勢力日增，商人定居者才多起來），雖非富有，但知識不差，因而將民主自由傳統，很自然地帶往這二個新的領域。由今天兩國中央及地方議會制度，甚至議員的服飾和說話姿態，都盡量師承英國，可以得到明證。民主制度和新聞事業相依爲命，澳紐的新聞事業發達，實先拜其賜。加之歐洲教育制度的普遍應用，使移民可以得到如其國內一般的教育，一方面鼓勵了移民事業，同時使兩地人民具備高水準的知識，更有助於管轄和治理。報紙乃成爲當時溝通消息與鎔鑄感情最大的利器。

其次，兩地地廣人稀，資源頗富，氣候宜人，最宜農牧，使其具有先天的富有條件。由於新知識和新方法的普遍運用，因此能在短時間內致富。加之從無戰亂的擾攘（內部土人由降服而同化；外來戰爭從未波及本土），在國泰民安條件下，國民所得年有提高，目前兩國皆在二千美金以上，自是新聞事業發達最有利的條件。

新聞事業景氣不景氣的一個重要條件，爲公平合理競爭制度的是否存在。它和一般企業一樣，一方面靠競爭使其繁榮進步，同時競爭必須公平而合理，方能保持事業的尊嚴，不使流於壟斷、投機和傾銷。特別是新聞事業，如果不幸而走上完全商品化的道路，則其水準絕不會高，亦必失去爲社會人羣服務的神聖性。就澳紐而言，一般情形是相當良好的，因此雖有大報團，如墨爾本《先鋒報》系，但難有左右輿論的太大權力。地方報發達的結果，可以平衡大報一部分的壟斷性。同時澳紐政府分別保有其廣播電視系統，使大眾傳播工具能肩負起教育國民的使命。

下面擬分別就報紙和廣播電視作進一步的分析和介紹。

報紙牛耳在握

澳紐自英國自治領的地位成為獨立國，為時雖暫，但他們報紙的誕生卻有百數十年的歷史。澳洲第一張報紙為《雪梨紀事與南威爾斯廣聞報》（*Sydney Gazette and South Wales Advertiser*），它發刊於一八〇三年。現在澳洲共有大大小小的報紙六百三十家之多，其中只有五十五家為日報。紐西蘭也有二百家以上的報紙，逐日發刊者，卻只有四十家。其報業史略遲於澳洲三十幾年，第一家報紙為《紐西蘭紀事報》（*New Zealand Gazette*），那是一位有經驗的新聞記者名叫雷文思（Samuel Revans），因決定移居紐國，等不及辦完移民手續就在倫敦先行出版了。

一百年以來，由於前節中所說的各種原因，使澳紐報業躍登了世界的論壇。今天二國大報與世界任何國家相比，不論從那一個角度去比較，可以說全無遜色。現在列表於下，可以使大家得到了一個更明確的觀念。

澳洲主要報紙一覽表（截至一九六七年上半年止）

報名	日晚報	出刊地點	發行量	備考
《雪梨先鋒報》	日	雪梨	二八八、〇〇〇	全為有費報

報名	日/晚	城市	發行量	備註
《每日電訊報》	日	雪　梨	三三八、〇〇〇	
《澳洲人報》	日	雪　梨	八〇、〇〇〇	惟一重國際新聞者
《太陽晚報》	晚	雪　梨	二九四、七七五	與《先鋒報》同一屬主，星期日發聯合刊，超出六十萬份
《每日鏡報》	晚	雪　梨	三〇四、四一八	與《澳洲人報》同一統屬
《時代報》	日	墨爾本	一八三、六九三	
《太陽新聞畫報》	日	墨爾本	六二八、一九六	以南半球發行量最大報號召
《墨城先鋒報》	晚	墨爾本	四八九、二一四	明年為百年創刊紀念
《郵訊報》	日	布里士班	二四九、三四六	該城人口七十萬
《電訊報》	晚	布里士班	一五五、二四九	
《廣傳報》	日	亞的列德	二〇六、七九一	人口七十三萬
《新聞報》	晚	亞的列德	一二九、五一二	
《西澳人報》	日	伯　士	一八四、六八五	人口五十萬
《每日新聞》	晚	伯　士	九一、〇〇〇	
《坎培拉時報》	日	坎培拉	二二、〇〇〇	人口十萬

紐西蘭主要報紙一覽表（截至一九六五年上半年止）

報名	日晚報	出刊地點	發行量	備考
《紐西蘭先鋒報》	日	奧克蘭	二一〇、〇〇〇	目前已達二十八萬
《奧城明星報》	晚	奧克蘭	一三五、〇〇〇	
《自治領報》	日	威靈頓	八一、〇〇〇	年來三度改組，業務不穩定
《晚郵報》	晚	威靈頓	九八、〇〇〇	
《基督城早報》	日	克萊斯邱	六八、五〇〇	紐西蘭南島第一大城
《明星報》	晚	克萊斯邱	六六、〇〇〇	
《每日時報》	日	杜尼丁	四二、〇〇〇	
《明星晚報》	晚	杜尼丁	三〇、〇〇〇	

澳紐報紙不但分佈普遍，銷路頗廣，而且份量甚大，但售價不高（合美金五分一份，普遍低於美國各大報）；推其原因爲紙張便宜而質優，同時廣告收入相當驚人。這二個條件目前對我國內報業可以說都相當不利，因爲國造報紙幾乎是今日世界紙質最劣，而售價極不相稱者。臺灣今日廣告的功效，尙未爲一般從事工商業者所完全瞭解，無疑的有待於傳播事業和各行各業的共同努力。

由於二國的生活水準高，因此消閒與育樂二方面，為新聞業者共同注意的重點。報紙每天十大張（星期日版更多），除了廣告版面約佔一半以外，關於體育、賽馬、賽車、時裝、園藝、影劇、宗教、家庭及衛生、教育等都佔相當大的篇幅。廣播和電視在一般商營者，除廣告本身每每具有娛樂性外，其節目亦特別重視大眾興趣。

他們因為嚴格地實行五天工作制，因此星期日不是出聯合刊，就是根本無報。其他如聖誕節、新年、復活節等假期，報紙也是休業的。所謂聯合刊，往往是屬於同一老闆的一家日報與晚報，在星期日出份量更大的版。如澳洲雪梨的《先鋒報》與《太陽報》。紐西蘭國土遠比澳洲小，人口也只有它四分之一，報業規模當然小的多。它的京城威靈頓和最大都市奧克蘭因感星期天無報太不方便，於是分別在一九六五年和六三年創辦了專在星期天發刊的新聞紙。

這兩個享有充分新聞自由的國度，其新聞事業的優點和缺點，容後還要說明。

澳紐新聞事業在一片景氣聲中，報紙眞可說是首執牛耳。這是由於報紙具有出版的經常性，讀者的定讀性，內容的涵蓋性以及文字保持的永恒性等優點，為任何其他傳播工具所無法代替，加之這二個國家的人民，對報紙有先天性的愛好和依賴，因此其發展是穩定的，只要不遭工潮波及，仍將繼續向榮。

廣播結合電視

二次大戰後，電視得勢，不獨一度使電影根基幾幾乎動搖，廣播大受威脅，甚至報紙廣告被大量搶走，也感到生存的威脅。於是美歐一般從事新聞企業的大老闆們，如不是以廣播結合電視，就是以電影與電視配合，甚至報紙、電視、廣播三者同時並舉。

澳、紐的廣播和電視，除民營者外，都有其國家廣播系統，這完全是仿效英國的制度。澳洲廣播委員會（Australian Broadcasting Commissions 簡稱 ABC）正式由國會授權撥款，目前有七十個廣播電臺和三十八個電視轉播站，另有十個超短波轉播電臺，使其國家廣播電視的力量，可以達到這個廣袤國度裏百分之九十五的人民。其廣播節目內容同時注意到東南亞和太平洋區域的各島。

澳洲廣播電臺（Radio Australia）也有華語廣播部，本來該部主任準備歡迎我們去參觀，因爲時間不够作罷。不過他還是派了一位臺灣去的廣播員來旅社爲我們作錄音訪問，這位先生就是中廣去的葛森。

紐西蘭的國家廣播電視系統，和澳洲情形差不多，自一九六二年以來，由紐西蘭廣播公司（New Zealand Broadcasting Corporation）統一管理。它目前有四十六個中波廣播臺，二個短波轉播站（由 Radio New Zealand 使用）和四個電視轉播臺。這些中波臺由早上開始，一直發音到午夜十一或十二時。其中五個臺是二十四小時工作的。紐國廣播有一特色。就是將國會辯論，完全作實況轉播，開幕式且以電視轉達全國聽眾。

澳紐電視歷史都不長久，澳國始於一九五六年，紐西蘭開始於一九六〇年。兩國都採取執照收費制；這樣可使國家電視系統不必靠廣告來維持，而一般民營臺對廣告亦可稍加限制。目前澳洲廣播收聽費，是每機一年五元五角澳幣（比美金每元貴一角一分二釐），電視每臺十二元，二者同時收聽十七元。紐西蘭比較便宜：廣播每機一年三元（與澳元同值），電視每臺十三元。由於幾乎家家有此二「機」，因此執照費總額相當可觀。

忽略國際消息

大致說起來，澳紐一般報紙，不論大小，對於國際新聞是非常不重視的，廣播和電視情形比較好一些。察其原因，爲國民興趣造成的一種傳統。

一如前面所介紹過的，澳紐久懸海角，除了和英國、歐陸與大英國協各國外，和世界其他國家關係並不密切。他們自己，時常以地球的另一角（The opposite earth）自居，外人亦多視之爲世外桃源。如果不是因爲二次大戰當中，日本佔領新幾內亞（New Guinua），直扣澳洲大門，他們一直憧憬著「永無烽烟」的夢境。但自那次教訓以後，他們開始覺察世界越來越小，往昔的寧靜難以久長，於是澳紐在最近二十年中，日漸轉入世界政治漩渦，不但與美國及東南亞各國訂有聯防條約，而且澳洲還是亞太外長會議重要的發起國之一。他們的國民警覺到：在與赤色帝國主義總鬥爭中，是難以完全置身事外的。

這一客觀事實與國民心理，也反映於新聞事業。澳洲和紐西蘭嚴格的說，都沒有全國性的報紙，如果勉強要指出一二家的話，澳洲雪梨的《澳洲人報》（*The Australian*）就是最顯著的例子。首都《坎培拉時報》（*The Cabera Times*）當然是一家重視國際要聞的報紙，但他們的銷路，比較起來都只算小報。

然則他們報紙新聞以何者爲主呢？簡單的說，是以國內，尤其是一般社會新聞爲主。這是大眾的愛好，和他們的興趣與日常生活密切有關。舉例來說：澳洲的野火燒山（Bushfire）可以連日爲大報一版的頭題，因爲澳洲缺水，救火極爲困難，至於一般小型報（Tabloid Papers），更是以娛樂性與趣味性吸引讀者。兩個女人打架，可以在一版繪聲繪形，寫得活龍活現。三點式泳衣女郎（Bikini Girls）照片特別行時，目前正當澳洲夏季，海濱沙灘，是記者們獵取鏡頭的勝地。

不過話要說得公平一些，就是他們雖然重視社會新聞，但對搶刼姦淫殺人一類犯罪新聞，卻並不渲染，其原因爲毀謗罪可以判處很重的罰金和刑責。

路上一段插曲

這是發生於十二月四日上午九時，我們一行四人由紐西蘭奥克蘭飛抵雪梨機場，也就是我們準備搭機回國的先一天。

事情是當天《澳洲人報》用頗爲顯著的標題，採用了合眾國際社所發一則，全無事實根據的新聞：蘇俄準備邀請我國記者訪問。在當地記者看來，這是一則新聞價值甚高的國際新聞。碰巧我們過境，於是集合了雪梨電視、廣播、報紙及國外通訊社記者十餘人。在機場等候我們。無論如何，要我們表示意見。

由於這件事突如其來，我們全無瞭解，而且按照事理，也不可能，因此經過商量後由我作答：「在不瞭解這事情的眞相前，我們沒有任何意見可以發表。」

他們當時雖拍了電視，又轉彎抹角地又問了一些，但從我們這批「同業」口中，實在挖不出東西，只好彼此很有趣而客氣地道別。我們生怕他們有任何錯誤記載或曲解，特別托朋友們注意當晚電視，第二天清早自已翻看了當地各報，結果是電視既不曾播放，報端也一字未提。等回到臺北後我看合眾社記者拍發我當日的談話內容沒有走樣，心中才放下一件事。

我追述這段插曲，在說明新聞的取捨，完全要看新聞價值來決定。因爲我們沒有任何實質性的談話，編輯自然全不採用。由此一事例，也可反映出他們記者鑽新聞的工作態度以及編輯們取捨新聞的正確著眼。

澳紐新聞事業之有今天的規模（量）和水準（質），無疑是承英國和歐陸的餘緒，適應當地讀者的愛好，經百餘年來的努力所獲致的成果。不過其中還有一個重要的因素，就是人；尤其是若干品質優秀而願爲新聞事業獻身的人才，只要具有企業抱負的老闆們信賴他，他們眞是義無反顧，生死以之。

必須有優越的新聞人才，才能開創優良的新聞事業，這已經是新聞理論與實踐中的一條金科玉律。

自動化企業化

綜合我們四個人參觀世界新聞事業的經驗，幾乎全世界十家二十家最大的報紙，我們都看過；而全球最大的幾個廣播電視系統，我們也大都親自訪問過。因此，我們拜訪澳紐的報界，接觸他們的報人，是我們心所甘願，義不容辭的，但參觀廠房設備，卻說明只看最具代表性者。

在兩國停留期間，我們看過雪梨《每日鏡報》和《澳洲人報》的聯合廠房，《墨爾本先鋒報》的印報工廠以及《坎培拉時報》的小型排鑄房，由這三家大小不同報紙的印刷設備所得到的印象，就是他們爲了印刷的迅速美觀，對設備方面的投資，是十分看重的。由於澳紐爲有名的社會福利國家，政府採取重稅政策來平均財富，新聞事業碰巧又賺錢，如果不利用賺來的錢，轉爲企業投資，而任其被抽稅，實在有些划不來。這也是他們新聞事業設備力求自動化的原因之一。

以設備相當完善的《墨爾本先鋒報》爲例，其報史今年（一九六九）恰爲百年。主持人威廉斯（John Williams）主持這個報團（他們還擁有六家報紙，一個廣播和一個電視）先後已近四十年，自己是幹記者出身，內行而與趣甚好，他不惜以巨大的資金，使其設備不斷更新。

我們大致花了一小時的時間在他們的廠房裏，最給我們以新穎之感的，是他們記者所寫的稿子，從打字到排字澆版完成，只是一根鍊條式的過程，設在廠房一角的電腦控制室（Computing Control Room）不但瞭解每根打孔紙帶的工作進度，也知道各個版面拼排的情形，同時它本身就能指揮所有附屬機件的工作，照著「電腦」所要求的條件，毫釐不差的一一照辦。「自動化」和「標準化」的結果，人力大爲節省，好大一個廠房中，只有十幾最多二十人在工作。他們的主要任務爲監督機器自動操作的一般情形。

本來報紙購買電腦來排澆新聞，創自美國，大約已有十年以上歷史，最初只能排澆股市行情與小廣告，今天則已擴大運用於所有新聞版面了。二年前我在日本參觀《每日新聞》（*Mainichi Shinbum*）的新廠時，已看過這種設備，但印象無此深刻；也許由於日本文字的排澆過程比英文還要複雜一點的緣故。

「自動化」和「企業化」是一對孿生兄弟，二者相輔而相成。以墨爾本這家報業來說，他們每年以大企業方式經營報業的結果，可以賺進七百萬澳幣，折合美金八百萬元之譜。他們主要的財源是廣告，據其老闆威廉斯相告：他們廣告與發行的收入，大致爲百分之六十對四十，其情形與我們今日臺灣報業不同，就是他們廣告收益多，發行交易成爲爭取廣告的工具。

值得借鏡之處

正如我在前面所指出的，澳紐新聞事業有其優點，亦有其缺點，而「擷長補短」乃是我們看了別人事業後應取的態度。綜合起來說，我以為下列幾點，似可供社會有關人士和新聞同業們的參考。

第一、我們的新聞事業，不論公營私營，都還缺乏企業化經營的精神，也就是說，我們公家的事業機關化的氣味太重，民營的事業，由於資本小，規模有限，因而不免容易流於小本經營的狀態。因此我主張，凡具有企業雄心的人，不妨對新聞事業多感一些興趣，投入較多的資本，賺更多的錢來圖發展，我相信今日本省新聞事業只有趨向此途，將來中國才會有大的新聞企業。

其次，記者和編輯必須維持高的水準，新聞事業才會有生氣；而事業本身亦才眞正可以達到爲民喉舌，爲民服務的目的。雖然至今澳、紐兩國大學及研究院中，尙無新聞專業的科系，但其人才的養成，或借助於其他相關科系的培植，或從實務中訓練人才。無疑的，今天他們記者的採訪能力與編輯處理新聞的判斷力，較之任何進步國家都不落後。這是我們尙待努力的一個要項。

再次，設備的現代化爲今天臺灣報業仍須繼續努力者。老實說，今天我們這裏無論大報小報，其設備距離現代報業印製過程科學化的尺度，實在還遠。而且通訊衛星的發展，對於報紙的固有型態，還可能產生革命性的變革。將來總有一天，把一種特殊裝置放在眼前，電鈕一按，就可讀到他所需要的新聞材料。此一趨勢，我們至少應該有所警覺。

最後，我們的新聞版面及內容，仍嫌不够豐富，報紙質料太低，對今日讀者爲一苦事，間接限制了報業的發展，我們必須督促紙業方面，力圖更新設備，否則實在丟人。

我們以欣慰的心情。看完澳紐新聞事業，我更以懇摯的期望，盼待讀者對我個人多所指教，對本省新聞事業嚴加督促。（五十七年十二月三十日至五十八年一月二日《中華日報》三版連載）

第四節　挪威報業發展一瞥

崇高理想的動機，對挪威報業發展的重要性是難以衡量的。

到了二十世紀之初，報紙開始從表示意見為主朝報導新聞的方向發展。這種過程一直持續至今。

事實上雖無特別的新聞法規，但報紙對個人私生活和其他道德原則，有相當程度的尊重。值得注意的是，挪威報業得到政府支持，被視為是保護不同報紙的存在與相互競爭。

就挪威全國的四百萬人口而言，挪威新聞業所出版的刊物，其種類之繁與數目之多，可謂等量齊觀。挪威人涉獵極廣，根據調查結果顯示，他們每天約花費一個小時閱讀報章刊物。新聞業是挪威社會中，其政治生活、社會制度、經濟以及文化等不可或缺的一部分。

最早的新聞刊物

雖然，實際上挪威遠在十八世紀已有報紙，然而今日吾人所知之挪威報紙的結構，主要形成於十九世紀末期與本世紀初期。挪威現存的最古老在特倫翰（Trondheim）出版的《信使報》（*Adresseavisen*），推算其創刊於一七六七年。而最早的一份報紙《挪威新聞》（*Norske Intelligenz Seddeler*），則早在四年前於一七六三年在奧斯陸、或當時被稱爲克麗斯汀尼的挪威首都出版。這些報紙以及當時的其他出版物，其主要的作用是用以刊載公告消息，包括官方的告示和傳記資料。即使如此，報紙對其文化生活可能也同樣重要：可追溯至一七六〇年代所出版的《特倫翰年刊》，其五年期間出版約八百八十三册書籍，曾印成十種不同的文字，並加以討論。

然而此類新聞刊物，無論其銷售量與內容都極小。一般說來，新聞刊物中刊載的消息，用其他的方法來傳播可能更有效；出自口中的話語通常是較佳的媒介物。

挪威在一八一四年擁有了她自己獨立的憲法，約二十餘年後，其報業的發展才轉爲積極。有閱讀能力的人普遍增加，更重要的是經濟基礎業已改善。同時，連絡方式的改進有助於新聞刊物的傳播——特別是在像挪威這樣一個幅員極廣且多山的國家，其重要性更是肯定的。

挪威的報紙形式極繁。其包涵的內容亦極爲廣泛，甚至在當時即已反應出發行報紙的幕後動機。自然，其中亦有爲了經濟上的動機；而且有一大部分的出版刊物，如果說是爲了利用那些在一八三〇年後設立的印刷廠之多餘印刷能力而產生的，這應該是一種合理的假設。克利斯馨‧席伯斯特一八六〇年在奧斯陸所發行、後來成爲全國最大的一份報紙《郵報》(*Aftenposton*) 便是如此。但是，對席伯斯特以及其他大多數的報紙發行人而言，其他的動機佔了更大的份量。發行報紙的基本目標並不是要賺錢。大部分的情形是爲某一事故贏取支持，或促進教育普及，或許正如一位編輯遠在一八四〇年時所寫的，是爲了提供一個公開辯論的園地。

崇高理想的動機，對挪威報業發展的重要性是無法衡量的。

一八五〇年左右，估計挪威新聞業大約有六十份經常出版的刊物。其出版的一種類似週刊的刊物，銷售量通常較報紙爲大。一八四〇年，詩人亨利‧維吉蘭 (Henrik Worgeland) 的勞工週刊有四千訂戶，當然這是一個獨特的例子，通常一般的銷售量是在二百至三百份之間。

就整個情形而言，政治當局對不斷出版的新聞刊物，採取一種漠不關心的態度，如此，一旦新聞刊物的經濟情況好轉，則可不受妨礙的自由發展。早在一八一四年，憲法上即已闡明「應有新聞自由」。一八一四年後，一般的政治情況是，政府對那些出版的小刊物興趣缺缺。而且政府當局本身對於消息能迅速的傳播，也沒有特殊的興趣。直到一八七六年，《挪威法律志》問世，成爲第一份官方刊物。在那時，事實上也是從那時起，報紙才眞正成爲重要的媒介物，將政府的消息傳播給羣衆。

因此，什麼新聞該刊登，是由報紙本身決定而非政府當局，同時，對報紙而言，其崇高理想的動機也遠較其商業上的動機重要。直至今日這兩項原則對挪威報業仍有極重大的意義。但是，雖然早期的報業情況對日後的發展極爲重要，然而十九世紀末葉的發展情況更具意義。

在短短的二十餘年間，由於報紙和雜誌（刊物）對挪威全國人民逐漸產生的影響力，而導致挪威新聞事業的巨幅擴張。其時，經過一段時期對政治的強烈興趣後，組織政黨已在醞釀中。這些幾乎都在同時發生，其重要性實毋須過分誇張。這兩種現象乃潮流趨勢的兩部分，相輔相成：政黨的成立造成閱讀興趣的增加，特別是報紙；而報紙又助長了政黨的組成。因此，黨報乃應運而生，報紙因路線不同而形成派別，這情況完全保持至今不變。

政黨報紙

政黨成立之前，報紙的銷路已在上升，報紙的數目到一八六〇年代中期，已超過了五十種，一八八〇年代政黨的成立，爲報紙數目的增加提供了基礎。最早的兩個政黨——保守黨與自由黨，二者均受到當時不同區域的報紙之支持。一八六〇年創刊的報紙，一般選擇保守派，而那些二十年後（一八八〇）才發行的報紙，則是自由派的支持者。同樣的，某一黨在某報的發行地贏得較大的支持是很重要的。於是自由派報紙控制了挪威的南部和西部，而保守派報紙通常在首都有強勢的據點，並囊括了整個的東部地區。這兩派報紙的發行情況和相互制衡的力量，至今未變。

在那些有足够市場容量的城市，已成立的報紙一旦選擇了黨派後，有不同政治傾向的競爭報紙亦應運而生。由於一八八七年挪威工黨的成立，以及一八八九年挪威聯邦貿易工會（The Norwegian Federation of Trade Unions）的誕生，更加強了勞工派報紙的擴張。

其時，閱讀報紙在當時社會各階層已極普遍。在保守黨成立後而組成的政黨如自由黨、工黨等，竭其力亦只不過得以在一部分地區發行自己的報紙。至於本世紀後成立的政黨，一般極少言及選民的數目，以及報紙與政黨間相互的關係。

今天，「黨報」的概念與九十年前是完全兩回事，即使在那時候，報紙已不僅僅是其所支持黨派的「喉舌」。

雖然各報常會在選擇資料以作公開討論時偏向一方，不過依然提供了一個公開討論的園地。因此，報紙的政治意義是兩方面的：首先，最重要的政治思想擁有自己的報紙作爲傳聲筒；其次，這些報紙如此，正代表了各個不同的意見和利益。

挪威的報業史和政治史顯示了在挪威逐漸發展爲民主國家的同時，報紙逐漸併入其政治制度中，其結果是報紙逐漸成爲民主政體不可或缺的一部分。這情形不僅是全國性的報紙如此，就地方而論，亦有相當高的眞實性。由此可以證明，報紙過去在挪威社會中的重要性，事實上至今亦然。

今日挪威新聞業

新聞業從未僅指報紙而言。在上個世紀初期，已有週刊發行，二十世紀前，已有一份職業性與技術性的刊物。挪威貿易新聞協會（The Norwegian Association of the Trade Press）的成立溯源於一八九六年，而且是歷史最悠久的新聞組織。

報紙和週刊在一次世界大戰前即已有相當完善的結構。然而，發行新報紙的機會仍舊存在。據估計，在一八七五年至一九二五年間，挪威所發行的報紙有七百五十種之多。不過大多數的報紙只能銷行一個短時期。二十世紀初期，報紙的總數超過了一百五十種。除了二次世界大戰德國佔領期間，許多報紙停刊外，報紙的總數從未低過這個數目。在整個過程中，挪威全國各地約有一百餘個不同的地方有報紙發行，及至一九六〇年代，有半數以上的地方並有競爭的報紙存在。

直至今日，在所有報紙的型式上，仍可見到黨報留下的影響與痕跡。許多當代的報紙乃脫胎自早期的報紙。一九七〇年代的報紙中，百分之六十以上，包括了大多數的大報，均創刊於一九一〇年以前。很明顯的，這種穩定的現象並沒有對新聞的發展形成任何阻礙。

挪威報刊的內容，在二十世紀中有根本上的改變，然而十九世紀中已根深柢固的兩項基本原則仍舊適用。

第一項原則是政府當局不得對言論方針加施任何壓力。曾在少數幾個情況下，對此原則的有效性產生懷疑，經新聞界全體激烈的反應後，都能就此事獲得保證。第二項原則是報紙的發行應有崇高理想的動機。挪威新聞協會（The Norwegian Press Association）的首任主席尼爾·維格特（Nils Vogt），一九一〇年擔任保守派報紙《晨報》（*Morgenbladt*）的主編時，曾寫道：「設若挪威報紙終不免成為猜疑的目標，對整個社會將是無可補救的損害。」

但是報紙必須有讀者，到了二十世紀，報紙開始從原以表示意見為主而朝以報導新聞為主的方向逐漸發展。這種過程一直持續至今。

一九六〇年以降，銷數普遍穩定上升，此完全與人口的增加有關。一九二五年，當無線電收音機傳入挪威，許多報紙害怕會為印刷業帶來競爭的對手，最後證實這種疑懼是毫無理由的。此外，在有收音機的初期，收音機與電視中均不插播廣告，二者皆由政府擁有的挪威廣播公司經營，因此無損於報紙的廣告收入，這與其他國家的電臺與電視要靠廣告收入來支持恰巧相反。一九五四年有電視後，確實減緩了報紙早期銷路增長的比率，然而就整個而言，這種現象的發生暫時是合理且自然的現象。一九三四年到一九七〇年代中期，挪威人口約增加了百分之三十，而週刊銷售總數幾乎成長了三倍，報紙幾乎增加了一倍。

根據銷售量的統計數字顯示，二次大戰後讀者的市場有明顯的擴張。一個因戰爭而產生的間接影響是延緩了挪威報紙的讓渡，這在許多國家都已經歷過，挪威若非戰爭的影響，也許早已發生。

新聞道德

雖然挪威事實上並無特別的「新聞法規」，挪威的報紙對個人的私生活和其他道德原則，有相當程度的尊重。

立法的倡議，被新聞界視爲試圖限制自由，已被放棄了。通常挪威的新聞界和老百姓一樣，是受同樣的法律所約束。大多數與報紙有關的法律條款，可在一九〇二年訂定的普通民事刑法法規中找到，並附有後補的修正條款。首先，誹謗罪與造謠的法規闡釋了新聞自由的極限。在另一方面，一部分法律條文的通過，保護並促進了新聞業的利益。這些法律條文可見於版權法規中，如公家機關有義務印刷資料。尤其是一九七〇年六月十九日訂定的有關 民眾可使用官方文件法規，原則上提供了任何一個老百姓皆可自由使用並查閱官方文件的權利。

雖然法律條文對新聞自由並無特殊限制，新聞界本身採取了一套措施以求自律。自一九二八年起，挪威新聞協會成立了一個特別會議，其目的在加強好的新聞習氣。該會議過去幾十年來的工作方針，一直遵守著「謹慎法規」(Be Cautious Code) 所定下的原則，此法規訂定了一些與新聞道德有關的標準，「編輯守則」(Code for Editors)，闡釋了編輯的責任和範疇，「新聞法庭案件處理指南」(Guidelines for the treatment of Court Cases in the Press) 乃與檢察官、挪威法官協會，以及挪威律師協會合作制訂的。

一九七二年以前，新聞會議純由挪威新聞協會指派的新聞界人士組成。早期，該會議主要乃處理報紙之間發生的道德問題的衝突；近幾年來，該會議的工作則成爲一般大眾對報紙的抱怨問題爲主。多年來，該會議的結果，一直在新聞學報上發佈。

一九七一年至一九七二年，新聞會議改組，並實行了幾項重要的改革。一九七二年以後，該會議包括了兩位來自民間的羣眾代表，而且程序亦經更改，因此涉及控訴案者更能顧及他們的利益，提出他們的案子。此外，會議的結論在涉及該案的報紙上宣佈，而其他的報紙則可自由選擇刊登結果。該會是經由國家通訊社宣佈其結論。

政府補助

二次世界大戰後，挪威約有兩百種報紙在一百餘城市發行，其中約半數的地方有兩份或兩份以上的報紙互相競爭。一九五〇年這種地方有四十七個，一九六五年數字降低到三十九。

報紙互相競爭的結果，爲經濟基礎薄弱的報紙造成嚴重的問題。許多報紙被迫停刊；一九五〇年至一九六五年間，隸屬於報人協會會員的報紙，事實上的數字由一九一降低到一六〇。其他許多較弱的報紙，如果不設法給予幫助，隨時都有停刊的危險。

一九六六年，爲了要獲得政府的幫助而第一次採取行動，受到了新聞組織的普遍贊同。考慮用政治上可行的途徑，提供各種支援方法而不影響及言論自由。這個計畫之能獲得普遍支持，泰半是由於許多體驗到財政困難的報紙了解，在與別報的競爭中，至少可少失去一些讀者。其實，導致各報間不公平競爭的首要原因是，大部分廣告收入歸於銷路較大的報紙。

報紙在政治上所扮演的角色是非常重要的，公開的討論中亦認為報紙的競爭更有助於此重要性。大家害怕這種報紙間相互的競爭一旦消失，可能導致一個結果，就是公眾的意見逐漸被塑造成一個模式。

要政府予以補助乃報紙本身採取主動。一九六六年，在一個代表了許多不同的新聞機構和政府部門，並討論了報紙的財政情況和許多有關可能採取的步驟的提案的會議後，提出了幾個方法。這些方法在國會中與各報本身均獲得普遍的支持。直接受到政府補助的約有一百四十家報紙，也就是說，那些申請補助的報紙，由於其競爭地位薄弱，一般可以獲得一定標準的保證支持。支持的方法包括成立一個貸款基金，在所有報上刊登公家廣告，以及許多不直接的方法，如免扣繳報紙銷售的加值稅、支持電訊事業、支持訓練計畫等。由於大部分的支持均非直接的，包括許多解救的措施，因此在經濟情況上不能立刻產生任何反應，所以不可能對其整個狀況做一個明確的估計。如果將所有非直接的方法計算在內，據估計政府的支持相當於全國報紙總營業額的百分之十五至二十五。

設若政府在一九七〇年代不對報紙提供支持方法，今日挪威的報紙必遠不及此數。如果這種支持突然中斷，據估計今日的報紙中可能有半數岌岌可危。

結構與經濟狀況

今天在挪威，認爲政府當局有責任採取措施保護報紙的經濟狀況，以避免報紙數目的大量減少是普遍被接受的。政府方面對新聞界的其他部分，並未採同樣的措施，那是因爲報紙所遭遇的重大困擾而引起政府的支持。然而目前正進行一項研究，以鑑定整個新聞界的經濟狀況，以及政府在這方面應採取的措施。

政府的支持，等於允許並保護許多不同的報紙的存在與相互競爭。一九七六年，挪威有四個城市有三份或更多的報紙，有二十五個社區有兩份報紙，此外有八十個地方有一份報紙。統計數字顯示：其中六十六份報紙是在鄉村地區發行；而九十份是在城市地區發行。

在挪威，地方上發行的小報，數目仍舊很多。只有七家報紙的銷路超過四萬份，六十一家報紙的讀者在二千至五千人之間，四十五家報紙的讀者在五千人至一萬人之間。（一九七五年的數字）

在總數一百五十六份的報紙中，一百三十七份稱爲地方報，僅有十九家稱爲「地區性」報紙。除了一兩份例外的報紙之外，沒有一家報紙在全國各地有大的銷售量。包括在奧斯陸所發行的報紙在內，絕大多數的報紙是在其發行的地區銷行。報紙大部分的收入是來自訂戶、零售以及廣告收入。儘管各報區別很大，而廣告收入佔報紙正常收入的百分之五十五至六十。關於報紙的總營業額，並無明確的估計，但可假定在一九七〇年代中期，其每年總營業額超過二百億挪威幣，也就是說在十年內增加了三倍。

新聞的作用

在民主國家中，新聞的作用有多種不同的評價與定義。在政治制度中，報紙更是極活躍且不可或缺的一個重要角色。一九七五年送交國會的一份有關報業的報告中，敍述了報紙四項不同的重要性。第一、報紙構成了討論與意見塑造的重要媒介物。第二、報紙較其他的媒介物更適合於扮演「第四種階級」（The Fourth estate），能夠揭發錯誤和缺點，讓人詳查，並能將羣眾的注意力吸引到許多有待解決的問題上去。第三、報紙較其他的新聞媒介物更適於接納時下所關心的利益；同時也較其他的電子傳播業更有可能做得多而透徹。最後，致國會的報告中並強調，沒有其他的媒介物能在地方社團的日常生活中取代報紙的地位。

要了解挪威報紙與政黨的關係，則了解挪威的報紙在基本上是很重要的。這實在是「挪威新聞協會」一九七五年所作的聲明的中心要點，其中並陳述了對報紙與政府間關係的看法。新聞協會正如其他大的新聞組織一樣沒有政治關聯，在該聲明中呼籲：「全新聞界應有明確的態度，追求更大的獨立性，各報務期做到不斷地增加其內容的多元性。」接著又說：「挪威新聞協會願意指出，在過去十年間由於報紙不斷的增加，提供了更多表現互相衝突意見的園地，而同時追尋一種超越各報傳統利益和基本看法的積極而具查證形式的新聞事業。故挪威報紙在公開討論和表達意見方面，乃較世界其他大多數國家的報紙更具活力。」（六十六年十二月《報學》五卷九期）

第五節 走馬看東協五國新聞事業

新聞事業與一國之國情、政局每每互為表裏。其國民的讀報率、電視機平均數、國民通訊平均量，和人民的生活、經濟、文化、教育各方面都密切相關，且往往是成正比的。

雖然，這五國與我們並無官方關係，尤其印尼和新加坡始終未與我國建立外交關係。但實質上，這五國與我保持密切關係，而對中共抱著惹不起的心理。

這五國居太平洋和印度洋的中間，分佈於南中國海域內，二次大戰日本席捲整個東南亞，一九七五年越南淪亡的同時，蘇俄已將武力伸至越南。一九〇四年日俄戰爭，蘇俄的艦隊繞南非好望角達日本海，使其勢力進入中國海，此實乃東協對立局勢的關鍵。

現在分別從新聞事業來探討：

一、非律賓：約有人口四千七百萬。雖然從英語系統的國家演進爲今日的國語系統，但，新聞事業仍深受美國影響。菲國自一九四六年獨立以來的這三十多年來，對新聞自由的態度因國家執政的態度而有所不同，尤其馬可仕執政的這十七年當中，雖然廢止戒嚴法，但實際上與廢止前可說無所差別。

菲國目前的三家英文報紙均係由馬可仕家系經營。華文報立場較中立者爲《聯合日報》，爲從前兩家黨報合併經營，中共支持者爲《東方日報》（前身爲《世界日報》），尚有《華商報導》，但中文報紙的銷售畢竟有限。

菲國電視臺號稱有四家之多，其中最大的一家爲政府的公營電視。菲國有七千多個島嶼，有三十多個轉播站。廣播站有五十五家，八小時進行廣播，其中主要的只有十四家。菲國電視自製率約百分之二十（臺灣約百分之八十），而自製率與電視發展通常成正比，因爲自製節目必需考慮經濟、自由、人才……等因素。

（二）、馬來西亞：約有人口一千四百萬，其中華人佔百分之三十五，馬來亞人佔百分之五十七、印度人佔百分之八。在馬來西亞，新聞事業的發展深受人口分佈的影響。馬來西亞排斥華人甚於菲國（印尼排華最烈）。馬來西亞分爲東馬和西馬。東馬隔南中國海在婆羅洲之西北角。華文報紙有七家，其中最大者爲《詩華日報》，西馬是個半島亦是主島。華文報有八家，最大者爲《新洲南洋日報》，次大者爲《新民日報》。若將東馬和西馬合計，則華文報約有二十家左右。但電視臺則僅一家——馬來亞國家電臺，其設備較菲國優。由於馬來亞之制度、思想傾向英國之型態，故新聞事業為五國中較自由者。馬來亞每個地區都有一家代表報，均以馬來文報為主體。

三、新加坡：人口約二百六十萬，對華語並不排斥。有兩家中文報，主要者為《新州南洋日報》，次為《新民日報》；一家英文報，其英文報除香港和印度外均無過之者。《新州南洋日報》雖稱雄五國，但若與臺北相較，則有如小巫見大巫。畢竟囿於華人人數，東協五國的華文報不可能破百萬份。境內有一個電臺屬大英廣播網，一家公共電視，二家商業電視（可有廣告）。

新加坡總理李光耀將華語視為四種國語之一（英語、華語、馬來語和一地方語），以求各民族共同參與政事，但社會上工作均以英語為公共語言。

四、印尼：由一萬三千多個島嶼所組成，國土海岸線的比例為世界之最，但僅半數島嶼有人居住。印尼為軍人統治，其政府各部長與軍方有深厚關係，自命為世界大國，政府之機構受軍事管制。境內全為印尼文報，絕對排斥中文，但有一家英文報。歷史上，印尼有過非常慘痛的排華運動，因為華人擁有很大之經濟權力。由於國土分散，為加強向心力，大眾傳播工具是最重要之工具，故印尼非常重視廣播與電視。而其電視發展受衛星之賜，境內九個主要島嶼均具轉播功能。

五、泰國：人口約四千八百萬，泰國與馬來亞均將華人比例壓至最低，但泰國人為東協五國中最像中國人者。泰國為軍人統治國家，新聞自由受很大限制，且隨政局而有所不同。境內華人報紙不大，最大者為《星暹日報》（未及十萬份），而最大之泰文報超過五十萬份，英文報紙僅一家。

電視有第三頻道，與泰國內閣（國務院）民眾聽關係密切。第七頻道，其設備、管理最強，且租用印尼之傳播衛星分送泰國各地。

新聞事業與一國之國情、政局每每互為表裏。其國民之讀報率、電視機平均數、國民通信平均量，和人民的生活、經濟、文化、教育各方面都密切相關，且往往是成正比的。

就連西方所看重之新加坡，其政治尚不及臺灣民主。其國會七十五位議員當中，反對派僅一人而已。其在政策嚴格貫徹下，政治體制所趨使，新加坡對電視、報紙一年必須登記一次。曾有一家報社發表兩篇不利政府之報導，第二年便遭停發執照的命運。

新加坡過去十年來，經濟成長快速，國民所得高於臺灣而近日本。此顯示，惟經濟文教發達，新聞事業才發達，非律賓境內文盲近一半，除新加坡，各國國民所得均偏低。

東協五國境內皆有政敵，但均不似臺灣一海之隔的中共，故國人應珍惜我們已有之新聞自由。目前，我們與東協五國之關係大致不錯，彼此經濟上密切配合。惟非律賓經濟危機最大，由於其民族性——懶所使然，故雖境內天然礦藏豐富，經濟未見發展。

我們將繼續且加強彼此經濟、文化、歷史、民族之交流。今天，我們在國際社會需要朋友，故更需進一步對此五國之各方發展密切注意。（七十三年十月文化大學專題講演資料，《新聞人》專載）

附：東協五國報紙數量分佈簡表：

國名	報紙數量	發行總數（單位：千份）	每千人讀報率
馬來西亞	三七	七八一	七四
菲律賓	一七	五〇二	一三
新加坡	一二	六一二	四九
泰國	三五	八四九	二四
中華民國	三一	三五〇〇	一九四

備註：缺印尼

本表資料係根據聯合國教科文組織統計年鑑（*Unesco Statistical Yearbook*, 1976），並參酌 *World Communications: A200 Country Survey of Press, Radio, Television and Film* (*Paris; Unesco*, 1975).；與我國一九八二年統計資料。

東協五國廣播電視機架數統計表

國名	人口數	收音機架數	電視機架數
印尼	一四八、五〇〇、〇〇〇	六、二五〇、〇〇〇	一、四〇五、〇〇〇
馬來西亞	一二、五七〇、〇〇〇	一、〇〇〇、〇〇〇	一、〇三二、七〇〇
菲律賓	四七、六七〇、〇〇〇	二、一七五、〇〇〇	九五〇、八〇〇
新加坡	二、三六四、〇〇〇	四二五、〇〇〇	五〇六、〇〇〇
泰國	四六、六七五、〇〇〇	六、〇〇〇、〇〇〇	八〇〇、〇〇〇
中華民國	一七、五〇五、〇〇〇	一二、〇〇五、〇〇〇	四、五〇二、〇七六

備註：本表括號中所列為估計值，根據 *World Radio & TV Handbook, 1982*。

第十一章　新聞交流與兩岸關係

第一節　大陸記者首批訪臺的看法

去年底我海峽基金會鑒於兩岸關係因接連發生漁船事件，陷於僵持膠著狀態，於是提出邀請大陸記者二十至三十人一次或分次來臺訪問一週至十日的計畫，希望在不愉快事件之後，另闢途徑。

此一建議向當時直接處理交流事務的中共臺辦提出之後，一直並無反應，捎來的理由是當時臺灣對具有中共黨員身分的人士入臺麻煩很多；眞正的原因可能還不只此，而是要先徹底評估，中共記者來臺採訪時其對臺統戰策略究將發生何種影響——有利還是不利？或是利多於弊？

値得重視的訪問

據最新報導：中共當局經一番頗爲「長考」的衡量後，終於不久前由大陸海峽事務協調會致函我海基會，在不領取或掛用「中華民國大陸地區傳播媒體參觀訪問證」的條件下，原經邀請的十八位大陸記者（包括一位「記協」處長），希望於本年七月內來臺訪問。想必這應該是不會再有枝節的事。

這是繼去年八月中共新華社記者范麗青和中新社的郭偉鋒，因採視在臺被羈押大陸漁民隨其紅十字會祕書長曲折來臺之後，第一批數額較大的記者集體訪臺，自然頗受兩岸各方的注意。主要原因爲中共新聞工作者整批應邀來訪，在臺尙稱首次，不管他們的組成分子代表那些媒體，畢竟在中共目前還沒有純民營的新聞制度之下，他們的動見觀瞻及其未來的寫作報導，不僅會直接影響今後兩岸的新聞文化與學術各方面的交流，而且必然會間接關係到未來雙方人員繼續交往的印象，乃至彼此當局思考問題的態度，以及採取措施的尺度。就是對於一般旅遊、探親和商貿的老百姓，也可能因爲訪問記者的報導內容是否客觀正確，在許多人的心理上構成一種難以言表的情結。

因此大家對於大陸記者首次整批來訪，的確值得重視與正視。站在一個長期的同業，而又力主新聞界應該負起交流尖兵任務的立場，對於此批同道翩然成行，自然由衷地歡迎和感慰，同時更願爲他們作一次成功的訪問，兩岸當局與新聞界以及社會大眾，誠懇而冷靜地提出一些看法和建議。

都不搞「泛政治化」

首先，我認爲兩岸當局既然共識雙方交流應該加強，就不要把甚麼事情都「泛政治化」，也就是少搞意識型態上的爭執。以前次臺灣海基會前往大陸與海協會研商文書驗證與掛號郵件查證事務爲例，由於這是一項屬於事務性的中低層次交涉，而且又是海協會成立後首度實務接觸，照一般人始料，應該是可以坦誠商議、順利進行而獲致雙方都可接受的結果，然而事出意料，竟然又因爲「官方不官方」、「法制認定」（包括「一個中國」的詮釋）……這一類政治定位的問題，雙方各執一詞而了無所成。推原其故，還不是因爲雙方意識型態掛帥所造成。亦由此可知：今後兩岸任何商談，彼此當局，尤其是中共方面，如果事事跳不出這一道藩籬，不給執事者以相當授權，我可斷言不但會一事無成，而且還會拉大雙方心理距離，甚至視商談接觸爲畏途，試問這對任何一方有甚麼好處？

這次大陸方面同意十八名記者應邀來訪，由其名單看可謂「有備而來」。譬如說人選以最能守住「中共立場」者爲優先，大抵都爲共產黨員，同時據悉，以能閩南話爲參考條件之一。關於這些考慮，在中共現行體制與策略之下，乃屬當然，不必點破。不要連人還沒有來，就造成不愉快的印象，這不獨有失主人請客之道，而且在我們這個百無禁忌的開放社會也計較不了那麼多。

（八十一年七月十日《新聞天地》）

第二節　兩岸新聞同業相見歡

能增進一分和諧，才能談到良性互動，能有誠信善意的交往，才有進一步合作互惠的可能，這一切都有賴於兩岸新聞工作者的客觀報導，為雙方朝野提供正確的事實與眞正的知，才不致產生誤導，從而形成切實可行的政策。

基於此一分善意的出發點，海基會於是跟著提出邀請大陸記者二十至三十人，一次或分次來臺訪問一週至十日的計畫。限於當時臺灣方面種種法規的限制，難以即速成行，都可理解；直至本年七月底所有「動員戡亂」法令終止效力，大陸方面幾經評估也認爲記者應邀訪臺的時機已經到來，因而相當具有代表性與涵蓋面的十八位大陸記者團於九月五日，在各方殷殷盼待的心情下，順利地踏上了他們等待已久的臺灣土地，圓滿，但稍嫌短暫地訪問了一週，而於十二日返回大陸各自的工作崗位。

收穫與影響如何

他們一行匆促而繁重的訪問，基本上似乎可以用：「歡迎、重視、收穫頗富、影響亦大」幾句話來概括各方面。當然，他們究竟感覺到有那些收穫？只有憑他們各自內心的衡量和團體平靜的分析，而不是幾句禮貌語言可以反映，更不是臺灣同業或其他方面可以代言的。至於說到影響，自然與他們評估此行得失有密切關係，同時也要看中共有關方面的評斷，以及他們已作與將作的各項報導內容來衡酌。

不管怎樣，他們此行正如其團長《人民日報》資深評論員翟象乾一再強調：「這次訪問已經敞開了今後新聞交流的大門」；副團長、「記協港澳臺處長」柏亢賓也在公私場合表示：「有了這一次，以後應該會順利多了」。其他團員亦多表達了是一次愉快、相當成功、並願再訪的意見。

自然親切的晤聚

因為他們此行早經商定的一項原則，就是盡量避免「官方訪問」，作為主人的海基會上上下下都力踐此一準則。雖然在歡迎酒會以及行前中秋晚會中還是與陸委會馬副主委英九、新聞局胡志強、吳中立正副局長先後碰頭交談，但彼此都顯得非常自然而親切，並無任何尷尬或格格不入之處。這固然顯出賓主雙方都是有水準和風度的人，同時也說明：既然要交流、做朋友，就不必太在這些形式上兜圈子；何況客人都是記者身份，更無須突顯太多的官方色彩，儘管大陸傳播媒體到現在為止，十九都具有黨政的背景。

頗爲雙方實際新聞工作者感到輕鬆愉悅的一次自家人聚會，應該算是海基會特請臺灣新聞界自動組合的團體——中國新聞學會於九月九日晚出面作主人。

歷史將留下一筆

當日下午雖是自由採訪，但大陸記者仍相當準時地紛紛自各方趕到，其中多位對圓山飯店慕名已久，相繼央人拍照留念。在臺新聞人員被邀者亦在十八人左右，同業調侃頗有遲到習慣的《聯合報》高惠宇，竟然相當盛裝的準時到會，被視爲大陸採訪「開山祖師」的徐璐，打整得漂漂亮亮而來，一向被目爲豪邁不拘的《新新聞》周天瑞，和《新聞鏡》的許秀鳳是因專業雜誌身份參與，其他被邀者亦多爲大陸新聞的能手。集兩岸新聞精英聚於一堂的這次晚宴，讓彼此面對面地交換意見，大家無拘無束，既不被採訪，也不採訪人，沒有座談，也沒有問答，二小時多的餐會，始終在和諧生動中進行。

我在致詞中，首先希望這次大陸記者團首次來訪這一小步，能成爲今後雙方整個交流中的一大步；「路總是人走出來的……作爲兩岸交流大道上重要一員的新聞界，實背負著最爲積極而沉重的責任。」「只要我們坦誠樸實，互敬互重，深信歷史將爲我們留下一筆！」

大陸記者團翟團長在餐會開始與結束時兩度講話都強調：新聞交流的大門敞開之後，相信今後人員的來往將比以往頻繁，無疑這可增加兩岸同胞更多的了解，有益於邁向和平統一的大道。

作爲這次餐會安排中介者的海基會祕書長陳榮傑，他樂見兩岸新聞工作者如此歡聚一堂，相信可爲今後的交流，產生無形的誘導作用，由於雙方新聞界本來就是一切資訊的主要傳播者。

且看下一步怎樣

總結起來看，由兩岸新聞實際工作者面對面的溝通，必然可以促進彼此間相互的認識，這比過去臺灣記者們摩肩接踵般的前訪大陸，有其不同的性質，亦將產生不同的效果。

問題在於今後大陸記者在這一次之後如何爲繼，是單獨或結伴自由申請來訪呢？還是由大陸方面自動組團成行？或是由臺灣媒體各視關係與需要予以邀請？而海基會應可續邀第二批，其他民間及學術團體似乎亦可出面邀請參加各種活動。我們當然絕不願見這次旋風式的訪問過後，久久沒有下文。

大家不必對此次訪問期望過高，因爲多少具有一些探路性質，同時也不必對這次訪問要求過嚴，某些帶點負面的作用，預想是難以完全避免的。無論如何，可將它視爲一個好的開始，因爲兩岸既然交往如此密切，大家只有好好地鼓勵並監督新聞界善盡橋樑的功能。（八十一年十月十日《新聞天地》）

第三節　首度上海行看大陸新聞界

不論從事教學和實務的人，並未忽視市場經濟對意識型態與政治鬆動的潛在影響，而新聞事業正是處在這一變化的漩渦之中。如期望新聞發揮帶頭作用，至少目前還談不到，但從長遠處看，不可能永遠抱緊框框，一成不變。

本年元月七日至十二日，我應臺北「亞洲與世界社」之邀，曾去上海參加「二十世紀世界經濟對海峽兩岸之挑戰」研討會，彼岸合辦的單位爲「上海社會科學院」、「上海國際問題研究所」以及「上海市臺灣研究會」，從策劃到結束，都相當彰顯了學術討論的性質，兩岸報刊與廣電都有不少報導，認爲是一次頗爲成功的集會，有益於雙方意見的溝通和今後兩岸關係的良性發展。

是實地了解時機

我不是攻經濟、搞經貿的人，而參加此一研討會，原因是會議雖以經濟爲主軸，但對兩岸其他方面的關係亦將涉及，一方面可以多聽與會學者專家們的意見，一方面也可藉便了解一下上海新聞業學兩界若干實際情形。我蒙臺北一行推爲所謂團長，自始未敢以此自居，除了九日研討會開幕式中，照安排與對岸汪道涵名譽會長（國研所與臺研會均居此名義）分別代表致詞外，我幾乎沒有公開說什麼話，私底下也多半是多聽多問，而且會議結束第二天，就束裝經港回臺，是一次極爲便利而單純的上海之旅。

惟一經我要求而對方安排得十分妥切的一項節目，就是十一日上午假目前大陸最有名的重點學府復旦大學，與上海新聞業學兩界代表人士的一次晤談。參加的人爲上海《解放》、《文匯》和《新民晚報》三大報的負責人，復旦新聞學院的正副院長以及上海社科院新研所張所長等人，而且復大施代校長以主人身分作爲中介。

同業立場少禁忌

說實在的，這一場談話會我是採取主動態度的。除了新聞自由、報業自主權、取稿標準、隱私權以及教學自由這些問題存而不論，略而未談之外，大家都本著新聞從業者的良知良能，坦誠而無多大禁忌地交換意見，對於我所提出的問題，也無所迴避地予以解答。

歸結起來，我們交談的問題，大概有下面幾方面：

首先，我問起十年多改革開放政策對上海及各地新聞業的影響；「六四」之後，新聞政策有無由緊轉鬆的跡象及可能？未來走向如何？

其次，我略提及臺灣報業競爭及其與廣電和通訊社間的互動關係，問他們之間的情形如何，與其他媒體在中央統一政策指導下作何種互助合作？

再次，我提出兩岸新聞交流這一實質問題，並將一項初擬的兩岸三邊新聞業學人士在港舉行「媒體在兩岸關係所扮演的角色」研討會的企劃案，提請在場人士思考並提供意見。汪道涵會長與我談話中建議兩岸新聞人員，合辦中性刊物的可行性也曾討論。

關於新聞教育的問題，由於時間有限，同時我方學者曾經結伴或單獨與大陸幾所新聞院所交談過，因此只是輕輕帶過，但絕非不重視。

綜合他們對我所提各問的解答、詮釋以及個人見地，我可作如下幾點歸納：

大陸新聞界趨勢

一、不論從事教學或實務的人，並非不知道意見的多元化與新聞的可讀性甚關重要，儘管他們還不願，也不可能在目前高唱新聞自由這類口號。但在私人談話中，他們絕未忽視市場經濟對意識型態與政治鬆動的潛在影響，而新聞事業正是處在這一變化的漩渦之中。如期望新聞發揮帶頭作用，至少目前還談不到；但從長遠處看，不可能永遠抱緊框框，一成不變。

二、很明顯的，凡是比較多樣化的一些報刊，銷路就一定好些。譬如《新民晚報》印得編得似都不如《解放》與《文匯》，但其銷份達一百六十萬份，超過兩報之和。新華社於元月十日發表北京《新聞出版報》所載消息，認爲今年「中國新聞界將有三大趨勢：一爲發展信息產業；二爲擴大信息量；三爲增加服務性」。由上海各報今年元旦普遍由一大張增爲二大張，而且廣告必須先付款預約版面，逾期取消，亦可看出走勢。他們一致承認，新聞事業普遍欣欣向榮，三報幾乎都蓋起大樓，增換硬體設備，提高職工福利，皆是拜經濟搞活之賜。

三、他們絕不諱言目前大陸新聞界是普遍受中共黨中央的指導與控制，甚至認爲在現階段改革開放大政方針下，爲免意見分歧，並無不好。且認臺灣新聞媒體所以立場歧異，各有所圖，便是一個現實例證。因此大陸至今尚無任何私營報紙及廣電系統，非政治性的刊物或出版社則已經辦起來，在可預見的將來似乎還只能做到這一步。至於兩岸報紙對等發行，或互設辦事處，派駐記者等，目前也還談不到。

四、關於汪道涵建議：爲加強意見溝通，表現交流誠意，保障目前十分熱絡的經貿商旅，可否由兩岸新聞單位或人員，合辦一中性出版物，大家認爲立意甚善，至少可作爲一努力途徑；但如何著手，因牽涉面甚廣，尤其是產權等涉及法律問題，必須先獲共識或默許，方能起步。這恐怕需要兩岸決策單位先有原則決定，方會有人鼓起勇氣試試看。

五、關於兩岸新聞交流這一問題，因爲事涉意識型態與政治敏感的範疇，因此雙方都是談得多，做得少，距離大陸「中國新聞社」社長諸有鈞去年底在臺北提出的「新聞交流應發揮帶頭作用」的期望，有許多路要走。莫說新聞實務方面，就以新聞教育而論，目前也還限於臺灣教授去大陸單方面的訪問，或是交換一點出版物如《新聞年鑑》或《學報》一類東西。最近北京「中國記協」主動向此間中國新聞學會索贈對內出版物《新聞界》，算是一項新的舉動。

六、目前新聞人員互訪，嚴格地說：還只能說是限於採訪，而且彼此都還有一本難唸的經。大陸方面認爲臺灣對其人員入境限制太多，我方新聞局則指出業經核准入境的大陸新聞工作者，至少還有七十人尚未來臺。這次我在上海曾與國臺辦交流局的王曉民副局長就便談及此事，她希望我方將名單開去查個究竟。至於臺灣記者過去三、四年間去大陸採訪者超過二千人次，但他們對彼岸個案核批及停留時限，都認爲所予便利不够。諸如此類問題，大家都寄望於未來雙方較高層次的協商，而不久應該可以舉行的「辜汪會談」即爲一大關鍵。

宣傳「全國一盤棋」

七、中共傳媒在對臺政策宣傳方面，大抵是採取「全國一盤棋」的做法。主要傳媒除「新華」、「中新」兩大通訊社的許多專人專稿專業外，尚有以對臺工作爲重點的「臺聲」及「海峽之聲」廣播，反映兩岸政經的《海峽兩岸》雜誌，頗具權威性的《民主與法制》月刊，還有就是以對海外宣傳爲喉舌的《瞭望》及《人民日報》海外版。至於在香港與其他海外地區發行的一些雜誌和小册，都在環繞這個目標而出版。而對中共各級幹部及大陸民衆如何了解臺情，則透過各項傳媒，包括發行達百萬份的新華社的《參考消息》，亦有其密切分工與配套。大家都知道：中共對宣傳戰場是一向十分重視的。

八、關於我所提出的兩岸三邊新聞業學兩界人士在港舉行專業性研討會，如第一次辦得有意義，再在北京與臺北等地連續舉辦，大家認爲這項建議比較容易實現。凡是與我就此交換過意見的人，幾乎人人原則上都贊成，問題在中共高層對此如何決定。最近北京方面傳來消息，如果單純地是兩岸人員研討，也許更易付諸實行；看情形還得耐心地磋商與等待。

我之所以自公職退休後，還願以一介新聞界老兵爲兩岸新聞交流說一些話，盡一點力，目的十分簡單；就是兩岸關係經此四、五年盤根錯節般發展，能獲今日局面已然不易；今後如不幸因一方決策謬誤或雙方評估失算，造成倒退或停滯狀態，老實說，對兩岸都屬不利，這是任何一個有理性而又務實的兩岸中國人所絕不願、亦絕不應見到的事。（八十二年一月三十日《中國時報》刊載，同年首期《報學》轉用）

第四節　兩岸新聞交流為何落後

今天兩岸新聞交流，不但未曾走在其他交流的前面，反而顯得落後。特呼籲兩岸負責當局早日消除那些無益，甚至有害的人為障礙，讓新聞界在未來漸進的、互補的，相互忍讓的和平統一大業上，實實在在地發揮潛在與先驅的功能。

為了使海峽兩岸熱絡的經貿關係和蓄勢待發的金融交往，朝著互利和正確的方位走去，《中國時報》特邀請大陸傑出經濟學人和有關業者，一行九人來臺參加為期兩天的精緻型研討會，會前會後並作若干實地參觀。其中擔任團長的北京中國新聞社社長諸有鈞先生，他的專業雖非經貿，但以其在大陸新聞界的身分和他所主持的業務，仍然欣然率團來訪，這無疑可看出主邀與被邀雙方都十分重視新聞從業者，在兩岸一切交流中所處的地位及其可能產生的作用。

果然，如一般人所預期和盼望：諸社長自十五日抵臺下機後，他在各種場合講話或答覆詢問，一直嚴守專業立場，就兩岸新聞交流層面，發表了一些頗具啟發性的意見，予人印象相當深刻。綜合起來，主要的有下列幾項：

㈠新聞交流應走在其他交流的前面，好好地發揮帶頭作用；

㈡大陸的改革開放是全方位的，新聞改革也是其中之一，在新聞風貌上正作不少改變；

㈢自九月初十八位大陸記者訪臺，兩岸新聞人員開始邁向雙向交流，希望今後大陸有更多的從業者前來實地了解；

㈣只要記者能作客觀公正的實際報導，可以普遍增進了解，有益於雙方的良性互動：

新聞交流應作兩岸交往表率

㈤目前臺灣去大陸採訪記者受到若干當地法規的拘束尚稱合理，慢慢還會改善；兩岸報紙對等發行，互設辦事機構，未來可行。

諸先生以上這些意見，自然並非第一個作如是看法者。以其中第五項而言，中共政治局新任七常委之一的李瑞環，於十月底會見臺港新聞界人士時即曾有過這樣的答話。不過，諸氏無疑是一位肯面對問題，說話實在的新聞同業，令人欣佩。尤其是「新聞交流應走在其他交流的前面」這一見地，不獨與個人一貫的想法與看法不約而同，而且亦正是兩岸切望雙方關係眞正走向良性發展的人士，所持的觀點與懷抱的期許。

然則爲何五年來的兩岸交流中，新聞交往不僅沒有發生所謂「帶頭作用」，尚且顯然落在經貿、藝文、體育，乃至科技文教之後？其中當然是有原因的。

據實報導善意剖析有助了解

由於新聞工作者的觸角最爲廣泛，了解問題的關鍵和全貌，應該比一般人的機會多、領悟高，如果能各本職業良心，在各自的法律規範之內，據實報導，善意剖析、提出忠告和建議，我相信對兩岸同胞的互增認知和情誼，固有極大幫助，就是對雙方朝野的良性互動與回應，也具有積極功用。我不敢斷言：諸社長所提出的「帶頭作用」是不是這個意思，而我站在一個長期新聞工作者並盼望中國人早有出頭天的心情與立場，就是持此看法的！

我不願多所辭費地來分析兩岸新聞交流爲何較其他方面落後的原因，因爲這對今後應走的方向並無太大的裨益。因爲分析起來必然會對雙方朝野都有批評，而對大陸執政當道的質疑，可能會比對此間執事者要多一些。基於大家都期盼兩岸負責方面，對於爾後雙方關係的演進與推展，少算舊賬，多看將來，少苛責對方，多反省自己，就新聞交流一事而論，我正想本此精神與恕道，從消極與積極方面提出若干意見，供兩岸主事當局和同業採擇。

個人以爲今後兩岸新聞交流，如果能朝普遍、正常和良性方向發展，最後邁上企業化與規制化的大道，從近期看，可獲前面所分析過的「帶頭作用」的效果，若從長遠處看，無疑必有助於中國最後走上和平統一的大道。

本於此義，我以爲在消極方面：

㈠兩岸都要盡量避免無謂的意識型態之爭，也就是目前習稱的所謂「泛政治化」。新聞無疑是屬於意識型態範圍的一個部門，而且是極爲敏感的一面；由於中共一向以意識型態掛帥，它自始緊握此方面，不肯稍有放鬆，原可理解。但中共經改十年之後，連諸先生等都已承認大陸新聞界已出現「新風貌」，因此中共黨政當局自鄧小平先生以次，對這一方面確已面臨必須重新評估的時候了。

㈡新聞自由並非那麼可怕，不要把新聞人員都看成好事和製造廂煩者。新聞自由並非如洪水猛獸，臺灣有極爲豐富的經驗可資借鏡。雖然共產體制本質上的排他性極強，但中共在經改之後，政治面不可能長遠原封不動，相信對岸繼起的領導層心中有數。要來的事情與其橫阻而生變，莫如因勢利導而有成。

消除人爲障礙增進良性互動

㈢雙方對新聞人員來往及其他方面的相關事項，盡量莫設人爲的障礙。諸先生等都曾提到兩岸新聞人員互訪，極其不成比例，然我新聞局、海基會以及陸委會都指稱大陸不輕易放人，並非臺灣方面不批准。既然雙方都認定新聞人員交往有助於兩岸關係的和諧發展，那麼今後就朝這方面努力好了。

㈣兩岸新聞報導，盡量不要醜化與矮化對方，尤應避免製造是非與惡意攻訐。至於官方必然還繼續會有許多相互指責和挑戰，但總不要過分；而臺灣新聞界在某些方面亦有自我檢討和約束的餘地。

至於積極性的交流工作，雙方可以共同爲力者更多：

㈠增加互邀互訪的頻率。中時此次邀中新社社長一行以及不久前厦門電視臺來此拍攝民俗專輯等都是很好的例子。海基會繼前次邀請十八記者之後，應該續有行動；對岸海協會亦宜採取某些回應之舉。

㈡兩岸或臺、港、大陸三邊專業性的研討會應繼續甚至擴大一點舉行。上月底北京舉行的「

亞太報刊與科技及社會發展」研討會，大家認爲各方多能受益。這類活動因不涉及政治面，故氣氛總會較好。

㈢新聞媒體和新聞教育人員都可作適度交流，互相觀摩，增進了解，交換資訊，並進行某些技術合作。這在大陸新聞界慢慢走向開放一些後，似有可能和需要。

㈣獎學金、新聞獎以及在職進修這類活動似乎也可慢慢互相容納、彼此切磋；至於技術上的困難是可以克服的。

㈤對等發行或合辦報刊，以及在兩岸互設辦事機構等，只要和平交流、互惠互利的大方向不變與不被動搖，相信可在並不遙遠的未來見諸行動。

路絕對是人走出來的；今天兩岸新聞交流不但未曾走在其他交流的前面，反而顯得落後，其間當然有許多人爲因素。謹此呼籲兩岸負責當局早日消除那些無益，甚至有害的人爲障礙，讓新聞同業在未來漸進的、互補的、相互忍讓的和平統一大業上，實實在在地發揮其潛在與先驅的功能。那麼目前時冷時熱、見仁見智的兩岸關係，可望邁上穩定而積極的進程。（八十一年十一月三日《中國時報》）

第五節　北京新聞界透出的風訊

大陸新聞界談改革，尚言之過早；思想陣線的鬆動也須視這一波經改成效而定。對岸媒體從年初以來所顯露出若干陽春鬆動的跡象，雖只能在大框框內求新求變，但滴水穿石，積漸成勢，相信中共當局難以長此漠視和阻絕。

今年元月初應邀去上海參加一項由兩岸學術單位合辦的兩岸關係研討會，乘便與上海三大報的負責人以及復旦大學新聞學院院長等見面談談，歸來我爲此間《報學》最近一期寫「與上海新聞業學兩界人士晤談紀要」一文，並在《中國時報》發表「首度上海行看大陸新聞界走向」專欄，表達了個人對大陸新聞界動向的一些評估和預期。

新聞界的陽春現象

幾個月以來，大陸新聞界的確顯現了若干陽春鬆動的現象，譬如元月份各重要城市報紙普遍增張擴版（絕大多數由一張增爲二張，僅三、五家擴增爲三大張），新聞量與廣告大有增加，上海《文匯報》更首開紀錄，以頭版全版刊登冷氣廣告。若干新聞學者如甘惜芬教授等公開撰文，主張新聞適度自由爲改革開放成功不可缺少的條件；上海《新聞記者》雜誌三、四月號更由復旦新聞學院學生遍訪京滬新聞界名流，大談「新聞改革」，各方所發表的意見，大抵認爲要配合市場經濟的大方向，新聞應支持政策，但不能像過去一樣，長期淪爲政治的宣傳工具；還有就是報紙經營權的下放，由管理者自負盈虧。

中共國務院新聞出版總署鑒於黑龍江省六十八家黨報、專業與企業報，於今年四月初的改革討論會一致認爲報紙應走企業化的路，而將此一經驗推薦給其他各地參考；五月下旬連中共機關報《人民日報》也顯刊評論員文章，批評某些領導人作風保守；廣播電視方面，雖迄今仍是大一統和一條鞭的局面，然上海東方廣播與東方電視半年多以來的相對自主性與服務性作法，聽眾的反應十分積極而強烈，普遍歡迎多樣化的節目內容……，其他方面所表現的市場導向與討厭教條，可謂不一而足，在此不再詳舉。

新聞尺度放寬沒有

爲了對這些難得而具有若干挑戰性的變化，取得一些親身體驗，同時並爲今後兩岸新聞交流的良性互動，盡個人微薄心力，以期有裨於雙方關係穩定而健康的發展，因此決定接受此間藝文界所組成的「兩岸文藝交流訪問團」的邀請，出任其顧問性質的名譽團長，而於四、五月間，首次前往北京等地，且在留京一週期間，盡量與具有新聞龍頭地位的當地同業，保持了相當廣泛的接觸，與各種媒體的負責人分別作了坦率的交談，其中包括了「中國記協」以及四大新聞機構——新華社、中新社、《人民日報》、中央電視臺的最高主持者。我對他們相當熱烈而合作的言談態度，的確留下了深刻印象。

在我內心首先關注的一個問題，無疑是去春鄧小平南巡廣東後加速加深改革開放的政策宣示，對於新聞尺度究竟有多少影響，因爲兩者之間，不僅具有相互反映的關聯性，而且只有新聞尺度寬鬆一點，改革開放才能爲社會大眾帶來不同的資訊，並建立信心。

中共負責意識型態戰線的領導們當然懂得這個道理，此所以近一年幾個月以來，除了鄧小平本人沒有直接對這個敏感性的問題作出指示外，幾乎自江澤民總書記以次都或多或少、或明或隱的講了話。至四月下旬中共宣傳部長、政治局委員丁關根在福建、廣東考察後強調：「宣傳思想工作必須以建設中國特色社會主義爲根本指針，並以此指導思想戰線的全部工作」，官方態度因而明朗化。

新聞改革言之尚早

遠在去年八月間，香港《鏡報月刊》曾經報導過中共中央對其直屬新聞宣傳單位和省、市、自治區以及軍級以上宣傳部門，發出「中宣七號」文件，把鄧小平南巡以後各種指示，綜合爲十八條，稱之爲黨的基本路線。其中許多條，都與思想路線有關，最顯著的莫如十一條所言「右可以葬送社會主義，左也可以葬送社會主義：中國要警惕右，但主要是防止左」。老實說，不管領導個人說話，或是新聞喉舌發表評論（包括評論員文章），乃至復旦新聞學院大談「中國新聞改革」……等等，無論如何是超出不了其基本方針和路線的。具體一點說，他們認爲：西方式或民主政治下的新聞自由，對中共目前搞改革開放，既不需要，亦沒有什麼關聯，錯用濫用了且將招致嚴重後果。因此之故，新聞與出版，文化與藝術，還是應該在共產黨領導的具中國特色社會主義這個大帽子下求改革、求充實。自然也有若干知識分子在內心乃至公開排斥這個大框框，但目前聲音仍小，不成氣候。

故而中國大陸思想陣線的鬆動，必須等待這一波的經濟改革成效如何之後，才能看出眞章；以今日中共領導層的見識與才智而言，他們應該有足够的能力作判斷，亦應該有勇氣面對未來時代潮流的冲刷，而得到自我調適與肆應之道。這一期待，特別要看漸露頭角的新一代領導層的智慧及其決策，方能見到端倪。

新聞到底如何交流

與北京新聞界負責人及有關方面談論最多的另一個問題，就是兩岸新聞交流。自一九八七年九月此間《自立晚報》二位記者首先突破禁忌，「潛訪」大陸，五年餘以還，兩岸在這方面的來往，依然是說得多做得少；個別案例多，整體規劃幾乎談不上；人員交往，特別是由臺灣去大陸的多，而雙方實質上的互惠合作關係，至目前爲止，自然是更談不上。這次在北京期間，曾經應邀來臺訪問過的「中新社」社長諸有鈞來看我，曾談及新聞交流不但迄今未發揮任何帶頭作用（如他在臺時所主張的），而且遠落在經貿、藝文、科技等方面之後，言下之意，彼此都有些無奈的感覺。

推源其故，簡明地說：還是由於新聞無疑與意識形態密切相關：在中共方面，一貫把它視爲思想戰線上的一項重要環節，也是他們所強調的「精神文明」的一部分，因而非抓緊一些不可。就這一點而言，至少目前我們還不宜，也不必用新聞價值觀去看這件事，否則雙方一定是各執一詞，鑿枘不入，對現況的改進與改變不僅無補，甚至還會彼此抱怨與指責，派對方缺乏誠意。

正因爲我是抱此一態度與他們交換意見，大家倒眞還願意說出眞話，一步一步朝我們期望有助於兩岸整體關係互補互利的大目標去走。當我與《人民日報》社長邵華澤談到此一問題時，他表示：「其實也不必太急：不久我們會有一組編採幹部應邀赴臺訪問。總有一天，我與《中央日報》的社長將會互訪。楚先生是《中央日報》老社長，今天我們不是坐在一起交換意見嗎？」

要讓彼此都感需要

新聞交流的確是對兩岸關係發展，具有廣泛和長遠影響作用的一件事，也許大陸當局對這一方面的重視，還遠高於臺灣方面。主要原因自然是中共制度上，把新聞視爲國家政治的一環，與臺灣在民主自由體制之下，新聞不過是傳遞訊息、反映輿情、監督在位者，擴大本身影響力的一種事業或企業。有了這一認識，就自然易於理解兩岸新聞交流，何以目前會停滯不前？同時亦可能由此現實出發，由雙方業學兩界以及執事當局，來尋求一些勉強走得通的路和可以辦的事。

以四月末「辜汪會談」所獲致的四項協議爲例，其中曾於積極促進事項中列入「雙方新聞負責人的互訪」。由此亦多少可以反映出：兩岸當道相當看重新聞交流的重要性及其影響力。既然這一前提確定了，我曾經在大陸期間及其後，分別和大陸以及港、臺的新聞同業同道提起過下面這些事情，同時亟願了解他們的看法。

我曾要求大陸新聞界的負責人，包括「中國記協」領導者，以及意識形態的主持人，不要視臺灣新聞界的百家爭鳴與五味雜陳，爲具有侵犯性與誘發性的。儘管目前大陸不歡迎，也不適應這種品牌與作風，但依據臺灣本身的經驗，羣眾本身就會慢慢地產生抗體而知所選擇。大陸既然準備「百年不變地搞經濟改革」，人民又面迎來自四面八方的資訊，任何治國者恐怕誰也難以忽視大眾傳播的需要與走向。這恐怕是大勢所趨，很難長期抵擋；上海新聞界近年已爲此下了一些註腳。

積極做些互利事情

若認我此一忠告不是無的放矢，或是心存成見，那麼今後在新聞交流上應該可以考慮再放寬放鬆一些。譬如大陸新聞業學兩界人員的入臺訪問，中共當局實在不必設限太多：他們都是高級知識分子，大部分還是共產黨員，對於大是大非一類問題自有定見，絕不是那麼容易受到「資本主義自由化」的污染的，又何必顧東顧西，怕這怕那呢？

基於這個善意的看法，因此我對臺灣海基會於三月間透過對岸海協會邀訪大陸十二名地方新聞記者，以「地方太大，選人不易」爲由，變相地予以婉拒，表示不以爲然，而希望能尋求補救之道。還有就是六月底政治大學傳播學院，準備在臺灣邀集一次規模不小的學術討論會，大陸學者被邀者達十餘人，我多麼盼望他們都能順利成行。此外中國新聞學會也計畫於本年十一月間在港與「香港新聞工作者協會」、北京「中國記協」聯合舉辦一次業學兩方面人士參加的中型研討會，主題偏向於實務方面，如第一次辦理有成，然後隔年分別於三地輪辦。

列舉上面這些事例最主要的目的，就是要將新聞遠離一點政治，使三方面都能接受而且受益。爲此「新聞交流」才不致淪爲口號，相反的，眞正能成爲加強了解和溝通的橋樑。而且這些事情應多鼓勵新聞界自身去做，中共當局依然是掌控得了的。

在個人看來，「辜汪會談」雖然對兩岸關係的良性互動與穩健開展，具有若干象徵性的進取意義，然而距離所謂政治性的「坐下來談」，誠不知尙有幾許路要走。在這個轉折而坎坷的途程中，各方面的繼續交往，都有益於消除敵意，增加認識，促進關係，同受實益，而其中最能發揮調和、催化與潤滑作用者，新聞交流應屬首當其衝，且亦負有義不容辭之責。當然，這方面的增進交往，彼此應基於互補互利的著眼，絕非任何一方要佔便宜，而且即令有某種程度的負面作用發生，亦應共同謀求改進，而且絕不宜苛責一方，如此方能捐小顧大，存異求同。

面對最關心的問題

與對岸有關人士多次坦直的交談中，他們對於「臺灣獨立」這個問題的關切，眞是溢於言表，每每甚至偏離談得正熱烈的新聞主題，而將注意力轉移並集中到前一問題上面去。我要求對方了解：在臺灣任何人可以談臺獨，也可以主張臺獨，不像大陸上人人存在心裏反對，除了官方不時表態之外，殊少公開討論，這也可以說是新聞言論尺度太緊的結果。因此我認爲新聞交流對於認清臺獨、反對臺獨都可能有助，爲什麼要把一個人人關切的民族大問題封蓋起來？而彷彿僅是兩岸政府與黨派之間的爭執！

訊息能否帶來遠景

至於兩岸新聞交會的遠景，諸如互派駐地記者、互設辦事處、報紙設分版或直接發行，乃至創辦新報，廣播電視交換節目與人才交流，技術面的擴大合作，雙方合資興辦各種出版事業……這一類在世界先進國家多已普遍存在的事實，今後什麼時候會到來，當然與兩岸政治關係有其因果之數。

不過在今天，我們認爲不可想像、甚至幾乎不可能的事，有朝一日，也許會隨著時勢推移而水到渠成，「新聞鼻」是極爲敏銳，而且反應最快的，對於這些自北京與上海等地透出的訊息，臺灣新聞界的有心人似乎都已嗅出，且各出機杼，謀定而動。至於大陸同業同道，雖還只能在目前大框框內求新求變，但滴水穿石，積漸成勢，大家覺得：連中共當局似亦難以長此漠視和阻絕的。（八十二年六月七日《新聞鏡》周刊專載）

第六節　對兩岸新聞交流的檢討和展望

在目前兩岸政治制度迥異，新聞尺度懸殊的大形勢下，要談新聞交流是頗不容易突破的。但「做比不做好，多做比少做好，早做比遲做好，大家做比少數人做好」，這應該是人同此心，心同此理。

九月下旬應邀去大陸武漢市參加兩岸及香港第二屆新聞研討會，感觸良多。五年多以來，兩岸的新聞交流大概可以「往來頻繁，成效未著，影響不可否認，困難尚待克服」幾句話來描述其輪廓與內涵。如果以其發展進程劃分一下，似可大別爲兩個時期。

先摸索漸入規制

先是摸索和試探的階段，這應該追溯自立報系的李永得與徐璐兩位記者，於六年前一馬當先，假道日本以觀光爲名前往大陸採訪，歸來尙受到政府新聞當局的若干處置。之後因「亞銀」、「亞運」等先後在北京舉行，大批記者湧往採訪，有些媒體的工作者就順勢率與，或以探親遊覽的名義，或依中共定點按事採訪規定，申請出入大陸，隨著時間推移，人數越來越多。而大陸「中新社」記者郭偉鋒等二人四年多前入臺採訪，爲兩岸新聞人員雙向交流開了先河。

至一九九一年九月，我海基會安排大陸十八名記者組團來臺訪問，應可視爲兩岸新聞交流規制化階段的肇始。去年（一九九三）四月新加坡「辜汪會談」，將新聞交流於共同聲明中列爲四項協議之一，今年八月「焦唐臺北會談」復視新聞交流爲協定的重要事項，可見兩岸朝野都認爲此項交流確實有助於雙方增進了解，化除敵意，進而於無形中廣泛促進兩岸關係的良性互動，針對此一趨勢與要求，雙方新聞人員的確是交往頻繁，且亦作出了若干積極面的貢獻。

兩岸三地同盡力

臺北中國新聞學會有鑒於客觀形勢的需要，並願以民間身分爲兩岸新聞交流盡一份力量，本人因職責和道義感的驅使，於是乘十八記者訪臺的機會，與其副團長、北京「中國記協」（全稱

「中華全國新聞工作者協會」）臺港澳主任柏亢賓個別交換意見，可否由雙方共同主辦一種兼具實務與學術性的新聞研討會，一年最多一次，分地輪流主邀，並約香港方面參加。他當時覺得這項意見非常好，願意帶回北京去研究。過了兩三個月，他回信表示原則同意，並建議我於農曆年後作進一步的磋商。

先是本會與北京記協分別透過適當管道，與香港新聞行政人員協會的主席楊金權（《成報》）、副主席曾德成（《大公報》）交換意見。令人鼓舞地是他們代表該會很快作了積極回應，且明言參加一同主辦，並願擔任第一屆的主邀單位。至此這項研討會的構想，已告落實。中經多次函電交商，幾乎經過近年的時間，有關集會的目的、議程、費用等重要事項，三方面都已有了共識與定見。正好去年（一九九三）四月，我應邀擔任此岸作家訪問團名譽團長經港前往北京，於是就便與兩處的共同主辦單位負責人分別交換意見，商定於同年十一月在港舉行第一屆會議。

新聞研討會特色

有關會議情形，當時三方面都分別有所報導，並相當肯定其成果和影響。去港與會的同業先進歐陽醇兄，曾以「三地同業，皆兄弟也」爲題，於《新聞鏡》週刊發表專文，予以評述。綜觀該會特色約有數端：

㈠新聞從業者與教育者共同參加，使實務與理論相溝通，使三方面參加人都能受益；

㈡三方面共同主辦，都是主人，亦是客人，彼此尊重，相互參證，使會議推陳出新；
㈢籌議之初，先避免在議題及公開場合作無謂爭議，會中會後則百無禁忌，相當達成了交流目的，使其收到切磋印證、潛移默化之功。

北京主邀具匠心

按當初構思，第二屆輪由大陸主辦，北京「中國記協」就毅然負起籌辦的責任。當今年四月初傳來訊息，已在著手準備，大家預料大概是在北京舉行，結果選擇於九月中旬在長江三峽遊輪上進行三天研討，由主辦單位負擔所有費用，包括出席會議的三方代表船資與餐飲等旅遊在內。這無疑是主邀單位別具匠心的一項構想，因為三峽大壩馬上動工，兩三年後原始風貌將有相當大的改變，各方人士都想及早一遊。

為本屆會議盡心竭力最多，首推北京記協的柏亢賓主任，他曾為此四處奔走，克盡一切協調聯繫之責。甚至連會議舉行的巴山號專輪，他都先行試乘，以切身體驗四天逆流而上的行程。當然，他的三位上司常務副主席李彥，書記王哲人、唐非三先生精心擘劃，親自與會，更是功不可沒。而啟程地武漢和上岸口重慶兩地「記協」在節目等方面的安排配合，當地黨政領導的支持協助，尤其是武漢《長江日報》與《重慶日報》的大力支援，可謂出錢出力，貢獻良多。據相關人士告知：《長江日報》因為近年甚為賺錢，對此次會議曾提供了六十萬人民幣的支助。

由於北京「記協」取得有關各方面的全力協助，因而保證了會議的順利進行與各方寄望的成功。

立場見解互容忍

就研討會最關重要的議題和議程而言，由於事先柏主任與本會成嘉玲副理事長、香港楊主席等已經在港仔細磋商，務期發揚第一屆香港會議「相互尊重、和諧第一」的精神，三方面都不要預設立場，更不要在公開場合作不必要的指責與爭執。

這屆會議正是本著這種「坦陳所見、求同存異」的學術研討原則，進行了三個共同預定的主題研討。其中最具爭辯性的第三題——新聞媒介如何為市場經濟服務？對這一主題不只發言熱烈，而且互有爭辯，甚至香港《信報》財經新聞總編輯沈鑒治在其所撰論文中指出：不妨改為「市場經濟如何為新聞媒介服務」比較合適。可見大家的確是抱著求眞求實的態度來從事研討，至於見解上的見仁見智，則更是任何學術研究應持的立場，何況新聞工作者與新聞教育家必然更應發揮其「事實第一、當仁不讓」的道德勇氣。

本屆會議的啓發

由這二次會議的舉行，對於兩岸新聞交流，我獲得不少的啟發。再回顧五年多以來，兩岸及香港組織性或團體式的新聞交往，我幾乎都直接間接地參與，綜合個人的經歷與了解，特願乘此機會，予以積極性的檢討和展望。

首先，我認為五年餘的交流，站在臺灣與香港高度新聞自由的角度，自然距離理想甚遠，甚至有限的目標猶未達成。但無論如何，雙方人員不斷互訪，資訊有限度的流通，使兩岸同胞增進了不少的了解，也為雙方執政當局年餘以來劍拔弩張的政治對抗，多少發揮了一些稀釋或警惕的作用。從兩岸關係的全面態勢及長遠發展去看，這是新聞界應盡的職責，用心可謂良苦。平實而客觀地說一句：臺灣新聞業已無忝職守，大陸與香港同道亦是希望克盡厥職的。

第二、大陸新聞界之所以未能如臺港同業，對其朝野盡到告知、守望及監督等天經地義的責任，吾人必須認清今日中國大陸政權猶是意識型態掛帥的模式，具體一點說：新聞媒體十九是由共黨及其政府直接辦理和控制的。因此，新聞應為政治服務，中共並不諱言。此所以自一九八九年「六四」以來，中共領導層，特別是黨的中宣部與政府的新聞出版部門，特別強調「抓思想」、「緊守意識型態」、「鞏固上層建築」……的重要性。如果我們體認和理解了中共此一政策方針，就極其容易了然於它在新聞、言論、出版和文藝等方面的種種作為了。在可以預見的將來，亦即是在鄧小平後這一攸關政權穩定的關鍵時期，中共在思想戰線上幾乎不可能鬆動的，明乎此，兩岸新聞交流的順逆難易，也就可以不言而喻，略思而得了。

交流困難在那裏

第三、在目前兩岸政治制度迥異，新聞尺度懸殊的大形勢下，要談新聞交流是頗不容易突破的。此所以「海基」、「海協」兩會歷次會議在這方面談來談去，甚難獲致具體結果。本年八月「焦唐會談」中，臺北提出新聞媒體互派常駐記者，設置辦事處，報紙互惠發行等建議，北京方面只好以拖延戰術──繼續研究回應。記得去年一月個人應邀去上海參加一項會議，「海協會」同時也是上海臺灣研究會會長汪道涵與我談話中，提出合辦報紙或出版物一事，隔日我與上海三大報的負責人及復旦大學新聞學院院長等餐敍，他們即認爲是：「用意甚善，但陳義太高。」如此這般，足見兩岸新聞交流要就現況加以突破，仍然是困難重重，有待時移世轉，共同努力！

路是人走出來的

即令客觀的環境如此，我依然堅定認爲：困阻賴人來克服，路畢竟是人走或闖出來的，所謂：「千里之行，始於畦步。」我在三峽之會，只擔任臺北團的一員顧問，也只有一次公開講話，曾經懇切指陳：就新聞交流的意義與效果而言，應該是：「做比不做好，多做比少做好，早做比遲做好，大家做比少數人做好。」我這一呼籲，曾獲得與會絕大多數人士的熱烈回響。可見大家對這件事的看法，眞是「人同此心，心同此理。」

我分析兩岸三地人士何以對新聞交流如是寄以期許，主要是由於新聞業學兩界的人對國家民族前途特別關心。大家儘管對國家統一的時機與條件，歧見甚大，但都不願見兩岸再兵戎相見，同胞再血肉相殘，因爲中國人近百年來所受的災難，實在太多太久太殘酷了。

爲此新聞人士自覺應該本其大義血忱，勇敢地站出來阻止時代與歷史悲劇的重演！雖然新聞界的力量畢竟有限，然而「我不入地獄，誰入地獄？斯人不出，於蒼生何？」本會及全體同業同道就是秉持著這一大原則、大方向，盡其在我，悉力以赴，至於貢獻多少，作用幾何，都一概付之不問，而只求對民族歷史負起最低限度的責任而已。（八十三年十月十七日《新聞鏡》週刊刊載）

第十二章 新聞自由與新聞緣

第一節 傳播立法與新聞自由

(一)從比較法的觀點而言，各國多按一般法律處理，而少用特別法。我國大眾傳播事業之管理，除了適用一般法律外，又有特別法的管理，如對新聞報紙雜誌等的出版法，以及對廣播電視的廣播電視法等，記者法雖迄今未能完成立法程序，但已早有草案。由此可知大眾傳播界所受之管理已較外國爲嚴，殊無另行立法之必要。但因法律具有時代性、實用性和適應性，所以有關大眾傳播事業的法律，如爲適應社會實際需要而作必要修正，當爲大家所共同支持。

(二)現行的大眾傳播事業有關的特別法，在修正時應注意從消極的處分、管理，轉爲積極的鼓勵扶植，如此必能更符合憲法保障、獎勵文化事業的原意。

(三)國家干涉主義與自由經濟思想的調諧：

1. 建立報人強烈的社會責任，大眾傳播界服務社會的神聖責任是不可逃避的。

2. 大衆傳播界的自我約束比外力的干涉更徹底有效。

3. 認清國家的干涉應採積極性、扶植性的干涉；大衆傳播界所強調的自由民主制度與經濟思想，應爲負責任的自由。有此正確的認識，才能使干涉主義與自由主義的對立錯覺，變爲相輔相成的力量。

4. 政府，大衆傳播界自身和社會民衆的通力合作，放棄本位主義，發揮團隊精神。傳播界本身尤須防止不擇手段的惡性競爭。

㈣ 社會公益與企業自由的兼顧：

1. 以美國爲例，一九四七年新聞自由委員會指出大衆傳播界不顧公益的三點事實。

⑴ 大衆傳播事業對社會公衆的重要影響與日俱增，但對一般公衆表達意見和觀念自由之保護卻相反的減弱。

⑵ 大衆傳播界沒有爲其社會的適當需要提供必要的服務。

⑶ 大衆傳播界爲一己利益，不惜出之以控制壟斷的手段。

2. 美國此種大衆傳播界的危險現象的存在，值得我們警惕。

3. 要兼顧社會公益與企業自由，大衆傳播界必須：

⑴ 對每日新聞事件給予理解的、眞實的、知識的解釋，正確而不撒謊。

⑵ 提供評論的論壇，投射社會團體的意見和態度。

(3)提出和闡明社會目標和價值。

(4)提供有價值的日常消息、思想和感覺。

4. 大眾傳播評議制度：

(1)美國新聞自由委員會宣言：「外來的法律制裁與輿論制裁，可以從各方面來糾正新聞表演的不良勢態，但善良的新聞表演只能由運用傳播工具者自動爲之。」由此可見評議制度自律的重要。

(2)道德責任與法律責任不可偏廢。

(3)我國當前的報業新聞評議會只有精神的制裁力而無實質的制裁力，因此效果並不十分顯著。

(4)政府應協助建立強有力的大眾傳播事業自律組織，以補法律之不足。

（載民國六十三年《法律世界》第六期）

附：制訂新聞記者法的看法

新聞記者法早於民國三十二年二月經國民政府公布，因各界意見甚多，旋經政府明令「暫緩施行」。三十多年來，應否制訂新聞記者法的爭論，一直持續不休，顯見這個問題相當複雜。

反對制訂新聞記者法的意見，歸納起來主要可分為四點：

㈠民國三十二年制訂的新聞記者法空洞無物，並且只重消極的管理、限制，鼓勵、保障的條文則付諸缺如。一旦施行，對記者只有壞處，沒有好處。

㈡新聞自由為民主國家所竭力維護。如制訂新聞記者法，極容易使人產生錯覺，懷疑我政府致力保障新聞自由的決心。

㈢新聞記者縱有不法行為，儘可用一般法律如刑法等依法處理，不必再特別立法，顯得重複。

㈣新聞記者無法單獨執業，故不能和自由職業的醫師、律師、會計師等相提並論，自無特別立法的必要。

這些反對的意見都有其理由，但如果站在比較利弊得失的綜合立場，制訂新聞記者法自亦有其道理。理由是：制訂並施行新聞記者法，對於改善新聞界良莠不齊的現象，提高新聞記者的學識能力和道德水準，加速全面建立現代化新聞事業，必可收到深遠的影響。而新聞界因受到比以前更大的尊重，對於促進民主政治、維護新聞自由、扮演更重要的角色、產生更大的建設性力量，自是有利無害。

至於說民國三十二年制訂的新聞記者法有諸多缺點，這些批評自是事實。但法律是人制訂的，我們可以在重新擬訂時，集合政府、新聞事業界、新聞教育界、社會各界及立法者智慧、遠見，在新的新聞記者法中，除了妥善規定記者的資格外，更特別強調維護新聞自由、保障新聞職業、以及獎勵新聞記者等條文。因此從長遠處設想，使新聞記者法成爲法良意美的進步立法，且爲新聞記者所樂於接受，乃是立法的前提。（六十五年「九一」記者節答問）

第二節　願來生再結新聞緣

當本書所能和必要蒐集整編的資料，大致就緒並付梓行的時候，我內心的確有深切的反省和無限的感觸。因爲緜亙以往四十年間，我已由一個滿懷國難家破、壯心激越的年輕人，變成爲今日華髮催人、意闌視茫的垂老客。何況我厠身於新聞界，親歷目睹一幕幕、一重重的斑斑事實，在歷史長河中澎湃而來，又無聲流失，怎不令我有「逝者如斯乎，不捨晝夜」的椎心之感！

怎樣投身新聞界

每有友好們問我：「你是如何投入這一行當的？稱意還是後悔？如果有來生，你還會選擇這門當於爭議性與挑戰性的職業嗎？」

正如在書前自序中所言，我是學政治學的。儘管政治與新聞都是綜合性的科學，彼此有相互依存發展的關係，然畢竟各有其特性和功能，無法完全相提並論。執是之故，我認爲自己投身新聞界，主要是機會與興趣兩大因素所促成。

就機會而言，我肯定認為是先總統 蔣公引我走上了這條道路。四十一年前，我第一次認識蔣先生，許多人以為是曾為吾師的蔣經國先生引薦的，事實上不是那麼回事。相識的機緣，乃是由於民國四十三年六月，我在陽明山革命實踐研究院接受三個月的短期教育，完畢後正準備乘船（機票太貴、當時窮學生多乘船）赴美完成預定已久的學業，突然接奉通知，希望我暫緩成行，而前往總統府擔任秘書工作，負責文稿和一般新聞的聯繫處理。這一段經過，我的前任、後來成為益友的秦孝儀先生是完全經手的。

做了整整四年的秘書工作，蔣先生以國民黨總裁的身份，調我到中央黨部主管新聞和宣傳的第四組擔任副主任，主管就是在新聞界已嶄露頭角的馬星野先生，使我不僅有機會與新聞文化界作廣泛的接觸，而且開始向新聞業學兩方面的先進們不斷請益，以補自己所學之短。我應當時師範大學劉眞校長之聘，前往擔任該校社會教育系的兼任教席，是我與新聞教育界結緣之始，乃完全抱着學習的至誠而去的。

在第四組六年之間，我多少有一些補修新聞系四年、研究所二年課程的感覺。尤其是在實務方面，我更得到一般學生幾乎不可能獲得的實習機會。正當此時，國民黨於臺灣光復後創設的《中華日報》，因積弱形勢下臺北版難以維持而必須改組，蔣先生就要我這一「初生之犢」去勉赴艱鉅，其情形在前面第三章已有陳述。這可以說是我投入報業，正式邁入新聞之路的始站。

機遇之外是興趣

說到興趣是個人進入新聞王國的另一重要因素，這可以從我於民國二十一年在浙江杭州的初中時代說起。記得當時家中並未經常訂有報紙，每於學校圖書室中，獨鍾看報，放學歸家途中，固定的牆壁上貼有手寫大字當日新聞提要，遇有重大的事，或隨手筆錄，或記誦在心，對國內外要聞，雖不敢說了然於胸，但確有高度興趣去求了解，因此學校舉行「時事競賽測驗」的時候，我竟掄元榜首，無疑對我爾後關心時事有相當大的關係。

民國二十幾年是國家多故的年代。二十六年對日戰爭爆發而至勝利，繼之國共內戰，大陸變色，間關入臺，前後十餘年更是一個掀天揭地、旋乾轉坤的時代。不論自己是一流離轉徙、驚魂不定的學生，或是一初入社會，面對劇變的公務員，不由你不對瞬息萬變的國家局勢與社會環境極其關心，從而養成自己對時事變化的來龍去脈，務求深入理解的習性，由此與新聞的緣，也就愈結愈濃。

自任先總統　蔣先生新聞秘書後，以迄民國八十年自中央日報董事長的職位上申請依例自退，這將近四十年期間，我只能說：要走的路，我已經走過了；這美好的仗，也已經盡力地打過了。回顧起來，眞是是非成敗轉頭空，一切甜酸苦辣，得失毀譽，都只有點滴在心田，將它們一起付於談笑之間，讓時間去磨洗和考驗了。

四十年爲人作嫁

一如西哲蘇格拉底所言：「沒有經過反省檢討的人生，是不値得活的。」追溯自己寄身於新聞業學兩界四十多年，的確有無數値得反省和檢討的事情。簡單的說：我雖十分遺憾自己沒有創建新聞事業的能力與勇氣，始終是爲公作嫁，因緣際會，然對每一份公家事業，無不是全心投入，悉力以赴，完全像是自己創業一般。就這一點而言，我十分感激先進陶百川先生在本書序言中對我的評鑑；我深深體會得出他對我從公任事，頗能存誠務實的一番慰勉之忱，受之眞是萬分惶恐，但也激發了自己進一步省察的勇氣。

以一介非學新聞而又一直從事「官辦」新聞事業的我，無怪社會以有色眼光相視，就是一般同業，如果不是相處甚久，相知較深，也難免不會以新聞官相視。在這方面，我是能完全理解而無怨無悔的。自省其原由，乃是基於自進入報界那一天起，我對辦新聞事業，一直有自己的想法，自我的執著和自身的施爲。也就是說：我不可能一味地作傳聲筒，更恥於是「歌功頌德派。」

對新聞全面看法

正好是十年前，我因執政黨的推薦，爲同業推選爲中國新聞學會的理事長，當七十四年七月一日就任之日，我曾歷述三事，就教於同業和國人，頗能表達出我對新聞以及新聞業的全面看法。

其一、我們所堅持的新聞自由，必須是負責的、理性的、守法的；

其二、由於責任是共同的，因此榮譽也是整體的，這需要新聞工作者大家來維護和爭取；

其三、多爲業、學兩界做一些服務性的工作，期使業者、學者、參與者和社會大眾同受其益。

十年以還，我自分無所保留地，亦無所怨尤地爲這個團體追求以上目標而盡心竭力。當我還是一個新聞單位的主管時，很順理成章地要借重該單位的一些人力與物力，做起來自然順手一些。最近四年，我已自公職退休，上面的一點最低限度的條件，已不復具有，換言之，一切需要自力更生，或是因人成事。

爲了這個超黨派、跨媒體、不分公營民營、結合業、學二界的全國與全體性的新聞團體不致自生自滅，我惟有咬緊牙根，完完全全以一個義工的心情和態度苦撐下去。關於這一節，我在本書第九章所收那篇「中國新聞學會的再生與茁長」文章中，自覺已經明心見性地說明白了。

自分已竭盡所能

當然我常常會反躬自問，又何苦如此?!新聞學會能否生存發展，應該是大家的事；如果同業同道不共同支持，個人或少數人的熱心是無濟於事的。當前年一月學會舉行會員大會定期改選負責人時，當時我已萌退志，但終感於大多數同仁們的誠意和善意，勉力應選連任一次。雖然目前任期未滿，然自忖已經難有更多可以爲力之處，因此決心早日擺脫，讓自己有完全可以自由自在的空間，做我本人願意做、能够做、應該做的一切事情。

自分一生對於自己的進退從違是能把握得定的，因爲這是我國讀書人一貫重視的個人人格修養。從小讀古聖先賢的許多經典著述，最爲心儀的莫若孟子所言：「配義與道，無是餒也」；又說：「一視義之所在，雖千萬人吾往矣！」這與曾子所謂：「士不可不弘毅，任重而道遠」，可謂理義相連，恰合符節。正是憑藉這一份信念和勇氣，所以我對新聞有這麼強烈的執著，對新聞事業有這麼高度的興趣，而對新聞界古今中外的傑出人士以及有爲有守的年輕一輩，尤其是對那些與我志同道合的友朋同道，更是念茲在茲，感懷不已。

前輩風儀的啟發

在中西新聞史上，我十分傾慕和敬佩兩個人，一個是美國的普立茲（Joseph Pulitzer 1847-1911），一個是中國的張季鸞（1888-1942）。他們二位盡瘁於報業，相距約四十年左右，然他們有許多相似之處，主要是二者的辦報精神及其目標，以及二位所生死以之的評論原則與準尺。研究二位平生的人，對普立茲視報紙如命，揭櫫有名的評論十七原則；對張季鸞以身許報，標榜大家津津樂道的「四不」主義，幾乎是異口同聲，讚不絕口。我自民國五十七年應聘於政治大學新聞系，八十年受邀於文化大學新聞研究所講述「評論寫作」，先後歷二十餘年，每於課堂引述二位的名言讜論與風格範型，總不免於追懷遺範，心嚮往之，有時甚至爲之悠然神往，捨書而嘆！

當然，他們二位窮一生之力所主持的報業，如果以今天新聞事業企業化的經營型式來衡量，毋寧說辦的都是小報。可是歷史對他們的評斷，依然還是有相當公道的；學術界對他們的推重不必說，就是眞能視大眾媒體爲公器，不純粹目之爲賺錢工具的業者，都還是會肯定其歷史地位及其所揭示的新聞價值觀的。

我自己承認一生辦公家的媒體，不太可能全照自己的想法去做，然無論如何，總要守住一個讀書人的分際與骨氣。這是我對這二位先賢心儀私淑的主要原因，自認今生已無機會按他們辦報的標準與理想去實踐，如果有來生，我還是願意投身於這一頗受爭議，而又富於挑戰的行業，朝著他們所啓示的方向，把握時代巨輪的歸趨，扣緊社會思潮的脈動，徹頭徹尾地作一超然獨立，能盡情自我發揮的「新聞人」！

不歸路與再生緣

總結起來看，新聞有如歷史長河中永不衰竭的流水，雖逝者如斯，轉眼成爲陳跡，但今日之新聞，每每即爲明天的歷史，因此亦可謂無新聞即無歷史，猶如無流水不成江河，更無大海。人類智慧的根源及其宏揚暢達，實肇端、亦藉助於此不絕的新聞巨流。新聞雖常沈默不言，然永爲歷史作證。這是它最爲吸引人的地方，亦即是如果有來生，我再願結緣獻身之所自與所託。（八四年五月十日）

滄海叢刊書目（二）

國學類

先秦諸子繫年	錢　穆　著
朱子學提綱	錢　穆　著
莊子篡箋	錢　穆　著
論語新解	錢　穆　著
周官之成書及其反映的文化與時代新考	金春峯　著
尚書學術（上）、（下）	李振興　著
周易縱橫談	黃慶萱　著
考證與反思——從《周官》到魯迅	陳勝長　著

哲學類

哲學十大問題	鄔昆如　著
哲學淺論	張　康　譯
哲學智慧的尋求	何秀煌　著
哲學的智慧與歷史的聰明	何秀煌　著
文化、哲學與方法	何秀煌　著
人性記號與文明——語言・邏輯與記號世界	何秀煌　著
邏輯與設基法	劉福增　著
知識・邏輯・科學哲學	林正弘　著
現代藝術哲學	孫　旗　譯
現代美學及其他	趙天儀　著
中國現代化的哲學省思——「傳統」與「現代」理性結合	成中英　著
不以規矩不能成方圓	劉君燦　著
恕道與大同	張起鈞　著
現代存在思想家	項退結　著
中國思想通俗講話	錢　穆　著
中國哲學史話	吳怡、張起鈞　著
中國百位哲學家	黎建球　著
中國人的路	項退結　著
中國哲學之路	項退結　著
中國人性論	臺大哲學系主編

中國管理哲學	曾仕強著
孔子學說探微	林義正著
心學的現代詮釋	姜允明著
中庸誠的哲學	吳怡著
中庸形上思想	高柏園著
儒學的常與變	蔡仁厚著
智慧的老子	張起鈞著
老子的哲學	王邦雄著
當代西方哲學與方法論	臺大哲學系主編
人性尊嚴的存在背景	項退結編著
理解的命運	殷鼎著
馬克斯·謝勒三論	阿弗德·休慈原著、江日新譯
懷海德哲學	楊士毅著
洛克悟性哲學	蔡信安著
伽利略·波柏·科學說明	林正弘著
儒家與現代中國	韋政通著
思想的貧困	韋政通著
近代思想史散論	龔鵬程著
魏晉清談	唐翼明著
中國哲學的生命和方法	吳怡著
孟學的現代意義	王支洪著
孟學思想史論（卷一）	黃俊傑著
莊老通辨	錢穆著
墨家哲學	蔡仁厚著
柏拉圖三論	程石泉著
倫理學釋論	陳特著
儒道論集	吳光著
新一元論	呂佛庭著

宗教類

圓滿生命的實現（布施波羅密）	陳柏達著
薝蔔林·外集	陳慧劍著
維摩詰經今譯	陳慧劍譯註
龍樹與中觀哲學	楊惠南著
公案禪語	吳怡著
禪學講話	芝峯法師譯

禪骨詩心集　巴壺天 著
中國禪宗史　關世謙 著
魏晉南北朝時期的道教　湯一介 著
佛學論著　周中一 著
當代佛教思想展望　楊惠南 著
臺灣佛教文化的新動向　江燦騰 著
釋迦牟尼與原始佛教　于凌波 著
唯識學綱要　于凌波 著
中印佛學泛論
——傅偉勳教授六十大壽祝壽論文　藍吉富 主編
禪史與禪思　楊惠南 著

社會科學類

中華文化十二講　錢穆 著
民族與文化　錢穆 著
楚文化研究　文崇一 著
中國古文化　文崇一 著
社會、文化和知識分子　葉啓政 著
儒學傳統與文化創新　黃俊傑 著
歷史轉捩點上的反思　韋政通 著
中國人的價值觀　文崇一 著
紅樓夢與中國舊家庭　薩孟武 著
社會學與中國研究　蔡文輝 著
比較社會學　蔡文輝 著
我國社會的變遷與發展　朱岑樓 主編
三十年來我國人文社會科學之回顧與展望　賴澤涵 編
社會學的滋味　蕭新煌 著
臺灣的社區權力結構　文崇一 著
臺灣居民的休閒生活　文崇一 著
臺灣的工業化與社會變遷　文崇一 著
臺灣社會的變遷與秩序(政治篇)(社會文化篇)　文崇一 著
臺灣的社會發展　席汝楫 著
透視大陸　政治大學新聞研究所 主編
憲法論衡　荆知仁 著
周禮的政治思想　周世輔、周文湘 著
儒家政論衍義　薩孟武 著

制度化的社會邏輯	葉啟政	著
臺灣社會的人文迷思	葉啟政	著
臺灣與美國的社會問題	蔡文輝、蕭新煌	主編
教育叢談	上官業佑	著
不疑不懼	王洪鈞	著
自由憲政與民主轉型	周陽山	著
蘇東巨變與兩岸互動	周陽山	著
鄉村發展的理論與實際	蔡宏進	著
戰後臺灣的教育與思想	黃俊傑	著
兩極化與分寸感——近代中國精英思潮的病態心理分析	劉笑敢	著
唐人書法與文化	王元軍	著

史地類

國史新論	錢穆	著
秦漢史	錢穆	著
秦漢史論稿	邢義田	著
宋史論集	陳學霖	著
中國人的故事	夏雨人	著
明朝酒文化	王春瑜	著
歷史圈外	朱桂	著
宋代科舉	賈志揚	著
當代佛門人物	陳慧劍	編著
弘一大師傳	陳慧劍	著
杜魚庵學佛荒史	陳慧劍	著
蘇曼殊大師新傳	劉心皇	著
近代中國人物漫譚	王覺源	著
近代中國人物漫譚續集	王覺源	著
魯迅這個人	劉心皇	著
沈從文傳	凌宇	著
三十年代作家論	姜穆	著
三十年代作家論續集	姜穆	著
當代臺灣作家論	何欣	著
師友風義	鄭彥棻	著
見賢集	鄭彥棻	著
思齊集	鄭彥棻	著

懷聖集	鄭彥棻 著
周世輔回憶錄	周世輔 著
三生有幸	吳相湘 著
孤兒心影錄	張國柱 著
我這半生	毛振翔 著
我是依然苦鬪人	毛振翔 著
八十憶雙親、師友雜憶（合刊）	錢　穆 著
鳥啼鳳鳴有餘聲	陶百川 著

語文類

訓詁通論	吳孟復 著
標點符號研究	楊　遠 著
入聲字箋論	陳慧劍 著
翻譯偶語	黃文範 著
翻譯新語	黃文範 著
中文排列方式析論	司　琦 著
杜詩品評	楊慧傑 著
詩中的李白	楊慧傑 著
寒山子研究	陳慧劍 著
司空圖新論	王潤華 著
詩情與幽境——唐代文人的園林生活	侯迺慧 著
歐陽修詩本義研究	裴普賢 著
品詩吟詩	邱燮友 著
談詩錄	方祖燊 著
情趣詩話	楊光治 著
歌鼓湘靈——楚詩詞藝術欣賞	李元洛 著
中國文學鑑賞舉隅	黃慶萱、許家鶯 著
中國文學縱橫論	黃維樑 著
古典今論	唐翼明 著
亭林詩考索	潘重規 著
浮士德研究	劉安雲 譯
蘇忍尼辛選集	李辰冬 譯
文學欣賞的靈魂	劉述先 著
小說創作論	羅　盤 著
借鏡與類比	何冠驥 著
情愛與文學	周伯乃 著

鏡花水月	陳國球 著
文學因緣	鄭樹森 著
解構批評論集	廖炳惠 著
世界短篇文學名著欣賞	蕭傳文 著
細讀現代小說	張素貞 著
續讀現代小說	張素貞 著
現代詩學	蕭　蕭 著
詩美學	李元洛 著
詩人之燈——詩的欣賞與評論	羅　青 著
詩學析論	張春榮 著
修辭散步	張春榮 著
橫看成嶺側成峯	文曉村 著
大陸文藝新探	周玉山 著
大陸文藝論衡	周玉山 著
大陸當代文學掃描	葉穉英 著
走出傷痕——大陸新時期小說探論	張子樟 著
大陸新時期小說論	張　放 著
兒童文學	葉詠琍 著
兒童成長與文學	葉詠琍 著
累廬聲氣集	姜超嶽 著
林下生涯	姜超嶽 著
青　春	葉蟬貞 著
牧場的情思	張媛媛 著
萍踪憶語	賴景瑚 著
現實的探索	陳銘磻 編
一縷新綠	柴　扉 著
金排附	鍾延豪 著
放　鷹	吳錦發 著
黃巢殺人八百萬	宋澤萊 著
泥土的香味	彭瑞金 著
燈下燈	蕭　蕭 著
陽關千唱	陳　煌 著
種　耔	向　陽 著
無緣廟	陳艷秋 著
鄉　事	林清玄 著
余忠雄的春天	鍾鐵民 著

吳煦斌小說集	吳煦斌 著
卡薩爾斯之琴	葉石濤 著
青囊夜燈	許振江 著
我永遠年輕	唐文標 著
思想起	陌上塵 著
心酸記	李喬 著
孤獨園	林蒼鬱 著
離訣	林蒼鬱 著
托塔少年	林文欽 編
北美情逅	卜貴美 著
日本歷史之旅	李希聖 著
孤寂中的廻響	洛夫 著
火天使	趙衛民 著
無塵的鏡子	張默 著
關心茶——中國哲學的心	吳怡 著
放眼天下	陳新雄 著
生活健康	卜鍾元 著
文化的春天	王保雲 著
思光詩選	勞思光 著
靜思手札	黑野 著
狡兔歲月	黃和英 著
老樹春深曾著花	畢璞 著
列寧格勒十日記	潘重規 著
文學與歷史——胡秋原選集第一卷	胡秋原 著
晚學齋文集	黃錦鋐 著
古代文學探驪集	郭丹 著
山水的約定	葉維廉 著
在天願作比翼鳥——歷代文人愛情詩詞曲三百首	李元洛 輯注
鳴酬叢編	李飛鵬 編纂
千葉紅芙蓉——歷代民間愛情詩詞曲三百首	李元洛 輯注
秩序的探索	周慶華 著
邁向一流大學	馬哲儒 著

美術類

音樂與我　趙琴 著
爐邊閒話　李抱忱 著
琴臺碎語　黃友棣 著
音樂隨筆　趙琴 著
樂林蓽露　黃友棣 著
樂谷鳴泉　黃友棣 著
樂韻飄香　黃友棣 著
弘一大師歌曲集　錢仁康 編
立體造型基本設計　張長傑 著
工藝材料　李鈞棫 著
裝飾工藝　張長傑 著
現代工學與安全　劉其偉 著
人體工藝概論　張長傑 著
藤竹工　張長傑 著
石膏工藝　李鈞棫 著
色彩基礎　何耀宗 著
當代藝術采風　王保雲 著
都市計畫概論　王紀鯤 著
建築設計方法　陳政雄 著
建築鋼屋架結構設計　王萬雄 著
古典與象徵的界限
——法國象徵主義畫家莫侯及其詩人寓意畫　李明明 著

滄海美術叢書

五月與東方——中國美術現代化運動在戰後
臺灣之發展（1945～1970）　蕭瓊瑞 著
中國繪畫思想史　高木森 著
藝術史學的基礎　曾堉、葉劉天增 譯
唐畫詩中看　王伯敏 著
馬王堆傳奇　侯良 著
藝術與拍賣　施叔青 著
推翻前人　施叔青 著